새 미 학 술 신 서 시 리 즈

8

서정주 시의 시간과 미학

손진은

새미

국립중앙도서관 출판시도서목록(CIP)

서정주 시의 시간과 미학 / 손진은 저. -- 서울 : 새미, 2003

p. ;   cm. -- (새미학술신서시리즈 ; 8)

ISBN 89-562-8071-1 93810 : \18000

811.6-KDC4

895.714-DDC21   CIP2003000755

강물과 거울

'서정주의 강'에 몸을 적신 것은 '동아일보'라는 한 호수에서 한 마리 물고기로 방류된 1987년이었던 것 같다. 어린 물고기들이 대부분 그렇듯이 나 역시 그 때 '새로운 물맛'에 대한 열애로 몸이 달떠 지느러미를 파닥이는 한 마리 숭어였다.

당시의 강물은 한창 도회와 저자 한 복판에 실핏줄을 대고 있는 물줄기들이 대부분이었는데 네온이나 공장, 아파트의 창에서 흘러나오는 불빛이 강물에 번쩍이는 광채를 던지고 있었다. 자연 그 지류에는 물살에 반사된 불빛을 찾아 많은 물고기들이 몰려들었다. 나 역시 그 곳에서 많은 다른 물고기들과 헤엄치며 놀기 일쑤였다. 그 개울물은 맑은 것 같았지만 곧 말라 뱃대기를 드러낼 엘리야의 '그릿 시내'라는 것을 차츰 나의 오관은 느끼기 시작했다. 까마귀가 한번씩 먹을 것을 날라주기는 했지만, 나는 다른 물고기들과 섞여 있는 걸 포기하고 다른 물을 찾아 서둘러 짐을 쌌다.

물론 나는 무작정 그렇게 한 것만은 아니었다. 환시처럼 내 앞에 몇 갈래의 물 그늘이 저 앞에서 손짓을 하고 있는 것이었다. 그 중에서 나는 서정주의 강에 지느러미를 적셨다. 그 이후로 나는 십 수 년을 때로는 물맛을 모르는 고기처럼, 때로는 그 물의 근원마저 다 알았다는 표정의 건방진 어족처럼 그 강의 언저리와 중심에서 싱그럽고 맑은 물살을 가르며 놀았다. 자주 그 강을 벗어나 다른 지류로도 흘러갔지만, 그 강은 언제나 한 마리 물고기를 잊지 않은 듯했다.

그의 강의 물맛은 물이 얼마나 절실할 수 있으며, 큰 부피와 울림을 가질 수 있는가를 몸으로 알게 해주었다. 어린 물고기, 나는 그의 강물의 행간에서 뽀그르르 숨을 쉬거나 수초 사이에서 입을 홀짝이며 물맛을 보았다. 식탁에서도 침대에서도 입으로 머리로 가슴과 팔다리로 그의 물맛을 보고 있는 나를 보는 것은 흔한 일이었다. 때로 너무 많이 먹어 내 오관이 둔해진 적도 있었지만, 시간이 지나고 나면 그 물맛의 감동은 다시 태어나는 것이었다. 그것은 내 감각의 얕음을 말해주는 것이기도 하면서, 서정주라는 물결과 거기 담긴 물맛의 싱싱함과 두께를 말해주기도 할 것이었다. 지금 그 강물의 하구에서 제법 물맛을 아는 한 마리 숭어처럼 깝죽대고 있는 동안에도 그의 강물이 내장한 그늘과 물맛의 미지는 깊이를 알 길이 없는 수면처럼 출렁거리고 있으니.

그가 강 줄기를 처음 열었던 칠십 년 전 서구의 강물에 압도된 물줄기로 우리 산하의 강물은 흐르고 있었다. 그러나 "애비는 종이었다. 밤이 기퍼도 오지 않았다"로 시작되는 그의 물줄기는 당대로서는 전혀 새로운 강물로 출렁였다. 열 몇 굽이를 만들어 온 이후의 그 강물의 흐름이나 물맛 역시 한결같이 전의 것과는 전혀 다르고 새롭고 그윽한 깊이를 내장하고 있었다. 그리이스나 니이체 같은 서구의 줄기나, 『三國遺事』 같은 우리의 옛 물줄기들, 심지어 지구 반대쪽의 물결들까지도 끌어들여 그의 강물을 만드는데, 그 물줄기와 물맛에 담긴 지혜는 생것으로서의 종교, 사상, 철학, 인문학과 같은 줄기로 고정시킬 수 없는 것이다. 그 강물은 어느 물결이나 물맛도 자신의 것으로 비치게 하는 거울을 그 속에 내장하고 있다.

　그 거울은 물론 정해진 크기를 갖고 있지 않다. 눈에 쉽게 뜨이지도 않는다. 설혹 눈에 띄었다가도 금방 사라지기 일쑤다. 살아 있는 이 거울은 돌로도 깨지지 않는다. 그 앞에 엎드려 마음의 손때를 씻고 표면의 행위들이나 언어들에서 멀리 고요하고 영원한 참 목숨처럼 같이 흐르고 있으면, 그 거울은 때로 한 송이 꽃으로 불쑥 벙글기도 하다가 언제 그랬느냐는 듯 물살의 흐름에 은밀히 섞여 흐르고 있는 것이다.

　그 거울은 일반적인 물결의 흐름을 초월한, 혹은 그 흐름을 용해하는 능력으로 현실과 사물을 자신의 방식과 정신, 상상체계, 경험의 조형으로 비침으로써 새 밝기를 성립시킨다. 수많은 민간전승이나 불교 등의 줄기들도 그 속으로 들어오면 원형을 잃어버리고, 거울의 일부로 편입되는 것이다. 그 거울은 수많은 시공간의 사물들과 풍경들을 그 시대와 환경 속에서 끌어내 그 자신의 조명으로 비치게 한다. 그 거울에는 우리네 아버지의 아버지의 아버지들의 생김새나 숨소리나 말들까지도 들이비친다. 무식한 생활인들이 여러 대를 두고 현실을 견뎌낼 수 있도록 해준 말들의 손때를 눈 밝은 고기들은 알아볼 것이다.

　아직 어린 물고기인 나는 그 물결에 휩싸여서 혹은 좀 떨어져서 살아 퍼덕이는 그 물결의 맨 얼굴을, 그 거울의 광채를 보면서 왜 그 물결이 서정주만의 것인가를 지느러미를 접고 골똘히 생각해 보는 것이다.

　오오래 그 짓을 되풀이하면서 나는 그 물결, 거울이 항상 싱싱하고 새로운 것은 '당대나 눈앞에서만 흐르기를 거부하는 몸짓'을 갖고 있기 때문이며, 그것은 결국 '시간의 노예로서가 아니라 시간의 지배자로서의 삶'이라는 물줄기와 연결되어 있다는 것을 겨우 알아냈다. 하여간 그 흐름과 비침, 낱낱의 얼굴은 '시간'이라는 것을 자재로 다루면서 흐르는 것이라는 데서 서정주 강물의 흐름을, 그 낱낱의 그윽한 물맛을 그 쪽으로 밀고 가고 싶다는 작은 욕망이 부레와 아가미에 고이는 것을 느꼈다.

그런 점에서 서정주의 강물은 '바깥에서 흘러온 사정없는 물결'을 거슬러 흐르려는, 좀 유식한 말로는 우리 것을 통해 근대라는 물결에 저항하려는 몸짓을 가지고 있다는 것을 내 어안(魚眼)은 눈치를 챈 것이다. 2부로 나누어진 이 말들의 몇 구비가 서정주라는 강물의 흐름과 물맛을 나름으로는 색다르게 보여주고 있다고 믿고 있지만, 그것은 근본적으로 '시간'과 '미학'이라는 체로 걸러질 것이라는 생각에 『서정주 시의 시간과 미학』이라는 제목으로 이름을 달아본다. 그렇다고 내 눈 속의 '들보'가 완전히 뽑힌 것은 아닐 것이다.

서정주라는 강물에서 '시간의 냄새'를 맡은 한 마리 숭어이지만 다시 그 강물에 아가미와 부레, 비늘, 지느러미를 갖다대는 것을 게을리 하지 않으리라.

학부 때부터 오늘에 이르기까지 문학에 대한 눈을 키울 수 있는 자양을 북돋워주시고 이끌어주신 모교의 권기호, 유기룡, 이주형 세 분의 은사님께 감사드린다. 아울러 많은 시간을 함께 하며 삶과 학문을 함께 나누는 최승호 선생님과 선후배 동료 선생님들, 정찬용 사장님과 식구들께도 살가운 인사를 드린다.

2003년 새해, 경주 남천의 언저리에서
손 진 은

차 례

제1부

서정주 시의
시간성 연구

제1장
서 론

1. 문제의 제기

인간의 삶이 본질적으로 시간성에 기반을 두고 있다면 그 인간의 삶의 전체적인 국면을 드러내려는 문학작품을 시간성이라는 관점으로 환원하여 이해하려는 시도는 작품의 의미를 규명하는 하나의 효과적인 방법이라 할 수 있다. 문학에서 시간성이 거론됨은 문학이 개별적이면서도 구체적인 언어의 구조물인 동시에 작가의 체험, 의식내용과 관련을 맺고 있기 때문이다. 문학에서의 시간은 대개 작가의 시간의식과 미의식이 결합된 형태로서 나타나며 따라서 문학에서의 시간은 자연적 시간을 넘어서는 상상적 시간인 것이다.

그것은 서정주 시에 있어서도 예외는 아니다. 서정주의 시는 시인이 대상을 초월해 나가는 정신적 축을 시간적 지평에 의존하고 있다. 따라서 시간성을 기준으로 서정주의 시를 분석하는 작업은 기존의 연구들이 보여 주는 다양한 시 의식의 변모를 하나의 흐름으로 통합할 수 있는 가장 직접적이고 본질적인 방법이 된다. 즉 시간의 흐름, 삶과 죽음, 가변성과 지속성의 문제는 서정주의 시들에서 줄기차게 나타나면서 다른 주제들마저도 포괄하는 양상을 띠고 있다.

서정주의 시는 지금까지 다양한 이론과 관점으로 많은 연구자들에 의해 연구되었다. 필자가 조사해 본 자료들만 하더라도 2백 편이 훨씬 넘을 정도이다. 이들을 일목요연하게 분류한다는 것은 어려운 일이지만 크게 나누어 보면 대체로 다음과 같은 연구로 분류해 볼 수 있을 것이다.

(1) 시적 생애 즉, 시의 변모과정에 관한 연구
(2) 시정신에 관한 연구
(3) 텍스트의 내재적 접근방법을 통한 연구
(4) 시사적 위치에 관한 연구

서정주의 시에 관한 연구 중 가장 많은 부분을 차지하고 있는 것이 바로 시의 변모과정을 추적하여 그의 시 세계를 밝혀내고 있는 (1)의 방법이다. 시적 생애에 관한 본격적이고 체계적인 연구는 1949년 조연현[1]으로부터 시작되었다. 그는 「原罪와 刑罰」이라는 글에서 『花蛇集』에서부터 『新羅抄』에 이르기까지의 시적 변모를 고찰하고 있다. 그에 의하면 『花蛇集』에 나타나고 있는 '혼돈과 깊은 심연의 세계'는 그의 개인의 것이라기보다는 인류의 원죄의식에서 비롯되는데, 서정주는 이러한 원죄적 형벌에 굴복하지 않고 『歸蜀途』부터는 다시 살아나는 재생의 몸짓을 보이며 이를 통해 자신만의 새로운 호흡과 의욕을 하나의 질서 아래 통일하여 자기의 주체를 형성하여 나가고 있다고 보았다. 조연현의 연구는 처음으로 서정주의 시적 변모를 근거 있게 제시하여 설명함으로

---

1) 조연현, 「原罪와 刑罰」, 『文學과 思想』, 1949. 12.

써 서정주 시 연구에 있어서 하나의 큰 획을 그은 것으로 평가된다.

천이두[2]는 『花蛇集』에서 『冬天』까지의 서정주의 시적 여정을 '자신의 피를 어떻게 다스려나가는가의 고된 싸움의 과정', 즉 '피에 이끌리며, 피에 시달리며, 그것을 맑히어 나가는 가운데 엮어진 생애'로 고찰하고 있다.[3] 그는 『花蛇集』의 세계가 저주받은 청춘의 고뇌를 반영하는 것이라면 『冬天』은 지칠 줄 모르는 구도자의 자족의 세계를 반영하고 있다고 보면서 이 거리는 지옥에서 열반까지의 시적 여정을 말해 주고 있는 것으로 서정주를 이러한 시적 거리를 이룩한 우리나라의 유일한 시인으로 보고 있다.

다음으로 주목할 만한 글은 김우창의 것이다. 최남선에서 서정주까지의 시를 형이상학의 관점으로 정치하게 분석한 「韓國詩와 形而上」이라는 논문[4]에서 그는 '갈등과 구제의 원리'를 바탕으로 서정주의 시를 고찰하고 있다. 김우창은 강렬한 관능과 대담한 리얼리즘을 특징으로 하는 서정주의 초기시는 인간상황의 분열된 현실을 인정하는 데서 출발한 것으로 1920-30년대에 활동하던 여타의 시인들처럼 관능의 표면을 스쳐가는 데 만족하지 않고 그것을 도덕의 상태로까지 끌어올렸다고 평가하고 있다. 즉 그는 서정주의 초기시에서 나타난 정신으로부터 분리된 육체의 괴로움과 타락은 한국의 현실에 착실한 근거를 가지고 있는 것으로 육체와 정신의 필연적인 갈등, 개인과 사회의 갈등을 솔직하게 인정함으로써 가능한 것이었다고 평가하지만, 후기시에 있어서의 종교적인 혹은 무속적인 입장은 직시적인 구제의 약속으로 그의 현실 감각을 마비시킨 것으로 본다. 그는 서정주가 매우 고무적인 출발을 했으나, 경험과 존재

---

2) 천이두, 「지옥과 열반 - 서정주론」, 『서정주 연구』, 동화출판공사, 1975.

3) 천이두, 위의 책, 208면.

4) 김우창, 「韓國詩와 形而上」, 『궁핍한 시대의 시인』, 민음사, 1977.

의 모순과 분열을 보다 넓은 테두리에서 싸 쥘 수 있는 변증법적 구조를 발견하는 방향으로 나아가지 않고, 그것들을 적당히 발라 맞추는 일원적 감정주의로 후퇴하였다고 판단하며 나아가 서정주의 실패는 한국 시 전체의 실패이며, 이것은 경험의 모순을 계산할 수 있는 구조를 이룩하는 데 있어서의 실패라고 말한다.[5]

서정주의 시적 생애에 관한 연구 중 특이할 만한 것으로 육근웅의 논문[6]을 들 수 있다. 그는 서정주의 시를 크게 『花蛇集』과 『歸蜀途』의 초기시, 『徐廷柱詩選』부터 『冬天』까지의 중기시, 『질마재 神話』 이후의 후기시로 나누어 정신분석학적인 방법으로 고찰하고 있다. 그는 서정주의 초기시들에는 내적 세계와 외적 세계, 선과 악 사이의 '대립과 갈등'이 잘 드러나 있으며, 불교와 신라의 세계를 탐색하면서 중기시에서는 '안정'을 찾게 되고, 후기시의 특징이 되는 신화적 세계로의 몰입은 개인적 역사적 편향을 보상하려는 무의식의 창조적 기능에 의해서 이루어진 것으로 보았다. 육근웅의 논문은 특이한 시선으로 서정주의 시를 분석했다는 장점을 지니지만 인간의 주관적인 의지나 심리적 관계에만 중점을 둠으로써 분석이 공감을 얻기는 어려웠다는 난점을 지닌다.

이상에서 살펴 본 바와 같이 서정주 시의 변모에 관한 연구는 다양한 관점과 방법으로 진행되어 왔다. 이외에도 다른 연구자들에 의해서도 시도된 이 방면의 글들 역시 방대한 양을 이루고 있는데 대표적인 것들로는 김화영, 김인환, 송하선, 원형갑, 이활 등의 글이 있다.[7]

---

5) 김우창, 앞의 논문, 66-67면.
6) 육근웅, 「서정주 시 연구」, 한양대학교 대학원 박사학위 논문, 1990.
7) 김화영, 『未堂 徐廷柱의 시에 대하여』, 민음사, 1984.
　　김인환, 「徐廷柱의 詩的 旅程」, 문학과 지성, 1972.5.
　　송하선, 『未堂 徐廷柱 研究』, 선일문화사, 1991.

위의 논자들은 개별적인 논지의 상이성에도 서정주 시의 변모양상에 대해서는 거의 일치된 견해를 보여 주고 있는데, 그것은 초기시에서 '인간의 근원적인 갈등과 대립'을 보여 주던 시들이 중기, 후기시로 오면서 '안정과 조화의 세계'를 구축하고 있다는 지적이다.

(2)의 연구는 신라정신과 영원주의, 그리고 불교와 무속적 세계를 포괄하는 사상적 측면에서의 논의이다.

서정주 시에 나타나는 신라정신에 대한 평가는 대체로 긍정과 부정의 두 가지 방향으로 이루어졌다. 신라정신에 대한 긍정적인 평가는 강희근, 최원규 등의 논문[8]에서 나타나고 있다.

강희근은 서정주 시에 있어서 신라정신의 도입이 한국적 전통정서의 재현에 성공하여 자기의 시적 공간을 한국시사에 뚜렷이 위치시켜 놓았다고 평가하면서 그 근거를 서정주의 시가 소재를 앞세운 기존 시들의 방법을 극복하고 시와 종교 내지는 시와 사상과의 결합을 획득하게 되는 데 그 주된 정신이 신라정신이라는 것이다.

최원규는 서정주가 시대적, 사회적 환경의 변화 속에서도 변하지 않고 자기만의 세계를 고집할 수 있었던 것은 신라정신이라는 본질이 있었기 때문이라고 본다. 최원규에 의하면 서정주의 초기시에서 보이는 타고난 죄의 몸부림의 세계는 서정주적인 연작시를 쓰기 위한 하나의 과정의 체험들이었으며, 이 과정을 통해 서정주는 역사성이나 시대감각을 초월한 시정신의 세계를 얻을 수 있었다고 말한다.

원형갑, 『徐廷柱의 世界性』, 도서출판 들소리, 1983.

이　활, 『徐廷柱, 柳致煥의 시세계』, 명문당, 1991.

8) 강희근, 「서정주 시의 서술성에 대하여」, 『월간문학』, 1984. 1.

최원규, 「서정주 연구」, 『국어국문학』 49,50 합병호, 1970. 10.

＿＿＿, 「미당시의 불교적 영향」, 『한국근대시론』, 학문사, 1983.

서정주의 신라정신에 대한 긍정적인 평가는 서정주가 우리의 역사 속에서 우리가 지향해야 할 정신적 세계를 발견하고 그것을 차원 높게 승화시키고 있다는 것을 인정하는 데서 출발한다.

서정주의 신라정신에 대한 부정적인 평가로는 문덕수, 김학동, 박두진 등의 논의에서 이루어졌다.

문덕수는 「新羅精神에 있어서의 永遠性과 現實性」9)에서 서정주가 우리의 잠재적 정신을 최초로 발견하기는 하였지만 작품 속에는 향가에 나타난 것과 같은 본질적인 신라정신이 결핍되어 있다고 보았다. 즉 서정주 시에 나타난 현실은 영원주의의 이데아를 표현하기 위한 계기가 되었을 뿐이라는 것이다.

김학동 역시 문덕수와 견해를 같이하고 있다. 그는 우리 고유의 전통으로 돌아와 신라의 광명을 찾아가는 서정주의 시가 관념적인 면에서는 원숙의 경지에 들어섰을런지는 모르지만 그 세계는 공감을 주지 못하고 기진한 압기 같은 것을 느끼게 해 줄 뿐이라는 평가를 내리고 있다.10) 박두진도 서정주의 시가 서구의식으로부터 동양적인 정서의 사상으로 변모한 이래 우리와 동화할 수 없는 관념의 세계를 표출하고 있다고 평가한다.

이와 같은 부정적인 평가는 대체로 서정주의 초기시가 지니고 있던 동적인 육체성과 생명성이 그 체험을 바탕으로 잘 조화되어 성공을 거두고 있는 반면, 후기시에서는 관념의 세계만 있을 뿐 현실성과 구체성이 결여되고 있다고 보는 관점에 기초하고 있다.

설화적 모티프를 중심으로 한 작품의 연구로는 조병무의 글11)이 대표

---

9) 문덕수, 「新羅精神에 있어서의 永遠性과 現實性」, 『현대문학』, 1963. 4.

10) 김학동, 「신라의 영원주의」, 『어문학』, 1974. 4.

11) 조병무, 「영원성과 현실성」, 『현대문학』, 1975. 5.

적이다. 그는 서정주의 설화수용과 독창적인 재창조의 시가 시적 소재로
나 표현방법에 있어서 다른 시인들에게서 전혀 찾아볼 수 없는 새로운
스타일을 지닌 것으로 보았다. 아울러 서정주의 작품이 지니고 있는 신화
는 어떤 국가나 정부의 신화가 아닌 토착적인 한국민족의 생활의 소산이
라는 점을 높게 평가하면서 서정주의 시가 우리의 설화나 고사에 보이는
모든 일화가 시로써 가능하다는 것을 보여 주었으며, 단시에서 이룩될
수 있는 서사시적인 가능성도 보여 주었다고 제시하고 있다. 그러나 이
논문은 서정주 시에서 나타나고 있는 신화의 사상성과 소재의 관련성만
을 주로 다루었을 뿐, 구조적인 형태나 기교적인 문제에까지 분석이 이루
어지지 않고 있다. 이런 단점을 송효섭[12]과 김열규[13] 등의 연구자가 많이
보완하고 있다. 송효섭은 『질마재 神話』의 작품들을 기호학적인 방법으
로 분석하고 있으며, 김열규는 민간전승의 차원에서 서정주의 시를 해명
한다.

　전반적으로 이 설화적 연구의 공통점은 설화와 시가 공히 종족의 무의
식 속에 들어 있는 원형을 반영한다는 전제에서 출발하여 설화와 시의
밀접한 상호관련성을 중시하고 있다는 데 있다.

　이밖에도 박진환은 서정주의 시세계를 유교, 불교, 도교의 삼교 혼융을
바탕으로 한 신라정신에 토대를 두고 있는 샤먼의 신화창조로 평가하였
으며[14], 허세욱은 주역, 노장, 불경이 모두 무사상을 토대로 하고 있음을
전제로 하고 서정주 시의 주조 또한 무사상과 연관되는 노장계열의 작품
들임을 밝혔다.[15] 이와 더불어 서정주 시의 불교적 영향을 다룬 연구로는

---

12) 송효섭, 「질마재 신화의 서사구조 모형 - 삼국유사와의 비교를 통한 시론」, 김열규
　　편, 『삼국유사와 한국문학』, 학연사, 1983.
13) 김열규, 「俗信과 神話의 徐廷杜論」, 『미당 연구』, 민음사. 1994.
14) 박진환, 「삼교의 혼융과 샤먼의 신화창조」, 『현대시학』, 1974. 12.

김운학16), 최원규17) , 김해성18) 등의 업적이 있다.

(3)은 텍스트의 내재적 접근방법을 채택하여 작품을 하나의 체계, 즉 작가의 지향의식의 산물로 간주하여 상상력의 질서를 밝히는 현상학적 구조주의적 측면을 다룬 글이다. 대표적인 것으로는 김화영19) , 김재홍20) , 원형갑21) , 이진홍22) , 오형엽23) , 하재봉24) , 문정희25) 등의 논문을 들 수 있다.

김화영의 저서는 서정주 시의 현상학적 연구의 하나의 전범으로 꼽을 수 있다. 전체적으로 서정주 시의 공간구조에 대한 해명으로 이름 붙일 수 있는 그의 연구는 바슐라르의 물질적 상상력을 바탕으로 동양의 무, 윤회 사상 등을 적절히 원용하면서 서정주의 상상력의 움직임을 역동적으로 분석하고 있다. 그에 의하면 서정주 시의 공간은 지상에 대한 집착에서 점차 無와 윤회의 세계로 확산되는 의식 구조의 반영이다. 이는 서정주의 시를 '피를 맑히어 나가는 하나의 과정'으로 보는 천이두의

15) 허세욱, 「도잠과 이백과 미당 사이」, 『서정주 연구』, 동화출판공사, 1975.

16) 김운학, 「한국현대시에 나타난 불교사상」, 『현대문학』, 1964. 10.

17) 최원규, 「미당시의 불교적 영향」, 『한국근대시론』, 학문사, 1982.

18) 김해성, 「서정주론 - 그의 불교사상을 중심으로」, 『월간문학』, 1981, 8-9면.

19) 金華榮, 『未堂 徐廷柱의 詩에 대하여』, 민음사, 1984.

20) 김재홍, 「대지적 사랑과 우주적 조응」, 『현대문학』, 1975. 5.
_____ , 「하늘과 땅의 변증법」, 『월간문학』, 1971. 5.

21) 원형갑, 『서정주의 시세계』, 도서출판 들소리, 1982.

22) 李震興, 「徐廷柱 詩의 心象硏究」, 영남대학교 대학원 박사학위 논문, 1988.

23) 오형엽, 「서정주 초기시의 의미구조 연구」, 고려대학교 대학원 석사학위 논문, 1989.

24) 하재봉, 「서정주 시에 나타난 물질적 상상력의 연구」, 중앙대학교 대학원 석사학위 논문, 1981.

25) 문정희, 「서정주 시 연구 - 물의 심상과 상징체계를 중심으로」, 서울여자대학교 대학원 박사학위 논문, 1993.

「지옥과 열반」의 기조와 크게 다르지 않다. 나머지 사람들의 논의도 크게 이 범주를 벗어나지 않는다. 다만 이진홍의 논문은 서정주 시에서 주로 나타나는 심상을 출현 빈도 수에 따라 해명하고 의미부여를 한 것이라는 점이 특이하며, 원형갑의 연구는 하이데거의 철학과 관련하여 서정주 시의 의식의 총체적인 유기성을 밝히려고 하였는데, 시의 구조적인 측면을 통한 의식의 규명보다 평자의 철학적 해석에 의존하고 있는 경향을 띠고 있다. 이러한 연구들은 주로 현상학적인 조명으로 문학작품에 나오는 이미지들을 작가라는 한 주체자의 기획 또는 의도의 산물로 보는 관점을 유지하고 있다.

(4)는 주로 서정주 시의 성격 규정에 관한 것이다. 서정주 시에 대한 평가는 '기만적인 접신술사'라는 부정적인 평가[26]에서 '탁월한 구도의 시인'이라는 찬사[27]에 이르기까지 극단적인 양상을 보여왔다.

근래에 이르러 서정주 시에 대한 평가는 깊이를 더하고 있는데 바로 모더니즘과 근대성의 문제를 그의 시에 적용시키는 논의로까지 진전된 상황이다. 대표적인 논자는 황동규와 황현산, 그리고 최두석이다.

황동규는 서정주를 유럽 모더니즘의 충격을 받아들여 자신의 토속적인 삶에 용해시킨 시인으로 평가하고 있다. 그에 의하면 서정주의 시에 나타난 우리의 고대정신의 세계는 '자연의 일에 인간이 참여하는 면'과

---

26) 서정주의 시에 대한 비판적인 논의 중 대표적인 것은 아래와 같다.

구중서, 「서정주와 현실도피」, 『청맥』, 1965. 6.

이성부, 「서정주와 시세계」, 『창작과 비평』, 1972. 겨울.

27) 서정주에 대한 대표적인 긍정적인 평가는 아래와 같다.

원형갑, 「서정주의 신화」, 『현대문학』, 1965. 7.

천이두, 「지옥과 열반」, 『시문학』, 1972. 6-9면.

김재홍, 「하늘과 땅의 변증법」, 『동서문학』, 1972. 7.

고 은, 「서정주 시대의 보고」, 『문학과 지성』, 1973. 봄.

'인간의 일에 자연이 참여하는 면'이 앞뒤를 이루는 그런 세계이며 이 정신은 화자가 탈을 쓰는 수법과 함께 진행된다고 말한다. 즉 초기시부터 줄기차게 진행되던 탈의 창조는 『徐廷柱詩選』과 『新羅抄』에서 완성되고 후기시에 오면 시인 자신의 목소리만 들리게 되는 과정에 이르게 된다고 말한다.[28] 그러면서도 황동규는 서정주를 "고대 정신의 정수 가운데 하나를 시로 일으켜 세운 시인이며, 한 탈의 생성과 완성과 소멸의 대드라마를 보여준 시인"으로 높이 평가한다.[29] 이런 시각은 유럽 모더니즘을 자기 식으로 소화하고 있다는 인식에 근거한다. 이런 논의는 황현산에 의해서 더욱 진전되는데, 황현산은 서정주의 문학사적 위치를 "그 정서의 깊은 부분을 농경사회에 두면서 근대적 시의 개념을 깊이 이해한 사람의 처지"라는 말로 요약한다. 그러면서 불교와 노장적 세계와 같은 고대의 종교적 지혜로 환원될 수 없는 그 힘을 서정주의 시는 가지고 있으며, 그것은 서정주의 언어적 모험으로부터 건져낸 성취에서 기인한다고 말한다.[30] 최두석은 서정주의 시적 변모를 추진하는 동인으로서 순응주의와 반근대주의를 들면서 서정주의 시에서는 "세상 속에서 진실되게 살아가는 주체적 인간으로서의 고민이 **빠져** 있다. 전통탐구를 통해 시적 변모를 이룩한 미당의 시가 민족문학의 정도에서 일탈해 나간 이유가 여기에 있다."고 말한다.[31]

그 동안 이루어진 선행연구의 성과를 편의상 4가지 유형으로 나누어 대표적인 논문을 언급해보았지만, 그 외의 다른 논문들도 넓게는 위의 범주에 포함될 것이다.

---

28) 황동규, 「탈의 완성과 해체-서정주의 정신과 시」, 『현대문학』, 1981. 9

29) 황동규, 같은 논문. 여기서는 『미당 연구』, 민음사, 149면에서 인용.

30) 황현산, 「서정주, 농경사회의 모더니즘」, 『미당 연구』, 민음사, 1994, 475-476면.

31) 최두석, 「서정주론」, 『미당연구』, 민음사, 1994, 280면.

앞에서 살펴본 선행연구의 업적을 검토, 정리하여 본 결과 서정주 시에 대한 논의는 여러 각도에서 다양한 방법론으로 전개되어 왔음을 알 수 있었다.

이상의 기존 연구들에서 나타나는 다양한 면모는 서정주 시의 포괄적인 인식에 기여하고 있지만 분석 대상과 분석 방법이 단편적인 선택양상으로 국한되어 있어서 그의 후기시를 포함한 전체 시에 대한 전면적인 파악으로는 볼 수 없다. 전체 시를 연구대상으로 삼고 있는 상상력의 지향성을 중심으로 한 최근의 논의들조차도 이미지의 전이과정을 살피는 데만 치중하고 있어서 시 자체의 철저한 분석을 통한 해명이 결여되어 있다. 따라서 그러한 상상력의 움직임을 제어하는 일관된 의식의 흐름을 파악하기에는 미약하다고 본다.

본 논문에서 시간성을 기준으로 서정주의 시를 논의하는 것은 이러한 의식의 지향성을 밝히는 가장 본질적인 방법이 된다. 지향적 의식이란 "세계의 전 사물들이 그 위에 출현하고 또 그럼으로써 시간과 역사 속에 존재하게 하는 시간적 지평으로서 인간을 이해하고 있는 것과 평행"[32]하기 때문이다. 이는 서정시의 장르적 특성에서 드러나는 시간의 문제와 계기, 흐름, 변화 등의 경험적 시간양상이 결합하여 나타나는 자아와 대상적 체험에 대한 현상학적인 규명이 된다.[33]

본론에 앞서 이러한 서정시의 시간문제와 현상학적인 시간관념들을 시의 이미지와의 관련체계 속에서 살피고 이를 분석의 근거로 삼아 논지를 전개시키고자 한다.

---

32) V. W.그라스, 「문학현상학 서설」, 『문학현상학의 이론과 실제』, 김진국 편, 명진사, 1980, 10면.

33) Hans Meyerhoff, *Time in Literature*(California Univ. Press, 1968), 26-54면.

2. 연구의 범위와 방법

본고는 서정주 문학이 갖는 시간의식의 문제는 시의 주제와 기법의 측면을 포괄하는 중요한 요인이며, 역사의식과 세계인식을 가장 잘 드러내 주는 주제적 국면으로 시간성의 문제를 해명하는 것은 시의 의식의 지향을 밝히는 중요한 의미를 갖는다고 판단하고, 베르자예프의 시간론을 토대로 베르그송, 바슐라르의 시간론을 원용하면서 서정주의 시를 분석하고자 한다. 그것은 서정주의 시가 근본적으로 베르자예프가 말하는 수평선으로 상징되는 선형적 시간, 즉 과거, 현재, 미래라는 단편으로 쪼개어지고 종결에 도달하게 되는 일직선적인 시간에서 벗어나 순환, 원으로 상징되는 신화적 시간, 그리고 점, 혹은 수직선으로 상징되는 수직적 시간으로 초월하려는 몸짓으로 읽히기 때문이다. 실제로 서정주의 시는 현실적이고 역사주의적인 관점으로만 읽어서는 전혀 이해가 되지 않는 많은 의미가 내포되어 있다.

서정주는 현실인식의 경험에서 출발한 초기 시에서 『歸蜀途』(1948)에 이르면서부터는 현실 저편의 세계를 포함한 세계를 수용하기 시작하고 『徐廷柱詩選』(1956) 이후부터는 신화적인 세계를 자유자재로 활용한다. 서정주는 신화를 사용함으로써 그의 사적이고 특유한 경험을 뛰어넘어 보편성을 획득한다. 그러므로 서정주의 후기시에 올수록 "(1) 문학은 어떤 특정기간의 순간에 역사적 사실로 존재하고, (2) 문학은 원형적 인물, 이미지, 상징, 장면구성의 영원하고 반복적인 표현으로서 역사적 시간밖에 있는 하나의 연속체로 존재한다"[34]는 그렙스타인의 논리대로 내재의 현상과 외계의 실재 사이에 이루어진 경험의 상상력으로 심화된다.

『花蛇集』의 세계가 강렬한 관능과 육체의 질주가 퇴폐의 진정성을 보

---

34) S.N. Grebstein, 「신화비평이란 무엇인가?」, 『문학과 신화』, 대람, 1982, 32면.

여주는 저돌적인 감수성이었다면 근대적인 등가 교환체계에 포섭되지 않는 삶의 원형적 저층에 깔린 세계, 이 원형적·전근대적 삶의 저층과 근대성 사이의 갈등과 해결을 모색한 그 이후의 세계 역시 다른 맥락에서 치열한 시적 열정과 과감성의 소산이었다. 『花蛇集』, 『歸蜀途』 이후의 『徐廷柱詩選』, 『新羅抄』, 『冬天』, 『徐廷柱 文學全集』(詩), 『질마재 神話』, 『떠돌이의 詩』, 『鶴이 울고 간 날들의 詩』, 『西으로 가는 달처럼』으로 이어지는 그의 시적 역정은 내용과 형식 양면에서 갱신을 이루면서 성숙을 거듭해온 한국시의 한 전형을 보여주고 있다.

서정주는 선대의 여러 저작들과 선인, 동시대인들의 일화, 역사에 기반하는 민족의 심층정서에 그의 시를 접합시키는 모험을 통해, 특정의 종교나 사상, 철학이나 인문학과 같은 틀로 고정시킬 수 없는 정신과 상상체계, 경험의 조형을 만들어냄으로써 근대적 자기 정체성의 확립을 위한 고행과 노력의 흔적을 단적으로 보여준다. 이 때 그가 천착한 역사와 수많은 시공간 속의 사물들은 그 시대와 환경 속에 놓여져 있지 아니하고 그 자신의 미학 속의 자장으로 편입됨으로써, '현실 또는 사물의 논리는 그 원형을 잃어버리고 철저하게 그만의 방식으로 육화되는 기적35)을 낳는 것이다.

이러한 사실을 토대로 필자는 다음과 같이 논지를 전개한다. 첫째 장에서는 서정주 시에 나타나는 시간의식의 변모과정과 양상을 검토하기로 한다.

먼저 시간의식의 변모과정은 크게 세 가지 층위로 구별하였는데 그 첫째가 선형적 시간이고, 둘째가 신화적 시간, 셋째가 수직적 시간이다.

선형적 시간 항목에서는 주로 『花蛇集』의 세계를 중심으로 서정주 시

---

35) 고은, 「서정주 시대의 보고」, 『문학과 지성』, 1973. 봄, 188면.

가 시간에 대한 강박과 공포를 가지고 있었다는 점을 작품분석을 통해 해명하고, 그것이 결과적으로는 불안정한 자아가 아이덴티티를 형성해 나가는 과정임을 밝히고자 한다.

신화적 시간 항목에서는 서정주의 대부분의 시들이 신화적 시간의 관점에서 쓰여졌다는 점을 지적하고 선형적 시간에서 신화적 시간으로 심화되는 과정에 나타난 것이 통시적 동일성의 문제라는 것을 지적한다. 아울러 이 통시적 동일성은 시간의식의 두 가지 양상인 변화와 지속 중 변화의 측면만을 강조하는 현실에 대응하기 위해서 현저히 과거지향적이고 전통지향적인 측면으로 기울었음을 해명한다. 아울러 이러한 단계를 거친 서정주의 시는 '俗의 시간'에서 떠나 현저히 '聖의 시간'으로 이행하고 있음을 논의하게 된다.

수직적 시간 항목에서는 선형적 시간에서 신화적 시간에로의 이행과정에 관계 없이 서정주 시의 이미지에서 근원적인 시간의 요소로 나타나는 시적 순간에 대한 논의를 전개한다. 이 과정을 통해서도 우리는 수직적 시간을 다룬 서정주의 시가 인고와 기다림을 우리 전통의 중요한 요소로서 파악하면서 한국인의 원형, 혹은 전통의식의 기저를 찾으려는 노력을 보이고 있다는 결론을 얻게 된다.

다음으로 서정적 시간의 양상에서는 앞 장에서 다룬 시간의식의 변모 양상에 포괄되지 않는, 감각의 새로움과 심미적 체험에 기반하고 있는 시인 특유의 시간의식이 나타나는 국면을 고찰하게 된다. 이 언어 미감은 개인적인 감각은 물론, 오래 전부터 민간에 전승되어 오는 말들의 매력도 포함되는데, 그것은 크게 유년의 순수한 시간에 대한 기억과, 고대적 시간개념의 재생 및 조상의 신화적 세계에 대한 상기, 그리고 영원에의 지향과 시간 의식의 전개로 나누어 분석하게 된다. 특히 '영원'은 서정주 시간의식의 가장 중요한 요인이 되는 만큼 이를 따로 나누어 고찰한다.

아울러 서정주 시에서 영원의 시간에 대한 표출양상은 추상적인 상징단계에서 신화적 인물로, 그리고 주변의 친근한 여성성으로, 나아가서는 사물의 물신화로까지 확산된다는 점을 밝힌다.

그 다음 장에서는 앞의 논의들에서 얻어진 현상들을 토대로 서정주 시의 전통성에 대한 앞의 논의들을 전개, 수렴한다.

결론적으로 이 연구의 결과는 우리 문학의 전통적 정신에 그 맥락을 연결시키게 될 것이다.

필자는 연구대상을 『花蛇集』(1941), 『歸蜀途』(1948), 『徐廷柱詩選』(1956), 『新羅抄』(1960), 『冬天』(1968), 『徐廷柱 文學全集』(1972), 『질마재 神話』(1975), 『떠돌이의 詩』(1976)까지로 했다. 왜냐하면 어떤 작품을 연구대상으로 삼을 때는 그것을 객관적으로 바라볼 시간적인 거리를 확보해야 하는데 서정주의 후기시인 『질마재 神話』(1975)와 『떠돌이의 詩』(1976)는 현재의 연구 시점으로부터 20년의 거리를 확보해 주며 또한 그 이후에 나온 시집들도 이 두 시집의 경향에서 크게 벗어나는 것 같지는 않기 때문이다.

제2장
시간의식의 변모과정과 양상

　문학적 시간은 경험으로서 포착되는 시간의 요소들과 항상 관계를 맺고 있다. 이는 우리 경험의 일부가 되고 또 인간 생활구조 속에 포함되어 있는 시간의 의식이다. 경험적 시간(time in experience)이라고 부를 수 있는 이 시간은 자연적 시간(time in nature)과는 근본적으로 궤를 달리하는 개념이다. 자연적 시간은 우리의 개인적 시간경험과는 전혀 관계가 없이 인간 상호간에 타당성을 띠고 있으며 인간경험의 주관적 배경이 아니라 자연계의 객관적 구조를 가리키는 것으로 시계와 달력에 의하여 공적 동시성이 확보되는 연대기적 시간 개념이다.

　시간 의미를 탐구할 때 일반적 준거체가 되고 시간의 과학적 분석과 철학적 분석을 행할 때 언제나 곤란한 문제를 제기하는 것은 이 두 개념 사이의 다른 점, 즉 의식의 직접적 자료로서 주어지는 시간과 객관적 타당성을 요구하는 논리적 구성으로서의 시간 사이의 모순이다.

　실제로 경험되는 시간에서 논리적으로 홈이 없는 시간이론에 이르는 과정에서 여러 가지 매우 복잡다단한 난관에 부닥치게 마련이므로 제논에서 브레들리에 이르기까지 많은 사상가들은 시간의 문제 전체는 결코 해결할 수 없는 모순으로 충만되어 있고, 그래서 시간은 합리적 개념이 아니라는 결론을 내렸다.

아우구스티누스는 시간의 순간적 경험을 '記憶'과 '期待'라는 심리적 범주와 연결시켜 이 순간적 경험을 토대로 독창적 철학이론을 전개한 최초의 사상가였다. 그는 이 세상에 일어나고 있는 것은 모두 현재의 시점에서 일어나는 경험이요 이념이며 사물이라고 설명했다. 그는 과거를 과거사에 의해 현재에 일어나는 기억경험이며, 미래란 미래사에 대한 현재의 기대나 예상으로 보았다.

> 엄밀한 의미에서는 과거, 현재, 미래라는 세 시간이 있는 게 아니다. 엄밀하게는 세 개의 시간은 과거의 것에 대한 현재, 현재의 것에 관한 현재, 미래의 것에 관한 현재인 것이다. 사실 이 세 가지는 의식(anima) 속에 있으며 의식 이외에는 찾아 볼 수 없다. 과거의 것에 관한 현재는 記憶이며, 현재의 것에 관한 현재는 直觀이며, 미래의 것에 관한 현재는 期待인 것이다.[36]

이것이 아우구스티누스의 유명한 시간의 본질규정이다. 즉 그에 의하면 과거나 미래가 경과나 징후로서 존재로 전환되는 것은 意識(기억과 기대)에 의해 가능하다. 존재론적으로 無的이었던 과거와 미래는 의식을 매개로 하여 존재로 전환되는 것이다. 이와 같이 시간의 존재 및 그 양상을 內在化시켰다는 점이 아우구스티누스의 독창적인 시간론의 특징이며, 이것이 데카르트, 브렌타노, 홋설 등에게 크게 영향을 주게 되는 것이다.

의식경험을 토대로 하여 이처럼 중요한, 영향력을 가진 시간론은 홉스, 로크, 콩디악, 버클리, 흄에 의하여 주장되었다.

---

36) Conf, 11. 20. 26면. 여거서는 소광희,「時間과 時間意識」(서울대학교 대학원 박사학위 논문, 1977.)에서 재인용.

슈타이거는 서정적인 것의 주제로서 "지나간 일들은 회감의 보물이
다."[37]라고 하여 주체와 객체의 간격이 부재하는 서정시의 상태를 '회감'
이라는 말로 표현한다. 이는 내면으로 향하는 회상의 작용에 의하여 과
거, 현재, 미래를 그 시혼의 본성으로 동화시키는 상태를 말한다. 슈타이
거에 있어서 현재적이라는 말은 지나간 일을 현재화한다는 의미이고,
과거의 지속적인 연장으로서 현재를 의식하는 것이 서정적인 시간이라
는 것이다. 회상, 회감이라는 용어는 단순한 기억의 의미가 아닌 상호동
화, 동일화의 뜻으로서 지속적인 자아의 흐름이 실체화되고 환기되는
상태로 나아가는 과정이자 방법이라 할 수 있다.

이러한 시간개념은 베르그송과 마이어홉의 '지속'을 특징으로 하는 시
간관념[38] 과 현상학적인 시적 순간의 개념을 지향하는 바슐라르의 시간
관념이 대조, 결합되면서 문학적 시간관념의 해석적 근거를 제시해 준다.
베르그송과 바슐라르의 시간론을 구별할 때 전자가 '지속'의 철학에 해
당된다면 후자는 '순간'의 철학으로 규정될 수 있다. 베르그송의 연속성
이 과거와 미래 사이의 유대성, 지속의 점착성 속에 놓이기 때문에 과거
는 현재의 본체가 된다면, 바슐라르의 시간의 직관은 시간의 절대적인
비연속적 특징과 순간의 절대적인 점 형태의 특징을 지닌다.

바슐라르의 시적 순간은 두 대립되는 것 사이의 화해의 관계의 본질을
내포하고 있는 하나의 복합체이며, 그것은 계기적 반대명제에 의한 반대
감정의 양립으로 구축된다. 바슐라르에 의하면 시는 부동하는 순간의

---

37) E. Steiger, 『시학의 근본개념』, 이유영·오현일 역, 삼중당, 1978, 88면.

38) Henri Bergson, *Creative Evolution*, tr. Arther Mitchell(New York : Henry Holt, 1944), 7면.
그는 지속의 개념을 정의하여 시간의식에 일대혁명을 가져왔다. 즉 시간의 흐름이
단절되는 것이 아니라 지속된다는 durational time의 핵심은 모든 과거가 현재에 포
함된다(present of past)는 시간의 연속 Continuum 개념이다. 이는 서정주 시에도 많은
부분이 적용된다.

수직적 시간 속에서 독특한 역동성을 발견하는 것이다.[39]

시간개념에 대한 인식의 차이는 그들의 운동 상상력에 관한 입장에서도 견해를 달리하게 한다. 베르그송의 운동 상상력을 운동의 철학이라 부른다면, 바슐라르의 상상력은 力學의 철학이라 부를 수 있다. 즉 베르그송의 운동에 관한 연구가 운동이 나타나는 생성력에 흥미를 갖지 않고 운동에 관한 일체의 현상을 기하학적인 것으로 파악하는 데 비하여, 바슐라르는 역동적 상상력과 물질 상상력의 경험을 수용함으로써 운동을 산출하고 있는 존재로 파악한다.[40]

하이데거는 "존재론적으로 근원적인 '시간성(Zeitlichkeit)'과 측량가능하며 공적인 '세속의 시간'을 구분하며 결국 '시간성'이라는 것은 '세속적 시간', 즉 시계나 계시기로 규정하는 객관적 시간으로부터 독립된 의식의 형식으로 만들어지는 것이다."[41] 라고 말하고 있다. 그는 모든 세계는 사물도 도구도 아닌 시간성 내에서만 존재한다고 본다.

베르자예프의 시간론은 베르그송의 지속의 개념을 그 바탕으로 발전되었으며, 베르그송과 바슐라르의 시간론의 요소뿐만 아니라 하이데거의 존재론적인 측면까지 결합하고 있다. 베르자예프는 그의 주저인 *Slavery and Freedom*에서 시간과 역사를 설명할 수 있는 세 가지 기본적 범주로서 우주적 시간(cosmic time), 역사적 시간(historical time), 실존적 시간(existential time)으로 구분하고 있다.[42] 이는 각각 순환적 시간(cyclical

---

39) 한계전, 「바슐라르의 시간론」, 『한국근대시론연구』, 일지사, 1983.
　　　한계전은 바슐라르의 상상력과 시간인식이 베르그송의 시간론을 비판, 수용한 것으로 보고 있다.

40) 한계전, 위 책, 191-246면.

41) Schramke, *Zur Throrie des modernen Romans*, 원당희·박병화 역, 문예출판사, 1995, 174면.

42) Berdjajev, *Slavery and Freedom*, tr. R.M. French(New York, Charles Scribners Sons,1944), 255-268면.

time), 선형적 시간(linear time), 수직적 시간(vertical time)과 일치된다.

순환적 시간은 낮과 밤, 계절의 변화, 출생 · 성장 · 소멸의 과정 등 자연적 혹은 인간적인 경험을 순환적인 성질로 인식하는 시간세계인데 이는 고대인의 시간특징이다.[43] 순환적 시간은 원으로 상징될 수 있으며 무궁한 사물의 반복을 가리킨다. 계절이 무한히 반복되고 탄생과 죽음이 한없이 반복된다는 순환적 사고는 무의식적으로 영원불멸의 원망을 동기로 한다.

선형적 시간은 수평선으로 상징될 수 있는 것으로서, 시간이 일정한 방향 즉 계기성을 갖고 흐른다는 관념이며, 시간을 통한 국가와 문명과 민족의 발전, 진보의 신념을 동기로 하고 있다.

실존적 시간은 원도 아니고 선도 아니고 점으로써 상징된다. 아울러 그것은 주체적 시간이며, 시간 속에 영원이 분출하는 한 순간의 개념이 다. 즉 실존적 시간의 순간은 영원에의 참여라고 말할 수 있다.[44]

베르자예프의 이 시간론은 서정주 시의 변모 단계와 연관이 있으며, 이는 서정주 시간론의 핵심이라고 말할 수 있는 '시간의 노예가 아니라 시간의 지배자로서의 삶'이라는 목표와 근접한다. 서정주의 시간관은 종국적으로 현실적이고 세속적인 근시안적 삶에서 벗어나 영원을 그 속에 서 창조하려는 데 있기 때문이다. 이는 본론에서 상술될 것이다.

그렇다고 베르자예프의 시간론과 서정주의 시작 과정이 일치하는 것은 아니다. 무엇보다 베르자예프의 시간론이 대체로 순환적 시간에서 선형적 시간으로 다시 실존적 시간론으로의 변화과정을 보여 준다면, 서정주의 시들은 전반적으로 선형적 시간에서 신화적 시간으로의 승화

---

43) Berdjajev, 위의 책, 258면.
44) Berdjajev, 앞의 책, 258면.

과정을 보여 주며 시적 순간으로 명명되는 수직적 시간은 선형적 시간과
신화적 시간을 보여 주는 시들 속에서도 하나의 역동적 이미지로서 나타
나는 것이다.

그러나 한 가지 확실한 것은 서정주의 시는 특히 무자비하게 흐르는
선형적 시간, 즉 역사적 시간에 반발한다는 것이다. 서정주는 "인간생활
이라는 것을 순간순간 그득하게 채워서 이어가는 걸로 역사이려고 하다
가 시끄럽고 공해롭고 초조한 걸로 많이 만든 것이 인류역사"이며, 이것
은 "특히 인류의 자연과학 문명사의 성찰이 덜 된 잘못"이라 말한다.[45]
인간은 역사에 의해서 파괴되고 역사의 완성을 위한 하나의 도구가 된다.
이것이 소위 헤겔의 이성의 교활 List der Vernunft이다.[46] 진보로 표상되
는 근대는 바로 역사우위주의에 기초한 것이고 이러한 역사의 신격화는
역사적 시간의 신격화라 할 수 있다.[47] "모든 관계와 감정을 하나로 묶는
총체적인 사회의 매개에 의해 인간을 하나같이 비슷한 존재, 즉 단순한
유적 존재 Gattungswesen가 되게 한다"[48]는 아도르노의 지적은 합리적
이성과 역사적 시간의식에 기초한 근대 사회의 특성을 적절하게 지적한
것이라고 할 수 있다. 그러나 역사는 개성에 주의를 돌리는 경우에도
현대문명은 '일반자'에 관심을 가지지 않는다. 역사의 대부분은 무이며
비존재이며 허황된 위대성인데 진정한 실존이 역사 속에 돌입해 오는
경우는 매우 드문 일이다.[49] 이성와 진보로 표상되는 근대적 시간관은

---

45) 서정주, 「문치헌 밀어」, 『미당산문』, 민음사, 1993, 147면.

46) Berdjajev, *Slavery and Freedom*, 320면.

47) Berdjajev, 앞의 책, 323면.

48) Max Horkheimer und Theodor W. Adorno, *Dialektik der Aufklaerung*, 김유동·주경식·이상
    훈 역, 문예출판사, 1995, 25-37면.

49) Berdjayev, 위의 책, 321면.

인간을 노예화하고 있으며, 숫자로 환원될 수 없는 것, 나아가 결국에는 하나로 될 수 없는 것을 가상 Schein으로 여긴다. 아울러 신화에서 계몽으로 넘어가면서 자연은 단순한 객체의 지위로 떨어진다. 이성 자체가 다른 모든 도구를 제작하는 데 쓰이므로 마침내 목적과 수단이 전도되어 이성이 자기유지의 도구로 전락한다.[50] 나아가 이성과 종교에 의해 미신, 신화와 같은 '마법의 원칙'은 추방된다.[51]

기술사회의 특징은 속도이다. 시간이 미친 듯한 스피드를 가지고 진행되며 인간의 삶은 이 스피드화하는 시간에 종속되어 있다. 하나 하나의 순간은 어떠한 가치도 충실도 갖지 못한다. 기술시대는 전적으로 진보와 미래 지향적이다. '나'는 광분하는 시간의 흐름에 휩쓸린다. 기구화와 기계화에 의해 생긴 스피드는 '나'의 통일과 집중을 파괴한다.[52]

이 때 가치를 갖고 분할되지 않는 순간은 다음 순간의 수단이 되지 않으려고 하는 관조의 시간이고 영원에의 참여라고 베르자예프는 말한다. 서정주의 시간의식은 근대주의적인 관점의 역사의식에 대해 부정적인 인식과 '영원'에의 관심으로 명명할 수 있다. 그에게 있어 '현실의식'은 영원주의로 명명되는 '역사의식'이다.

> 내게 있어 現實意識이란 목전의 현대만을 상대하는 그것이 아니라, 인류사의 과거와 미래를 전체적으로 상대하는 '역사의식'인 것이다.[53]

---

50) 이러한 이성을 도구적 이성이라고 한다. Max Horkheimer und Theodor W. Adorno, 위의 책, 60면.

51) Max Horkheimer und Theodor W. Adorno, 위의 책, 45면.

52) Nicolas Berdjajev, *Solititude and Society*, tr. Reavey(London : The Centenary Press, 1947), 109면.

53) 徐廷柱, 「歷史意識의 자각」, 『현대문학』, 1964. 9. 38면.

우리에게는 무엇보다도 우리 자녀들이 중요하다. … 자기 일대의 표준
이 아니라 자손만대까지를 민족의 큰 한 일생으로 하여 대망하고 작용하
고 살아야 하는 그 영 죽을 수 없는 영생자로서의 자각이다. … 무슨
짬이 있건 꿰뚫고 나와서 우리를 재생시키고 계속시키려는 의지의 부단
한 재확인만이 무엇보다도 먼저 필요한 것이다.[54]

　　　본래는 주인이었던 사람의 자손들이 그 정신들이 나무나 모자라
　　서 오랜 세대를 이어가며 남의 집 노예노릇만 하고 껄큰거리고 헐떡
　　이고 피곤해 시달리다가 그 자손이 원래의 주인노릇을 다시 찾아가
　　려고 나가기로 작정하는 것과 꼭 같은 것이다 … 현대 자연과학의
　　이런 시간에 대한 푸대접에서 우리는 마음의 선정을 하여 공간적으
　　로는 우주와 시간적으로는 영원히 주인공의 자격을 복권하는 육신
　　과 정신의 회복달성을 해야 하는 것이다.[55]

재론하거니와 서정주의 시간관은 현실적이고 세속적인 근시안적 삶에서
벗어나 영원을 그 속에서 창조하려는 데 있으며 이것이 바로 시간에 대해
노예로 사는 것이 아니라 주인이 되는 길이다. 이 영원은 아우구스티누스의
'과거의 현재화, 미래의 현재화'로서의 순간의 영원의식이면서 과거, 현재,
미래가 지속된다는 베르그송적인 영원화의 일면이기도 하다. 아울러 그것은
베르자예프의 실존적 시간, 즉 '영원에의 참여'[56]라고 말할 수 있다. 베르자
예프는 "역사상 모든 의미 있는 것, 위대한 것, 참으로 새로운 것은 실존적
수평과 창조적 주체성에의 돌입"[57]이라고 말한다.

---

54) 徐廷柱, 「문치헌 밀어」, 『미당 산문』, 민음사, 1993, 145-150면.
55) 徐廷柱, 위의 책, 154, 156면.
56) Berdjajev, 앞의 책, 260면.
57) Berdjajev, 앞의 책, 261면.

　　서정주가 추구하는 시간은 "간절한 매력과 함축미와 안정과 평화와
지속력과 맑고 밝음과 고요함과 자유"[58]를 가진 시간이다. 서정주는 이
런 시간을 이어가게 하는 방법으로 사랑, 즉 관계의 매력과 함축미, 계율
지키기, 견인(견딤;인욕), 예지, 즉 역사 속에서 맑고 밝아야 할 푼수를
지적한다.

　　서정주의 시간 추구는 결국 시간의 노예가 되는 것이 아니라 "시간의 영원
의 주인공의 자격을 복권하는 육신과 정신의 회복이요 달성"[59]이다. 자유로
운 인간은 자기가 객체화 세계의 주변이 아니라 정신적 세계의 중심에 존재
한다는 사실을 느껴야 한다고 베르자예프는 말한다.[60] 이것은 바로 주체의
회복 문제와 연결되며 서정주 시학의 핵심이 되는 것이다.

　　서정주의 대부분의 시들은 이러한 시간의식을 기초로 쓰여졌다고 말
할 수 있을 정도이다. 이러한 시간의식과 이미지의 역동성이 결합될 때
서정주 시의 시간구조는 물론 궁극적인 추구양상 중의 하나인 삶과 죽음
의 문제나 영원성 등의 문제가 해명될 것으로 보인다.

　　인간을 유혹하고 노예화하는 여러 형태 속에서 가장 큰 것은 역사와
관련되어 있다. 역사의 중량감과 역사의 진행과정의 외관상의 장관은
인간을 압도하고 인간을 위압한다. 인간은 역사에 의해서 파괴되고 역사
의 완성을 위한 하나의 도구가 되는 것, 곧 이성의 기교성에 의하여 이용
당하는 것을 감수하게 된다.[61]

　　베르자예프의 이 시간에 대한 관점은 서정주 시의 시간의식 즉, "시간

---

58) 서정주, 「문치헌 밀어」, 『미당산문』, 민음사, 1993, 149면.

59) 徐廷柱, 위의 책, 156면.

60) Berdjajev, 위의 책, 250면.

61) Nicolas Berdjajev, *Slavery and Freedom*, tr. R. M. French(New York, Charles Scribners Sons,
　　1944), 255면.

의 노예가 아니라 시간의 지배자로서의 삶"이라는 목표와 맥이 닿는다. 서정주의 시는 대상을 초월해 나가는 정신적 축을 시간적 지평에 의존하고 있다.

생명 자체의 탐구로써 인간원형을 회복하려는 데서 출발했던 그의 시는 요약해서 말한다면 근대주의적인 관점의 역사의식, 즉 선형적 시간에 대한 예속에서 해방과 신화적인 세계, 혹은 실존적인 세계인 '영원'에의 관심으로 명명할 수 있다.

1. 시간의식의 변모과정

서정주의 시간의식을 논함에 있어서 먼저 전제되어야 할 것은 그의 시가 전통적인 세계를 노래하고 있다는 것이다. 초기의 일부시를 제외하고 그의 시는 한결같이 과거 지향성을 띠고 있고 사회현상에 관심이 없거나 초연한 자세를 취하고 있으며 이런 그의 시작 태도로 인하여 현실 도피주의자로 폄하되기도 한 것이 사실이다. 그는 베르그송이 밝힌 의식의 직접적 소여로서의 두 가지 양상인 '지속과 변화'[62] 중에서 지속의 요소를 강조한 데서 유래한 것으로 보인다. 서정주에게 있어서 시간의 변화에 대한 의식은 삶의 외부적 조건(일제하의 상황, 혹은 6.25, 문명적인 현상)에 대한 그의 본능적 반응이며, 당면한 현실에 대처하는 하나의 감정으로 보인다. 이런 의식이 영원이라는 무궁한 시간, 무시간을 설정하게 했으며 영원히 재생되고 반복되는 신화적 시간, 나아가 俗의 개념과

---

62) H. Bergson, *Essai Sur les donnes immedietes de la conscience*, 『세계사상전집』19권, 대양서적, 145-153면, 여기서는 김준오 교수의 「자아와 시간의식에 관한 시고」(『어문학』 33집), 108면에서 인용.

대비되는 뭍의 시간을 산출한 것으로 보인다. 서정주는 현실의 시간을 최선으로 살아내려고 할 뿐만 아니라 현실적 시간의 불완전, 제약, 한계를 이상적인 시간의 차원에서 보충하려고 한다. 서정주는 확장과 비상이 가능한 시적 시간을 신화에서 발견하려고 한다. 그의 신화적 시간은 '신라'와 '질마재'라고 하는 독특한 대상에서 추출해 낸 것으로 비역사적, 비이성적, 비논리적 시간인 동시에 신비한 시간이다. 이는 일찌기 융이 '심리적 잔존물'의 작용으로 설명한 시공을 초월하여 원형으로서 작용하는 한 패턴과 일치한다고 하겠다. 이는 바로 그가 전통에 대해서 어떠한 자세를 가지고 있는가 하는 것과 더불어 역사를 어떻게 인식, 통찰하고 있는가를 설명해 주는 관건이 된다. 서정주는 과거의 역사 속에서 무수히 많은 현재를 보았으며 현재를 과거적 패턴의 순환적 반복으로 인식함으로써 현실에의 집착에서 벗어날 수 있었다.

　서정주의 시들은 바로 이러한 시간의 개념을 감지하고 대처한 시인의 심리적 동향의 궤적과 일치한다고 말할 수 있다.

　여기서 한가지 더 생각할 수 있는 것은 선형적 시간과 신화적 시간으로 표상되는 시간의식의 통시적 변모와는 관계없이 존재하는 서정주 시의 구조에서 발생하는 하나의 시간의식을 고찰해 볼 필요가 있다는 것이다. 이는 바슐라르가 말하는 수직적 시간으로서 시적 순간이 돌출된 수직적 방향성을 가리킨다. 여기서 시간은 엄밀하게는 질서라고 불리는 차원 즉, '순간 속에서의 반대감정의 양립'[63]으로 존재하지만 단순히 시적 이미지만으로 구성된 것은 아니다. 이는 이미지의 발전과정으로 볼 때 베르자예프가 말하는 실존적인 시간과 상통하는 것으로서 이러한 시적 순간에의 탐색 역시 서정주 시의 상상세계에서 끊임없이 가다듬고 완성시키

---

63) G. Bachelard, *L'Intuition de l'Instant*, Gonthier, 1932. 여기서는 한계전, 「바슐라르의 시적 상상력」(『한국현대시론연구』, 1983, 일지사)에서 재인용.

려 한 형이상학적 본체를 탐구하고 서정주 시학의 전통성을 해명하는
데 유용할 것이다.

1) 선형적 시간

선형적인 시간은 베르자예프에 의하면 역사적인 시간으로 명명되기도
한다. 역사적 시간은 원으로 상징되지 않고 전방으로 펼쳐진 직선으로
상징된다. 역사적 시간의 특징은 도래하는 것을 펼쳐진 것으로서 결말에
도달하는 전개이다. 역사화된 시간은 객체화된 시간이다. 아울러 그것은
단편으로 쪼개진 시간이다.

역사의 차원 속에서는 영생의 신앙도, 영구불변의 진리도, 일관되고
안정된 사회기반도 이미 존재하지 않는다. 역사의 차원 속에서 인간은
시간을 비정한 변화로만 인식하게 되고 그의 삶의 공간은 상대적 가치의
세계일 뿐이다. 이 세계 속에서 그는 자기 동일성을 상실하고 자아분열의
비극을 맞게 된다.[64]

서정주의 시적 출발은 비극적인 자아의 인식으로부터 시작된다. 서정
주를 비롯하여 1930년대의 모든 작가들은 식민지 시대라는 어두운 현실
앞에 일상적인 삶을 영위하지 못하고 정신적인 방황을 겪었지만 서정주
는 그 어떤 시인보다 첨예하게 내적 갈등을 겪는다. 이 내적 갈등은 현실
과의 단절형식으로 나타나는데 이는 궁극적으로 근대라는 생활양식을
부정하는 데서 기인한 것이다. 이러한 비극은 인간의 이상 일반의 사멸로
부터 발생한다.[65]

---

64) Hans Meyerhoff, *Time in Literature*, 金埈五 역, 심상사, 1979, 132-134면.

65) Kagan. M.S, 『미학강의 1』(진중권 역, 새길, 1989), 197면.

따라서 첫 시집인『花蛇集』을 지배하는 시간의식은 시간에 대한 강박, 공포 혹은 현실의 시간을 인정하지 않으려는 부정의식 등의 양상으로 나타난다.

덧없이 바래보든 壁에 지치어
불과 時計를 나란히 죽이고

어제도 내일도 오늘도 아닌
여긔도 저긔도 거긔도 아닌

꺼저드는 어둠속 반딧불처럼 까물거려
靜止한 <나>의
<나>의 서름은 벙어리처럼…

이제 진달래꽃 벼랑 햇빛에 붉게 타오르는 봄날이 오면
壁차고 나가 목매어 울리라! 벙어리처럼,
오- 壁아.

—「壁」

위의 시는 일제 강점기의 현실거부 의식이 시공의 부정의식으로 표현된 작품이다. 화자는 시간에 대한 극도의 강박과 공포를 느끼는데 그것은 단적으로 "불과 時計를 나란히 죽이고"라는 구절 속에 집약되고 있다. 불은 생명력을 나타낸다고 볼 때 이 구절은 시간공포에 사로잡힌 자아가 시간이 지닌 부정적 관념과 맞설 정신적인 여유가 부재함을 암시한다. 이는 無로 향하는 불가역성의 흐름이며 무자비하고 냉혹한 파괴성을 지닌 시간을 인식한다는 것에 대하여 고통스러워하고 있기 때문이다. 이는 1연의 "덧없이"라는 말에 잘 드러난다. 벽은 하나의 단절 인식을 보여주

는 동시에 자아실현이나 희망을 가로막는 장애를 의미한다. 물론 여기에
는 일제 강점기의 사회 현실일반까지가 상징으로 처리된다. 여기서 화자
가 현실의 모든 물상 자체에 대한 부정적인 시각을 보이고 있는 것은
강점기의 삶의 양식에 대한 부정을 나타내는 것이다. 이는 또 다른 시
「門」의 "머리털이 흔들리우는, 오— 이 시간, 아까운 시간"과 같은 구절
에서는 일제의 강점이 주는 압도적인 현실로 인한 시간과 존재의 불균형
의 모습으로도 각인되고 있는 것이다.

그러나 화자는 마지막 연에서 이 막힌 벽을 뚫고 나갈 의지를 보여
준다. "봄날이 오면/벽차고 나가 목매어 울리라! 벙어리처럼,"에서 봄은
미래의 어느 시점의 벽의 돌파가 이루어지는 시간이고 시간의 공포와
강박에 대한 극복이 이루어지는 시점이다.

시간과 공간에 대한 단절감이 거부와 공포로 이루어진 것이 앞의 시들
이었다면 그 또 다른 양상은 망각으로 나타난다.

바다의깊이우에
네구멍 뚫린 피리를 불고...청년아.
애비를 잊어버려
에미를 잊어버려
형제와 친척과 동모를 잊어버려
마지막 네 게집을 잊어버려,

—「바다」

잊어 버리자, 잊어 버리자
히부얀 종이燈ㅅ불밑에 애비와, 에미와, 게집을,
그들의 슲은 習慣, 서러운 言語를,
찌낀 흰옷과 같이 벗어 던저 버리고

이제 사실 나의위장은 표범을 닮아야 한다.

—「역려」

피와 빛으로 海溢한 神位에
폐와 발톱만 남겨노코는
옷과 신발을 버서 던지자.
집과 이웃을 離別해 버리자.

—「門」

위의 시의 망각과 이별은 역시 벽「壁」에서와 마찬가지로 일제 현실에
대한 시·공의 부정의식의 결의로 나타난다. 우리가 여기서 주목할 것은
망각의 대상이 '애비, 에미, 형제, 친척과 동모' 등의 인물과, '옷과 신발'
등으로서 그들은 '슲은 습관, 서러운 언어' 등의 일상적 삶을 통해 화자
를 구속하는 대상들이라는 사실이다. 그래서 이들을 잊는다는 것은 그러
한 현실로부터 단절되고자 하는 시간의식을 드러내는 것이다. 그러므로
'슲은 습관', '서러운 언어', '찌긴 흰옷' 등은 식민지 현실이 지배하는
일상적, 선형적 시간을 의미한다. 따라서 '잊는다'는 망각의 요소는 이런
부정적 시간앞에서 화자의 결의와 단호한 의지를 나타내는 "잊어버려",
"잊어버리자", "던저버리고", "닮아야 한다", "이별해 버리자" 등의 단호
한 어사를 동반하는 것이다. 즉 망각으로 나타나는 이 시들의 어법은
불안정한 현재의 거부를 통해 새로운 자아를 형성하려는 화자의 의지로
읽힌다. 이외에도 「水帶洞詩」나 「밤이 깊으면」에서는 망각의 대상이
"샤알보오드레—르처럼 설고 괴로운 서울女子"나 '淑' 등 나약함과 죽음
과 결부되는 인물로 드러난다. 이들 시에서 역시 망각의 태도가 대상의
극복으로 나타남은 물론이다.

무자비하게 흐르는 선형적인 시간의 질곡으로 표상되는 식민지 현실
에 대한 대응의 적극적인 양상은 그의 대표작 중의 하나인 「自畵像」에서
잘 드러난다.

> 애비는 종이었다. 밤이기퍼도 오지않었다.
> 파뿌리같이 늙은할머니와 대추꽃이 한주 서 있을뿐이었다.
> 어매는 달을두고 풋살구가 꼭하나만 먹고 싶다하였으나…흙으로
> 바람벽한 호롱불밑에
> 손톱이 깜한 에미의 아들.
> ....
> 스물세햇동안 나를 키운건 팔할이 바람이다.
> 세상은 가도가도 부끄럽기만 하드라
> 어떤이는 내눈에서 罪人을 읽고가고
> 어떤이는 내입에서 天痴를 읽고가나
> 나는 아무것도 뉘우치진 않을란다.
>
> 찬란히 티워오는 어느아침에도
> 이마우에 언친 詩의 이슬에는
> 몇방울의 피가 언제나 서꺼있어
> 볓이거나 그늘이거나 혓바닥 느러트린
> 병든 숫개만양 헐덕어리며 나는 왔다.

—「自畵像」

「自畵像」에서 화자가 쓰고 있는 탈은 '종'이다. 그것은 서정주의 의식
자체가 자기비하의 극한점에서 시작되고 있음을 보여준다. "아비는 종이
었다"라는 진술은 자신의 삶의 영역을 스스로가 '종'이라는 테두리로
구속하는 것이다. 그것은 그의 표현에 의하면 하나의 '벽'(「壁」)이다. 그
러나 심층적으로 보면 그것은 바로 세계에 대한 부정인식을 극단적으로

드러낸 것이다. 이는 현재의 순간에 자신을 머물 수 없는 비극적인 자의
식의 극한점을 보여 주는 것이다. 그런 점에서 '종'이라는 탈로 나타난
시인의 자의식은 역사 즉 선형적인 시간의 압도적인 현실 앞에 선 자아의
도전적이며 자기혐오적인 어조와 자세에 대한 알레고리다. 서정주가 바
라본 비극적인 세계인식은 이 시에서처럼 일제로 표상되는 근대라는 선
형적인 시간에 대한 본질적인 회의에서 비롯된다. 김준오 교수는 이를
두고

> 종의 운명의식은 일제 하 우리 민족 전체의 삶의 알레고리다.
> 종의 의식은 자아와 세계와의 갈등이며 종이 될 수밖에 없는 자기자
> 신에 대한 갈등이다. "애비는 종이었다"는 시적 자아의 발언은 도전
> 적이면서도 자기혐오적인 어조를 띠고 있다. "스믈세햇동안 나를
> 키운 건 팔할이 바람이다"든가 "병든 숫개만양 헐덕어리며 나는
> 왔다"라는 것은 이런 갈등의식에서 자아가 무의미하게 파편화되어
> 온 인생의 고통스러운 인식이다.[66]

라고 말하면서 이 작품을 개인적, 역사적 알레고리로, 개인의 아이덴티티
형성의 면으로까지 논지를 넓히고 있다. 김 교수는 나아가 "식민지 상황
이라는 질곡을 모든 인간의 근원적 문명적 질곡으로까지 수렴시킨다"고
평가한다. 즉 서정주의 '종' 의식은 서정주 자신의 개인적인 경험과 피식
민으로서의 굴종의식, 그리고 인간존재의 근원적인 실존의 문제, 숙명적
인 원죄의식으로 확대되고 있는 것이다. 이 '종'은 「西風賦」에서는 '정신
병'과 '징역시간'으로, 「문둥이」에서는 '문둥이'로, 「花蛇」에서는 '花蛇'
로 각각 전이된다.[67] '징역시간'(강박, 공포[68])이 선형적 시간에 대한 소

---

66) 김준오, 「인간탐구와 미당의 신화」,『심상』, 1978. 12, 36면.
67) "서녘에서 부러오는 바람속에는/한바다의 정신ㅅ병과/징역시간과"(「西風賦」)

극적인 승인의 양상이라면, '문둥이'(절규)와 '花蛇'(관능[69])는 대응의 역
설적인 양상이다. 전자가 숙명적인 환경으로서 주어진 것이라면 후자는
주어진 것이면서 동시에 자아가 스스로 선택한 것이기도 하다. 그러기에
"애비는 종이었다"에서처럼 도전적이고 자기 혐오적인 양가적인 의미가
서로 길항하며 공존하며, 화자는 스스로 종의 아들로 선언하며 '罪人'과
'天痴'라는 자신에 대한 타자의 규정에도 당당히 맞설 수 있는 것이다.
("어떤이는 내눈에서 罪人을 읽고가고/어떤이는 내입에서 天痴를 읽고가
나/나는 아무것도 뉘우치진 않을란다."—「自畫像」)

이러한 논지를 따를 때 서정주의 초기시들에서 나타나는 갈등의 시간
의식은 아이덴티티 형성을 위한 하나의 과정으로 수렴시킬 수 있다.

이 점을 해명하기 위한 근거로 우리는 에덴 동산의 사건을 소재로 인간

"해와 하늘 빛이/문둥이는 서러워//보리밭에 달 뜨면/애기 하나 먹고//꽃처럼 붉은
우름을 밤새 우렀다"(「문둥이」)

"을마나 크다란 슬픔으로 태여났기에, 저리도 징그라운 몸둥아리냐"(「花蛇」)

68) 「壁」으로 대표되는 선형적 시간에 대한 강박, 공포는 이외에도 '죽음에 대한 견딜
수 없는 강박관념'("피빛 저승의 무거운 물결이 그의쭉지를 다적시어도/감지못하는
눈은 하눌로, 부흥" —「부흥이」), '목숨에 대한 맹목적인 공포'("카인의 새빨안 囚衣
를 입고/내 이제 호을로 열손가락이 오도도떤다." —「雄鷄(下)」), '자아의 시간에 대
한 분리'("머리털이 흔들흔들 흔들리우는, 오 — 이 時間, 아까운 時間." —「바다」),
'치욕, 혹은 스스로 경화시키려 하는 의식'("꽝꽝한 니빨로 우서보니 하눌이 좋다./
손톱이 龜甲처럼 두터워가는것이 기쁘구나." —「葉書」), '설움'("이마우에 가즈런히
밀물처오는/서름의 江물 언제나 흘러..." —「서름의 江물」) 등의 다양한 양상으로
표출된다.

69) 선형적인 시간에 대한 저항의 역설적 양상으로 관능이 나타나는 구절은 이 외에도
"밤처럼 고요한 끌른 대낮에/우리 둘이는 웬몸이 달어.."(「대낮」), "땅에 누어서 배
암같은 계집은/땀흘려 땀흘려/어지러운 나—르 엎드리었다."(「麥夏」), "땅에 긴긴 입
마춤은 오오 몸서리친/쑥니풀 지근지근 니빨이 허어여케/즘생스런 우슴은 달드라
달드라 우름가치/달드라."(「입마춤」), "내입설의 피묻은 입마춤과/無限 慾望의 그윽
한 이 戰慄을..." (「正午의 언덕에서」) 등의 구절에서 나타나고 있다.

고뇌의 근원을 추적한 「花蛇」를 들 수 있다.

　　麝香 薄荷의 뒤안길이다.
　　아름다운 베암…
　　올마나 크다란 슬픔으로 태여났기에,저리도 징그라운 몸둥아리냐

　　꽃다님 같다.
　　너의할아버지가 이브를 꼬여내든 達辯의 혓바닥이
　　소리잃은채 낼룽그리는 붉은 아가리로
　　푸른 하눌이다…물어뜯어라. 원통히 무러뜯어,

　　다라나거라. 저놈의 대가리!

　　돌 팔매를 쏘면서, 쏘면서, 麝香 芳草ㅅ길
　　저놈의 뒤를 따르는 것은
　　우리 할아버지의 안해가 이브라서 그러는게 아니라
　　石油 먹은듯…石油 먹은듯…가쁜 숨결이야

　　바눌에 꼬여 두를까부다. 꽃다님보단도 아름다운 빛…
　　크레오파투라의 피먹은양 붉게 타오르는 고흔 입설이다…슴여라!
　　베암.

　　우리순네는 스믈난 색시, 고양이같이 고흔 입설… 슴여라! 베암.

　　　　　　　　　　　　　　　　　　　　　　—「花蛇」

　이 시는 구약성서에 나오는 에덴 동산의 사건을 모티프로 하고 있다.
뱀은 육체성을 가진 인간의 불완전한 존재에 대한 탈(mask)이면서 존재
의 죽음에 대한 본능적인 자기방어이기도 하다. 발이 없어 땅을 기는

뱀은 땅에 가장 밀착되어 있다는 점에서 가장 식물적인 동물이며 가장 동물화된 뿌리라고 일컬어진다. 그것은 인간의 평면으로의 타락을 암시한다. 대지의 고통성은 하늘의 정신성에 대한 설움으로 나타나고 선형적 시간에 대한 견딤의 인식은 하늘이 갖는 정신성을 물어뜯는 맹렬한 공격성으로 표출되어 양가적인 시간의식을 보여준다. 아울러 뱀을 보는 화자의 시선은 징그러움/아름다움, 쫓아냄/따라감 등의 양가적인 이미지의 동시적인 상충관계로 우리를 압도한다. 지상은 육체에 하늘은 정신에 대비된다. 서정주는 초기시에서 이와 같이 아름다움/추함, 선/악 등과 같은 감정의 경험 속에 대립, 모순되는 요소를 배치해 놓음으로써 화자가 현실에서 겪는 고통과 갈등의 시간을 극복하는 몸부림을 보여 주었다.

생명 그 자체의 탐구로 인간원형을 회복하는 강렬한 관능적 세계를 보여 주었던 서정주 초기시의 세계가 "비극적인 세계에 대한 처절한 도전이며 일제 말기 합리적 논리를 가질 수 없는 절망적 삶을 극복하기 위한 비극적 선택이었다.[70]"면 이러한 동적, 관능적 세계는 「화사」와 같이 관능적 육체적 정열의 세계에 대한 탐닉으로 드러나는데 이는 보들레르와 고대 그리스적 육체성에 기인한다.

> 나는 그(보들레르, 필자 주)가 한낱 사도인 점을 좋아하는 게 아니라, 그가 세계 시문학사 속의 여러 시인들 중에서 제일 철저하게 인간질곡의 밑바닥을 떠메고 형벌받던 시인인 점을 좋아한다.[71]

> 고대 그리스적인 육체성 ― 그것도 그리스 신화적인 육체성의 중시… 여기에서 전개해서 저절로 도달한 니이체의 짜라투스트

---

70) 김준오, 「인간탐구와 미당의 신화」, 『심상』, 1978. 11, 34면.
71) 서정주, 『서정주 문학전집5』, 일지사, 1972, 269면.

라의 영접회귀자─초인, 온갖 압세와 회의와 균일품적 저가치의 극
복과 아폴로적, 디오니소스적 신성에의 회귀는 이 당시에 내 가장
큰 지향이기도 했던 것이다.[72]

따라서 서정주의 이 시기의 시들에서의 시어는 수사적 기교의 가식을
벗어버리고 내면의 밑바닥에서 꾸밈없이 그대로 솟아 나오는 '直情言語'
를 보여 준다. "온갖 압세와 회의와 균일품적 저가치의 극복"이라는 어구
에 나타나 있듯이 그것은 변화와 속도로 표상되는 왜곡된 역사적 시간
즉 선형적 시간의 압력에 눌려 있는 표준화된 인간과 사회에 생명을 부여
하려는 하나의 시도로 보인다. 적나라한 인간의 탐구와 관능의 선택은
타락의 단순한 자포자기가 아니라 식민지 지식인으로서의 정신적 고뇌
의 역설적 표현이 되는 것이다. 그러나 화자는 이 선형적 시간의 횡포와
압력을 효과적으로 감당할 수 없으며 이런 불일치는 자아를 불안정한
상태에 있게 한다. "머리털이 흔들흔들 흔들리우는, 오 ─ 이 時間, 아까
운 時間."(「門」)과 같은 구절은 이런 상황을 단적으로 드러내 준다.

그런 점에서 「花蛇」가 가지는 더 큰 의의는 에덴의 사건이 서정주 개인
의 신화로 변용 창조되어 있다는 것이다. 신화는 그 사회의 변화의 요구
에 맞도록 수정, 변용되어 선택된다. 서정주의 관능적인 세계 자체는 에
덴사건과 보들레르, 그리고 니이체 등의 서구적인 것에 기인하지만, "우
리 순네는 스믈난 색시"에서 처럼 우리의 상황에 맞는 적절한 언어로
육화시킴으로써 서정주는 그만의 독특한 신화로 재창조시켜 우리의 아
이덴티티를 형성하게 한다. 그 정신적인 지향점은 바로 전통적인 세계관
이다. 우리가 서정주를 전통시인으로 규정하는 것도 바로 이러한 맥락에
서이다. 서정주의 관능의 세계가 자기 학대의 처절한 갈등의 연속으로

---

72) 서정주, 『서정주 문학전집5』, 일지사, 1973, 266면.

이루어졌다면 이는 삶의 세계와 강한 긴장관계를 갖고 있는 것이다. 서정주는 기독교 신화나 서구적 사고의 영향을 받았으나 동시대 다른 시인들과는 달리 서구적인 것을 우리의 아이덴티티 형성에 토착화했다. 이 때 그가 읽은 독서체험과 "허무의 세계인 서구시의 정서를 그에게 가장 친근한 정서로 대체하여 그 구체적인 내용으로 삼"았다는 평가[73]가 가능해지는 것이다. 관능어 못지 않게 구수한 토속어를 초기시에 많이 쓰고 있는 것도 이런 문맥에서 평가되어야 한다. 편의상 몇 편의 시들에서 예를 들어 보면 "다라나거라, 따르는 것은"(「花蛇」), "다라나며, 쫓느니"(「대낮」), "콩밭 속으로 작구 다라나고"(「입마춤」), "피흘리고 간"(「麥夏」) 등의 질주를 나타내는 동사군과 결합된 "가쁜 숨결이야"(「花蛇」), "능구렁이 같은 등어릿길로, 웬몸이 달어"(「대낮」), "즘생스런 우슴, 땅에 긴긴 입마춤"(「입마춤」), 배암같은 게집은/땀흘려 땀흘려/어지러운 나―ㄹ 업드리었다."(「麥夏」)등의 관능어의 세계는 이미 "우리 순네는 스믈난 색시"(「花蛇」), "붉은 꽃밭"(「대낮」), "黃土담 넘어 돌개울...날카로운 왜낫 시렁 우에 거러노코/오매는 몰래 어듸로 갔나"(「麥夏」) 등에서 나타나는 토속적인 정서를 기반으로 하고 있는 것이다.

이는 서정주가 '크레오파투라', '막다아레에나', '오픠이리아', '이브' 등의 서구적이며 관능적인 인명과 함께, "山보아도 눈물이 넘쳐나는 蓮順이"(「가시내」), "꽃각시 비녀하여 웃든 三月의 금女"(「水帶洞詩」), "부끄러운 열매처럼 부끄러운 게집애", "고요히 각혈하며 소리없이 죽어갔다는 淑"(「瓦家의 傳說」), "파뿌리같은 늙은 어머니"(「自畵像」) 등의 순박하고 착한 우리네 인명들을 자주 사용하고 있는 것과 같은 맥락이다.

즉 서정주의 초기시도 후기시와 마찬가지로 신화를 재창조하는 신화

---

73) 황현산, 「서정주, 농경사회의 모더니즘」, 『미당연구』, 민음사, 1994, 488면.

창조의 능력의 눈0으로 보게 했다는 점에서 중요한 의의를 가지게 되는 것이다.74)

이 문제와 관련해서 생각해 볼 수 있는 것은 서정주의 시간관의 변모이다. 여기서 우리는 서정주가 소화한 사상이나 경험들이 시로 여과되어 새롭게 창조되는 그만의 독특한 신화를 본다. 이런 과정을 거치면서 서정주의 시는 선형적인 시간관의 강박으로부터 벗어나면서 신화적 시간으로 수렴되는 것이다. 그의 첫 시집에 수록된 「復活」 같은 작품은 기독교적 의미로뿐만 아니라 불교적인 윤회의 시간개념으로까지 육화되어 있다.

선형적인 시간에서 신화적인 시간으로, 俗의 時間에서 聖의 時間으로의 이행은 첫 시집에서 이미 그 싹을 보이고 있는 것이다.

2) 신화적 시간

신화적 시간 혹은 순환적 시간이라 함은 낮과 밤, 계절의 변화, 출생·성장·소멸의 과정 등 자연적 혹은 인간적인 경험을 순환적인 성질로 인식하는 시간세계인데 이는 고대인의 시간특징이다.75) 이 시간은 원으로 상징될 수 있으며 이 시간은 성스러운 시간으로 심화될 수 있다.76) 신화적 시간에서 시간은 불균질적인 시간, 즉 성과 속으로 이분되어 있다. 아울러 어떠한 시간이라도 성스러운 시간으로 개방되어 있다. 신성 현현의 시간, 히에로파니적인 시간은 매년 반복된다, 이 순간은 지속을 형성

---

74) 김준오, 「인간탐구와 미당의 신화」, 『심상』, 1978. 11, 37면.

75) Berdjajev, 위의 책, 258면.

76) Mircia Eliade, 『종교형태론』, 이은봉 역, 형설출판사, 1983, 423—425면.

한다는 의미에서 연속적이다. 성스러운 시간의 주기적 발생은 모든 인간의 종교적 개념 가운데서 중요한 위치를 점한다. 원형적 행위의 반복, 원형의 모방이라는 메카니즘이 속적 시간을 폐지하고 그것을 성스러운 시간으로 변용시킨다. 계절이 무한히 반복되고 탄생과 죽음이 한없이 반복된다는 순환적 사고는 무의식적으로 영원불멸의 원망을 동기로 한다.

『花蛇集』이후의 서정주의 시들 즉,『歸蜀途』(1948),『徐廷柱 詩選』(1956),『新羅抄』(1960),『冬天』(1968),『徐廷柱 文學全集』(1972),『질마재 神話』(1975),『떠돌이의 詩』(1976)에 이르는 시들은 다양한 모습을 갖추고 있어서 획일적으로 구획하기는 어렵지만, 초기시에서 보이던 시간의 단절감이 극복되면서 주로 초월적인 시간을 향한 화자의 열정이 죽은 자를 불러내고 재생시키거나, 과거, 현재, 미래로 향하는 시간의 불가역적인 흐름에서 벗어난 시간의 질적인 다양성을 보여주는 모습을 띤다. 아울러 이 시기에 와서 서정주의 시는 자연의 부분적인 현실공간이나 하늘, 바다 등의 공간을 두루 넘나들기도 하고, 영속적인 자연의 시간 속에서 지속, 반복되는 양상을 보인다. 이러한 흐름은 크게는 神話的인 時間의 세계로 묶을 수 있다. 우리는 신화적인 시간양상을 살피기 전에 이에 해당하는 각 시집들의 특징들을 간략하게 살펴 볼 필요가 있다.

『歸蜀途』는『花蛇集』에서 보여 준 원죄적인 자아의 인식과는 다른 재생의 몸짓을 보이고 있다. 그런데 이러한 재생의 몸짓은 완결된 형태로 드러나는 것이 아니라 통과제의를 벗어난 시인의 일시적인 모습을 보여 줄 뿐이다. 그렇기 때문에『歸蜀途』는 비극적인 도취의 세계와 거리를 두는 동시에 불교의 인연의 세계인 초월적인 세계와도 거리를 두고 있다. 전체적으로 이 시집에서는 두 가지의 경향을 가지고 있다. 그 하나는 恨이라는 형식의 세계관이고, 또 다른 하나는 일상적인 삶 속에서의 열린 세계 지향이다. 이는 서정주 시의 세계관 자체가 근대(일제강점)라는 생활양식에서 비롯된 충격의 양상을 극복하고 전통이라는 민족적 단위의 세계로 들어가게 되었음을 의미한다.

보다 완결된 시적 의미의 내적 질서의 모습은 다음 시집『徐廷柱 詩選』에서 이루어지는데, 이 시집에서는 모든 것을 초월한 위치에서 세상의 모든 물상을 관조하거나 정관의 자세를 취하는 그야말로 진정한 의미의 열린 세계를 체현해 내고 있다. 민족을 재편성시킨 6.25는 인간을 극한상황으로 몰고 가서 인간의 정신세계를 황폐화시켰지만(아울러 6.25는 서정주로 하여금 정신착란을 일으키게도 했다.), 이 시집에서는 그의 정신적인 황폐화와는 달리 안정된 자아의 응시와 일상적인 삶 속에서 아무런 욕심이 없는 달관의 자세를 취하고 있다. 여기서 서정주가 제시한 자연은 우리 민족의 공통적인 정감을 노래한 민족단위의 것으로 설명될 성질의 것이다.

이데올로기의 대립에서 비롯된 6.25는 서정주에게 우리의 고전이나 전통의 세계에 칩거할 수 있게 하는 반동적인 역할을 하였다. 그런 관계로 서정주의 시 세계는 세상의 변화와 무관하게 인간의 본질적인 정신세계로 향하는 것이다.

『新羅抄』의 세계는 위의 세계의 연속선상에서 파악할 수 있다. 세상의 변화와는 무관하게 과거에의 회귀를 통하여 민족의 근원적인 단위세계인 역사적 공간(新羅)으로 회귀하는 시적인 가능성을 보여 주고 있다. 즉『新羅抄』는 삼국유사의 세계에 대한 시적 직관으로서의 기록성의 해석을 감행한 것인데 이는 근대지향성의 횡포를 막는 것은 말단 문화권에 놓인 당연한 요청사항으로 이는 사상보다는 시적 표현으로 수용되었다.[77]

『冬天』은 모든 지상적인 것들과의 이별, 즉 지상적인 시간에의 초월이 이루어지는 시집이다. 이는 인간주의적 태도와 그것에서 연유하는 애착을 버리고, 또 애착을 버리는 데서 오는 마음의 동요까지도 풀어버리는 '가벼움'의 세계로서 인간적인 숙명관과 현세적인 삶으로부터도 해방됨을 보여 준다.[78]

『질마재 神話』는 기록성의 한계에 부딪히자 그 돌파구로서 필연적으로 부각된 세계이다. 여기에는 개인적이고 주술적인 혹은 사적 비전이 드러나며 이러한 사적 비전을 극복하기 위해서 산문투의 형태가 선택되었다. 이는 서구적인 정제된 시 형태에 대하여 전통지향성을 더욱 강화시키는 역할을 한다. 여기서 물신화는 문화의 측면으로까지 심화된다.

서정주의 시 세계는 베르그송이 언급한 시간개념인 내적 지속에 입각하여 시적인 변화가 이루어진다.[79] 그러나 서정주는 동일한 시간체험의 다른 양상인 지속과 변화 중 지속의 측면에 우위를 둠으로써 그의 시는 현저히 불변의 양상을 띤다. 즉 그의 시는 냉혹하게 흐르면서 변화하고 유전하는 선형적 시간을 극복하기 위한 것으로 진전이 이루어진다. 앞으로 전개될 논지를 당겨서 말하자면 문명의 발전적인 단위와는 현저하게 거리를 두는 그의 세계관은 민족적인 공감대의 세계인 전통세계로의 복귀를 지향하고 있는 것이다.

선형적인 시간의 강박에서 벗어나기 위해 인간이 가장 먼저 맞닥뜨리는 것이 죽음이다. 서정주는 현실적 시간에서 해방되고자 하였으며 그 문제의 극복을 끝없이 순환하고 반복하는 자연의 질서에서 찾는다. 그것

77) 김윤식, 「서정주의 질마재 신화고」, 『현대문학』, 76.3. 질마재 신화의 내용도 인용했음.

78) 이진홍, 「徐廷柱 詩의 心象硏究」, 영남대학교 대학원 박사학위 논문, 1988, 138—139면.

79) H. Bergson, 『형이상학입문』, 대양출판사, 1981, 488면.

의 직접적인 발현은 '꽃'이라는 자연물의 매개로 이루어진다. 작품 「꽃」
에 대한 시인의 언급은 서정주 시간의식의 변모과정을 알게 해 주는 중요
한 단초가 된다.

> 「꽃」이라는 작품은 내 詩作生活에 한 轉機를 가져온 작품이다.
> 암흑이나『花蛇』속의 白熱한 그리이스 신화적 육체나 부엉이 같은
> 암흑이나 절망이나 그런 것들에서도 인젠 떠나서 죽은 저 너머 先人
> 들의 무형화된 넋의 세계에 접촉하는 한 門을 이 작품의 原想은
> 잡아 흔들고 있는 것이다.[80]

서정주의 죽음의식은 죽음을 생의 끝이라고 생각하는 허무주의적 관
점이나 기독교적 종말론적 관점을 떠나 있으며 생자와 사자의 동시적
공존이라는 신화의 색채마저 띠고 있다. 그것은 먼저 通時的 同一性의
양상으로 나타난다. 통시적 동일성 diachronic identity이란 자아와 세계의
격심한 변화와 이 변화에서 야기되는 허무주의 때문에 발생되는 개념이
다. 이에 대응하여 인간은 연속적이고 불변적인 요소를 인간의 가치양상
으로 찾고 인간이나 사물에 동일성을 부여하려는 성향을 지니게 된다.[81]

> 가신 이들의 헐덕이든 숨결로
> 곱게 곱게 씻기운 꽃이 피었다.
> 흐트러진 머리털 그냥 그대로,
> 그 몸ㅅ짓 그 음성 그냥 그대로,
> 옛사람의 노래는 여기 있어라.
> 오— 그 기름묻은 머리ㅅ박 낱낱이 더워

---

80) 서정주,『徐廷柱文學全集』3권, 일지사, 1972, 228면.
81) 김준오,「同一性의 詩論」,『심상』, 1978. 7.

땀흘리고 간 옛사람들의
노래ㅅ소리는 하늘우에 있어라.

쉬여 가자 벗이여 쉬여서 가자
여기 새로 핀 크낙한 꽃 그늘에
벗이여 우리도 쉬여서 가자

맞나는 샘물마닥 목을 추기며
이끼 낀 바위ㅅ돌에 택을 고이고
자칫하면 다시못볼 하눌을 보자.

—「꽃」

  서정주는 '꽃'에서 소멸과 생성, 계절의 순환을 본다. 그것은 그대로
죽은이(가신이)의 삶으로 이입되며 생자의 동참을 요구한다. 대지는 死者
를 묻은 곳이다. 꽃은 대지의 자양인 사자의 몸을 통하여 핀다. 그러면서
꽃은 사자의 숨결이라는 하나의 호흡으로 핀다. 그러므로 꽃은 사자의
'숨결로 씻기운' 몸이다.
  그 꽃은 그러나 『花蛇集』에서 보이던 열정과 관능의 강렬한 색채를
띠고 있지는 않다. 논자들이 많이 지적했다시피 『花蛇集』의 꽃들은 피의
심상과 상당히 결합되면서 대체로 붉은 색을 주조로 하고 있다. 이 관능
은 앞에서도 언급했듯이 화자가 선형적인 시간에 대항하는 전략으로 선
택한 것이지만 자아와 세계와의 관계는 매우 불안정하게 했다. 그러던
것이 2시집인 『歸蜀途』에 이르면 자아는 훨씬 안정된 상태를 찾아가고
있다.
  이 변화는 붉은 빛깔 혹은 피로 상징되는 관능과 고통, 그리고 불일치
의 시간을 극복했기 때문으로 보인다. 화자는 그를 둘러싸고 있는 역사적

현실의 선형적 시간으로부터 자신을 다스리는 방법을 터득한다. 이것이 바로 꽃으로부터 통시적 동일성을 발견하는 화자의 시선이다. 이제 더 세밀하게 이 시를 분석해 보도록 한다.

1연에서는 꽃과 死者의 상관관계를 나타낸다. 인간이 자연에 관여하는 양태로 드러나 있다. 그러나 그 꽃은 욕망과 관능이 배제된 정화와 서늘함("곱게 곱게 씻기운 꽃")의 양태로 나타난다. 그것은 자아가 즉 선형적 시간을 극복하고 있다는 것을 단적으로 보여 준다. 또한 이 시에서는 『花蛇集』에서 보여 주던 과다한 질주동사의 사용이 완화되면서 그 숨가쁨이 안정된 자세를 취하고 있다. 그러나 꽃과 인간은 아직 떨어져서 존재하고 있을 뿐이다.

2연에서는 꽃과 死者의 동일시가 일어난다. 꽃의 외양은 인간의 "흐트러진 머리털"과 "몸ㅅ짓"으로 육화된다. 그러나 여기서 꽃의 외양과 인간의 모습과의 단순한 일치만이 드러나는 것이 아니다. 시인은 꽃에게서 "음성"이며 "옛사람의 노래"를 듣는다. 여기서 음성이며 노래는 꽃의 성장에 대한 시인의 확대된 즉물적인 시선이다. 더 세밀하게 이야기하면 식물의 줄기며 꽃대를 타고 흐르는 물줄기에서 시인은 노래를 읽는 것이다. 그래서 꽃과 사자의 동일시는 매우 리얼하게 육화된다.

3연에서 그 노래는 퍼진다. 시인은 일상적인 눈으로는 보이지 않는, 일상적인 귀로는 들리지 않는 그 노래ㅅ소리를 "하늘우에"서 보고 듣는다. 즉 하늘 속에서도 영혼의 무형적인 현존을 체험하게 되는 것이다. 하늘은 그 노래로서 영혼의 숨결을 받는다.[82] 꽃과 하늘, 사자와 대상간의 교감의 확산이 이루어진다. 이는 자아와 대상간의 일체감으로 자연스럽게 확산된다.

---

82) 이는 『冬天』 이후의 시들에서 무르익는 無의 세계의 단초가 되는 것으로 보인다.

4연에서 화자는 '벗'이라는 불특정 2인칭 청자를 끌어내게 된다. 이는 시인의 의도에 현실적인 감각을 불어넣기 위한 하나의 장치이다. 독자는 화자가 그에게 하는 대사를 엿듣게 되면서 더욱 생생하게 자연과 자아의 일체감을 느끼는 것이다.

5연에서 꽃의 개화는 샘물의 분출이라는 순간적이며 수직적인 시간으로 각인된다.[83) 꽃의 순간적인 개화의 이미지는 그 순간을 놓치면 못 본다는 "자칫하면 다시 못볼"이라는 어사를 동반하는 엄청난 폭발력과 힘으로 화자에게 다가오면서 청자를 유도하고 있는 것이다.

마글리올라에 의하면 인간의 의식이란 자아와 외부세계와의 상호작용이고, 문학이란 이 의식의 표현이며,[84) 문학작품에는 그 속에 작가 나름의 독특한 의식의 흔적을 내포하고 있다.[85) 이 시는 서정주 시에서 주조로 나타나는 화자의 과거 지향적인 시선을 드러내 준다. 그것은 변화보다는 지속을, 미래보다는 과거를 향하는 시인의 시선을 보여 주는 것이다. 시인은 꽃을 통해서 "가신이들의 헐덕이든 숨결" 즉 대대로 슬픈 운명의 삶을 살다간 선인들의 영혼과의 공감을 느낀다. 결국 이 시는 시인이 반복해서 피는 꽃의 개화 순간마다 영혼의 무형적인 현존을 체험한 순간 쓰여진 것이다. 이 시는 시상이 전개되면서 화자가 자연과의 교감을 통해 지각하는 작가자신과 지각되어지는 대상 사이의 간격이 없이 일체가 됨을 말하고 있다. 자연의 모습 자체는 시간이나 사계절에 의해 변하지만

---

83) 이는 수직적 시간 항목에서 상세히 재론된다.

84) Magliola, *Phenomenology and Literature: An Introduction*(West Lafayette, Indiana: Purdue Univ. Press, 1977), 41면. "That consciousness is an interplay of self and outside and the literature is an expression of consciousness."

85) Magliola, 위의 책 28면. "The literary work bears within itself the unique imprint of the author's own consciousness."

그 변화 속에는 항상 불변의 모습을 보여 준다. 계절의 변화라는 것 자체가 하나의 현상일 뿐이다. 하늘과 땅이라는 본질 자체는 언제나 변하지는 않는 것이고 그 위에 나타나는 변화는 피상적인 것이다. 그러므로 꽃은 변화 속에서 불변하는 자연을 축약한 하나의 표상이다. 이는 결국 자아의 문제에 수렴된다. 예측할 수 없는 세계의 변화와 이에서 파생되는 허무주의는 자아를 불변하는 대상과 일치시키려는 시도를 낳는다. 즉 꽃은 세상이 어떻게 변하더라도 자아는 안정된 모습을 취하고자 하는 시인이 선택한 대상이다.

> 조개 껍질의 붉고 푸른 문의는
> 몇천년을 혼자서 용솟음 치든
> 바다의 바다의 소망이리라.
>
> 가지가 찢어지게 열리는 꽃은
> 날이 날마닥 여기와 소근대든
> 바람의 바람의 소망이리라.
>
> 아— 이 검붉은 懲役의 땅우에
> 洪水와 같이 몰려 오는 혁명은
> 오랜 하눌의 소망이리라.
>
> —「革命」

이 시는 자연의 속성인 지속성과 반복성을 중심으로 짜여져 있다.[86]

---

86) 이 詩는 朴在森의 일련의 시들, 예컨대 「千年의 바람」과 같은 시에 많은 영향을 준 것으로 보인다. 박재삼의 아래 시는 그 발상이나 어법이 서정주의 시와 거의 유사하다.
　　"천년 전에 하던 장난을/바람은 아직도 하고 있다./소나무 가지에 쉴새 없이 와서

끊임없이 되풀이되는 무변화는 불안정한 세태와는 관계없이 안정감과 지속감을 준다.

「革命」에서 시인은 "조개 껍질의 붉고 푸른 문의"(무늬) 속에서 "몇千年을 혼자서 용솟음 치든/바다"의 몸짓을 보며 — 여기서 '千年'은 무수한 반복과 무한히 긴 세월을 가리키는 시어다.[87] —, 가지에 그득하게 달린 꽃에서도 "날이 날마닥 소근대든/바람의 바람의 소망"을 본다. 여기서 1연과 2연의 '바다의 바다의', '바람의 바람의'의 중첩은 끊임없는 지속과 반복을 효과적으로 드러내기 위한 의도적인 화법이다. 이는 3연의 '하눌의'에 비반복에 수렴되면서 전체적인 균형을 이룬다. 3연은 얼핏 보면 통시적 동일성을 나타내는 것 같이 보이지는 않지만 견디기 어려운 선형적인 시간으로 상징되는 "懲役의 땅"을 갱신하기 위한 틀로서 '革命'을 해석하면 별 무리가 없다. 즉 혁명 역시 하나의 큰 흐름으로 보면 하나의 반복적인 주기인 것이다. 시인은 그것을 '하눌(하늘)의 소망'으로 읽는다. 이 시 역시 자연의 무궁한 생명현상을 통해서 인간의 가변성과 유한성을 극복하고 통시적 동일성을 찾으려는 자아의 모색으로 보인다. 즉 변화 속의 불안전한 자아는 그 변화와 관계없이 현존을 거듭하는 자연에 스스로를 담음으로써 변화 속에서 지속의 성질을 누릴 수 있는 것이다.

결국 통시적 동일성을 찾으려는 자아의 시도는 자아형성으로 가는 길

는/간지러움을 주고 있는 걸 보아라/아, 보아라 보아라/아직도 천년 전의 되풀이다."(박재삼, 「千年의 바람」(박재삼 시선, 『千年의 바람』, 민음사, 1975, 75면.)

87) 이 '千年'은 가령 작품 「鶴」이나, 「滿洲에서」, 「石窟庵觀世音의 노래」 등의 작품에 나오는 것과 같은 의미이다.
"千年 맺힌 시름을/출렁이는 물살도 없이/고은 강물이 흐르듯/鶴이 나른다"(「鶴」)
"몇千年을, 오─몇千年을 혼자서 놀고온 사람들이겠습니까."(「滿洲에서」)
"나보단도 더 나를 사랑하는 이/千年을, 千年을, 사랑하는 이"(「石窟庵觀世音의 노래」)

이었음을 우리는 알 수 있다. 서정주의 자연을 소재로 하는 일련의 시들
은 시인에게 통시적 동일성을 심화시킴은 물론 이를 넘어서 자연의 생명
률과 인간의 교감과 화해를 노래하는 지경에 이른다.

「山下日誌抄」가 바로 그런 대표적인 경우다.[88][89]

    나는 문득 눈을 들어 우리 늙은 山둘레들을 다시 한번 바라보았다.
  역시 꺼칫꺼칫하고 멍청한것이 잊은듯이 앉아있을 따름으로, 다만
  하늘의 구름이 거기에도 몰려와서 몸을 대고 지내가긴 했지만, 무엇
  때문에 그 밉상인것을 그렇게까지 가까히하는지 여전히 알길이 없
  었다.
    허나 이튼날도 그 다음날도 또 그 다음날도 이것들이 되풀이해서
  사귀는 모양을 보고있는동안 그것이 무엇이라는걸 알기는 알았다.
    그것은 우리 한쌍의 젊은 男女가 서로 뺨을 마조 부비고 머리털을
  매만지고 하는 바로 그것과 같은것으로서, 이짓거리는 아마 몇十萬
  年도 더 계속되어 왔으리라는것이다. 이미 모든 땅우의 더러운 싸움

---

88) 황동규는 이를 두고 자연의 일에 인간이 참여하거나 인간사에 자연이 참여하는 형
   국을 드러낸다는 의미 있는 지적을 하면서 전자로서는 『徐廷柱 詩選』을, 후자로서
   는 『新羅抄』와 『冬天』을 대표적으로 들고 있다. 황동규, 「탈의 完成과 解體」, 135—
   142면.
89) 이외에도 서정주의 시에서 자연률과 인간의 교감을 다룬 시들은 많다. 대표적인 것
   만 보아도, "이제는 돌아와 거울 앞에선/내 누님 같이 생긴 꽃이여"(「菊花 옆에서」),
   "설고도 어지러운 사랑의 모습처럼/녀릿 녀릿 흔들리며 피어 오른다"(「아지랑이」),
   "新羅 가시내의 숨결과 같은/新羅 가시내의 머리털 같은/풀밭"(「新綠」), "二月 새 하
   눌일래 대수풀은 빛나네./.../햇빛에 나즉히 노래 불러 올리는/아릿답고 향기론 處女
   들이 크나니"(「二月」), "폭으은히 내려오는 눈발 속에서는/ 낯이 붉은 處女아이들도
   깃들이어 오는 소리"(「내리는 눈발속에서는」), "꽃밭은...그 낱낱의 얼굴들로 볼진대
   우리 조카딸년들이나 그 조카딸년들의 친구들의 웃음판과도같은 굉장히 질거운 웃
   음판이다."(「上里果園」) 등이다. 자연과 인간의 일치는 주로 여성성과 결부되어 나
   타난다.

의 찌꺽이들을 맑힐대로 맑히여 날라 올라서, 인제는 오직 한빛 玉
色의 터전을 영원히 흐를뿐인— 저 한정없는 그리움의 몸짓과도같
은것들은, 저 山이 젊었을때부터도 한결같이 저렇게만 어루만지고
있었으리라는것이다.

그러자 나는 바로 그날밤, 그 山이 랑랑한 唱으로 노래하는 소리를
들었다. …안잊는다는것이 이렇게 오래도 고스란이 있을수 있는일
일까.… 數百王朝의 沒落을 겪고도 오히려 늙지 않는 저 물같이
맑은 소리—저런소리는 정말로 山마닥 아직도 오히려 살아 있는것
일까.

—「山下日誌抄」

이 시에서 통시적 동일성을 나타내는 자연의 현상은 '山둘레와 구름 사이
의 짓거리', 그리고 '산의 노랫소리'이다. 시인은 마음이라는 주체와 외부세
계라는 대상의 상호작용을 통해 하나의 정신적 풍경을 상상해 낸다. 그것은
자연이 인간과 같은 욕정을 가진 대상이라는 것이다. 시적 자아는 자연 속에
서 인간의 어떤 충동을 보는데 그 충동은 역사적 흐름과는 관계없이 지속되
는 하나의 리듬이다. 자연과 인간의 심성과의 일치를 통해 시인이 드러내고
자 하는 것은 사회와 역사의 변천과 영고성쇠에도 불구하고 유구하게 지속
되는 욕정의 끈질김이다. 예를 들면 위의 시에서

이것들이 되풀이해서 사귀는 모양을 보고있는동안 그것이 무
엇이라는걸 알기는 알았다.
그것은 우리 한쌍의 젊은 男女가 서로 뺨을 마조 부비고 머리
털을 매만지고 하는 바로 그것과 같은것으로서

와 같은 구절을 살펴 보면, 인용 첫 행의 자연과 자연의 '짓거리'들이 둘째
행의 인간과 인간의 그것과 전혀 다르지 않다는 것을 알 수 있다. 그것은

인간과 자연, 인간과 동물, 사물과 자연과의 관계에서도 마찬가지다.[90]
　유구한 욕정의 끈질김은 서정주 자연관의 핵심이 되는 것으로서 그의
시들은 이러한 주제에 대한 변주적인 주석이라고 볼 수도 있다고 김우창
은 말한다.[91]

　　　뻐꾹새 울음 소리
　　　그대 어깨를 어루만져 내려서
　　　그대 버선코를 돌아오고 있을 때……
　　　열번 스무번을 돌아오고 있을 때……

　　　그대 옛 結婚날의
　　　지금은 전당포에 잡히어 있는
　　　기억 속 가락지의 금빛 線을 돌아서
　　　돌아서 돌아서 울려오고 있을 때……

　　　네갈림길에 선 검으야한 소나무가지
　　　중노릇 가는 그대 어린 것의 길을 가르치는
　　　소나무가지를 씻어 비껴가고 있을 때……

　　　　　　　　　　　　　　　　　— 「뻐꾹새 울음」

---

90) 독자들에게 널리 애송되고 있는 「菊花 옆에서」와 같은 작품은 한 송이 菊花 꽃의
　개화를 위해 자연(천둥, 먹구름), 동물(꾀꼬리), 인간(나)이 모두 협력하는 것을 보여
　주고 있다. 이는 과거가 한꺼번에 현재의 자아("내 누님같이 생긴 꽃이여")에 작용
　하는 경우이다.
　아울러 「겨울의 情」과 같은 작품에서 눈 속에 묻힌 사물인 대추씨의 그리움에의 충
　동은 하늘의 기러기들을 그 그리움에 날게 하고, 난초잎도 그 기별을 받아듣게 하
　고, 바다의 참물초차도 山골물이 보고파 "山峽의 어름짱 넘어 넘어 밀"리게 하는 충
　동의 연쇄 드라마를 살게 한다.
91) 金禹昌, 「구부러짐의 形而上學」, 『궁핍한 시대의 詩人』, 민음사, 1977, 230면.

　서술 종지형이 없이 말없음표로 끝맺는 시 형식은 문장이 계속하여 이어지도록 함으로써 이 형태를 빌어 뻐꾸기 울음이라는 행위가 계속하여 반복되게 하는 시의 틀이 되며 반복의 의미를 강화한다. 각 연에서의 어조배열도 그 효과를 더하게 하는데, 1연의 '돌아오고', '열번 스무번', 2연의 '돌아서'의 반복이 그것이다. 이는 '어깨'와 '버선코', 그리고 '황금 가락지의 금빛 선'의 둥근 형상들을 덧입음으로써 효과가 배가된다.

　1연에서 시적 화자가 택한 2인칭의 대상인 '그대'가 듣는 뻐꾸기 울음은 2연에서는 기억으로, 더욱 기억 속의 가락지의 금빛 선으로 이어지면서 시적 화자의 현저한 과거지향을 드러낸다. 그것을 거슬러 온 울음소리는 3연에서 "중노릇 가는 그대 어린 것"에까지 뻗치면서 세대가 바뀌어도 계속되는 뻐꾸기 울음소리를 보여 준다. 결국 뻐꾹새 울음은 시대적 변화에 관계없이 지속되는 자연의 충동이라 할 만하다.

　　　　북녘 곰이 발바닥 핧다 돌이 되거던……
　　　　남녘 곰도 발바닥 핧다 돌이 되거던……
　　　　그 두 돌 다 바닷물에 가라앉거던……
　　　　가라앉아 이얘기를 시작하거던……
　　　　이얘기가 다 끝나서 말이 없거던……
　　　　말이 없어 굴딱지나 달라붙거던……
　　　　바다 말라 그 두 돌이 또 나오거던……

　　　　　　　　　　　　　　　　　— 「북녘 곰, 남녘 곰」

　이 시는 자연의 순환적인 반복을 통한 사건의 끝없는 되풀이가 통시적 동일성의 양상으로 타나난다. 그것은 다분히 어떤 설화에서 그 뼈대만 추려 놓은 느낌이 들기도 한다. 이 시에서 우리가 특히 유의해야 할 대목은 단군신화에 웅녀로 등장하는 곰이 나타난다는 것이다. 곰은 자연의

순환적인 질서의 일부가 되어 있는데[92], 이는 꼭 단군시대만 지칭하는
것이 아니라 어느 시대를 막론하고 자연과 일체가 되어 사는 삶이 계속해
서 이어지고 있음을 상징한다.

서정주는 자연을 주로 다룬 시들뿐만 아니라 섭섭이, 서운니, 소학교
때 내 女先生님 등의 아름다운 기억 속의 인물, 娑蘇, 善德女王, 新羅의
한 사내, 春香 등의 역사적인 인물, 연오랑과 세오녀 등의 전설 속의
인물이 등장하는 많은 시들에서 통시적 동일성의 여러 양상을 시도하기
도 했고, 신라와 질마재는 변화 속에서도 변화을 거부하는 서정주 시학의
거점이 되기도 했다.

우리는 이러한 시인의 의식의 등가물로서의 통시적 동일성의 양상을
시간의 영역에서 분석할 수 있는데 시간의식 중 변화보다는 지속을 앞세
우는 그의 태도에서 찾을 수 있다. 서정주의 시는 베르그송의 세계처럼
현재가 끊임없이 이어지는 새로움, 즉 변화와 지속의 양태로 나타나는
것이 아니라, 과거의 보존이며 과거를 현재 속에 반복해서 지속시키는
것이다. 실제로 「雨中有題」와 같은 작품에서 이상적인 인물로 삼고 있듯
이 시인은 통시적인 동일성의 몸짓을 사람과 자연이 서로 조응하는 상태
에서 찾고 있다. 이는 그만큼 서정주 시학이 보수주의 미학을 담고 있음
을 말해 준다. 이러한 양상은 서정주 시학의 기본적인 성격에도 기인하는
것이겠지만 일제와 6.25 등으로 표상되는 근대에 대한 본질적인 혐오를

---

92) 서정주의 시에 타나나는 가장 큰 특징은 인간이 자연의 일부를 이루고 있으며 자연
과 인간의 삶은 하나의 동일한 유형으로 나타난다는 것이다. 김우창, 「구부러짐의
形而上學」,『궁핍한 시대의 詩人』, 민음사, 1977, 227면.
우리는 이미 「山下日誌抄」를 비롯한 대부분의 언급시에서 이러한 사실을 확인한 바
있거니와 자연과 인간의 심정적인 일치를 드러낸 가장 좋은 예로 「雨中有題」의 "떠
러지는 홍시에 마음이 쏠려/또그르르 그만 그리고 굴러가버리듯" 같은 구절을 들
수 있다.

반영하는 것이다. 그는 변화와 진보를 목적으로 하는 선형적 시간 속에서 자신을 지키며 영원한 것, 유구한 것에 자신을 맡기려는 의도를 시작에 반영한 것으로 보여진다. 이는 "생사의 필연적인 순환을 받아들이거나 영원한 회귀를 받아들일 때 인간은 비로소 자신과 그가 살고 있는 역사적 상황을 초극하는 희망이 생긴다는 니체의 사상[93])과도 상통하는 점이 있다.

서정주시의 통시적 동일성은 시간의 반복, 즉 계절적인 순환관계를 밑그림으로 하고 있기는 하지만 한이나 절망의 모습을 극복하는 단계로 점차 승화되어 간다. 중기시 이후의 시편들에서 보여 주는 자연이나 전통에 대한 의식은 그러므로 세상의 모든 변화를 꿰뚫어 볼 수 있는 세계인 '道'에 도달했고 그로 인하여 세상에 대한 사랑을 발견할 수 있게 된다.

다음으로 신화를 채용하고 있는 서정주의 시를 알아보자. 서정주의 시에서 비정한 선형적 시간이나 죽음의 문제를 극복하고 초월하는 중요한 방식 중의 하나를 우리는 신화에서 찾을 수 있다. 신화란 한 민족이나 집단의 본질적인 문제를 상징적으로 서술한 것이며 따라서 거기에는 그 집단의 사회적 관습이나 삶의 규범, 계율, 가치관 등이 내재되어 있다. 서정주는 그 신화라는 말을 그만의 독특한 언어로 사용하고 있다.

> 이것도 아마 이 하늘 밑에서는 거의 없는 일일 테니 불가불 할수없
> 이 神話의 일종이겠읍죠?
>
> ― 「눈들 영감의 마른 명태」

서정주에 의하면 신화는 보편성을 가진 것이 아니고 특수적인 것이다.

---

93) 金秉玉, 「니이체의 著作, 生涯, 思想」, 『세계사상대전집』, 대양서적, 1970, 69면. 여기
서는 金埈五, 「靑馬詩의 반인간주의」, 『가면의 해석학』, 이우출판사, 1987, 21면에서
재인용.

그것은 엄밀히 말하면 개인적인 일화가 지닌 신비체험의 일종이다. 윗시에서는 질마재라는 특수한 마을에서 일어난 일종의 신비한 사건이다. 그것은 "눈들 영감 마른 명태 자시듯"과 같은 그 집단에서만 통용될 수 있는 하나의 독특한 어구를 만들며 구성원들 사이에 신비화되고 신성시된다.

현실 세계만의 것을 다룬 서정주의 시들은 드물다. 대부분의 시들에서 서정주는 보이는 세계와 안 보이는 세계 사이의 연속성을 경험한 사람들의 이야기를 다룬다. 그의 신화적 비전은 '신라'와 '질마재'라고 하는 독특한 공간에서 뿜어져 나왔을 뿐 아니라, 유년시절의 그의 경험을 통한 기억과 그의 할머니를 비롯한 어른들과 비근한 이웃의 일상들에게서 육화된 삶에서 추출해 내기도 했다. 신화를 바탕으로 한 그의 시세계는 전반적인 시의 이미지와 구조를 형성하는 토대가 된다.

서정주 시에서 꽃이나 식물이 인간의 죽음을 재생시키는 생명의 이미지가 되기도 한다. 그것은 여성성과 더불어서 이루어진다. 『歸蜀途』에 이르면 서정주의 시에서는 관능적인 여성상은 현저하게 줄어든다. 이는 서정주의 시가 보들레르적 탐미나 관능을 버리고 자연의 세계로 돌아감으로써 본래적인 삶을 회복하고자 했기 때문이다. 이 때 만나게 되는 여성이 '순이, 영이, 남이, 푸접이, 순네, 섭섭이, 서운니' 등이다. 이들은 꽃이나 식물과 함께 부활에 절대적인 역할을 한다.

> 아홉밤 아홉낮을 빌고 빌어도
> 덧없이 스러지는 푸른 숨ㅅ결이
> 저꽃으로 문지르면 도라오리야
>
> ― 「문열어라 정도령아」

손가락 끝에 나의 어린 피ㅅ방울을 적시우며, 한名의 소녀가 걱정
을하면 세名의小女도 걱정을허며, 그 노오란 꽃송이로 문지르고는,
하연 꽃송이로 문지르고는, 빠알안 꽃송이로 문지르고는 하든 나의
傷처기는 어쩌면 그리도 잘 낫는것이였든가.

　—「무슨꽃으로 문지르는 가슴이기에 나는 이리도 살고 싶은가」

　두 편의 시가 모두 설화에서 그 소재를 채용하고 있다. 서정주는 의미
의 효율적인 전달을 위해 화법에 변화를 주고 있는데 인용된 구절에서만
보면 앞 시는 전래 노래를, 뒤의 시는 회상적인 어법을 쓰고 있다. 서정주
의 시에서 설화적인 주제와 결부될 때 여성들은 구원과 풍요, 그리고
생산의 상징으로 드러나기도 한다. 뒤의 시에서는 화자 자신의 회상을
통해 꽃과 소녀는 같은 본질을 갖게 된다.

　생명의 소생과 상처 치유의 의식적인 행위로 꽃을 신체에 접촉하는
행위는 피었다가 지는 것을 계속하는 생명의 속성을 자신의 육체에 전이
시키고 싶어하는 심리적 반영일 것이다. 아울러 俗信의 측면에서 보면
신화적 원형을 가진 행위를 단순히 반복함으로써 실현되는 성스러운 시
간의식으로 볼 수 있다. 즉 생명자체는 수선될 수 없고 단지 우주창조의
상징적 반복을 통해 재창조될 수밖에 없다.[94]는 의식에서 비롯되는 식물
적인 생명력에 대한 묘사라 할 수 있다.

　개화된 꽃은 생명현상의 가장 고양된 상태다. 이러한 꽃의 성질이 실질
적으로 인간의 육체와 접합함으로써 꽃의 지속적인 생명력이 인간에게
로 전이되는 자연의 갱생력과 불멸성이 동시에 상징화되고 있다.

　　　妓生이 淸江의 神이 되어 정말로 살고 계시는 것을

---

94) 엘리아데, *The Sacred and The Profane*, 이동하역, 학민사, 1983, 64면.

보았는가.

ㅡ·四後退 때 나는 진주 가서 보았다.

그의 가진 것에다 살을 비비면 病이 낫는다고,
아직도 귀때기가 새파란 새댁이 論介의 강물에다 두 손을 적시고
있는 것을
시인 설창수가 손가락으로 가리켜 주어서 보았다.

ㅡ「晉州 가서」

물의 색채를 통해 전설 속의 인물은 신비화되고 강의 흐름이 연륜의
시간길이와 비례되거나 과거와 현재가 공존하는 공간으로 나타난다. 문
답으로 구성된 화법은 기생이 청강의 신이 되어 살고 있다는 초자연적
세계가 새댁이 강물에 손을 적시는 실체의 주술행위를 통해 실재하고
있음에 대한 강조를 위해 기획된 것이다. '새댁'이 강물에 손을 담그는
행위는 물과 인체의 직접적인 접촉을 통해 과거와 현재의 동떨어진 시공
의 차원을 합일시키는 구체적인 의식이 되는 동시에 강물에 내재하는
생명성을 흡수, 병을 치유하는 주술적인 요소가 된다. 이는 꽃의 재생의
의미와 동일하게 나타나고 있다.

바닷물이 넘쳐서 개울을 타고 올라와서 삼대 울타리 틈으로 새어
옥수수밭 속을 지나서 마당에 홍건히 고이는 날이 우리 외할머니네
집에는 있었읍니다. … 항시 누에가 실을 뽑듯이 나만 보면 옛날
이야기만 무진장 하시던 외할머니는 이 때에는 웬일인지 한 마디
말도 않고 벌써 나이 많은 얼굴이 엷은 노을빛처럼 불그레해져 바다
쪽만 멍하니 넘어다보고 서 있었읍니다. … 우리 외할아버지는 배를
타고 고기잡이 다니시던 어부로, 내가 생겨나기 전 어느 해 겨울의

모진 바람에 어느 바다에선지 휘말려 빠져 버리곤 영영 돌아오지
못한 채로 있는 것이라 하니, 아마 외할머니는 그 남편의 바닷물이
자기집 마당에 몰려 들어오는 것을 보고 그렇게 말도 못하고 얼굴만
붉어져 있었던 것이겠지요.

—「海溢」

　의미구조의 축은 이야기하기를 좋아하시던 할머니의 갑작스런 침묵과
해일과의 관계이다. 해일은 우주의 리듬에 속한다. 이 경우의 리듬은 우
주에 잠재하는 기본적인 聖의 계시로 보여지는데 해일의 히에로파니는
순환적으로 반복되는 생을 보여 준다. 김열규는 이 시에서 '반혼관념'을
찾아내고 있지만,[95] 이 시에서 바다는 죽은 이들의 영역이다. 해일의 히
에로파니에 의해서 생자와 사자의 불연속이 지워진다. 삶의 세계로 돌아
온 넋과 살아 있는 자가 이루는 영적인 만남을 다루고 있는 이 시는 생/사,
현실/초자연의 영역을 하나로 이어준다. 여기서 시간적 공간적 통합성이
이루어지는 것이다.

　이미 첫시집인『花蛇集』의 후반부인「復活」에서부터 탈자연 혹은 초
자연의 세계를 다루었던 것을 감안한다면 초기시부터 현재에 이르기까
지의 대분분의 시에서 서정주는 신화를 다뤄왔음을 알 수 있다. 이는
"불연속과 대립의 세계, 즉 대립의 세계에다 유기적 통합성을 부여한
존재가 가족이나 이웃들 중에 있었다는 사실"[96]과 그가 자란 '질마재'의

───────────────

95) 김열규,「속신과 신화의 서정주론」,『미당연구』, 민음사, 1994, 150—151면.
96) 김열규,「속신과 신화의 서정주론」, 위의 책, 150—152면. 김열규는 무기적인 단편
　　의 세계에다 유기적 통합성을 부여한 '神母' 들을 외할머니, 할머니, 어머니, 그리고
　　서운니 등의 인물을 들면서, 이들은 모두 서정주에게 탈자연적인 세계 — 저 너머
　　의 세계, 저 위의 세계 또는 저 밑의 세계를 열어주었다고 언급한다. 靈媒들의 이
　　같은 기능에 기대어서 서정주는 보이지 않는 세계에 눈을 떠가게 되었으며 그렇게

문명과 절연된 환경이 중요한 요인으로 작용하였던 것 같다. 이런 요인
들에 개인적인 관심과 노력이 더해지면서 서정주의 시세계는 심화된다.
그의 시 속에는 현재와 과거, 이승과 저승 사이에 부는 '바람'의 인연이
들어 있는가 하면, 선덕여왕, 춘향, 사소와 같은 사람은 영원히 죽지
않는 인물로, 혹은 서운니, 한물댁과 같은 사람은 神母로 나타나기도 하
고, 일상의 하찮은 물건이 聖物로 바뀌기도 한다. 불교적 윤회와 상징을
거쳐 '눈썹'이 '손톱 속의 분홍'이라는 달의 이미지로 환치되기도 한다.
역사적 시간은 그에게 현대의 신화로 치환되며, 어린 시절은 각박한 상상
력과 순수를 제공하는 거대한 자연으로 바뀌어 진다. 그의 시는 현실과
밀접하게 연관되면서도 매우 높은 상상력과 환상이 동원된다. 이러한
그의 시의 지향에는 그의 독특한 시간의식이 내재되어 있다.

　서정주는 현실에서의 절망, 좌절을 딛고 일어나 상실과 실의에서 구제
되고자 하였으며 이러한 욕구가 신화적 시간을 현대에 부활시켰다고 할
수 있다. 그는 확장과 비상이 가능한 시적 시간을 신화에서 발견하였다.
그 시간은 비역사적, 비이성적, 비논리적, 신비적 성격을 띤다. 나아가
이는 시공을 초월하여 하나의 원형으로서의 패턴을 선명히 제시해 주고
있다.

　엘리아데는 *The Myth of the Modern World*에서 신화에 대하여 다음과
같이 언급한다.

　　신화는 창조의 여명, 태초의 그 순간에 일어난 초인적 계시인 것이
　　다. 진실하고 성스럽기 때문에 신화는 전형이 되었고, 따라서 반복
　　적인 것이 되었다. 왜냐하면 신화는 하나의 전형으로서의 구실을

───────────────

　됨으로써 입체적이고 유기적이며 총체성 있는 세계의 존립을 확인할 수 있었던 것
　이다.

하고, 그 위에 모든 인간 행위에 대한 정당화이기 때문이다. 바꾸어
말하면 신화는 태초에 있었던 바의 참다운 역사이며 인간 행위의
전형을 마련해 준 것이기도 하다.[97]

여기서 '창조의 여명', '태초에 있었던 바의 참다운 역사'는 서정주 개인에
게 있어서는 사물현상을 기억에 담기 시작한 때가 되겠고, '인간행위의 전
형'이란 그가 어렸을 때부터 보아 온 여러 행위나 사건의 모델인 것이다.
아울러 그것은 질곡의 역사 속에서도 충분히 재구할 수 있는 것이다.

> 千五百年 乃至 一千年 前에는
> 金剛山에 오르는 젊은이들을 위해
> 별은 그 발맡에 내려와서 길을 쓸고 있었다.
> 그러나 宋學 以後, 그것은 다시 올라가서
> 추켜든 손보다 더 높은 데 자리하더니,
> 開化 日本人들이 내려와서 이 손과 별 사이를 虛無로 塗壁해 놓
> 았다.
> 그것을 나는 單身으로 側近하여
> 내 體內의 鑛脈을 通해, 十二指腸까지 이끌어 갔으나
> 거기 끊어진 곳이 있었던가.
> 오늘 새벽에도 별은 또 거기서 逸脫한다. 逸脫했다가는 또 내려와
> 貫流하고, 貫流하다간 또 거기 가서 逸脫한다.
> 腸을 또 꿰매야 겠다.
>
> ─「韓國星史略」

김종길에 의해 현실감각을 완전히 무시한 무이성의 언어, 잠꼬대로
비판받았던[98] 이 시는 그러나 시인의 전통에 대한 자세와 감각을 알 수

---

97) N. Frye 외, 「현대의 신화」,『문학과 신화』, 대람, 1982, 392면.

있는 중요한 가치를 지닌다. 여기서 시인은 민족의 하나의 전통으로서 신라정신을 발견하고 있는데, 그 전통은 宋學과 日本人들에 의해 호도되거나 가리워진 것으로 본다. 송학과 일본인들이 추구한 것은 합리적 철학, 가치관을 전도시킨 물질우선, 실용주의 등으로 명명될 수 있을 터이며 여기에 시인은 별이라는 신라인의 형이상학으로 대응한다. 이 시는 과거와 현재를 동시에 통찰하는 시인으로서의 감각과 직관에 의해 창작된 작품이다. 서정주는 과거의 역사 속에서 수많은 현재를 보며 현재를 과거적 패턴의 순환적 반복으로 인식함으로써 현실의 집착에서 풀려나기를 바라고 있다. 허무로 도벽된 별과 손 사이, 내 체내의 광맥으로 접근하여 관류했다가 다시 일탈하고 하는 회복과 상실의 반복은 낙원상실과 동일성 회복이라는 원형적 패턴으로서 해독이 가능하다.

서정주는 그러나 초월의 양상을 수동적인 것이 아니라 초월과 함께 갈등하는 인간의 애착을 동시에 보여 주고 있다. 이는 초월이 단지 신화적이거나 주술적인 차원만을 가진 것이 아님을 암시한다.

> 朕의 무덤은 푸른 嶺위의 欲界 第二天
> 피 예 있으니, 피 예 있으니, 어쩔 수 없이
> 구름 엉기고, 비 터잡는 데— 그런 하늘 속.
> ·········
> 朕의 무덤은 푸른 嶺 위의 欲界 第二天
> 피 예 있으니, 피 예 있으니, 어쩔 수 없이
> 구름 엉기고, 비 터잡는 데— 그런 하늘 속.
>
> 내 못 떠난다.
>
> —「善德女王의 말씀」

---

98) 김종길, 『시론』, 탐구당, 1965, 125—126면.

이 시는 「春香의 말」 연작과 마찬가지로 어느 특정한 인물의 입을 통해 표현하는 配役詩이다. 배역시라는 형식의 선택은 자기가 생각했던 역할을 독자에게 어떻게 명백히 보여 줄 것인가 하는 문제에서 기인한다.[99] 따라서 시의 진술내용은 연극의 대사와 같은 효과를 가지게 된다. 서정주는 지귀와의 사랑이라는 설화, 그리고 죽은 뒤에 欲界 第二天에 보내 달라는 유언을 남겼다는 기록을 토대로 이 시를 재구성한다. 즉 서사적인 상황을 시의 극적인 정황으로 변용하여 지상에의 애착과 저승에서의 삶에 대한 한 여인의 내면적 갈등을 표출한 것이다.

화자는 현실에서 초월하는 순환적 자연의 질서에 들어가기를 바라면서도 지상에 애착을 가진다. 선덕여왕은 초월자이면서도 평범한 육신을 가진 인간의 분수를 지켜 불교의 하늘 계급 가운데서도 맨 아래인 속계 둘째 하늘에 머물기를 바란다. 선덕여왕이 인간성/신성의 양가적 가치를 보여 준다면 그것은 지상이 가지고 있는 매력 때문이다. 지상은 苦와 시련으로 견디기 어렵지만 그 속에는 인간적인 체취의 매력을 포함하고 있다. 미분화 상태는 지상도 하늘도 동시에 애착을 갖는 종합의 상태로 수렴된다. 그러면서 이 작품은 한 인간의 내면적 갈등을 보편적인 인간의 갈등으로 끌어 올리고 있는 것이다.

> 노래가 낫기는 그중 나아도
> 구름까지 갔다간 되돌아오고,
> 네 발굽을 쳐 달려간 말은
> 바닷가에 가 멎어버렸다.
> 활로 잡은 山돼지, 매(鷹)로 잡은 山새들에도
> 이제는 벌써 입맛을 잃었다.

---

99) 볼프강 카이저, 김윤섭 역, 『言語藝術作品論』, 시인사, 1988, 296면.

꽃아. 아침마다 개벽하는 꽃아.
네가 좋기는 제일 좋아도,
물낯바닥에 얼굴이나 비취는
헤엄도 모르는 아이와 같이
나는 네 닫힌 門에 기대 섰을 뿐이다.
門 열어라 꽃아. 門 열어라 꽃아.
벼락과 해일만이 길일지라도
門 열어라 꽃아. 門 열어라 꽃아.

— 「꽃밭의 獨白」

　위의 시와 마찬가지로 배역시인 이 작품은 작중화자를 사소로 하고
있으며 작중청자는 1연에서는 없고 2연에서는 꽃으로 나와 있다. 물론
1연과 2연의 변화도 시인의 의도적인 배치이다.

　초월 그 자체가 방기가 아니라 주체적 선택과 인고의 의미를 띠면서
안일을 거부한다. 위 시에서는 꽃이 열어주는 자연과 영원의 시간 속으로
합류하기 위해 노래하기, 말타기, 사냥하기와 같은 지상에서의 인공적
수단과 즐김들을 포기한다. 그러나 꽃이 열어 줄 자연과 영원의 섭리
속에는 "벼락과 해일의 길"이라는 거대한 모험의 길을 함께 가지고 있다.

　「因緣說話調」는 인연과 윤회의 순환과정, 그리고 현재의 시간 속에
숨어 있는 인간의 역사, 생명의 역사, 우주의 역사를 보려는 시도를 보여
주고 있다.

　서정주의 과거 탐구와 '질마재 시편'들에 나타나는 유년의 낙원에서
만난 가족과 이웃들에 대한 일화에 대한 관심은 그의 과거 지향성과 향수
에 기인하기도 하지만 이상적인 삶의 가치를 발견한 데서 오는 것이기도
하다. 서정주는 사라져 가는 인생의 단편들을 어둠 속에서 건져내어 영원
의 빛으로 조명시킨다.

　　질마재 上歌手의 노랫소리는 답답하면 열두 발 상무를 젓고, 따분
하면 어깨에 고깔 쓴 중을 세우고, 또 喪輿면 喪輿머리에 뙤약볕
같은 놋쇠 요령 흔들며, 이승과 저승에 뻗쳤읍니다.

　　그렇지만, 그 소리를 안 하는 어느 아침에 보니까 上歌手는 뒤깐
똥오줌 항아리에서 똥오줌 거름을 옮겨 내고 있었는데요. 왜, 거,
있지 않아, 하늘의 별과 달도 언제나 잘 비치는 우리네 똥오줌 항아
리, 비가 오나 눈이 오나 지붕도 앗세 작파해 버린 우리네 그 참
재미있는 똥오줌 항아리, 거길 明鏡으로 해 망건 밑에 염발질을 열
심히 하고 서 있었읍니다. 망건 밑으로 홀러내린 머리털들을 망건
속으로 보기 좋게 밀어 넣어 올리는 쇠뿔 염발질을 점잔하게 하고
있어요.

　　明鏡도 이만큼은 특별나고 기름져서 이승 저승에 두루 무성하던
그 노랫소리는 나온 것 아닐까요?

—「上歌手의 소리」

　　"이승과 저승에 뻗쳤읍니다."에서 모순을 일으키는 현재의 시간과 있
지도 않은 미래의 시간이 영원의 양상으로 결합한다. 시간과 비시간, 혹
은 초시간적 차원은 노랫소리라는 뚜렷한 심상에 깊게 밀착되면서 결합
되어 있다. 노랫소리는 이 세상과 동시에 저 세상과 관계하고, 역사 속에
위치하면서 역사의 피안에, 우리들의 시간에 있으면서 초시간적인 실체,
즉 신성한 시간 안에 있는 것이다. 구체적으로 소리의 물질성이 미래를
뚫고 영원에까지 뻗친다. 그것은 恨의 모습이기도 하면서 그것을 초월하
는 것이기도 하다. 이런 질적인 시간인식의 차원은 어디에서 온 것인가.
바로 똥오줌 항아리를 명경으로 사용하는 순간, 즉 심미적 세계와 현실세
계가 일치하는 데서 온다. 똥오줌 항아리는 기본형의 용도 이외에도 거울
이라는 또 하나의 심미적 용도를 가지면서 인간(上歌手)뿐만 아니라 별도
달도 끌어들인다. 거울이 된 똥오줌 항아리를 통해 달과 별 즉, 자연과

동일시된 인간은 자연이 지닌 그 속성과 함께 연대기적 시간질서로부터
해방되게 된다. 그래서 "明鏡도 이만큼은 특별나고 기름져서 이승 저승
에 두루 무성하던 그 노랫소리는 나온 것 아닐까요?"라는 구절이 내적
연관을 가지게 된다. 여기서 '기름지다'라는 말은 똥오줌 항아리 속의
거름 자체가 가지고 있는 비옥성(fertility)까지를 함유하는 말이고, 따라
서 노랫소리는 그 거름에서 자란 식물처럼 무성할 수 있게 되는 것이다.
상가수의 노랫소리는 바로 신성현현의 신화적 시간을 말해주고 있다.
「上歌手의 소리」는 「어느 新羅僧이 말하기를」, 「李三晩이라는 神」 등
의 시와 아울러 주술적인 성격을 가지면서 언어의 영원성을 다루고 있는
시이기도 하다.

이런 시간 의식의 근저에는 가난이 있다. 가난은 사회적인 문맥에서
보면 저주이기도 하지만 사물들과의 결합에 의해 순화된 삶의 미덕으로
바뀐다. 물질은 실체 그 자체이며 정신의 신성한 작용에 의하여 생명성을
띠고 신비롭고 상징적인 것으로 바뀌어 시간의 구속에서 자유로워진다.
이 때 인간은 내면세계와 외부세계 질서 간에 아무런 구분이 없는 소통의
상태100)를 살게 되며 우주의 질서와 조화를 이루면서 그 질서의 일부가
되어 살게 되는 것이다. 이런 형식을 '원시주의'라 할 만한데 서정주의
원시주의는 원시적인 것에 대한 회귀가 아니라 원시성에 대한 현대적
의미와 가치의 추구에 그 의의를 둠으로써 문제적이다. 엘리아데는 모든
창작을 신의 천지창조를 모방하는 행위요 중심지향적인 것으로 보았다.
이 때 자아의 중심에 이른다는 것은 세속적이고 덧없는 삶을 진실되고
지속적인 새 삶으로 전환시키는 것과 같다.101)

100) Michael Bell, *Primitism*(London:Methuen & Co., 1972), 8면.
101) Mircia Eliade, *The Myth of the Eternal Return*, tr. Wilard R. Trask (Prinston: Prinston Univ.
1971), 18면.

서정주의 시에서 사물은 오랜 시간 동안 존속하면서 시간의 영향과 파괴력에 저항하며 정적과 느린 시간과 관계하면서 영속적인 초월의 차원과 관계하는 역동적인 상태를 살게 된다. 실체로 남아 있는 사물들은 소통과 시간의 흐름을 막고 일종의 신으로 영원히 살아 있다. 인간 역시 원초적 자연과 동일한 모습으로 퇴화하고 화석화한 모습으로 영원의 모습을 취한다. 이는 바로 聖的인 개념이 일어나는 히에로파니의 순간과 결부되어 있다. 히에로파니가 되는 것은 단순히 세속적인 물체가 되는 것을 멈추게 될 때, 새로운 차원, 즉 聖性의 차원을 획득했을 때라고 엘리아데는 말한다.102) 어떤 영역에서나 완전함은 외경감을 준다. 이 완전함의 성스러운 가치 또는 주술적인 가치야말로 두려움의 대상이 된다.

이 시기 서정주 시의 시간의 특징적인 면모는 「沈香」이라는 시에서 잘 나타난다.

沈香을 만들려는 이들은, 山골 물이 바다를 만나러 흘러내려 가다가 바로 따악 그 바닷물과 만나는 언저리에 굵직 굵직한 참나무 토막들을 잠거 넣어 둡니다. 沈香은 물론, 꽤 오랜 세월이 지난 뒤에, 이 잠근 참나무 토막들을 다시 건져 말려서 빠개어 쓰는 겁니다만, 아무리 짧아도 2～3百年은 水底에 가라앉아 있은 것이라야 香내가 제대로 나기 비롯한다 합니다. 千年쯤씩 잠긴 것은 냄새가 더 좋굽시요.

그러니, 질마재 사람들이 沈香을 만들려고 참나무 토막들을 하나씩 하나씩 들어내다가 陸水와 潮流가 合水치는 속에 집어넣고 있는 것은 自己들이나 自己들 아들딸들이나 손자손녀들이 건져서 쓰려는 게 아니고, 훨씬 더 먼 未來의 누군지 눈에 보이지도 않는 後代들을 위해섭니다.

---

102) 엘리아데, 『종교형태론』, 이은봉 역, 형설출판사, 1978, 30면.

　　그래서 이것을 넣는 이와 꺼내 쓰는 사람 사이의 數百 數千年은
이 沈香 내음새 꼬옥 그대로 바짝 가까이 그리운 것일 뿐, 따분할
것도, 아득할 것도, 너절할 것도, 허전할 것도 없읍니다.

—「沈香」

　　이 시의 시간성은 "數百 數千年은 이 沈香 내음새 꼬옥 그대로 바짝
가까이 그리운 것일 뿐"이라는 구절에 잘 드러난다. 수백, 수천 년 앞의
미래의 시간인 영원이 나무로 전이되면서 그들은 벌써 "미래의 누군지
눈에 보이지도 않는 후대"와 소통한다. 그들은 이미 침향을 발견한 사람
들의 기쁨을 누리고 있다. 그 시간성은 認識에 기초한 "따분할 것도, 아득
할 것도, 너절할 것도, 허전할 것도 없"는 속성을 가지고 있다. 베르자예
프는 인식을 想起일 뿐만 아니라 創造라고 말한다. 인식은 존재의 한
사건이며 존재의 한 변형, 하나의 조명이다. 존재의 변형으로서 고려된
인식은 존재하지 않는 미래로 향한다. 미래의 인식은 예언자의 정신에
의해 가능한데, 이 예언은 시간을 넘어서는, 시간의 질곡에서 해방되어
영원한 현재의 도달하는, 그리고 그것과의 일치를 함의하는 것이다. 예언
은 우리들을 실존의 신비 속으로, 미래가 실존에 합류하는 한에 있어서
미래 속으로 침투하게 한다.[103] 그래서 화자가 죽고 없는 미지의 시간인
미래, "數百 數千年은 이 沈香 내음새 꼬옥 그대로 바짝 가까이 그리운
것"이 되는 것이다.

　　우리들은 세계의 창조를 객체의 관점에서, 객체화된 시간의 관점에서
생각하지만[104], 세계가 內的 實存 속에, 정신 속에 들어올 때는 일체가

---

103) 김규영, 앞의 책, 193면.
104) 베르자예프는 시간은 실존의 내정 영역 속에 속하는 것이기에 그것을 객체화된 것
　　으로 생각하는 것은 내부적 사건들을 외부로 투영한 것에 지나지 않는다고 주장한
　　다. 김규영, 앞의 책, 190면.

面目을 달리한다. 그때에는 세계창조는 시간의 범주에 종속하는 것으로 나타나지 않는다. 시간은 운명 속으로의 한 頹落이다.[105] 그러므로 질마재 사람들의 내적 실존 속에는 수백 년, 수천 년 사람들과의 창조적인 만남이 가능한 것이다. 정신의 면에서 시간을 판단할 때 시간은 차원을 달리한다. 즉 시간은 사라지고 영원에 그 자리를 내어 준다. 베르자예프는 영원에 참여하는 순간을 현재하는 주체의 창조적 활동 속에서 찾으려 한다. 또 창조적 활동은 존재를 시간의 질곡으로부터 해방시킬 수 있다고 말한다.[106] 아울러 베르자예프는 미래를 간파하는 것은 오로지 정신에 있어서 시간을 돌파함으로써 존재가 영원 속에 있고 그로부터 정신의 면에서 시간을 판단하기 때문이라고 말한다.[107] 이 때 이미 서정주의 시간성은 정신화되어 순수한 형식을 지닌 존재론적인 실체가 되는 것이다.

서정주의 이 시간관은 영원을 소유한 사람이 느끼는 것으로 소외된 땅이 가진 깊이를 발견한 자의 의식의 소산[108]이며, 자기 현실의 시적 깊이에 눈을 뜬 시간관이라 할 수 있다. 가난의 문화 속에서 신성한 것과 세속적인 것, 순간과 영원은 자연스럽게 결합된다.

『질마재 神話』에 나오는 시들을 일별하면서 느낄 수 있는 가장 큰 특징은 가난이 가져오는 거부할 수 없는 매력이다. 시들에 나오는 가난한 사람들은 원초적 자연의 질서 속에 융화되면서 일종의 신의 반열에 올라 있는 '성가족'을 형성하고 있다. 그들은 영원이라는 시간성 속에서 한 시대를 견뎌낸 사람들이며 신화시대처럼 물질의 원초적 상태를 살고 있는 사람들이다. 그들은 지극히 작은 사건도 미증유의 추문이 되지만 습관

---

105) 김규영, 앞의 책, 190면.
106) 김규영, 위의 책, 141면.
107) 김규영, 앞의 책, 187면.
108) 황현산, 「서정주, 농경사회의 모더니즘」, 『미당연구』, 1994, 492면.

적으로 잊혀지고 용서되는 한 사회의 권태와 고독에서 신성성을 얻는다. 이것이 바로 농경적 생명력의 실상으로 보인다. 그것은 계절의 순환과 함께 모든 갈등들이 해소되고 무화되는 농경사회의 믿음이다.[109]

　민간신앙에 기초한 이들 사물에 대한 감정은 개념[110] 이 아니라 실체로 부락민들의 영혼 속에서 되울림을 얻는 것이다. 이 믿음은 질마재 사람들에게는 기호와 형상이 일치한다는 점에서 상징이 되며 생성과 소멸, 삶과 죽음, 계절의 순환처럼 결합되어 있다. 이 신성에 의해 '李三晩'이라는 글자는 동어반복 Tautologie으로서의 언어가 아니라 생명력 있는 언어로 변화되는 것이다. 남아 있는 사물들은 소통과 시간의 흐름을 막고 일종의 신으로 영원히 살아 있다. 인간 역시 원초적 자연과 동일한 모습으로 퇴화하고 화석화한 모습으로 영원의 모습을 취한다.

　　질마재 사람들 중에 글을 볼 줄 아는 사람은 드물지마는, 사람이
　　무얼로 어떻게 神이 되는가를 요량해 볼 줄 아는 사람은 퍽으나
　　많읍니다.
　　　李朝 英祖 때 남몰래 붓글씨만 쓰며 살다 간 전주 사람 李三晩이
　　도 질마재에선 시방도 꾸준히 神 노릇을 잘하고 있는데, 그건 묘하
　　게도 여름에 징그러운 뱀을 쫓아내는 所任으로섭니다.
　　　陰 正月 처음 뱀 날이 되면, 질마재 사람들은 먹글씨 쓸 줄 아는
　　이를 찾아가서 李三晩 석 字를 많이 많이 받아다가 집 안 기둥들의

---

109) 황현산, 앞의 책, 466—467면.

110) 개념은 형식에 있어서는 보편적이며 내용에 있어서는 개별적인 특수자에 관계한다. 그러나 인간은 개념적 언어의 일관성을 통해서 모순된 현실을 고정화하고 질서 지운다. 그러나 외부세계의 대상을 파악하는 데 기여하는 개념은 그 보편성으로 말미암아 동일화하는 현상과 거리가 생긴다. 즉 언어적인 동일화의 시도는 대상의 특수한 질적 충만을 이끌어 낼 수 없다. Max Horkheimer und Theodor W. Adorno, *Dialektik der Aufklaerung*, 김유동·주경식·이상훈 역, 문예출판사, 1995, 41면.

밑둥마다 다닥다닥 붙여 두는데, 그러면 뱀들이 기어올라 서다가도
그 이상 더 넘어선 못 올라온다는 信念 때문입니다. 李三晩이가
아무리 죽었기로서니 그 붓 기운을 뱀아 넌들 행여 잊었겠느냐는
것이지요.
　글도 글씨도 모르는 사람들 투성이지만, 이 요량은 시방도 여전합
니다.

— 「李三晩이라는 신」

　李三晩이라는 사람이 마을의 신 노릇을 하는 것은 붓기운 때문에 뱀이
오지 못한다는 俗信 때문이다. 그런 점에서 李三晩이라는 '세 글자'는
신성현현된 聖物이다. 그 붓글씨를 정월 첫 뱀날에 쓴다든가, 뱀이 그
기운 때문에 기둥을 올라오지 못한다든다 하는 것은 신성현현된 물건이
인간뿐만 아니라 동물, 그리고 자연에 두루 소통된다는 믿음 때문이다.
이러한 신비적인 권능은 마을 구성원들에게는 생각과 경험 모두에 효력
을 갖는다. 이삼만이라는 사람도 아니고 그가 쓴 글씨도 아닌 다른 사람
이 쓴 그의 이름 자체가 하나의 신비체가 된다는 것은 속신의 위력을
말해 주는 것이다.

　그래, 나는 어머니한테 꾸지람을 되게 들어 따로 어디 갈 곳이
없이 된 날은 , 이 외할머니네 때거울 툇마루를 찾아와, 외할머니가
장독대 옆 뽕나무에서 따다 주는 오디 열매를 약으로 먹어 숨을
바로 합니다. 외할머니의 얼굴과 내 얼굴이 나란히 비치어 있는 이
툇마루에까지는 어머니도 그네 꾸지람을 가지고 올 수 없기 때문입
니다.

— 「외할머니의 뒤안 툇마루」

　툇마루는 앉아 쉬고 물건을 놓아두는 일상적 용도 외에 '때거울'이라는

심미적 용도를 가진다. 때가 거울이 되는 공간, 이는 하나의 존재양식이 다른 존재양식으로 옮겨가는 역설적 지점이다. 聖顯은 공간의 균질성을 지우고 고정된 하나의 지점을 계시한다. 즉 그 심미적 용도는 존재를 비추는 곳으로서의 거룩한 곳, 구별된 곳으로서의 신성성을 더한다. 툇마루는 세속적인 것에서 거룩한 것에로의 전이가능성을 얻게 되는 장소이다.[111]

요약해서 말한다면, 『질마재 神話』의 시들은 일상적 시간이 가져다주는 공간의 의미를 떠나 새로운 창조의 의미를 열기 시작한다. 그가 겪은 경험들은 새롭게 그의 시 속에서 빚어지면서 창조의 신화는 시작된다. 그러기에 『질마재 神話』에서 지조 있는 신부의 이야기인 「新婦」나 외할머니네 집의 해일에 얽힌 이야기 「海溢」, 그리고 "오줌 속에 長鼓만큼 무우밭까지 고무시키는 신바람"이 있다고 믿는 「小者 李生員네 마누라님의 오줌기운」, 물동이의 물을 한 방울도 안 엎지르는 소녀와의 해프닝인 「그 애가 물동이의 물을 한 방울도 안 엎지르고 걸어왔을 때」, 명절날 아버지가 사다주신 신발에 얽힌 이야기인 「신발」 등은 인간행위의 전형을 밝히는 구체적인 사례가 된다. 이것을 시인은 다시 시로 옮겨 놓음으로써 일상적인 시간의 행위는 사라지고 신화적 공간의 행위가 전개된다. 이것은 어떤 의미에서 새롭게 시작되는 창조의 행위이다. 왜냐하면 이것은 범속한 시간으로부터 탈피하여 위대한 시간으로 전개되는 신화적 행태이기 때문이다. 그리고 이것은 한 인간이 재생되어 새로운 역사로 들어가는 창조의 행위이며 인간 자신을 신과 같이 나타내려는 최적의 기도가 된다. 역사적 시간에 싫증나서 시간의 등질성을 파괴하고 질적으로 다른 시간으로 돌입하려는 이러한 욕망은 그 자신을 역사로부터 해방시키고

---

111) 엘리아데, 이동하 역, 『聖과 俗』, 학민사, 1983, 23면.

질적으로 다른 일시적 리듬에서 살기를 노력하는 현대인의 열망이기도
하다.

3) 수직적 시간

시는 평탄하고 균질적인 일상의 흐름에서 솟아오르는 '파열'이며 '응결'
이다. 이는 시가 '잔치이자 순수한 시간의 응결', '영원한 현재'[112]라는
옥타비오 파스의 말에서도 드러난다. 그 시간은 그 자체로 충만한 시간의
핵이다. 시는 직선적 시간의 흐름을 정지시켜 그것을 성화하며 기존의
시간으로부터 벗어난 다른 시간을 생산한다. 베르자예프에 의하면 이
때 순간은 과거와 현재와 미래가 모여들었다가 다시 펴져나가는 결정적
시간의 한 지점, 즉 '점의 시간'[113]이다. 원의 시간이 주기적 순환성을,
직선적 시간이 불가역성과 누적성을 그 속성으로 가지고 있다면 점의
시간은 원의 시간이나 직선적 시간의 일부이면서도 그것으로부터의 초
극을 지향한다.

이런 점에서 점의 시간의 의미가 가장 잘 드러나는 것은 개인의 내밀한
심미적, 실존적 체험과 관련해서이다. 점의 시간은 개별적 존재의 고유한
시간체험에 가치를 부여한다. 점의 시간은 모든 과거의 시간의 압축인
동시에 그 순간으로부터 미래의 모든 시간이 방사되어 나오는 집약된
시간의 완성이다.

바슐라르에게 있어서도 순간이란 근원적인 시간의 요소로 나타난다.
바슐라르의 사상에서 존재와 창조적 순간과의 일치로부터 이성의 고독

---

112) Octavio Paz, 정현종 역, 「시와 역사」, 『시의 이해』, 민음사, 1983, 112면.

113) Nicolas Berdjajev, *Slavery and Freedom*, trans, R.M. Charles Scribners Sons, 1994, 258면.

이 나타난다. 정신의 내재성은 완고한 고독으로부터 얻어진다. 바슐라르에게 있어서 '액트'(acte)는 무한히 작은 시간 속에서 무한히 큰 힘에 의해서 일어나는 충격, 바슐라르에게 있어서 순간은 본질적인 면에 있어서 동시성의 원리를 지닌다. 이 순간의 형이상학은 우주에 대한 비전과 영혼의 비밀, 존재와 대상을 동시에 부여해 준다. 바슐라르의 시간에서 존재하는 것은 우리가 살고 있는 순간, 즉 지금 여기에 의해 의미가 있게 된다.

순간 속에서 우리는 따뜻함과 즐거움, 경탄과 환희, 과거나 미래에서의 확인과 계획, 이 모든 것을 체험하게 된다.

이 시간의 특징은 시간의 절대적인 비연속적인 특성과 순간의 절대적인 형태의 특성으로 나타난다. 바슐라르의 시적 순간은 두 대립하는 것 사이의 화해관계의 본질을 내포하고 있는 하나의 복합체이다. 그것은 계기적인 것의 반대명제이다. 이것이 시에서는 반대감정의 양립으로 구축되어야 한다. 여기서 시는 수평적 시간을 거부하고 수직적 시간을 획득해야 한다. 바슐라르에 의하면 시는 부동하는 순간의 수직적 시간 속에서 독특한 역동성을 발견하는 것이다. 이는 역학의 철학이라 부르는 것으로서 역동적 상상력과 물질 상상력의 경험을 수용함으로써 운동을 산출하고 있는 존재를 발견한다.

바슐라르는 수평적 시간에서 해방되고 수직적 시간을 창조하기 위한 방법을 다음과 같이 제시한다.[114]

(1) 자기 고유의 시간을 타인의 시간 속에 귀속시키지 않는 데 익숙될

---

114) G. Bachelard, *Instant Poetique et Insant metaphysique*, la revue Messages, No.2:Metaphysique et Poesie, 1939. 여기서는 한계전, 「바슐라르의 詩的 想像力」, 『韓國現代詩論研究』, 一志社, 1983, 249면 재인용.

것 — 이것은 지속의 사회적인 틀을 깨뜨리는 일이다.

(2) 자기 고유의 시간을 사물의 시간 속에 귀속시키지 않는 데 익숙될
   것 — 이것은 지속의 현상적인 틀을 깨뜨리는 일이다.

(3) 자기 고유의 시간을 생의 시간 속에 귀속시키지 않는 데 익숙될
   것 — 이것은 지속의 생을 깨뜨리는 일이다.

자연의 순환 속에서도 모든 것이 무상하고 소멸해갈 수밖에 없는 것이
인간의 운명이다. 이러한 시간의식은 미래를 생각할 때 더더욱 극복할
수 없다. 그것은 단지 "현재의 창조적 능동성 속에서만, 또한 미래가 운명
으로서, 필연적인 결정력으로서 나타나지 않을 때만 극복된다."[115]

서정주 시의 상상세계에서 줄곧 가다듬어 완성시키 나가려는 형이상
학적 본체를 탐구해 나가기 위해 우리는 먼저 그의 절대적 상상력과 그것
의 現化인 절대언어 사이에 투과할 수 있는 모든 의미를 객관화시켜 하나
의 일관된 패턴으로 묶을 수 있어야 할 것이다.

이것은 일반적으로 아무리 단순한 시적 이미지라도 분석해 보면 양가
성을 가졌기에, 그 양가성의 순간화된 대립적 모순들을 개념화시켜 나감
으로써만 상상력의 질서 즉 수직적 시간의 본질을 이해할 수 있을 것이기
때문이다. 서정주의 시도 이에서 예외는 아니다. 오히려 어느 시인보다
이미지의 순간적인 대립의 동력이 강렬하며 이를 분석함으로써 우리는
하나의 일관된 틀을 발견할 수 있음은 물론 서정주 시학의 사상적 의미와
세계관까지를 알 수 있을 것이다.[116]

---

115) Nicolas Berdjajev, *Solititude and Society*, tr. Reavey(London:The Centenary Press, 1947), 103
   면.

116) 수직적 시간의 관점은 이정길의 「난의 미학」(『경북대신문』, 1987. 7. 10.)에서 많은
   도움을 받았으며, 어떤 부분은 그대로 인용하기도 했다.

 그러면 먼저 한편의 시를 예로 들어 보자. 인용되는 시는 『徐廷柱文學
全集1』의 「꽃」이라는 작품이다.

　　꽃아.
　　저 거지 孤兒들이
　　달달달 떨다 간
　　원혼을 헤치고,
　　그보다도 더 으시시한
　　그 사이의 거간꾼
　　왕초며
　　건달이며
　　꼭둑각시들의 원혼의 넝마들을 헤치고,
　　새로 생긴 애기의
　　누더기 襁褓 옆에
　　첫국밥 미역국 내음새 속에
　　피어나는
　　꽃아.
　　쏟아져 내리는
　　機銃掃射 때의
　　탄환들같이
　　壁도
　　人肉도
　　뼈다귀도
　　가리지 않고 꿰뚫어 내리는
　　꽃아.
　　꽃아.

　　　　　　　　　　　　　　　　　— 「꽃」

꽃의 형이상학적인 실체를 현상시키기 위해 우리가 먼저 해야 할 것은 그 동적인자를 감지하는 일이 될 것이다. '기총소사'때의 탄환이 빠져나 가는 속도를 생각하면 우리는 이 시의 개화 순간의 동력을 짐작할 수 있을 것이다. 이 시에서 개화의지와 대립되는 인자는 거간꾼/왕초/건달/ 꼭둑각시 같은 인간의 '원혼'(4행) 및 '원혼의 넝마'(9행), 그리고 벽117) /인육/뼈다귀 같은 물질들이다. 또 개화에 협력적 요소는 '누더기 강보' 와 '첫국밥 미역국 내음새'이다. 즉 꽃은 앞에 인용한 원혼과 물질을 딛고 (뚫고) 피어난다. 그렇다면 원혼이나 뼈다귀와 같은 요소들은 과연 개화 와 대립되는 요소로만 파악해야 할 것인가. 오히려 협력적 요소, 더 정확 히 말하면 동질적 요소로 보아야 할 것이다. 삶의 신산과 고통을 딛고 혹은 그 속에서 신생의 기운이 솟아나는 것이 바로 꽃의 현상이다. 이 때 첫국밥 미역국 내음새로 암시되는 아가와 꽃은 동질적인 그 가치를 화육받게 되는 것이다. 이야기를 종합하면 세월의 신산과 고통의 하강적 인 힘을 딛고 솟아오르는 꽃의 현상이 이 시의 절대적인 이미지의 현화이 다.

이 시는 전항에서 분석한 바 있는 신화적 시간의식, 즉 매년 피어났다 가 지는 반복과 순환의 시간, 그리고 세상의 변화에도 관계없이 생명의 욕망을 펼치는 통시적 동일성 등의 함의와 결합되면서 완전한 가치를 수육받을 수 있다.

즉 이 시에서 나타난 서정주 시학의 본체는 동일한 것의 반복적 지속으 로 불안정한 자아를 새롭게 형성하는 것이며, 시간의 두 양상 중 변화보

---

117) 여기서 우리는 서정주 시의 출발점에 놓인 「壁」에 나타난 화자의 의식과 비교할 필 요를 느낀다. 벽 안에서 갇힌 주체, 벽 앞에서 흔들리는 주체를 노래했던 초기시와 비교하면 기총소사의 이미지는 자아가 이제 안정된 상태를 확보해 가고 있음을 알 수 있다.

다는 지속을 통하여 안정과 질서를 누리려는 태도일 것이다.

> 새가 되어서 날아가거나
> 구름으로 떴다가 비 되어 오는것도
> 마음아 인제는 모두 다 거두어서
> 가도 오도 않는 우물로나 고일까.
> 우물 보단 더 가만한 한송이 꽃일까
>
> ― 「가만한 꽃」

　이미지 현상이 두 축은 '새, 구름'의 상승의 축과 '우물, 꽃'의 하강의 축이다. 이 두 힘이 의미의 대칭을 이루면서 '새'의 비상이나 '구름, 비'의 유동성이 '우물'과 '꽃'의 "가도 오도 않는"이나 "가만한" 등의 부동적인 상태와 길항하고 있다. 가만한 꽃이나 우물은 하강적인 의미로 드러나지만 깊이에 내재하는 고임과 피어있음의 정적인 생명성이라는 자체의 에너지를 가지고 있다. 우물은 고여 있으면서 끊임없이 생성되는 원형적 상상과 더불어 자아의 내부공간의 확대 및 시간을 반영한다. 따라서 자아는 "새가 되어서 날아가거나/구름으로 떴다가 비 되어 오는것도" 다 거둘 수가 있는 것이다. 이 시는 결국 상승과 하강의 리듬이 안정된 자아 속에 통합됨으로써 유동적인 생의 방황이나 정신의 여정을 부동적인 실체로 집약시키고자 하는 의지를 드러낸다. 이러한 의지가 이러한 우물의 이미지를 통해 지속적인 자아의 내면적인 깊이와 그것의 반영이라는 공간과 시간의 응집으로 나타난다.

> 千年 맺힌 시름을
> 출렁이는 물살도 없이
> 고운 강물이 흐르듯

鶴이 나른다

千年을 보던 눈이
千年을 파다거리던 날개가
또한번 天涯에 맞부딪노나

— 「鶴」

'학'은 고운 강물이 흐르듯 수평적으로 난다. 그러나 "고운 강물이 흐르듯"이라는 외면적 안정 상태로만 이 시는 고정되어 있지 않다. 그 속에 담긴 동력의 자장과 현상을 보는 눈이 필요하다. 즉 날아가는 학의 형이상학적 실체를 현상시키는 것은 학의 단순한 외형이나 형태를 보는 것으로는 부족하다. 다시 언급하거니와 학의 본질적 생명에 나타나는 그 동적 인자를 감지하는 것이 필요하다. 학의 수평운동은 "천년 맺힌 시름"이라는 추상적인 짐의 누름과 하늘 위로 스스로 몸을 끌어올리는 상승의 두 힘, 즉 무거움과 가벼움의 동시적 상충, 길항관계를 가지고 있다[118].

서정주의 수직적 시간에 관한 연구는 이러한 모순적 가치를 지닌 현상 인자들을 연계적 합리화 속에 통합시켜 나가는 데 놓여 있다.

시적 이미지란 본래 역동성을 지닌다. 바슐라르에 의하면 사물을 물질적으로 상상할 때 그 물질성이 우리의 욕망을 촉발시키는 환경 즉 역동적 이미지를 낳게 된다는 것이다.

우리가 이렇게 서정주의 상상공간을 현상시키면서 알 수 있는 것은 그 리듬의 모순점인데, 이것은 물질적 혹은 추상적 세계에 대한 무상적인 상상력의 참여는 동적 작용의 내면성을 갖고 그 내면성은 역동적 리듬의 우주를 구성하게 된다. 그래서 우리의 시선은 이러한 리듬이 모순되는

---

118) 이정길, 위의 논문.

지점에 가치를 부여할 수 있다.

　이러한 서정주의 시간인식은 처음부터 그 단초를 마련한 것은 아니었다. 시정신의 성숙될수록 변화를 거치면서 유연성과 발전의 기틀을 마련했던 것이다.

　서정주의 시적 이미지를 구성하는 동적 인자는 물질공간과 추상공간으로 이분되어지는데 그 두 공간의 교감을 담당하는 힘이 서정주의 절대적 상상력인 것이다.

　　　여기는 어쩌면 지극히 꽝꽝하고 못견디게 새파란 바위ㅅ속일 것이다.
　　　날선 쟁기ㅅ날로도 갈고 갈 수 없는 새파란 새파란 바위ㅅ속일 것이다.
　　　여기는 어쩌면 하눌나라일 것이다. 연한 풀밭에 뺏쟁이도 우는 서러운 서러운 시굴일 것이다.
　　　아 여기는 대체 몇만리이냐. 산과 바다의 몇만리이냐 꽉꽉해서 못가겠 는 몇만리이냐
　　　여기는 어쩌면 꿈이다. 貴妃의 墓ㅅ등앞에 막걸리ㅅ집도있는 어여뿌디 어여쁜 꿈이다.

　　　　　　　　　　　　　　　　　　　　　　—「無題」

　시인에게 세계는 밝음과 어두움이 교차하는 부조리의 양상으로 드러난다. 1연의 감금과 固化("지극히 꽝꽝하고 못견디게", "날선 쟁기ㅅ날로도 갈수없는"), 불투명성("새파란")의 무거움은, 2연에서 "연한 풀밭에 뺏쟁이도 우는 시굴"의 가볍고 밝은 면모로 변화되며, 다시 3연에서는 1연의 무거움보다 더 강화되는 하강의 동적인 引力("산과 바다의 몇만리이냐 꽉꽉해서 못가겠는 몇만리")으로 교차되다가, 4연에서는 "貴妃의 墓ㅅ등앞에 막걸리ㅅ집도있는 어여뿌디 어여쁜 꿈"으로 2연의 상승이

강화된다.

이 시는 이미지의 순간적인 대립이 통합으로 완전히 용해되지는 않지만 시인의 생이 처한 위기와 모순의 역설을 통하여 새로운 지평을 열려는 의식이 팽팽히 긴장하고 있다.

아래 시는 모순되고 대립되는 인자들을 연계적 합리화 속에 통합시켜 나가는 서정주 시의 방식이 생활인의 정감과 비애를 비장미의 수준으로까지 승화시키는 단계[119]까지 나아간 경우이다.

> 江물이 풀리다니
> 江물은 무엇하러 또 풀리는가
> 우리들의 무슨 서름 무슨 기쁨 때문에
> 江물은 또 풀리는가
>
> 기럭이같이
> 서리 묻은 섣달의 기럭이같이
> 하늘의 어름짱 가슴으로 깨치며
> 내 한평생을 울고 가려 했더니
>
> 무어라 江물은 다시 풀리어
> 이 햇빛 이 물결을 내게 주는가
>
> —「풀리는 漢江가에서」

강물의 결빙과 풀림에서 매개되는 기쁨/설움, 밝음/어둠 등의 대립인자들이 팽팽히 길항하면서 구성되는 이 시는, 자아의 의식 속에 그런 양가적인 이미지가 공존하는 모순과 역설의 상황을 보여주고 있는 것이다.

---

119) 유종호, 「소리 지향과 산문 지향」, 조연현 외, 『미당 연구』, 민음사, 1994, 346면.

밝은 이미지의 띠는 풀린 강물, 밈둘레, 쑥니풀 등의 계열체로 나타나고, 어두운 이미지는 상여와 떼과부 등으로 계열체로 현상된다. 이런 양가적인 감정이 시인의 의식 속에 평형을 이루면서 어느 한쪽으로 기울지 않고 있다는 데 서정주 시의 특징이 있다. 이는 막힌 생을 뚫고 나가기 위한 시적 화자의 고투로 읽히는데, 대립인자들의 역동적인 구성을 통해 시인은 존재의 연속성과 지속의 가능성을 품고 있는 의미 있는 한 순간을 향해 나아가고자 하는 의지를 보여주고 있는 것이다.

추상적 이미지 역시 대립적인 현상인자로서 역동적인 가치를 부여할 수 있다.

　　이 고요 속에
　　눈물만 가지고 앉았던 이는
　　이 고요 다 보지 못하였네.

　　이 고요 속에
　　이슥한 삼경의 시름
　　지니고 누었던이도
　　이 고요 다 보지는 못하였네

　　눈물,
　　이슥한 삼경의 시름,
　　그것들은
　　고요의 그늘에 끌리는
　　한낱 혼곤한 꿈일 뿐,

　　이 꿈에서 아조 깨어난 이가
　　비로소
　　만길 물 깊이의

> 벼락의
> 향기의
> 꽃새벽의
> 옹달샘 속 금동아줄을
> 따라 올라 오면서
> 임 마중 가는 만세 만세를
> 침묵으로 부르네.
>
> ─「고요」

대립되는 추상인자는 '고요'와 '침묵'이다. 이 두 요소는 관념적으로 등가이면서 비가시적인 추상명사들이다. 그러나 22행의 형이상학적 질서 속에서는 절대 순수의 존재들로 가치를 化肉(incarnation) 받는다. 1~3연까지 하나의 상태를 이루고 있는 '고요'란 티끌처럼 스며는 '눈물'과 '이슥한 삼경의 시름'이라는 작은 불순물마저도 배제하는 공간성을 이룬다. 그것들은 '고요의 그늘에 깔리는 한낱 혼곤한 꿈'이기에 자체가 가지는 '고요'와의 대립적 가치에도 불구하고 '고요'라는 動性이 큰 이미지에 짓눌려 그 대립성을 상실하면서 고요를 증폭시키는 협력 인자가 된다.

이러한 벽공과 같은 공간이 첫 번째 정체를 드러내는 곳이 바로 '그늘'이라는 물질성 이미지이다. 즉 고요는 그늘이라는 어둠의 공간을 먹고 어둠의 몸을 지닌 채 한없이 침잠한다. 그래서 고요=그늘=어둠=하강의 등식이 성립되면서 서정주의 근원적 향수는 한순간 한순간 지하의 거처 즉 심연 속에서의 '꿈'으로 향하며 꿈 자체도 하강리듬에 다침 없이 동참한다.

그러나 이 고요의 심연이 너무나도 깊어감에 따라서 권태와 무위를 지닌 "한낱 혼곤한 꿈"에 이르게 된다. 이 때 당연한 귀결로서 생기는 상태가 곧 '침묵'이다. 그러나 이 침묵은 단순하게 작용하지 않는다. '고

요'의 지속되는 하강리듬에 대립되는 상승리듬으로 작용한다. 이러한 상
승리듬이 촉발되는 곳이 '만길물 깊이', '벼락', '금동아줄'의 수직축에
놓여 있고 '옹달샘','향기'의 감각적 성질에서 기인된다. 그래서 '고요'와
'침묵'은 상상력의 전적인 참여에 의하여 대상화 즉 물질적 이미지로
환기되어 그 동적가치를 化肉받게 된다.

이렇게 '고요'와 '침묵'의 두 추상공간은 서로 상호의존 관계에 놓여
있고 하나의 리듬과 다른 하나의 상이한 리듬이 진동되는 순간에 창조되
는 서정주의 절대적 존재임을 알 수 있다.

서정주의 시적 이미지를 분석하는 과정에서 줄기차게 개재되어 온 이
미지의 긴장과 내면적 리듬의 진동은 『花蛇集』, 『歸蜀途』, 『新羅抄』,
『冬天』, 『질마재 神話』에 이르는 동안 서정주의 존재론적 진리의 이미지
인 난초의 이미지에 수렴시킬 수 있다.

시적 이미지란 본래 주체의 상상력과 대상인 객체 사이의 거리에서
발현되는 것인데 이것은 상상력이 객체에 대하여 단순히 지각됨이나 기
억의 기능이 아니라 객체를 절대적으로 통어하는 수준에 있다. 그래서
순간순간마다 새로운 미래를 획득하면서 태어나는 정신의 비약성으로
인한 상승과 그 대립적 動因으로서 대상에로 끊임없이 침잠되려는 하강
사이의 긴장이 변증법적으로 지속되어 통합된 형이상학적 영혼이 바로
난초로 육화된 것이다.

그러나 난초가 그 필연적인 긴장 속에서도 끊임없이 그 첨점을 향해
상승하는 것은 물질세계에 대한 정신의 통어력을 의미하는 것인데 정신
과 물질세계는 자체로 독립 고정되는 것이 아니라 필연적 의존관계에
놓여 있다.

그러면 난초의 기하학적 영혼이 서정주의 시에서 이렇게 나타나는지
알아보자.

한 송이 난초꽃이 새로 필 때마닥
돌들은 모두 金剛石 빛 눈을 뜨고
그 눈들은 다시 날개 돋친
흰 나비 떼가 되어
銀河로 銀河로 날아오른다.

草原長堤 위의 긴 永遠을 울던 뻐꾸기 소리들은
그렇다, 할 수 없이 그 고요의
바닷바닥에 가라앉는다.
그대 반지 속의 한 톨 붉은 루비가 되어
가라 앉는다.

　　　　　　　　　　　　　──「밤에 핀 蘭草꽃」

　시인은 이 시에 부기하여 "밤에 핀 난초꽃을 핵으로 해서 거기 어울리는 영상들을 간소하게 모아 보았다. 그 효과의 어떤 것은 독자가 알 일이다."라고 말하고 있는데 이것이 이 시의 핵심적인 리듬이 된다. 어둠은 이 시에서 전편을 깔고 있는 하강리듬의 축이다. 이 하강적인 무게를 딛고 난초꽃의 개화로 촉발된 생명리듬은 돌이라는 물질에 전이되면서 金剛石빛이라는 가벼운 눈으로 날개를 단다. 이 상승의 리듬에 상이한 상이한 리듬의 대립으로 나타나는 것이 뻐꾸기 소리의 변신인 루비이다. 루비는 붉음＝무거움＝하강의 축의 리듬으로, 나비는 맑음＝가벼움＝상승의 축으로 대립되면서 리듬의 진동이 이루어지고 있다. 난초는 이 진동이 접점에서 피는 것이다.

하늘이
하도나
고요하시니

난초는
궁금해
꽃피는 거라.

— 「無題」

　여기서 '하늘'의 고요는 지속적인 시간이고 난초의 개화는 수직성의
순간적인 시간이다. 고요의 천편일률적인 하강리듬을 딛고 난초는 개화
한다. 이 때 하늘은 無가 아니다. 즉 '하늘'은 존재가 존재하기 위한 관계
적 無의 역할을 한다. 이것은 인간의 정신이 無化된 관념적 공간으로
난초의 최초 비약욕구는 이렇게 무인 고요의 '하늘'에서 깨어나는 것이
며 순수한 상승의지를 지니고 있다. 그러나 난초의 비상행위는 시간과
공간의 제약을 받지 않는다.

　　바위가 저렇게 몇千年씩을
　　침묵으로만 웅크리고 앉아 있으니
　　蘭草는 답답해서 꽃피는거라
　　답답해서라기보단도
　　李道令을 골랐던 春香이같이
　　歷史 表面의 市場같은 行爲들
　　귀시끄런 言語들의 公害에서 멀리 멀리
　　고요하고 영원한 참목숨의 江은 흘러
　　바위는 그 깊이를 시늉해 앉았지만
　　蘭草는 아무래도 그대로 못있고
　　<야> 한마디 내뱉는거라
　　속으로 말해 나즉히 내뱉는거라.

— 「바위와 蘭草꽃」

이 시의 시간 분석 층위는 세 단계로 나눌 수 있다. 첫째가 歷史와 言語, 즉 사실의 시간이며 둘째가 그것을 초탈하는 바위의 "永遠한 참묵 숨의 강"에 이르는 '몇천년' 고요의 지속의 시간, 그리고 마지막 셋째가 "야" 하고 "나즉히 내뱉는" 난초의 수직적 시간이다. 바위로 표상되는 고요, 즉 침묵의 세계는 역사표면의 언어공해, 즉 현대사회의 무질서한 일상적 시간의 초월을 근거로 이루어진다. 난초의 비상 욕구 역시 바위의 하강리듬에 길항하면서 이루어진다. 바위는 대지의 썩지 않는 뼈대이며 물체의 증거이다. 그것은 꼿꼿히 서 있으며 시간과 함께 물질의 풍화작용 에 의해 낡아가는 것에 대해 항거하는 것이다.[120] 그것은 침묵을 바탕으 로 한 깊이와 엄숙함으로 구성된다. 그러나 이러한 정적인 깊이를 깨는 동적 리듬은 어떻게 보면 엉뚱하고 우스운 것 같은 난초의 "야" 하는 나직한 소리다. 그것은 세계의 표면을 건드리는 개화의 순간이다. 세계의 무거움을 뚫고 난초꽃은 가볍게 솟아 오른다. 바위의 침묵이 무거움이라 면 "야" 한마디 내뱉는 난초의 음성은 가벼움을 기초로 솟아 오른다. 이 한마디는 가벼움과 무거움의 동시적 상충관계를 순간적, 수직적 시간 으로 비약시키면서 존재를 가볍게 띄운다. 숙연함과 무거움에 억눌린 존재를 일순 가볍게 띄우는 것은 의외로 '야' 하는 가벼움으로 이루지면 서 깨트려지며 덩달아 우리의 존재가 가볍게 뜨는 것이다. 이 초월의 시간이 난초 줄기의 유연한 곡선 이미지와 연결되면서 난초는 상승과 하강 사이의 긴장이 통합된 영혼의 육화로 드러나는 것이다.

상승과 하강리듬이 약간 유머러스하게 변용된 예를 우리는 「慶州所見」이 라는 시에서 본다.

---

120) 리샤르, 윤영애 역, 『詩와 깊이』, 민음사, 1984, 40면.

아무도 이것을 주저앉힐 힘이 없기 때문이겠지.
王陵들은 노랑 송아지들을 얹은 채
애드발룬처럼 모조리 하늘에 두웅둥 떠 돌아다니고,
사람들은 아랫두리를 벗은 어린아이 모양이 되어
그 끈 밑에 매어달려 위험하게 浮遊하고 있었다.

吐含山에 올라서니
善德女王陵이지 아마
그게 十月 상달 石榴 벙그러지듯 열리며
웬일인지 소리내어 깔깔거리고 웃으며
山가슴에 만발하는 철쭉꽃 밭이 돼 뒹굴기 시작했다.

누가 그러는가 했더니
石窟庵에 기어들어가 보니까
역시 그것은 우리의 제일 큰 어른 大佛이었다.

善德女王의 食指의 손톱께를 지긋이 그 응뎅이로 깔아
자즈라지게 웃기고,
또 저 뭇 王陵들이 즈이 하늘로 가버리는 것을
그 살의 重力으로 말리고 있는것은….

─「慶州所見」

　전체적인 구도는 화자가 평지(1연)에서 산으로 오르는 도정으로 짜여
여 있다. 1연에서는 노랑 송아지를 얹은 채 하늘로 떠올라 가는 왕릉의
힘만이 느껴진다. 이 팽팽한 긴장 속에 노랑 송아지가 애드벌룬처럼 두웅
둥 뜨고 사람들 역시 거기에 매어달린다. 그것은 위태한 채 그대로 부유
한다. 화자는 그러나 2연의 왕릉의 철쭉으로 변신과 함께 웃음으로 그
긴장을 깨트린다. 죽은 자들의 거소인 하늘에 가려는 왕릉의 끊임없는

상승욕구와 지상의 주인이 그것을 지긋이 누르는 大佛의 응뎅이. 이 긴장으로 사물은 아슬한 균형을 잡고 있다. 그러나 이 상승과 하강의 리듬 사이에는 웃음이 있다. 그 자지라진 웃음이 철쭉으로 만개한다. 선덕여왕과 대불의 유희는 이 시의 동적 리듬을 살려준다.

> 이 고요에
> 묻은
> 나의 손때를
>
> 누군가
> 소리없이
> 씻어 헤우고
>
> 그 씻긴 자리
> 새로
> 벙그는
>
> 새벽
> 지샐녘
> 난초 한송이
>
> ―「四更」

　이 시는 '四更'이라는 시간에 대한 시인의 통찰이 담겨 있다. 난초의 개화의지는 고요라는 의존적 공간을 필연으로 의존하게 된다. 즉 개화의 상승의지는 고요라는 하강의지를 딛고 이루어진다. 시인에 의하면 우리가 말하는 고요라는 상태 속에서도 엄밀하게 말하면 손때라는 불순물이 묻어 있다. 그러나 진정한 의미의 고요는 텅 빈 상태로서의 고요가 아니라 순수한 하나의 내적 움직임이 충일한 살아 있는 역동적인 상태이다. 이 살아 있는 움직임이 바로 '손때'를 씻어내는 행위이다. 2연의 '누군가'는 사랑하는 사람 혹은 불특정한 어떤 개인으로 해석될 수도 있지만, 부처 혹은 절대자로 상징되는 사랑의 화신으로 해석될 수 있는 여지도 남겨 놓고 있다는 점에서 이 시는 다분히 불교적이다. 문제는 고요 속에서도 살아 있는 생의 움직임이 있다는 것인데 이 작업의 요체는 '씻고' '헤우'는 것이다. 이 순수한 행위의 반복은 하나의 존재를 스스로 열리게 한다. 여기서 손때라는 인생의 번뇌를 씻어버릴 수가 있으며, 이 승화된 행위에서 최초의 수직 상승의지로 발현된 '난초 한송이'가 세계를 향해 벙글게 되는 것이다. 표면적으로 이 행위는 사랑과 자비심의 발로 혹은 因緣生起로 해석될 수 있지만 서정주의 이 시는 반드시 그것 안에 갇혀 있지만은 않다. 오히려 개화의 그 순간은 순수한 상승의지로 세계를 향해 솟아오르는 것이다.

　서정주의 시학은 정신과 세계를 분리할 수 없는 실존적 공간으로 확대된다. 특히 神話的 時間 項에서 다룬 바 있지만 불교적인 윤회와 순환의 시간의식이 비유와 상징으로 구체화되고 견고해지는 『冬天』 이후의 시들에서는 그 양상이 뚜렷이 나타난다. 그것은 我와 세계가 합체된 이른바 세간이라는 불교적 해석으로 옮길 수 있다. 서정주 시에서 난초의 개화는 불교적인 의미에서 볼 때 세간에 대한 애욕 즉 아욕과 아집으로부터의 완결이며 동시에 시작인 영겁의 因緣生起에서 개화의 순간적인 기하구조가 완성된다.

　　　　내고향 아버님 山所옆에서 캐어온 난초에는
　　　　내 장래를 반도 안심못하고 숨 거두신 아버님의
　　　　반도 채 다 못감긴 두 눈이 들어 있다.

　　내 이 난초 보며 으시시한 이 황혼을
　　반도 안심못하는 자식들 앞일 생각타가
　　또 반도 눈 안 감기어 멀룩 멀룩 눈감으면
　　내 자식들도 이 난초에서 그런 나를 볼 것인가.

　　아니, 내 못보았고, 또 못볼 것이지만
　　이 난초에는 그런 내 할아버지와 증조할아버지의 눈,
　　또 내 아들과 손자 증손자들의 눈도
　　그렇게 들어있는 것이고, 들어 있을 것인가.

— 「故鄕蘭草」

　서정주의 이 시는 인간과 자연의 세계가 불가분리의 관계 속에 있다는
그의 자연관을 나타냄과 동시에 그럼으로써 인간이 생물처럼 영속적으
로 존재한다는 순환적 시간의식을 깔고 있다. 아울러 겨레의 고난을 한
가문의 고난으로 압축하여 생생히 구체화하고 있다. 난초로 표상되어
나타나는 자연은 서정주에게는 완상의 대상이거나 평화와 위로의 출처
가 되지 않으며 오히려 욕망의 과정이 된다. 이 점에서 "서정주의 자연관
은 동양의 고급문화와는 다른 한국의 토속적인 자연이해에 가깝다."는
김우창의 지적[121] 은 음미할 필요가 있다. 서정주의 후기시들에서 자연
은 인간의 혼돈에서 떨어진 평화의 이미지이기보다는 인간 자신의 충동
과 함께 있으면서 인간의 괴로움과 기쁨의 하나의 표상으로서 존재하는
것이다.[122]

　시인은 "산소 옆에서 캐어 온 난초에"서 "내 장래를 반도 안심못하고
숨 거두신 아버님의 반도 채 다 못감긴 두 눈"을 보며[123], 그런 상황은

---

121) 김우창, 「구부러짐의 형이상학」, 『궁핍한 시대의 시인』, 민음사, 1977, 234면.
122) 김우창, 앞의 책 234면.

나의 사후에도 계속해서 이어지는 양상을 띠고 있다는 인식을 하고 있다. 그런 점에서 이 시의 시간의식은 순환적인 시간의식, 넓게 말하면 신화적 시간의식에 포괄시킬 수가 있다. 그렇지만 시인이 난초에게서 발견하는, 자식에 대한 불안과 이승에 대한 미련으로 苦의 형상으로 표출되는 '아버지의 눈'과 수직성의 난초의 대비는 선명한 수직적 시간의 양태를 이루는 것이다.

"반도 안심 못하고 숨거두신", "반도 채 다 못감긴", "또 반도 눈 안 감기어 멀룩 멀룩 눈감으면"과 같은 구절은 "으시시한 이 황혼"이라는 생의 절실한 의미의 현화이다. 이는 한국적인 인간상을 단적으로 드러내주는 것인데, 그것은 이생의 삶에서 누린 기쁨 때문에 자신의 죽음에 대해서는 여한이 없지만 자식 때문에는 제대로 눈을 못감는 심성이다. 그런 점에서 "멀룩멀룩"은 불안과 안도가 반쯤 섞여 있는 양가적인 표정으로 드러난다.[124] 난초 속에는 안도와 지상에 대한 염려를 간직한 조상들의 눈들이 응축되어 존재한다. 이 응축은 증조할아버지와 할아버지, 아버지, 나, 내 아들, 손자, 증손자라는 지속적인 시간의 배열을 시적 순간으로 압축한다. 불안과 안도가 반쯤 섞였다고 했지만 이미지 현상학적으로 볼 때 그것이 전체적으로는 난초의 성장의지와는 대립되는 하강의 이미지로 작용하는 것은 틀림이 없다.

그것은 난초의 성장의지인 수직성과 대립되는 속성을 가진다. 세간에 대한 미련과 아울러 영겁의 인연생기가 苦의 형상으로 표상된 조상들의

---

123) 실제로 서정주의 다른 작품, 예컨대 「소나무 속엔」과 같은 시에서는 자연이 인간의 괴로움과 기쁨을 응축하는 의미로 나타난다. "소나무 속엔/대한민국 농군들의 손이 들었고/소나무 속엔/대한민국 학생들의 눈이 들었다."(「소나무 속엔」)

124) 서정주의 이러한 사고는 이미 『新羅抄』에서는 성숙되며 「善德女王의 말씀」의 "내 못 떠난다."와 같은 구절이 대표적이다.

'눈'은 수직성의 난초를 누르게 되며 난초의 입장에서는 그 무게를 딛고 비상한다. 菩의 무게와 난초의 수직상승욕구가 동시에 길항하면서 이루는 형태가 곧음과 구부러짐이 동시에 내재된 난초잎에서 드러나는 곡선의 외양이다. 이는 김우창과 같은 논자가 '굽음의 이존책'으로 명명한 우리네 서민들의 삶의 방식으로도 이어지는 것이다. 이는 삶의 부조리 속에서 살아가는 현실주의의 방편이고 지혜이다.[125]

난초의 이미지 구조와 그 존재론에 따르는 형이상학적 성찰과 함께 우리는 서정주의 蘭이 지니는 사상적 의미, 혹은 세계관을 조명해 볼 수 있게 된다.

> 그늘과 고요를 더 오래 겪은 난초 잎은
> 훨씬 더 짙게 푸른 빛을 낸다.
> 선비가 먹을 갈아 그리고 싶게 되었으니
> 永遠도 인젠 아마 그 호적에 넣을 것이다.
>
> 가난과 괴로움을 가장 많이 겪은 우리同胞들은
> 가장 깊은 마음의 水深을 가졌다.
> 하늘이라야만 와서 건넬 만큼 되었으니
> 하늘이 몸담는 것을 잘 보게 될 것이다.
>
> 난초 잎과 우리 어버이들의 마음을 함께
> 보고 있으면
> 인류의 五億三千二百萬年쯤을
> 우리는 우리의 하루로 하고싶은 생각이 든다.
> 우리도 한 芥子씨는 芥子씨겠지만
> 이 세상 온갖 芥子씨들의 매움을 要約해 지닌

---

125) 김우창, 앞의 책, 240—241.

더 없이 매운 芥子씨이고자 한다.

—「蘭草 잎을 보며」

　절실한 개인의 내적 체험이 생의 일반론적 의미와 지혜로까지 승화되고 있는 수일한 예를 우리는 이 시에서 본다. 그것은 인류사적 의미로까지 확대되지만 근본적으로는 우리 민족, 혹은 역사로 수렴된다. 즉 난초의 곡선은 민족의 고통과 경험, 운명으로까지 승화되면서 이 유구함이 민족을 깊고 끈질기게 한다는 의식을 깔고 있다. 그런 점에서 이 시의 대립적인 구조는 고통이라는 하강구조와 삶의 의지라는 상승구조의 길항관계로 이루어져 있다. 구체적으로 1연에서는 '그늘과 고요'와 '난초의 푸른 빛'으로, 2연에서는 '가난과 괴로움'과 '마음의 水深'으로 나타난다.

　'난초' 색의 농도가 절정의 짙은 '푸른 빛'을 낼 때 마침내 '영원'이라는 무시간의 지속성까지를 담게 된다. 난초의 색깔이 진해질수록 '가난과 괴로움'으로 표상되는 역사적인 숱한 역경을 겪어 온 우리 민족의 끈질김은 더해간다. 민족의 맥을 이어 나가려는 지속의지에 따른 난초의 생명력은 바로 전통이라고 할 수 있다. 이 전통은 인류의 역사까지도 포괄하는 것이다. "선비가 먹을 갈아 그리고 싶을 정도로" 절정에 이른 난초잎의 푸르름 속에서 인류의 5억3천2백만년이 하루로 담겨지는 순간의 비약을 보여 준다. 영원이라고 표현할 수 있는 긴 시간과 '하루'의 짧은 시간은 난초 잎 속에서 통합된다. 4연에서 그것은 개자씨라는 작은 하나의 점으로 수렴된다. 이 세상의 온갖 매움이 다 집합된, 작을대로 작아진 매운 개자씨 속에서 작은 것이 큰 것을 이기는 하나의 전형을 보게 된다.

　이러한 집합의지와 인고와 자세로 영원을 하루로 삼는 순간의 형이상학을 서정주는 난의 이미지를 통해서 우리 민족의 전통성을 이루는 요소로 파악한다. 그것은 "우리 어버이 마음"이라는 한국 사람의 마음에 기층을 이루는 부분으로 수렴된다. 즉 "그늘과 고요를 더 오래 겪은 난초 잎"이라는 구절에서 암시되듯 이 시는 인고와 기다림을 우리 전통의 중요한 요소로서 파악하면서 한국인의 원형, 혹은 전통의식의 기저를 파악하려는 노력을 보인다. 이는 서정주의 수직적 시간의 귀결점이 되는 것이다. 「韓國 鐘소리」에서도 그 전통의식은 계속 승화된다.

> 鐘소리는
> 五月에 간 수만 마리 새끼들을
> 八月에 다 데불고
> 윈바다를 일렁이게 하는 에미고레의 힘 —
> 그게 무서 칭얼대는 海岸의 짐승
> 포우의 울음이라 한 것은
> 아직도 段數 유치한 中國人들의 귀요.
>
> 이 고래 이 포우가 韓國 와서 살라면
> 위선 千年쯤은 잘 흙 속에 生埋葬돼야 하오.
> 그래 때가 되어 캐내서 울려 보면
> 아직도 살기는 살아 있지만
> 언제 그렇게는 둔갑했는지
> 한 송이 피는 꽃만 새로 보여요.
>
> —「韓國 鐘소리」

고래 울음과 한 송이 꽃의 대립이 이 시의 상상력을 촉발하는 이미지이다. 중국인들의 귀에는 종소리를 고래 포우의 울음정도로 잡아내지만 한국인들은 종소리에서 피는 꽃을 본다. 피는 꽃의 수직적인 시간의 접점은 엄청난 고요와 어둠(生埋葬)을 매개로 한다. 즉 매장이라는 기다림과 인고를 의존적 필연으로 채택하면서 그 대립되는 상승리듬으로 촉발되는 것이다. 피는 꽃은 대상에 끝없는 침잠이 일구어 낸 동적 리듬이다. 산발되는 리듬이었던 종소리는 하강(생매장)을 거쳐 정신의 새로운 비약성[126]을 수반하면서 꽃으로 육화한다. 바슐라르 식으로 말하면 수평적 시간에서 수직적 시간으로 분출한다.[127]

우리는 서정주의 이 전통의식이 이데올로기적인 면에서도 보수주의적인 색채를 띠고 있음을 목도한다.

> 陰十月엔 寒蘭꽃도 기러기 다 되어
> 두마릿식 세마릿식 나는 시늉도 한다마는
> 푸른 蘭草잎은 늘 잘 구부러져
> 곧장 가버리지말고 돌아오라 하지 않느냐?
> 蘭香처럼 잘 휘어 고향 벼개 맡으로
> 돌아와 사는 것이 가장 옳거니
> 性急하여 平壤 간 아이 삥 한바퀴 돌아서
> 모다 돌아 오너라. 돌아 와 살아라.
>
> ──「寒蘭을 보며」

시인은 난의 구부러진 잎에서 움직이는 생명을 띄운다. 寒蘭 꽃의 기러기로의 化肉이다. 그리고 여기서 한번 더 수직적 시간의 이미지가 변용된다. 그것이 서정주가 지향하는 전통성의 측면이며 이 시에서는 이데올로기적인 측면으로 수렴된다. 난초의 동적인 곡선 이미지에서 연루되는 속성은 "돌아오라", "모다 돌아오너라"라는 어사 속에 들어 있는데 우리

---

126) 이는 두 단계의 비약을 거친다. 첫째 단계는 고래가 꽃으로 바뀌는 것이요, 둘째 단계는 청각단위(종소리)가 시각단위(꽃)로 성숙하는 것이다.

127) G. Bachelard, *Instant Poetique et Insant metaphysique*, la revue Messages, No.2:Metaphysique et Poesie, 1939. 여기서는 한계전, 「바슐라르의 詩的 想像力」, 『韓國現代詩論研究』, 一志社, 1983, 249면 재인용.

는 여기서도 그 돌아오는 대상이 "고향벼개 맡으로"라는 데서 서정주
시의 전통지향성의 일단을 읽을 수 있다. 그것은 "곧장 가버리지 말고",
"性急하여 平壤 간 아이"에서 읽을 수 있는 인고와 기다림의 속성이다.
특히 "平壤 간 아이"라는 어사 속에서 우리는 서정주 시의 내밀한 자연의
식이 정치문제를 문면에 너무 쉽게 드러내면서 평면화되는 것을 목도한
다. 그리고 시적 기교에 비해서 시인의 역사적 사고가 비교적 단순하다
는 것을 지적할 수 있다. 그러나 이러한 감정의 단순성에도 불구하고
이 시가 근본적으로 지향하는 것은 인고와 기다림을 본질적인 삶의 자세
로 이해하고 있는 시인의 전통지향의식의 측면이다. "고향"이란 말 속에
도 귀소의 의미와 참고 기다림의 의미가 함께 지향되고 있음을 우리는
문맥에서 알 수 있다.
　구부러짐의 형이상학이라 명명할 수 있는 이런 전통지향적인 측면은
작품 「曲」에서 잘 드러나고 있다.

> 곧장 가자 하면 갈수없는 벼랑 길도
> 굽어서 돌아가기면 갈수 있는 이치를
> 겨울 굽은 난초잎에서 새삼스레 배우는 날
> 無力이여 無力이여 안으로 굽기만 하는
> 내 왼갖 無力이여
> 하기는 이 이무기 힘도 대견키사 하여라.

　　　　　　　　　　　　　　　　　　　　　　　　—「曲」

　교훈적인 내용을 전달하려는 의도를 노출하고 있어 긴장감을 떨어뜨
리는 이 시는 드러난 것과 감추어진 것의 대립적인 동인으로 짜여져 있
다. 그것은 無力과 이무기의 대비를 통해 나타난다. 시인은 직선보다는
곡선, 곧은 길보다는 굽은 길을 택하는 자의 지혜를 "난초 잎에서 새삼스
레 배"운다고 한다. '曲'은 힘없는 자들의 생활윤리이자 지혜이다. 화자

로 나타나는 시인은 "안으로 굽기만 하는" 굽은 길 속에서 無力을 느끼지
만, 그것은 무력 자체로만 끝나지 않는다. 굽은 길은 욱일승천을 앞두고
있는 이무기를 내장하는 역설을 보여 준다는 측면에서 존재의 수직적인
전환까지를 예고하고 있다. 어떠한 고난 속에서도 목숨을 끈질기게 이어
가는 질긴 존재들의 내면을 고무하는 이 태도에서 우리는 지상에서의
삶을 긍정하는 서정주 시학의 기저를 읽을 수 있다.

이렇듯 "어떠한 관념적인 어휘도 가까이 하지 않으면서 우리의 전통적
인 삶의 향기를 나름의 형이상학으로 구축하고 있는"[128] 서정주 시의
전통미학은 서정주의 작품에 있어서 스며 있는 하나의 대기를 구성하고
있다.

서정주는 인간의 내면적인 세계에 대한 깊이있는 천착과 인류라는 확
대의 공간속에서 민족의 전통성을 확인하는 작업을 실현하는 것이다.

서정주는 한국시 사상 가장 꾸준하게 자신의 세계를 변모시키고 새로
이 자신의 세계를 열어간, 한국 현대시사에서 괴기하고 큰 존재이다. 황
동규의 말대로 "분석 비평 이상의 조명을 받을 권리가 있는 서정주 시의
조명 속에 나타나는 것은 어떤 평면적인 것이 아니라 하나의 드라마"[129]
다. 그러나 그것은 전통주의라는 하나의 테두리를 갖고 있음을 우리는
이 항의 분석에 알아보았다.

2. 서정적 시간의 양상

이 장은 앞 장에서 다룬 시간의식의 변모양상에 포괄되지 않는 시인

---

128) 신범순, 「질기고 부드럽게 걸러진 永遠」,『미당연구』, 민음사, 1994, 296면.
129) 황동규, 「탈의 완성과 해체」,『미당 연구』, 민음사, 1994, 127면.

특유의 시간의식을 다루기 위해 쓰여진다. 서정주는 존재의 외부질서를
느낌의 내면세계로 환치시키는 독특한 미의식을 언어 구사능력과 직관,
상상력의 새로움으로 보여준다. 여기에는 목전의 현실에서 벗어나 간절
한 매력과 안정과 자유의 시간을 누리려는 시인 개인의 의도뿐만 아니라,
퇴락해가는 일상의 흩어지고 파편화된 시간인 현재를 벗어나서 존재의
실감과 연속성을 회복시키기 위한 독특한 시간의식이 내재되어 있다.
이 때 시인의 고도로 세련된 의식과 자기통제가 작용하는데, 이것이 서정
주 개인의 감수성에 기인하는 것이기도 하면서 한국인의 심성에 내재해
있는 고유한 바탕을 표현하고 있다는 데 특징이 있다. 즉 서정주의 시간
의식은 감각의 새로움에 바탕을 둔 개인의 심미적 체험에 기반하는 미감
의 포착과 정서화를 통한 독자적인 이미지와 미학을 보여줌은 물론, 오래
전부터 민간에 전승되어오는 말들의 간절한 매력을 시에 도입[130]하고
생활인들의 지혜를 현대에 이식함으로써 한국인들의 보편적 심성을 아
울러 드러내고 있다.

　본고는 언어 미감에 해당하는 이런 시간 감각을 서정적 시간이라 명명
하고, 이 서정적 시간의 양상을 유년의 순수한 시간에 대한 기억, 고대적
시간개념의 재생, 영원에의 지향과 시간의식의 전개라는 항목으로 나누
어 고찰하려고 한다.

1) 유년의 순수한 시간에 대한 기억

　『花蛇集』에 수록된 대부분의 시들이 육체에 대한 추구와 흐르는 시간

---

130) 서정주는 그것을 '민족어법'으로 명명한다. 서정주 - 김춘수 대담, 「시인의 새해 담
　　론」,『현대시학』, 1992. 1, 25-26면.

에 대한 도피와 갈등양상을 보여 주는 것과 대조적으로 「水帶洞詩」는
『花蛇集』에서는 유일하게 과거와 현재, 미래가 긍정적인 유대감을 갖고
나타난다. 그것은 바로 기억에 의해 이루어지는 세계이다.

　마이어 홉은 영원과 무시간성을 이야기하면서 오래 전에 사장되었던
기억이 원래의 경험과 같은 정도의 맛과 깊이, 다양성을 갖고 재생될
때 시공을 초월한 현재 specious present[131] 혹은 영원한 현재(eternal now)
인 무시간을 체험한다고 했다.[132] 이렇게 삶을 과거와의 연속 및 지속적
인 창조과정으로 보는 것은 베르그송의 지속과 변화의 개념과 상통한다.
베르자예프 역시 "기억은 인간에 있어서 인격의 통일이 거기서 이루어지
는 가장 깊은 존재론적 원리"[133] 이라고 말하면서 "프루스트와 같은 뛰어
난 작가가 사라져 가는 시간을 찾기 위해 회상에 과거를 예술적으로 재건
하는 것을 자신의 창작주체로 삼은 것은 우연이 아니다. 프루스트의 이
작업은 『잃어버린 시간을 찾아서』 제2권에서는 종교적인 정열로까지
승화되어 있다."[134] 고 언급한다. 기억은 죽음의 문제의 극복과 관련되어
있다. 미래에 대한 불안은 죽음에 대한 불안이다. 죽음은 삶 자체의 내부
적 사건이다. 아울러 죽음은 삶의 종말이지만, 현실적인 차원에서 죽음은
시간 속의, 객체화 속의 내적 운명의 단순한 한 순간에 지나지 않는다.
과거의 시대의 모든 죽은 사람들이 우리들에게 실존하지 않는 것으로서
보이는 것은 단지 과거가 객체로서 파악되고, 우리가 자신을 객체 속에서
헤아리고 있기 때문이다. 그러나 기억은 어떠한 본질도 실존도 단지 객체
의 속에 속한 것이 아니라는, 내적 실존으로부터 생긴 징후이고, 본질도

---

131) Meyerhoff, 위의 책. 17면.

132) Meyerhoff, 54-55면.

133) Nicolas Berdjajev, *Solititude and Society*, tr. Reavey(London:The Centenary Press, 1947), 101면.

134) Nicolas Berdjajev, 위의 책, 101면.

실존도 다른 질서에 속한다는 징후이다. 이런 점에서 기억에서 유래되는 전통은 시간의 힘과의 투쟁이고, 역사의 비밀에의 참여이기도 하다.[135]

이런 점에서 서정주 시의 기억에의 투사는 시간의 질곡으로부터 벗어날 수 없는 육체의 한계로부터 느끼게 되는 시적 몰락이나 정신적 질식상태를 극복하고 시인의 정신적 전기를 구하려는 표현이라 할 수 있다.

기억이 시간과 자아의 구조를 해명하는 관건이 됨을 최초로 인식한 사람은 어거스틴이다. 어떤 시간의 저편에서 통일된 기억의 영역이 있다는 것은 연상의 원리에서 해명된다. 훗설은 의식 흐름이론을 주장한다. 의식작용은 순간적인 현상이 아니라 지속적인 흐름의 현상이란 것이다. 베르그송 역시 기억을 습관에 의하여 형성된 기억과 독특한 사건으로 이루어진 기억의 두 종류로 분석하면서 제2유형의 기억, 즉 한번 일어났으며 결코 되풀이되지 않는, 결코 되풀이될 수 없는 사건의 기억을 중시한다. 제2유형의 기억이 자주 되풀이되는 데서 생기는 연상은 직접적 경험에 있어서의 자아에게서는 볼 수 없는 연속성을 특징짓는 새로운 자아의 개념이 생기게 하는 것이다. 이런 특수한 사건은 결국 형이상학적 정수가 되면서 부지불식간에 의식 가운데로 떠오르거나 맹렬하게 분출되어 작가의 의식적, 창조적 상상력에 포착되어 그의 생의 단일구조와 연속적 패턴을 나타내는 관건이 된다.

베르그송은 순간은 개별적인 것으로 존재하는 것이 아니라 거기에는 지속작용에 의한 과거와 미래의 융합이 있다는 것, 말하자면 확장과 응축의 탄력성을 의식할 수 있다고 믿었다.[136] 무시간이란 영속하는 순간(no time is the moment that endures)[137]이라면 이 상태는 내부세계와 외부세

---

135) Berdjajev, 위의 책, 104—105면.

136) Richard Ellmann and Charles Feilson, Jr. *The Modern Tradition*(New York, Oxford Univ. Press.1965.) 725면.

계가 융합되어 있는 상태이므로 사물은 습관적인 의미를 떠나 개인적이
고 강한 신비적인 의미에서 체험된다. 시간의 흐름에서 이탈하여 시공을
초월한 동결(frozen) 혹은 정지된 이 상태는 지속이 계속되는 동안은 용해
되지 않고 지속이 끝남과 동시에 시간의 흐름 속으로 융합되어 버린다.

베르자예프는 위의 논증들을 수렴하면서 심화시켜 認識의 문제를 폭
넓고 깊이 있게 제기한다. 아래는 그의 인식 문제에 관한 논증이다.[138]

시간은 실존에 대하여 공간보다 앞선다. 확실히 공간은 시간을 전제로
한다. 모든 客體化 이전에 존재의 深奧處에서 일어나는 것은 여러 행위나
사건들의 발생 속에 있는 것이다. 그러나 '第一意的인 作用 自體'는 시간
도 공간도 전제하지 않는다. 그것은 바로 시간과 공간을 낳는 것이다.
그러면 인간은 '創造하는 중에 있는 主體 속에', 즉 '第一意的인 作用
自體'와 합치하지 않는 것일까? 거기에는 의식적인 노력과 자각적인
과정이 필요한 것이다. 베르자예프는 그런 방도의 하나로서서 認識을
논하고 있다. 인식은 시간과 결부되어 있는 바 그것은 주어진 시간으로부
터 벗어나게 한다. 플라톤은 인식은 想起라고 말한다. 그것은 인식이 시
간의 지배력에 대한 승리를 이룬다는 것을 말한다. 과거에 대한 존재론적
인 경험은 記憶과 想起에 결부되어 있다. 記憶이란 존재론적으로 時間에
抗拒하는 것이다. 기억만이 과거의 내적인 신비를 認識한다. 그것은 시간
에 있어서의 永遠의 行爲인 것이다. 아울러 自我란 意識도 기억과 결부되
어 있다. 개인적인 과거의 전역사를 보여주거나 내밀한 심중에 파묻어
두는 것은 그 깊이에 있어서 형이상학적인 기억인 것이다. 기억을 심리적
인 차원에서 다루지 않고 존재론적으로 즉 형이상학적인 어떤 것으로

137) Meyerhoff, 앞의 책 17면.
138) 김규영, 앞의 책, 191—193면.

다루는 베르자예프의 의도는 바로 '自我란 意識이 記憶과 결부되어 있다
는 사실'과, '記憶은 자아의 통일이 달려 있는 인격의 第一意的인 事實'
이라는 것을 밝히는 데 있다. 그러나 베르자예프는 인식은 상기일 뿐만
아니라 創造라고 말한다. 인식은 존재의 한 사건이며 존재의 한 변형,
하나의 조명인 것이다. 존재의 전형으로서 고려된 인식은 미래, 즉 존재
하지 않는 것으로 향하여져 있다. 현재적으로 비실존적인 과거의 인식이
내적인 상기에 의해 가능하다면 같은 의미로 비실존적인 미래의 인식은
예언자의 정신에 의해 가능하다. 이 예언은 미래가 그 자체로서만 고려되
는 과학적인 예견과는 다른, 종교적인, 나아가 시간을 넘어서는 신비,
즉 시간의 질곡에 대한 해방, 영원한 현재의 도달, 그리고 그것과의 일치
를 표시하는 것이다. 예언은 우리들을 실존의 신비 속으로, 미래가 실존
에 합류하는 한에 있어서 미래 속으로 침투하게 하는 것이다.

　위의 전제를 토대로 우리는 기억에 의한 과거의 현재화를 다룬 일련의
시들을 고찰할 수 있다.

　　　내 永遠은
　　　물 빛
　　　빛과 香의 길이로라.

　　　가다 가단
　　　후미진 굴헝이 있어,
　　　소학교 때 내 女先生님의
　　　키만큼한 굴헝이 있어,
　　　이뿐 女先生님의 키만큼한 굴헝이 있어.

　　　내려 가선 혼자 호젓이 앉아
　　　이마에 솟은 땀도 들이는

　　　물 빛
　　　라일락의
　　　빛과 香의 길이로라
　　　내 永遠은.

　　　　　　　　　　　　　　── 「내 永遠은」

　위의 시에서 영원은 서정적 형식이 주는 감동의 순간이고, 이른 바 무시간적 경험이며 정신이 집중된 상태의 순간, 즉 응고된 부동화의 순간이다. 이 때 사물의 현실성과 내포된 의미와 가치, 영원한 실재성은 인상과 연상에 의한 기억을 통해서 전면적으로 파악된다.

　"물 빛/빛과 향의 길"인 영원은 자아가 내려가서 보호받는 안식처로 드러난다. 이는 개인의 사적 과거 문맥 속에서 어떤 연속감, 동일감, 통일감을 드러내려는 탐구라 할 만하다.

　위의 시에서 서정주의 기억은 바로 이런 측면에서 과거로 침전되기 이전의 지금(Jetzt) 의식, 즉 근원인상(Urimpression)으로 영원한 현재라는 지위를 부여받는다. 그것은 의식에 의해 창조되는 것이 아니라 자발적 발생이다. 우리가 경험하는 소리나 색채나 상황은 작용연속(Aktontinuum)에서 구성된다. 서정주에게 과거의 추억은 "빛과 향"의 모습으로 현재까지 침투하며 그것은 또한 "길"이라는 미래와도 연결되어 있다. 즉 이 작용연속의 일부는 기억이며, 순간적인 부분은 지각이며, 그 밖의 부분은 기대이다. 즉 서정주의 영원은 과거, 현재, 미래가 공존하는 양상을 가지는 것이다.

　여선생에 대한 회상은 물리적 시간의 경과와 파괴작용에 영향을 받지 않는 원래의 상태대로 보존된다. 이러한 경험은 기억의 심층에 여전히 남아 있으며 이에 의하여 영원한 현재라는 시간적 지위가 부여된다. 이는

결과적으로 시간의 연대기적 순서에서 해방시키는 경험적 시간의 양상
으로서 자아 내부에 連續性과 統一性과 同一性을 가져 주는 관건의 구실
을 한다. 즉 사물이 질에 있어서나 구체성에 있어서도 풍부하고 현실성
있게 기억되었을 때는 영원성을 갖게 되며 이는 자아에 대해서도 같이
말할 수 있는 것이다.

  기계적 회상적 행위에 반대되는 창조적 회상작용은 서정주의 경우에
는 무의식적 자아의 심층에까지 내려가서 잃어버린 것처럼 보이는 혼적
과 인상들을 포착하여 이것을 밝히는 행위이다. 자아의 무의식층에 파묻
혀 있는 무시간적 요소가 프로이트가 말하는 정신의 무의식적 작용으로
자아에 기능하고 있는 것이다. 무의식에 파묻혀 있는 영원은 자아 내부의
연속성과 기능적 통일성의 감각을 회복하는 목적에도 기여한다. 항상
현재인 과거가 인간 속으로 흘러 들어와 채워질 때 그 개성은 매순간
새로워진다.139) 140)

  시간의 파괴에 대응하는 것으로 과거 인물을 현재화하는 의식은 서정
주에게 더욱 다양하게 나타나지만, 그것은 크게 세 가지 양상으로 드러난
다. 첫째 기억 속에 있는 인물을 불러내어 시적 현재(물론 시간적으로는
과거이다.)에 참여하게 하는 경우, 둘째 死者와 현세적 인물을 같은 시간
대에 놓는 경우, 끝으로 자연물 속에 인물을 투사하는 경우 등이다.

  ①눈물로 적시고 또 적시어도

---

139) A.A. Mendilow, *Time and Novel*(New York:Humanities Press, 1965), 150면.

140) 그러나 Berdjajev는 이런 태도를 보수적인 의식의 시간관이라고 말한다. 즉 보수적인
    의식은 과거를 理想化함으로써 영원한 것이라고 생각한다는 것이다. 과거나 미래
    와 같은 허약한 시간의 분리된 두 부분은 영원에 대하여 아무런 특권이 없다. 현재
    에 있어서만 우리는 영원과 합치되는 순간이나, 영원에 참여하는 순간을 가질 수
    있다. 김규영, 앞의 책, 187—188면.

속절없이 식어가는 네 흰 가슴이
저 꽃으로 문지르면 더워 오리야

—「門 열어라 鄭道令아」

②이, 우물 물같이 고이는 푸름 속에
　다수굿이 젖어있는 붉고 흰 木花 꽃은,
　누님.
　누님이 피우셨지요?

—「木花」

③수부룩이 내려오는 눈발속에서는
　까투리 매추래기 새끼들도 깃들이어 오는 소리.……
　(중략)
　폭으은히 내려오는 눈발속에서는
　낯이 붉은 處女아이들도 깃들이어 오는 소리.……

—「내리는 눈발속에서는」

④이월 새 하눌일래 대수풀은 빛나네.
　햇빛에 도란도란 도란그리며
　햇빛에 나즉히 노래 불러 올리는
　아릿답고 향기론 處女들이 크나니

—「二月」

⑤순이야, 영이야, 또 돌아간 남아.

　굳이 잠긴 재ㅅ빛의 문을 열고 나와서
　하눌ㅅ가에 머무른 꽃봉오리ㄹ 보아라

—「密語」

⑥ <그립다> 생각하면
   <그립다> 생각하는 아지랑이,
   <아!> 하고 또 속으로 소리치면
   <아!> 하고 또 속으로 소리치는 아지랑이

—「아지랑이」

영속성을 위한 서정주의 시간인식은 ①에서는 자연(꽃)이 유한적인 인간의 생명을 소생시키는 것으로 드러나고, ②는 반대로 인간이 자연(목화)에 개입하는 것으로 드러난다. 서정주는 여러 시에서 이렇듯 인간과 자연 간의 상호작용을 강조했다. ③,④는 자연이 그 속성으로 인간을 안고 있는 경우를 보여 주며, ⑤는 사자와 생자의 동시적 병존을 형상화함으로써 연대기적 시간질서에서 벗어나려는 화자의 의지를 보여 준다. ⑥은 인간과 자연이 완전히 서로 넘나드는 경지를 보여 준다. 그러나 인용 시는 모두 자아와 생명체와의 연관을 내밀하게 간직하고 있다. 생명체와 결합함으로써 과거의 인물들은 생명이 소멸되지 않는 무시간적 차원에 살게 된다.

이 것 역시 베르자예프가 말한 과거—소멸한 사물이나 인간—에 대하여 가지는 활동적인 태도 즉 과거를 未來와 永遠에 통합함으로써 사망한 인간들과 사물들을 소생시키는 태도와 일치한다.[141]

이런 유형의 시로는 「水帶洞詩」, 「다섯살 때」, 「석류꽃」 등이 있다.

2) 고대적 시간개념의 재생

서정주의 시는 시인이 대상을 초월해 나가는 정신적 축을 시간적 지평

---

141) Nicolas Berdjajev, *Solititude and Society*, tr. Reavey(London:The Centenary Press, 1947), 102면.

에 의존하고 있다. 그것은『新羅抄』와 같이 시집 제목 자체를 시간성을 기준으로 잡은 태도에서도 드러난다.『질마재 神話』역시 문명의 혜택을 전혀 입지 못한 벽촌의 지명을 근거로 하고 있다. 그러나 자세히 살펴보면 서정주는 더욱 많은 작품에서 동양의 지혜에서 발원한 고대적 시간개념을 구체적으로 형상화하고 있다. 그러나 여기서도 생각할 수 있는 것은 그러한 시간의 일반 개념이 그대로 차용되는 것이 아니라 그것이 자신의 문학적 재능과 개성, 그리고 직관에 의하여 풍부한 수사와 개성적인 시간의식, 문학성으로 뒷받침되고 있다는 사실이다.

서정주의 영원은 시각적이고 매우 구상적인 이미지로 구성되어 있다. 이는 시간을 질적인 경험의 세계로 가시화하려는 노력으로서 추상적인 시간에 대하여 경험적 내포를 풍부하게 해 준다.

서정주의 고대적 시간에 관한 탐구는 바로 이 역사적 시간을 넘어서려는 의식과 연관되어 있다. 즉 역사적 시간에 대한 집착을 끊어버리고 순환적인 혹은 무시간적인 영원의 세계를 사유하는 데 이런 시들의 창작의 목적이 있다.

시간의 문제를 직접 다루고 있는 이들 시들은 자아와 시간의 상응관계를 매우 구체적이고 직접적인 비유로 다루고 있다는 점에서 특징을 보이고 있다. 이는『중용』의 주석에 나타난 중국 고대의 시각적인 시간단위의 시적 변용이다.[142] 서정주는 그 시간개념을 부피와 질량, 생명과 형상을 부여받은 가시적인 대상으로 자신의 의식 내에서 실체화시킨다.

　　가) 햇볕에 새 붉은 꽃 피어나지만
　　　이것은 그저 한낱 당신 눈의 그늘일 뿐,
　　　두번짼가 세번째로 접히는 그늘일뿐,

---

142) 서정주, 「문치헌 밀어」,『未堂 산문』, 민음사, 1992, 147면.

당신 눈의 작디 작은 그늘일 뿐이어니….

—「피는 꽃」

나) 아다지오調로
  아다지오調로
  山脈은
  네게로 줄다름쳐 가면서…

  天地에 시간은
  인제
  금시 잠을 깬
  네 두 눈의 눈깜짝임이 되면서…

—「牧丹꽃 피는 午後」

다) 만일에
  이 時間이
  고요히 깜작이는 그대 속 눈섭이라면

  저 느티나무 그늘에
  숨어서 박힌
  나는 한알맹이 紅玉이 되리.
  만일에
  이 時間이
  날카로히 부디치는 그대 두 손톱 끝 소리라면

  나는
  날개 돋혀 내닷는
  한개의 활살.

      그러나
      이 時間이
      내 砂漠과 山 사이에 느린
      그대의 함정이라면

      나는
      그저 咆哮하고
      눈 감는 獅子.

      또 만일에 이 時間이
      四十五分만큼식 쓰담던
      그대 할아버지 텍수염이라면
      나는 그저 막걸리를 마시리.

                        ─「古代的 時間」

　　세 편의 시가 모두 '눈깜짝임'이라는 공통의 제재를 깔고 있다. 이는
『중용』에 나타나는 중국 고대인들의 시간관이다. 1연의 속눈썹 깜짝임
은 순간으로 현재의 우리 시간으로 환치하면 1/3초, 2연의 두 손톱끝
소리 彈指는 7초 12도, 산과 사막 사이에 늘인 함정 즉 一羅像은 2분
24초, 할아버지의 텍수염 쓰다듬는 시간 즉 須臾는 45분의 시간단위를
가리킨다. 한결같은 고대인의 시간관의 특징은 생동하는 시간, 시각적으
로 뚜렷이 보이는 시간이다.

　　서정주의 이런 시간관은 "우리를 재생시키고 계속시키려는 의지의 부
단한 확인"[143]이다. 즉 우리를 초, 분, 시의 추상형식의 구속적인 것으로
서가 아니라 인생의 보람 있게 사는 의의를 위해서는 "싱겁지 않은 짭짤

---

143) 서정주, 앞의 책, 150면.

하게 요약된 인생의 시간"[144], 나아가 한 순간의 시간도 영원을 집약한 것으로 보는 정신이 필요하다고 말한다. 그것은 서정주의 반역사주의의 소산이기도 하다. 역사적 시간은 직선으로 향하는 시간이며 도래하는 것을 향해서 펼쳐진 시간이다.[145] 이 시간은 현대인을 점점 더 고정되고 평면적이게 한다. 서정주는 이 시간에서 벗어나 참 시간을 복권하려고 한다.

위의 시들에서는 시간의 질적 다양성이 동시에 포착되는 국면이 나타나 있다. 시간 관념이 구체적인 이미지와 결합함으로써 관념은 더욱 구체화되고 이미지는 보다 깊은 의미를 띠게 된다. 또한 세 편의 시 모두 시간과 자아와의 상응 관계가 두드러지게 드러나 있다.

가),나)의 시들은 인체의 부분이나 동작이 식물의 이미지와 연관됨으로써 인간과 자연의 교감상태에서 비롯되는 동일성을 모색하고 있다. 가)시에서 눈 깜짝임의 순간적인 동작은 완만하게 진행되는 식물의 개화의 과정과 결합되고, 나)시에서는 "산맥의 줄달음"이 "인간의 눈 깜짝임"과 연관되면서 인간과 자연이 하나로 연계된다. 그것은 『중용』에서 나타나는 시간의식에서 촉발되었지만 탄생에서 죽음까지의 긴 과정을 찰나적인 순간으로 인식하는 불교의 시간관념까지도 수용되는 양상으로 나타난다. 즉, 눈깜짝임의 순간성이 개체의 전 생성과정을 수용하는 시간으로 나타난다.

다) 시는 서정주의 시간의식이 가장 감각적이고 동적으로 드러나 있는 빼어난 시다. 각 연은 『중용』의 시간과 자아의 시간의 댓구 형식으로 구성된다.

---

144) 서정주, 위의 책, 152면. 이하 그의 시간관에 대한 서술은 이 책에서 참조하였음.
145) Berdjajev, 앞의 책, 325면.

1연과 2연에서는 속눈썹의 빠른 움직임과 그늘 속의 홍옥이 내는 빛이 각각 대비되고, 3연과 4연은 시간의 활동적인 동작으로 각각 대비된다. 손톱끝 소리가 개인적이라면 '활살'은 시간의 속도감과 공간의 이동이 복합된 시간의 양상이며, 5, 6연의 '산과 사막 사이에 늘인 함정'과 '눈감는 사자'는 순응적으로 대응된다. 7, 8연의 '할아버지의 텍수염'과 '막걸리'는 별로 연관이 없는 것 같지만 역사적이고 세속적인 시간을 거부한다는 점에서는 같은 맥락을 가진다. 왜냐하면 시인은 막걸리를 마시는 것이 자연과학의 시간에 대한 푸대접 때문에 일어나는 인간의 반발[146]이라고 보고 있기 때문이다.

아울러 이 시의 술어를 이루고 있는 '—다면'/ '— 되리', '마시리'와 가정 어법은 인간적 시간과 자연의 시간의 동일성에 대한 소망적 표현이다.

이 시는 결국 서정주 시간감각의 한 전형적인 모습을 보여 주면서 인간과 자연의 동일성 확보를 통한 자아와 시간의 상이 동일하게 통합되는 시간차원을 보여 주고 있다.

> 내 데이트 시간은
> 인제는 순수히 부는 바람에
> 동으로 서으로 불어 나부끼는
> 가랑나무의 가랑잎이로다.
> 그대 집으로 가는 길
> 도중에 섰는 갈대
> 그 갈대 위의 구름하고도
> 깨끗이 하직해 버린 내 데이트 시간은

---

146) 서정주, 앞의 책, 154면.

　　　　이승과 저승 사이
　　　　그 갈대의 기념으로
　　　　내가 세운 절간의 법당에서도
　　　　아주 몽땅 떠나와 버린 내 데이트 시간은,

　　　　인제는 그저 부는 바람쪽
　　　　푸르른 배때기를
　　　　드러내고 나부끼는
　　　　먼 산 가랑나무 잎사귀로다.

　　　　　　　　　　　　　　　　— 「내 데이트 시간」

　　바람에 날리는 가랑잎의 방향에 따라 서로의 마음이 통해 만났다는 두 스님의 일화[147]를 소재로 하고 있는 이 시는 "내 데이트 시간은 먼산 가랑나무 잎사귀로다."의 비약적이고 의미 축약적인 은유로 구성되어 있다. 그러면서 "배때기를/드러내고 나부끼는" 살아있는 시간의 느낌이 적절하게 묘사된다. 인식을 통한 질적 변화로 인해 각 연마다 의미의 상승이 이루어지는데 2연에서는 사사로운 인간의 상념(갈대)과 형이상학(구름)과, 3연에서는 종교적인 것(법당)마저도 벗어나 버린 시간인식을 보여 주고 있다. 즉 이 시는 세속적인 기준을 떠나서 이루어지는 대상과 자아의 만남의 순간, 교감이 시간의식으로 육화된 시다.

　　중용에서 나타난 시간의 일상 생활로의 변용은 「박꽃 時間」과 같은 작품에서는 매우 사실적으로 깊고 풍부한 함의를 띠고 나타난다.

　　　　옛날 옛적에 中國이 꽤나 점잖했던 시절에는 <수염 쓰다듬는
　　　　時間>이라는 시간단위가 다 사내들한테 있었었듯이, 우리 질마재 여

────────────────

147) 『三國遺史』, 卷五, 「包山二聖」, 여기서는 『徐廷柱文學全集4』, 43면에서 인용.

자들에겐 <박꽃 때>라는 시간단위가 언젠가부터 생겨나서 시방도
잘 쓰여져 오고 있읍니다.

「박꽃 핀다 저녁밥 지어야지 물길러 가자」 말 하는 걸로 보아
박꽃 때는 하로낮 내내 오물었던 박꽃이 새로 피기 시작하는 어름
해으스름이니, 어느 가난한 집에도 이때는 아직 보리쌀이라도 바닥
나진 안해서, 먼 우물물을 동이로 여나르는 여인네들의 눈에서도
肝臟에서도 그 그득한 순백의 박꽃 時間을 우그러뜨릴 힘은 하늘에
도 땅에도 전연 없었읍니다.

그렇지만, 혹 興夫네같이 그 겉보리쌀마저 동나버린 집안이 있어
그 박꽃 時間의 한 귀퉁이가 허전하게 되면, 江南서 온 제비가 들어
그 허전한 데서 파다거리기도 하고 그 파다거리는 춤에 부쳐 「그리
말어 興夫네, 五穀百果도 常平通寶도 金銀寶貨도 다 박꽃 열매
바가지에 담을 수 있는 것 아닌갑네」 잘 타일러 알아듣게도 했읍니
다.

그래서 이 박꽃 時間은 아직 우구러지는 일도 뒤틀리는 일도, 덜
어지는 일도 더하는 일도 없이 꼭 그 純白의 金質量 그대로를 잘
지켜 내려오고 있읍니다.

―「박꽃 時間」

'박꽃 時間'은 생명의 시간과 교류를 가지는 시간이다. 만져질 듯 생생
하게 우리 피부에 다가오고 느낌을 자아내게 하는 순수한 시간이다. 두
번 째 단락에서 보면 그것은 우리네 가계와 관련이 되어 있음을 알 수
있다. 즉 박꽃이 피는 계절의 해어스름의 "보리쌀이라도 아직 바닥 나지
않은" 긍지의 시간이다. 오물었던 박꽃이 새로 피기 시작한다는 것은
쭈그러들었던 가계가 그래도 시름은 놓는다는 의미도 되면서, 그 기쁨과
긍지로 가장 순수하게 존재가 열리는 시간이 되고 그득하게 안으로부터
차오르는 시간이다. 얼마만큼의 양식이라도 있는 때, 우리네 사람들의

긍지라는 것은 국가도 어떤 권위도 무너뜨릴 수가 없는 것이다.

3연은 하나의 우화이다. 제비를 이야기 속의 화자로 동원하여 박꽃 시간의 함의를 더 풍성하게 한다. 時間의 한 귀퉁이가 무너져 내린다는 표현도 절묘하거니와 제비가 타이른다는 말 역시 제비의 파닥거림과 재잘거림을 타이름으로 알아듣는 우리네 옛 사람들의 긍지를 잃지 않는 생활 태도를 가리킨다.

'박꽃 時間'은 가난의 문화에서 온 지혜요 긍지로 충일해 있다. 그것도 적당히 가난한, 풍요롭지도 찢어지게 가난하지도 않은 상태에서 일어나는 서민들의 얼굴에 나타나는 표정이다. 늘 풍요롭기만 한 사회에서는 이런 변하지 않는 시간의 질감을 느낄 수가 없다.

따라서 '박꽃 時間'은 얼굴에 떠오른 미소의 시간이며, 그 미소는 순금처럼 순도가 있다. 서정주는 아무리 가난해도 허물어버리지 아니하는 우리네 심성을 "우그러지는 일도 뒤틀리는 일도, 덜어지는 일도 없이 꼭 그대로인" 박꽃 時間으로 묘사하고 있는 것이다.

이는 서론에서도 언급하였다시피 "간절한 매력과 함축미와 안정과 평화와 지속력과 맑고 밝음과 고요함과 자유"를 누리는 시간[148]이다.

나아가 서정주는 '조상의 신화적 세계에의 상기'를 그의 시작의 중요한 모티프로 삼고 있다. 인식(Knowledge)은 시간과 관련되어 있다. 다시 말하면 인식은 주어진 시간으로부터 벗어나는 것이다. 플라톤은 인식을 상기(Remembrance)라고 가르친다. 그것은 인식이 시간의 위력에 대한 승리임을 의미한다. 인식과 시간의 관련은 역사에서 분명하다. 역사는 객체화이고 역사학은 과거를 객체로서 연구한다. 그러나 역사는 동시에 능동

---

148) 서정주, 「문치헌 밀어」, 『미당 산문』, 민음사, 1994, 149면.

적 상기에 있어서의 과거의 참여에 의해 내적 실존으로 인식된다. 인식이 직접적인 감각적 경험에는 주어져 있지 않은 실재성, 곧 우리가 현재라고 부르는 분열된 시간의 한 조각에 개재되지 않은 실재성을 대상으로 할 때에는 인식은 상기이다. 상기하는 의식은 전 세계와 전 역사를 '나'의 '내적 실존'(existential ego)에 끌어들이는 것이다. 과거의 역사는 그것이 나와 함께 일어났을 때 나는 상기할 수 있는 것이다.[149] 그러나 현대시에서 상기는 창조의 양상(creative aspect)[150]으로 나타난다. 신화의 채용은 그 좋은 예다. 신화는 첫째, 인간 상황을 초시간적으로 조망하기 위해, 그리고 둘째 인류의 연속성과 동일성의 감각을 전달하기 위해 차용된다.[151]

　　　피가 잉잉거리던 病은 이제는 다 낳았습니다.

　　　올 봄에
　　　매(鷹)는,
　　　진갈매의 香水의 강물과 같은
　　　한섬지기 남직한 이내(嵐)의 밭을 찾아내서

　　　대여섯 달 가꾸어 지낸 오늘엔,
　　　홍싸리의 수풀마냥. 피는 서걱이다가
　　　翡翠의 별빛 불들을 켜고,
　　　요즈막엔 다시 生金의 鑛脈을 하늘에 폅니다.

---

149) Nicolas Berdjajev, *Solititude and Society*, tr. Reavey(London:The Centenary Press, 1947), 106—107면.

150) Berdjajev, 앞의 책, 107면.

151) Hans Meyerhoff, 앞의 책, 89면. 여기서는 김준오, 『詩論』, 이우출판사, 1988면에서 재인용.

아버지.
아버지에게로도,
내 어린 것 弗居內에게로도, 숨은 弗居內의 애비에게로도,
또 먼 먼 즈믄해 뒤에 올 젊은 女人들에게로도,
生金 鑛脈을 하늘에 폅니다.

— 「娑蘇 두번째의 편지 斷片」

이 시는 내용의 효과적인 전달을 위해 배역시의 형식을 취하고 있음은
물론 아버지에게 보내는 편지라는 장치까지를 내장하고 있다.

1연의 "피가 잉잉거리던 病"은 지상적인 것, 인간적 것에 대한 집착과
미련을 상징하는 어구다. 반면에 2연에서 '이내'와 '향수의 강물'은 지상
에서의 애욕을 맑힐 대로 맑혀서 가벼워진 상태를 드러낸다. 3연에서
피는 돌연한 비상을 하게 된다. 불순하고 무거운 액체가 가장 맑고 투명
하고 가벼운 비취의 보석으로 변신하며 「꽃밭의 독백」에서 보여 주었던
자연, 영원에의 길로 들어서게 된다. 4연에서는 생금의 광맥이 된 피를
화자 자신은 물론 가족 그리고 수천 년 뒤에 올 젊은 여인들에게까지
폅다. 사소는 세월의 변화와는 관계없이 초시간적으로 조망하는 동일성
의 인물이 되는 것이다.

신화의 원형적 인간은 언제나 동일성으로 제시된다. 이러한 원형적
인간에 시인은 자신을 병합시킨다. 이것이 자아분열과 자아상실이 야기
된 현대에 특별한 의미를 가지는 신화의 휴머니즘적 가치다.[152] 서정주
의 중기 이후의 시들에서 '자신의 고향'이나, '신라', '단군' 등의 역사적
인 실재나 소재에 집중하게 되는 것은 현실의 절박함이나 불완전성을
극복하고자 하는 자구책이라 할 수 있으며, 그의 시정신의 귀착점이라

---

152) 김준오, 『詩論』, 이우출판사, 1988, 278면.

할 수 있는 '永遠性'은 과거와 현재의 발전적인 융합점에서 나타난다.

서정주의 '사소'와 '선덕여왕', '한라산 산신녀', '춘향' 등은 화자가 역사에서 찾아낸 죽지 않는 인물로서 화자의 영원의식의 독특한 변용이라 할 만하다. 다시 말해 그것은 역사적 사실이나 인물로서 드러나는 것이 아니라 시인의 창조적인 변용에 의해 신비적인 인물로 나타난다.[153]

베르자예프는 과거 즉 소멸한 사물이나 인간에 대하여 가지는 두 가지 태도를 지적하고 있다. 하나는 과거로 돌아가서 과거를 지키는 보수적 태도이며 이를 전통에 충실한 태도로 보고 있다. 또 하나는 활동적이고 변화를 좋아하는 태도로서, 이것은 과거를 未來와 永遠에 통합함으로써 사망한 인간들과 사물들을 소생시키는 것이다. 베르자예프는 이 둘째 태도만이 과거 속에 존재하였던 현재와 일치하는 것이고 첫째 태도는 현재에 대응하는 것이나 과거 속에 살고 있는 것이라고 지적한다.[154]

시간의 영원 차원으로의 격상은 인간의 정신을 초월의 상태로 끌어올리며 세속적인 시간으로부터의 일탈을 가능하게 한다. 즉 인간의 감각과 영혼을 경직된 직선적인 시간관의 틀에서 해방시켜 자연의 질서와 인간의 질서가 진정한 내적 연관을 갖도록 하는 기능을 가지고 있다.

3) '永遠'에의 지향과 時間意識의 展開

인간의 삶 속에는 죽음이 근본적으로 내재되어 있다. 커모드는 죽음의

---

153) 이 문제는 영원성을 다루는 장에서 언급할 것이므로 여기서는 자세한 논의를 피한다.

154) Nicolas Berdjajev, *Solititude and Society*, tr. Reavey(London:The Centenary Press, 1947), 101면.

문제를 묵시론적인 비전에 포함시키고 있다. 그는 결국 종말을 임박한 것이 아니라 내재적인 것으로 파악하고 있다.[155] 그러므로 삶과 죽음에 대한 인간의 인식과 태도는 곧 시간에 대한 인식과 태도라고 할 수 있다. 이 때 '죽음을 향한 시간의 냉혹한 진행'[156]이라 할 삶의 과정에서 인간은 언젠가는 찾아 올 이 죽음에 대한 공포를 느끼며 죽음의 공포에서 어떻게 벗어나는가 하는 문제, 시간의 초월, 즉 '영원'이라는 문제에 관심을 가진다.

시간은 영원의 影像이다. 영원 없이는 시간도 생각할 수 없기 때문이다. 시간만으로는 시간문제가 해결되지 않는다. 시간은 형체가 없다. 우리가 시간을 알 수 있는 것은 시간을 느낀다는 意識事實을 근거로 하고 있는 말이다. 베르그송은 시간을 意識自體로 보았고, 하이데거는 인간존재를 時間性에서 다루었다. 그리고 베르자예프는 영원에 결부된 창조의 차원에서 시간을 논의하고 있다.[157] 그에 의하면 변화가 시간의 소산이 아니고 시간이 변화의 소산이다. 활동이나 창조적 행위같은 비존재로부터 존재에로의 이행이 있기 때문에 시간이 있는 것이다.

시간은 변화를 전제하나 문자 그대로 부단히 去來(베르그송에 있어서의 변화)하며 계속하는 지속성을 내포하고 있다. 변화와 지속은 시간의 본래적인 二面性이다. 여기서 지속은 생성하는 자연 및 변화하는 주위 환경과 더불어 질적 다양성을 지닌 지속이다. 베르자예프는 이러한 지속을 실존에 비추어 본다면 시간은 실존에 이중의 의미를 갖는다고 말한다.

155) 이러한 견해는 Frank Kermode, *The Sense of Ending*(London:Oxford Univ. Press, 1967)에 잘 요약되어 있다.

156) Hans Meyerhoff, *Time in Literature*(California Univ. Press, 1968), 66면.

157) 김규영, 「Berdjajev의 시간론」, 『시간론』, 서강대출판부, 1979, 181—182면. 이하 Berdjajev 시간론의 상당부분은 이 책에서 참조했음을 밝혀 둔다.

하나는 알려지지 않은 것에 대한 창조적 활동의 결과이고, 다른 하나는 결렬, 즉 전체의 상실로 말미암아 우려하고 염려하는 데서 생기는 것이다. 그는 베르그송의 지속에서 시간의 적극적인 의미를 인정하고, 하이데거의 염려나 불안을 소극적인 의미로 해석한다.

그렇다면 시간은 어떻게 변모하면서도 지속할 수 있는가? 거래하고 교체하는 시간은 동일한 시간일 수 없는데, 여전히 지속되는 시간은 어떠한 근거를 가지고 있는가? 변화와 불변의 얽힘이라는 시간의 이원성은 인간본성의 불변성과 동시에 그것을 인정할 수 없는 불가능 사이에 머물러 있다. 전자를 시인하면 부단한 갱신, 창조적인 변화를 부정하는 것이 되고, 후자 즉 끊임없는 變易性을 인정하면 인간본성 속에 있는 永遠한 것을 부정하는 것이 된다. 이와 같은 이원성은 변함없는 것과 변하기 쉬운 것의 결합으로서 한정된 인격의 구조 자체에 속해 있다고 베르자예프는 본다.

시간에 나타나는 변화는 두 가지 모습을 갖는다. 그 하나는 上昇이라는 의미에서의 변화이고 또 하나는 죽음이란 의미에서의 변화이다. 사람들이 미래라고 부르는 시간은 우려와 희망, 불안과 환희, 염려와 해방이라는 이면성을 면하지 못한다. 베르자예프는 미래에 대한 우려와 공포는 현재의 창조적 활동 속에서만 극복되는 것이라고 말한다.[158]

바로 이러한 맥락에서 서정주가 천착하기 시작한 주제는 영원성의 문제였다. 파괴자로서의 시간에 대항하기 위한 전략으로서 택한 것이 서정주의 영원성이라면 영원성의 문제는 그의 시의 주제와 기법의 측면을 포괄하는 중요한 요인이며, 역사의식과 세계인식을 가장 잘 드러내 주는 주제적 국면이 된다. 따라서 이 영원성의 문제를 해명하는 것은 그의

---

158) 김규영, 앞의 책, 186면.

시의 의식의 지향을 밝히는 중요한 의미를 갖는다.

마이어홉은 영원을 무시간성, 즉 시간밖에 있는 한 성질로 정의한다.[159] 그러나 서정주에게 있어서의 영원은 이러한 일반의 시간구조적 시학을 포괄하면서도 그것을 넘어선 보다 적극적인 양상으로 나타난다.

서정주 시의 영원은 시각적이고 공간적이며 가시적이고 구상적인 이미지로 구성되어 있다. 영원을 내적 경험의 시간으로 가시화하려는 시도로서 추상의 범주 속에 있는 영원을 지각의 범주로 변화시키는 노력은 영원의 경험적 내포를 풍부하게 해 준다.

서정주 시의 시간의식은 『花蛇集』의 세계를 정리하면서 서서히 영원성의 문제로 기울기 시작한다. 그것은 앞에서 언급했지만 인간을 지배하고 파멸로 몰아넣는 속성을 가진 파괴자로서의 시간에 대응하기 위한 효과적인 전략이 된다.

즉, 그 영원은 『花蛇集』의 길고도 오랜 죄의식에서 방황을 딛고 갖고 끝에 발견한 구원으로서의 영원이다.[160] 영원성은 처음부터 무르익은 상태로 드러난 것이 아니다. 영원을 상징하는 시어들이 서정주의 초기시들에서 나타날 때는 매우 추상적이었다. 이 추상적인 상징단계에서 시작한 그 영원은 신화적 인물을 거쳐 우리 일상의 친근한 이웃으로 내려온다. 그 이후에는 모든 사물에까지 신성성과 영원의식이 배어들면서 물신화의 단계에까지 이르게 되는 것이다.

그러면 영원의식의 전개양상을 단계별로 정리하여 보기로 한다.

---

159) Meyerhoff, 앞의 책, 54면.
160) 이영희, 「徐廷柱 詩의 時間性 硏究」, 『국어국문학』 제95호, 1986년, 420—421면.

① 추상적 상징단계

서정주 시에 나오는 '천년', '신라', '질마재'와 같은 어휘들은 단순히 토속적이라거나 전통적인 것 혹은 복고적인 것을 가리키는 이미지가 아니다. 그것은 긴 시간을 압축하는, 혹은 시적 자아가 무자비한 시간의 파괴를 어떻게 견디는지 살펴보려고 차용한 상징들이다.

천년 세월 앞에 부딪히는 막막함은 「滿洲에서」, 「石窟岩 觀世音의 노래」, 「鶴」 등에서 잘 나타나 있다. 예를 들어 「鶴」에 나오는 '천년'은 문둥이의 울음이 쌓여서 만들어진 견디기 어려운 역사이다.

> 千年 맺힌 시름을
> 출렁이는 물살도 없이
> 고은 강물이 흐르듯
> 鶴이 나른다
>
> 千年을 보던 눈이
> 千年을 파다거리던 날개가
> 또한번 天涯에 맞부딪노나
>
> 山덩어리 같어야 할 忿怒가
> 草木도 울려야 할 서름이
> 저리도 조용히 흐르는구나
> 보라, 옥빛, 꼭두선이,
> 보라, 옥빛, 꼭두선이,
> 누이의 수틀을 보듯
> 세상은 보자
>
> 누이의 어깨 넘어
> 누이의 繡틀속의 꽃밭을 보듯

세상은 보자

— 「鶴」

'鶴'은 인간적 삶들 중에서 길고 긴 인고의 상징들을 끌어 모아 만든 추상적 기호이다. 우리는 "천년 맺힌 시름"이라는 시간의 무게, 그 하강을 딛고 날아오르는 학의 상승의 자세에 주목할 필요가 있다. '천년'은 신성한 생명으로서 학이 겪는 시간 단위이다. 천년과 함께 '서름', '분노', '시름'은 신성한 생명체가 겪는 고난이며 인내를 환기한다. 학은 그 추상적인 무게를 짊어지고 하늘을 날으는 하나의 상징이다. 달리 말하면 학의 시간은 무거움과 가벼움의 동시적 상충관계를 지고 이동하는 시간이다.

그의 시에서 사랑과 자유의 꿈은 늘 현실의 억압과 고통을 자양분으로 해서 비상한다. 현실의 억압과 고통이 무거우면 무거울수록 그의 초월적인 비상의 상상력은 더욱 가볍게 솟구쳐 오른다.

그러나 아직은 추상적인 수준에 머무르고 있을 따름이다. 이는 「滿洲에서」도 마찬가지다.

참 이것은 너무 많은 하늘입니다. 내가 달린들 어데를 가겠읍니까.
紅布와 같이 미치기는 쉬웁습니다. 몇千年을, 오 — 몇千年을 혼자
서 놀고온 사람들이겠읍니까.

— 「滿洲에서」

여기서 '몇千年'은 아직 걸러지지 않은 긴 시간의 상태를 말한다. 감당할 수 없는 막연한 상태에 추상적인 의미를 부여하여 인식의 대상으로 변화시키는 시적인 기법을 서정주는 쓰고 있다.

"오— 생겨 났으면, 생겨 났으면,/나보단도 더 나를 사랑하는 이/千年

을, 千年을, 사랑하는 이/새로 해ㅅ볕에 생겨 났으면"(「石窟庵觀世音의
노래」)의 '千年' 역시 영원이라는 의미가 절실하게 느껴지지 않는 막연한
상태를 가리킨다고 할 수 있다.

이 단계에서 더 나아가면 영원은 신화적인 인물에게로 그 함의가 이입
된다.

② 신화적 인물단계

신화적인 인물은 역사상 초월적인 영원에 자신의 정신을 담고 있었던
귀족적인 존재를 말한다. 대표적인 인물로는 「漢拏山 山神女 印象」의
山神女,「善德女王의 말씀」의 善德女王,「꽃밭의 獨白」의 娑蘇,「春香遺
文」의 春香 등인데 모두가 웅대하고 영웅적인 여성으로 드러난다. 이
여성들은 한결같이 영원의 차원을 보여 주는 인물들이다.

> 朕의 무덤은 푸른 嶺위의 欲界 第二天.
> 피 예 있으니, 피 예 있으니, 어쩔 수 없이
> 구름 엉기고, 비터잡는 데— 그런 하늘 속.
> 피 예 있으니, 피 예 있으니,
> 너무들 인색치 말고
> 있는 사람은 病弱者한테 柴糧도 더러 노느고
> 홀어미 홀아비들도 더러 찾아 위로코,
> 瞻星臺 위엔 瞻星臺 위엔 그중 실한 사내를 뇌라.
>
> 살(肉體)의 일로써 살의 일로써 미친 사내에게는
> 살 닿는 것 중 그중 빛나는 黃金 팔찌를 그 가슴 위에,
> 그래도 그 어지러운 불이 다 스러지지 않거든
> 다스리는 노래는 바다 넘어서 하늘 끝까지.

하지만 사랑이거든
그것이 참말로 사랑이거든
서라벌 千年의 知慧가 가꾼 國法보다도 國法의 불보다도
늘 항상 더 타고 있거라.

朕의 무덤은 푸른 嶺 위의 欲界 第二天.
피 예 있으니, 피 예 있으니, 어쩔 수 없이
구름 엉기고, 비 터잡는 데— 그런 하늘 속.

내 못 떠난다.

　　　　　　　　　　　　　　　　—「善德女王의 말씀」

　善德女王은 변화와 죽음으로 향하는 시간적 흐름에서 벗어난 영원과 초시간적 차원을 획득한다. 즉 시적 화자에게 단절된 시간을 극복하고 자신의 아이덴티티를 지속하게 하는 인간으로 드러난다. '영원'이라는 초월의 영역은 그러나 침체되고 고정된 것이 아니라 역동적인 충만의 상태로 나타난다. 이러한 초월성으로 일상적 시간차원이 극복되고 있는 것이다. 그는 초월의 인물이되 불교의 하늘 계급 가운데 높지 못한 아래의 欲界 둘째 하늘에 불과한 도리천에 가서 묻히기를 바라며, 사랑을 국법보다도 더 높은 차원에 두는 인간적인 면모를 드러내고 있다. 이러한 역사적 인물이 영원히 죽지 않는 하나의 신화로 그 자신이 영원의 속성을 受肉받는 것은 인간정신의 무한한 가능성과 위대함을 역설하는 의도에서 나온 것이다.

　娑蘇와 善德女王, 漢拏山 山神女 등은 화자의 과거에 대한 이러한 시간의식의 독특한 변용이라 할 만하다.

　시간의 영원 차원으로의 격상은 인간의 정신을 초월의 상태로 끌어올리며 세속적인 시간으로부터의 일탈을 가능하게 한다. 즉 인간의 감각과 영혼을 경직된 직선적인 시간관의 틀에서 해방시켜 자연의 질서와 인간의 질서가 진정한 내적 연관을 갖도록 하는 기능을 가지고 있다. 「꽃밭의 獨白」은 그러한 과정을 뛰어나게 보여 주는 시편이다.

> 노래가 낫기는 그중 나아도
> 구름까지 갔다간 되돌아오고,
> 네 발굽을 쳐 달려간 말은
> 바닷가에 가 멎어버렸다.
> 활로 잡은 山돼지, 매(鷹)로 잡은 山새들에도
> 이제는 벌써 입맛을 잃었다.
> 꽃아. 아침마다 開闢하는 꽃아.
> 네가 좋기는 제일 좋아도,
> 물낯바닥에 얼굴이나 비취는
> 헤엄도 모르는 아이와 같이
> 나는 네 닫힌 門에 기대 섰을 뿐이다.
> 門 열어라 꽃아. 門 열어라 꽃아.
> 벼락과 海溢만이 길일지라도
> 門 열어라 꽃아. 門 열어라 꽃아.
>
> ─ 「꽃밭의 獨白」

심리 독백이 담긴[161] 이 시에서 영원은 추상적인 개념이 아니라 대단히 구체적이고 감각적인 것으로 체험된다. 자아는 '문을 여는 꽃' 속에서 영원을 발견하고 있다. 이는 지상적 존재로서의 인간의 유한성을 극복하려는 몸짓으로 읽힌다. 자연(꽃)이 열어주는 영원의 시간 속으로 합류하기 위해 자아는 노래하기, 말타기, 사냥하기와 같은 지상에서의 인공적

---

161) 김인환, 『상상력과 원근법』, 문학과지성사, 1993, 100면.

수단과 즐김들을 포기한다. 노래는 영원을 향한 지향을 보여주기는 하되 '구름까지'라는 한계를 가지며 되돌아온다. '말' 역시 그의 발이 더 이상 나아갈 수 없는 바닷가에 이르면 멈추어 설 수밖에 없다. 땅과 바다의 접점이면서 창조적인 영역을 펼쳐보이게 될 경계지점에서 멈추어버리고 마는 유한하고 상대적인 세계는 娑蘇가 근본적으로 추구하는 세계가 아니다. 그는 무한을 향한 몸부림을 계속한다. 그것이 하늘을 향해 열리는 꽃 앞에 서는 일이며, 꽃의 개화에 자신의 몸을 맡기는 일이다. 따라서 꽃의 개화는 시적 화자와 분리된 것이 아니라, 일체화된 것으로 나타난다. 여기서 꽃을 바라보는 화자의 태도가 '물낯바닥에 얼굴을 비춰는' 어린 아이에 비유되는 이유가 드러난다. 즉 꽃의 바라봄은 대상과의 대면이면서 자신의 존재와의 대면으로 나타나는 것이다. 꽃이 열리기를 기다리면서 화자는 자신의 내면이 천천히 열리기를 기다리고 있는 것이다.[162] 이 영원을 향한 존재의 질적 전환을 위해 '벼락과 海溢의 길'이라는 거대한 모험의 길을 선택하고 있는 것이다.

사소는 사회의 윤리와 도덕이라는 허울과 틀을 벗어난 여인이며, 스스로 자기의 운명을 개척하기 위해 미지의 세계에 도전하는 여인이다. 서정주는 이러한 웅혼한 여성들의 삶 속에서 삶의 일상성 혹은 평균적 삶을 딛고 일어서는 현존재의 초월의지를 읽는 것이다. 과거의 인물에게서 이러한 원천적인 힘과 능력을 찾는 것은 서정주 시의 과거지향과 전통주의 혹은 보수적인 시간의식을 말해 주고 있다.

영원은 필멸(mortality)과 불멸(immortality), 가변과 영속, 미와 진리를 담는 수단으로 기능하며 자아는 이러한 영적 실제를 향한 영혼의 진행과정의 영역으로 들어선다. 이 단계에서 서정주의 영원의식은 추상적 이미

---

162) 유지현, 「서정주 시의 공간 상상력 연구」, 고려대학교 대학원 박사학위 논문, 1996, 68면.

지를 인물로 대체하여 긴 세월 동안 죽음을 이기고 살아남는 이미지로 아름답게 부조하면서 필멸의 삶을 살아야 하는 세속의 인간들에게 인간사와 죽음을 벗어나게 한다.

특히 서정주는 '신라'라는 과거의 특정한 공간을 설정하고 그 속의 인물들을 끌어내면서 인생의 허무와, 진보와 변화로 앞만 보고 나아가는 현대사회의 비정을 이길 힘을 충전받는 것이다. 이는 예측할 수 없는 변화 속에서도 질서와 안정을 받고 싶어하는 화자가 이끌어낸 하나의 표상이 된다.

실상 서정주에게 '신라'는 인간과 자연이 완전히 하나가 된 어떤 정신적인 경지의 등가물이다. 이들 인물들은 극심한 변화 속에서도 동일성 속에서 행복과 조화를 이루면서 살아간다. 그들을 통하여 자아는 6. 25를 비롯한 현실사회의 격심한 변화 속에서도 세계와의 관계를 끊고 안정을 얻을 수 있는 것이다.

그것은 종교적 이데올로기나 철학적 형이상학이 아니라 사람들의 삶이 만들어내는 하나의 가닥이나 방식이다. 서정주는 그것을 '긴긴 마음의 連結 絲'163)라고 표현한다. 이는 서정주의 독특한 역사의식이다. 수많은 세월과 수많은 사람들의 삶이 만들어낸 하나의 줄기를 붙잡을 수 있는 존재, 그러한 역사적 시간 속에서 사는 존재, 그것이 바로 신라의 사소와 선덕여왕이다. 그러나 엄밀히 말하면 영원의식을 다룬 이들 인물은 아직도 상징적인 의미를 띠고 있을 뿐이다. 자아와 이들 인물간의 거리는 과거(역사)와 현실, 혹은 신화와 현실 사이의 거리가 내재되어 있는 것이다. 신화 속이 아니면 자연스럽게 그러한 시간을 견딜 수 없었던 것이다.

---

163) 서정주, 『서정주문학전집 5권』, 일지사, 1972, 143면.

③ 일상의 여성성

영원을 표상하는 여성성은 일상의 친근한 여성으로 내려온다. 여성은
두 가지 양상으로 現存한다. 바로 기억 속의 현존164)과 일상 속의 현존이다.
기억 속의 연인은 전장에서 앞에서 이미 다루었으므로 논의를 생략한다.

이들 시들이 개인의 자아 동일성을 탐구하는 것으로서의 영원성의 기
능을 보여주었다면 일상 속의 현존을 다룬 시들은 그것을 포함하면서도
민족 일반과의 일체감으로 확대시켜 나간다. 이는 우리 일상에서 쉽게
발견되는 인물과의 유대를 통하여 시간적 연속감과 구조적 통일감을 부
여하려는 시도로서 나타나는데, 「菊花 옆에서」, 「木花」, 「格浦雨中」,
「堂山나무 밑 女子들」 등의 시에서 잘 나타나고 있다.

> 그립고 아쉬움에 가슴 조이던
> 머언 먼 젊음의 뒤안길에서
> 인제는 돌아와 거울 앞에 선
> 내 누님같이 생긴 꽃이여
>
> ― 「菊花 옆에서」

> 저, 痲藥과 같은 봄을 지내여서
> 자. 無知한 여름을 지내여서
> 질갱이 풀 지슴ㅅ길을 오르 네리며
> 허리 굽흐리고 피우섰지요?
>
> ― 「木花」

---

164) 이들은 유년시절 고향에서 함께 살았던 '섭섭이', '서운니', '푸접이', '순네'와 같은
인물들로서 주로 재생의 여인상으로 나타나고 있다.

앞의 두 시에서 영원을 표상하는 여성성은 정겹고 부드럽고 친근한 상으로 나타나지만 이러한 여성성 역시 삶이 던지는 엄청난 인고의 시간들을 꿰뚫어야 하는 강인한 면모를 내면에 간직하고 있다. 즉 두 편의 시에서 나타나는 누님은 인고와 절제의 표상으로 드러난다. 앞 시의 "머언 먼 젊음의 뒤안길", '솥작새와 천둥의 울음'이나, 둘째 시의 "痲藥과 같은 봄, 無知한 여름", '바윗돌' 등의 이미지들은 맹목과 열정, 생의 고난, 그리고 혼돈을 상징하는 것으로서 누이가 자아의 성숙을 위하여 참고 기다리며 견뎌야 할 통과의례가 된다. 바위로 표상되는 막막함과 천둥의 울음으로 표상되는 혼란은 역으로 국화와 목화를 피워내는 궁극적인 힘으로 기능한다는 데 의미가 있다. 나아가 그 이미지들은 굴곡 많은 삶의 비유가 되는데 누님은 바로 그런 허무와 고통, 절망을 견뎌내고 승리한 여인이다. "퉁기면 울릴듯한 가을의 푸르름"이라는 부드러운 이미지는 풍화와 소멸을 겪는 바위와는 반대로 생명력을 그 안에 품고 있다. "머언 먼 젊음의 뒤안길"(「菊花 옆에서」)이나, "지슴ㅅ길을 오르 네리"는(「木花」) 고단한 역정은 개화와 푸르름을 가진 하늘이라는 상방으로 연결된다.

그런 점에서 이 두 시에서 각각 거울과 하늘이 나오는 것은 시사적이다. 거울과 빈 하늘은 개화로 나타나는 생명성과 함께 스스로를 둘러보는 자아관조의 기능을 한다. 「꽃밭의 獨白」에서 나타나듯 개화는 인고와 혼란을 통한 생명성의 발현이며 이는 존재와의 대면으로 확산되는 것이다. 어떤 논자의 언급과 같이 "거울 앞에 설 때, 이제까지 밖을 향해 달리던 의식은 방향을 바꾸어 반성적 의식이 되고, 그 의식에 비쳐지는 자신의 모습을 통해 이제까지 망각하고 있던 본래적인 자기와 조우하게 된다. 이런 여인이야말로 영원한 여성으로서 시인에게 그 자신을 발견하게 해주는 구원의 대상이 되는 것"[165]이다.

그러나 「格浦雨中」에 이르면 그러한 고통의 서러움과 신음, 울음과

영웅적으로 맞서기보다는 그 서러움 위에 떠도는 연약한 여성성 자체를
보여 준다.

서정주는 이 지상의 떠도는 삶들의 긴 연결사 속에서 연약하지만 모든
것을 껴안을 만한 여성성을 만들어낸다. "떠돌이 황진이의 슬픈 사타구
니"는 격포의 해안 가에 부드럽게 넓게 퍼진다. 이 때 영원은 그 한없는
질김과 부드러움 속에, 이 지상의 깊은 밑바닥 속에 깔린다.

「堂山나무 밑 女子들」에서 지상의 밑바닥에서 노예처럼 자신들의 육
신을 닳게 했던 여인들은 그러나 그 고난을 통해서 더욱 다져지게 된
삶의 정기를 얻는다.

> 남편보단도 그네들은 응뎅이도 훨씬 더 세어서, 사십에서 오십
> 사이에는 남편들은 거이가 다 뇌점으로 먼저 저승에 드시고, 비로소
> 한가해 오금을 펴면서 그네들은 戀愛를 시작한다 합니다. 朴푸접이
> 네도 金서운니네도 그건 두루 다 그렇지 않느냐구요. 인제는 房을
> 하나 온통 맡아서 어른 노릇을 하며 冬柏기름도 한번 마음껏 발라
> 보고, 粉세수도 해보고, 金서운니네는 나이는 올해 쉬흔 하나지만
> 이 세상에 나서 처음으로 이뻐졌는데, 이른 새벽 그네 房에서 숨어
> 나오는 사내를 보면 새빨간 코피를 흘리기도 하드라구요. 집 뒤 堂
> 山의 무성한 암트나무 나이는 올해 七百살, 그 힘이 뻗쳐서 그런
> 다는 것이여요.
>
> ― 「堂山나무 밑 女子들」

서정주는 「永生하는 精神」이라는 그의 글에서 '감나뭇집 할머니'에
대해서 묘사하면서 "영생하는 정신의 상징처럼 눈썹과 코와 입술과 단단
한 이빨과 피보다도 오히려 더 지독한 늙바탕의 눈 흰자위의 맨드라미빛

---

165) 이진홍, 「서정주 시의 심상연구」, 영남대학교 박사학위 논문, 1988, 112면.

을 만들어 가지고 있었던 듯하다"166)고 진술하고 있다. 堂山나무와 金서
운니네는 욕정의 끈질김이라는 점에서 공통점을 가지고 있다. 즉 사람의
정욕과 당산나무의 무성함은 근본적인 생명충동을 가졌다는 점에서 하
나로 묶인다.

「말피」, 「石女 한물宅의 한숨」, 「단골 암무당의 밥과 얼굴」과 같은 시
들도 이 연장선상에서 고찰이 가능하다. 특히 「石女 한물宅의 한숨」에서
한물宅은 사후의 한숨조차 웃음을 전염시키는 신비한 능력을 갖추면서
마을 사람들에게는 마을의 여신으로서의 역할을 하는 것이다. 이 단계에
이르면 여성들은 영원한 시간 속으로 합류하여 시간의 파괴력에서 벗어
난다.

서정주의 이러한 시들에서 나타나는 영원은 일상의 삶 속에서 실천하
고자 한 예를 보여 준다. 「大邱 郊外의 酒幕에서」와 같은 작품들에서
영원은 일상을 감싸면서 또한 일상을 통해 걸러진다. 일상의 일들을 숨쉬
고 그것들을 조용히 녹인다. 처절한 울음과 그 견딜 수 없는 침묵 대신에
가벼운 웃음들이 터진다. 서러움과 울음은 그 웃음 속에 녹아들어 있다.

④ 永遠의 事物化 段階

다음으로 고찰할 수 있는 것은 경험 속에서 체득되는 영원의 양상을
실재하는 영원의 질서로 해석하는 태도일 것이다.

인간지성은 현실의 살아 있는 흐름을 불연속적 행위라는 덩어리로 응
고시키거나 그 흐름을 실체화하여 형식이나 개념으로 만든다. 인간정신
은 원래 원초적인 정지상태에서 운동을 끌어내려고 하는데, 운동이 본래
적인 속성이고 정지상태는 운동으로부터 파생된 이차적인 추상(혹은 분

---

166) 서정주, 「永生하는 精神」, 『徐廷柱文學全集5』, 일지사, 1972, 52면.

리)이다.167) 시인은 영원히 형성과정에 있는 감정을 불변의 외적 대상으로 혹은 이 대상을 표현하는 말로 환치시킨다.168) 따라서 달도 우주적 생성의 원형으로서 파악되며, 식물은 보편적 재생의 상징이 되고, 일상인들의 모든 행위는 우주창조를 반복하는 수많은 행위가 된다. 『질마재 神話』의 시편들이 바로 그런 예들이다. 그런 점에서 질마재의 공간은 닫혀 있다. 이것이 『질마재 神話』에서의 신화의 의미이다. 그것은 묘사된 것이 아니라, 질마재적으로 표현된다. 『질마재 神話』의 세계 안에서 모든 객체들 사이에는 계층이 존재하지 않는다. 인간과 자연, 무생물과 생물, 聖과 俗이 단일한 세계 안에 어우러져 있는 하나의 공동체가 바로 질마재다. 어떻게 보면 『질마재 神話』의 언술 자체가 『질마재 神話』의 현실이다. 거기에는 합리적 관점으로 설명이 되지 않는 수많은 요소들이 있다.

　　우리 외할아버지는 배를 타고 먼 바다로 고기잡이 다니시던 漁夫
　　로, 내가 생겨나기 전 어느 해 겨울의 모진 바람에 어느 바다에선지
　　휘말려 빠져 버리곤 영영 돌아오지 못한 채로 있는 것이라 하니,
　　아마 외할머니는 그 남편의 바닷물이 자기집 마당에 몰려 들어 오는
　　것을 보고 그렇게 말도 못 하고 얼굴만 붉어져 있었던 것이겠지요.

　　　　　　　　　　　　　　　　　　　　　　　　　　　　─ 「海溢」

　주체의 소멸이 단순한 소멸로 그치지 아니하고 생자와 사자는 불연속적 연속관계를 유지시킨다. 할머니에게는 "자기집 마당에 몰려 오는" 것이 남편의 육신이 된다. 즉 살아 있던 외할아버지는 외할머니의 기억

---

167) Mendilow, 앞의 책, 149면.
168) Mendilow, 앞의 책, 149면.

속에 남아서 존재하기 때문에 시간적으로는 무시간으로 존재한다. 일상
의 삶의 터전이었던 외할머니의 집은 해일이 든 시간에는 생사의 한계를
벗어난 초현실적인 신화의 세계로 돌입한다. 그것은 인간과 바닷물이
구분되지 않는 자연적 동질성의 세계에 대한 믿음에서 비롯된다.

> 그 애가 샘에서 물동이에 물을 길어 머리 위에 이고 오는 것을
> 나는 항용 모시밭 사잇길에 서서 지켜보고 있었는데요. 동이 갓의
> 물방울이 그 애의 이마에 들어 그 애 눈썹을 적시고 있을 때는 그
> 애는 나를 거들떠보지도 않고 그냥 지나갔지만, 그 동이의 물을 한
> 방울도 안 엎지르고 조심해 걸어와서 내 앞을 지날 때는 그 애는
> 내게 눈을 보내 나와 눈을 맞추고 빙그레 소리 없이 웃었읍니다.
> 아마 그 애는 그 물동이의 물을 한방울도 안 엎지르고 걸을 수 있을
> 때만 나하고 눈을 맞추기로 작정했던 것이겠지요.
>
> —「그 애가 물동이의 물을 한 방울도 안 엎지르고 걸어왔을 때」

여기서 샘물 긷기는 인체와 마을 밖의 우주 사이의 연결이고 이동으로
기능하며, 그 애의 자세에는 자신의 신체의 리듬을 우주의 리듬에 맞추는
내밀한 리듬이 내재한다. 그 애가 우주의 균형을 깨뜨린 혼돈의 상태일
때는 물이 동이 갓을 흘러 눈을 가리는 베일의 구실을 하지만, 자신의
걸음이 우주의 리듬과 균형을 이루어 자기가 소멸되어 신바람이 되는
순간에는 물을 흘리지 않는다. 즉 깊은 샘물과 그 애와의 리듬이 필수적
인 선행조건을 이루고 그 애와의 눈맞춤을 통해 우주적 눈맞춤이란 불가
시적 사건을 인식할 수 있게 되는 것이다.

> 내가 여름 학질에 여러 직 앓아 영 못 쓰게 되면 아버지는 나를
> 업어다가 山과 바다와 들녘과 마을로 통하는 외진 네갈림길에 놓인

널찍한 바위 위에다 얹어 버려 두었읍니다. 빨가벗은 내 등때기에다
간 북숭아 푸른 잎을 밥풀로 짓이겨 붙여 놓고, 「꼼짝 말고 가만히
엎드렸어. 움직이다가 복사잎이 떨어지는 때는 너는 영 낫지 못하고
만다」고 하셨읍니다.

　　　　　　—「내가 여름 학질에 여러 직 앓아 영 못 쓰게 되면」

　아버지가 학질에 걸린 '나'의 치유를 위해 사용하는 돌은 聖顯
(hierophany)으로서의 돌이다. 돌의 성현은 탁월하게 하나의 존재시현
(ontophany)이 되는 것이다.[169] 돌의 특수한 존재양식은 시간을 넘어서는
절대적 존재의 본질을 인간에게 제시한다. 이 시에서 바위는 '산'(천상,
수직의 세계)과 '바다'(지하)와 '들녘과 마을'(지상, 수평의 세계)로 통하
는 갈림길에 놓여져 있다. 이는 세계의 중심이 된다. 지상, 천상, 지하라는
세 개의 우주적 차원이 서로 교섭을 가지며 나아가 세속(마을)에서 신성
(들녘)으로 나아가는 출구로서의 중심에 위치한다. 그것은 우주의 축(axis
mundi)[170]이다. 거룩한 장소는 공간의 균질성에 단절을 가져오며 이 단절
은 하나의 우주적 영역에서 다른 영역으로의 이행을 가능하게 하는 출구
이다.

　　여름 하늘 쏘내기 속의 천둥 번개나 벼락을 많은 질마재 사람들은
　　언제부턴가 무서워하지 않는 버릇이 생겨 있읍니다. (중략)
　　邊山의 逆賊 具蟾百이가 그 벼락의 불칼을 분지러 버렸다고도
　　하고, 甲午年 東學亂 때 高阜 全琫準이가 그랬다고도 하는데, 그건
　　똑똑히는 알 수 없지만, 罰도 罰도 웬놈의 罰이 百姓들한텐 그리도
　　많은지, 逆賊 具蟾百이와 全琫準 그 둘 중에 누가 번개치는 날 일부

---

169) 엘리아데, 이동하 역, 『聖과 俗』, 학민사, 1987, 138—139면.
170) 엘리아데, 이동하 역, 위의 책, 35면.

러 우물 옆에서 똥을 누고 앉았다가, 벼락의 불칼이 내리치는 걸
잽싸게 붙잡아서 몽땅 분지러 버렸기 때문이라는 이야깁니다.

— 「분지러 버린 불칼」

이 시는 자연이 주는 재해를 초자연적인 힘을 가진 무속적 신의 기운으
로 물리칠 수 있다는 주술이 작용한 작품이다. 벼락을 무서워하지 않는
버릇은 사회의 외형적 질서 아래 숨은 또 하나의 질서[171]이다. 그것은
국가제도의 가혹한 질서에 대한 민중적 항거의 우화가 될 수도 있지만,
역사적으로 뛰어난 인물이나 恨을 품은 인물이 마을에서 무속의 신 노릇
을 하게 되는 현상을 가리킨 것일 수 있다. 무당의 기본능력 중의 하나가
불을 지배하여 다루는 능력이다. 무당은 신이한 자연현상이 밖에서(혹은
위에서) 위협하는 것을 조절할 초자연적인 힘을 가진 존재로 나타난다.

알묏라는 마을에서 시집 와서 아무것도 없는 홀어미가 되어 버린
알묏댁은 보름사리 그득한 바닷물 우에 보름달이 뜰 무렵이면 행실
이 굳어져서 서방질을 한다는 소문이 퍼져, 마을 사람들은 그네에게
서 외면을 하고 지냈읍니다만, 하늘에 달이 없는 그믐께에는 사정은
그와 아주 딴판이 되었읍니다.

— 「알묏집 개피떡」

알묏댁의 서방질은 자연과 합일하는 자연적인 신비체험, 즉 비의적
교감의 은유가 된다. 그녀는 결여와 불모의 여성(아무것도 없이 돼버린
홀어미)이지만 자연과의 신비적 교감으로 풍요와 생산의 생성력을 획득
한다.[172] 이 때 자연의 원리는 삶의 원리가 되는데 달—바다—여성의

---

171) 황현산, 「서정주, 농경사회의 모더니즘」, 『미당연구』, 민음사, 1994 , 479면.

순환과 합일, 동화의 원리를 구조로 이 시는 짜여져 있다. 달은 주기적
순환으로 지상을 질서화하고 인간은 이러한 원리와 유사하게 됨으로써
일체감을 가지게 된다. 생체의 리듬이 우주질서의 변화에 맞추어 반복되
고 있는 것을 나타내는 수일한 예이다.

> 「在坤이는 생긴 게 꼭 거북이 같이 안 생겼던가. 거북이도 鶴과
> 마찬가지로 목숨은 千年은 된다고 하네. 그러니, 그 긴 목숨을 여기
> 서 다 견디기는 너무나 답답하여서 날개 돋아나 하늘로 神仙살이를
> 하러 간 거여」(중략) 그래서 그들도 두루 그들의 마음 속에 살아서
> 만 있는 그 在坤이의 거북이모양 양쪽 겨드랑에 두 개씩의 날개들을
> 안 달아 줄 수는 없었습니다.
>
> ── 「神仙 在坤이」

 인물과 거북의 형태적 유사성이 거북이의 시간차원으로 인간을 유입
시키는 매개로 작용한 시로 지상과 천상의 시간차원이 공존하는 복합적
인 시간의식을 보여 준다. 병이나 죽음의 현상, 혹은 인생의 풀 수 없는
문제들은 역시 이상한 것, 두려운 것의 범주에서 해결하려 한다. 재곤이
는 존재너머의 일원인 신선의 칭호를 붙여서 문제는 해결된다. 날개의
비상에 의한 육신의 제거를 보여 주는 마지막 문장은 신성한 육체가 범속
한 현실에서 겪게 되는 고난의 초월상을 상징화한다. 그래서 재곤이의
제한적인 삶은 영생으로 화할 수 있는 것이다.

---

172) 엘리아데는 달이 인간으로 하여금 수많은 이질적 사물들을 연결시키고 접촉시킬 수
    있는 상징이 된다고 역설하고, 그 예로 물─나무─여성─산출력─불멸성, 탄생─생
    성─죽음─부활 등을 들고 있다. 엘리아데, 이동하 역, 『聖과 俗』, 학민사, 1987, 3
    3─34면.

그래 시방도 밝은 아침에 이는 솔바람 소리가 들리면 마을 사람들
은 말해 오고 있읍니다. "아하 저런! 한물댁이 일찌감치 일어나 한숨
을 또 도맡아서 쉬시는구나! 오늘 하루도 그렁저렁 웃기는 웃고 지
낼라는가부다."고……

— 「石女 한물宅의 한숨」

"아이를 낳지 못해 자진해서 소실을 얻어주고 언덕 위 솔밭 옆에 살던"
한물댁의 모든 행동은 총체적으로 마을의 수호기능으로 확대가 된다.
그녀가 인체에 지니고 있던 많은 물은 모시밭 사이로 바람을 일으켜서
식물을 생장시키고 개, 고양이와 남녀노소를 웃기며 마을 사람들의 신바
람의 원동력이 되며 죽은 후의 한숨조차 웃음을 전염시키는 신비한 능력
을 갖게 된다.

마찬가지로 「來蘇寺 大雄殿 丹靑」에서 "사람의 힘으로도 새의 힘으로
도 호랑이의 힘으로도" 칠하지 못한 비어 있는 공간은 지상의 공간이면
서도 지상의 차원을 벗어난 우주적 합일의 공간으로서 기능하는 것이다.

여기서 상징은 부락적인 혹은 토속적인 특성으로 구성원들에게 기능
하고 있다. 즉 사물이나 현상 속에는 구성원들 사이에 효력을 발생하는
구성원들의 공통된 감정이 무한히 침투(permeation)되어 녹아 있는 것이
다. 사물은 지각하는 자의 공감적 일치 속에서 사회적인 상징의 의미를
가지며 인간과 사물은 교감을 이루게 된다. 이 때 사물은 영원의 형식을
띠고 시간의 풍화를 견디어 내며 시간 위에 군림하는 마력을 가지게 되
고, 의식 세계 안에 시정신의 힘으로 이상세계와 현실세계가 융합하여
하나의 새로운 현실을 창조하기에 이른다.

『질마재 神話』의 공간인 질마재에서는 삶의 끊임없는 되풀이 속에서
우주의 신성한 의미를 구현하고 있기 때문에 생리적으로 경제적으로 정

신적으로 사회적으로 다루고 느끼고 접촉했던 모든 것이 신성 현현의 목록 속에 들어 있다. 이 시집의 화자는 익숙하게 위치해 있는 공간의 차원들이 전체적이고 질서정연한 우주 속에서 존재할 필요성을 느끼고 있음을 증명해 주고 있다.

　서정주의 후기시들은 초기시부터 나타나는 시간성의 확대, 심화이면 서도 뚜렷하게 드러나는 특징은 영원성, 즉 무시간성에의 관심이다. 물론 그 이전의 시들에서도 영원성에의 관심이 드러났지만 후기시에 들어와 서야 이 세계가 대체로 일상의 삶 속에 밀착되어 나타나면서 민족 일반과 의 일체감으로 확대된다. 시간적 연속감과 구조적 통일감을 부여하려는 시도로서 나타나는 이러한 형식은 '난초'를 다룬 일련의 시들에서 잘 나타난다.

　　　　그늘과 고요를 더 오래 겪은 난초 잎은
　　　　훨씬 더 짙게 푸른 빛을 낸다.
　　　　선비가 먹을 갈아 그리고 싶게 되었으니
　　　　永遠도 인젠 아마 그 戶籍에 넣을 것이다.

　　　　가난과 괴로움을 가장 많이 겪은 우리同胞들은
　　　　가장 깊은 마음의 水深을 가졌다.
　　　　하늘이라야만 와서 건넬만큼 되었으니
　　　　하늘이 몸 담는 것을 잘 보게 될 것이다.

　　　　난초 잎과 우리 어버이들의 마음을 함께
　　　　보고 있으면
　　　　人類의 五億三千二百萬年쯤을
　　　　우리는 우리의 하루로 하고싶은 생각이 든다.

우리도 한 芥子씨는 芥子씨겠지만
이 세상 온갖 芥子씨들의 매움을 要約해 지닌
더 없이 매운 芥子씨이고자 한다.

— 「난초 잎을 보며」

이 시에 나타나는 난초의 像은 수난의 민족상과 대비된다. 즉 난초의 성장은 그늘과 고요를 통해 이루어진다. 난초 잎에 투영된 시간은 계속해서 지속되고 성장하며 마침내는 영원이라는 무시간성, 혹은 초월적인 시간에 귀착이 되는데 그 빛깔이 진해질수록 가난과 외로움을 견뎌온 우리 민족의 끈질김은 더해만 간다. 민족의 맥을 이어나가려는 지속의지를 수반하고 있는 난초의 생명력은 바로 우리 민족이라는 집단의지로 확산되고, 그것은 또한 '芥子씨'로 축소되면서 집합의지로 수렴된다.

「故鄕蘭草」는 반대로 겨레의 고난을 한 가문의 고난으로 압축하고 구체화한 예를 보여 준다. 난초 잎의 선은 한과 인내를 통해서 가다듬어진 선이며 부드럽게 휘어지면서도 끊어지거나 부러지지 않는 선이다. 이것이야말로 밑바닥에서 끊임없이 억눌린 생활을 해 왔던 힘없는 자들의 생활윤리이자 지혜로 시인은 본다. 이러한 긍정의 정신에 대해 김우창은, "굽음의 以存策은 절대권력의 세계에서 눌린 자들이 살아남을 수 있기 위하여 가져야 했던 현실주의"[173]라고 말한 바 있다.

아울러 시인은 우리들 마음의 수심인 난초 잎을 인류의 5억년 역사를 우리의 하루로 여길 수 있을 정도로 영원의 계절 속에 사는 것이라고 말한다. 여기서는 민족뿐만 아니라 인류의 차원으로 확산된다.

---

173) 김우창, 「구부러짐의 형이상학」, 『궁핍한 시대의 詩人』, 민음사, 1977, 243면.

제3장
서정주 미학과 전통주의

1. 전통지향적 미의식

서정주 시의 중요성은 전근대적 삶의 방식을 근대성과 연결시켜 파악한 점이다. 시대성, 시대정신을 근대성이라 하고 이데올로기적 성격을 계몽주의라 규정한다면 이 계몽주의에 정면으로 맞선 작가가 서정주였다.

서정주 시에 나타난 시간의 문제는 인간 실존의 시간성에 대한 근원적 물음이기도 하지만 격변하는 시대에 대한 근대적 지성이 택해야 할 새로운 존재방식에 대한 안목의 소산이다. 서정주의 시는 미래와 과거가 단절된 물질주의 사회에서 상실되어 버린 가치체계에 대한 연대의식을 되찾음으로써 자연시간에 눌려 단편화되고 해체되어 가는 자아의 회복을 희구하고 있다. 서정주의 시가 지속에 입각해 있다는 것은 자아가 지닌 지속성과 통일성을 재구축하려는 뜻이 내포되어 있다.

서정주의 시는 과거와 현재의 연속성(continuity)을 통해 자아발견을 이루는 정신적인 성장의 과정이며, 이는 결국 개인의 경험과 역사성을 통합시키고 있는 신화적 시간, 수직적 시간의 양상으로 나아간다.[174] 즉 서정주의 영원은 인간을 지배하고 파멸로 몰아넣으며 급기야는 개인을 삼켜버리는 자연적 시간을 이겨내려는 속성으로서의 가치를 가진다.

서정주 시가 지향하고 있는 전통적인 세계는 이데올로기적인 속성 자체를 거부함으로써 사회 전체를 비판하는 특성을 가지고 있다. 다시 말하면 선형적인 시간, 역사 속에서의 무자비한 변화 가운데서도 변하지 않는 본질적인 정신과 속성을 찾아냄으로써 아이덴티티를 획득하려는 의도를 가진다. 이는 근본적으로 변화보다는 지속을 택한 서정주의 전통미학의 핵심이다. 서정주는 이를 신화와 원형을 통해 추구하고자 했다.

이는 30년대 일제 강점의 현실과 그 뒤로 이어지는 50년의 6.25와 같은 압도적인 현실에서 균형을 취하려는 시인의 노력으로 보인다.『新羅抄』와『질마재 神話』와 같은 시 세계는 세상의 변화와는 무관하게 과거에의 회귀를 통하여 민족의 근원적인 단위세계인 고향과, 역사적인 공간인 신라로 회귀할 수 있는 시적 가능성을 보여 주었다. 그는 많은 시들에서 상상력과 재능을 역사의식에 투영, 여과시킴으로써 독특한 세계를 구축했다.

서정주는 시적 출발부터 임화 류의 사실과 이성의 탐구를 우위에 두는 태도에도, 그렇다고 하더라도 정지용이나 김영랑 류의 언어 기교적인 형식우위의 방식에도 기울어지지 않았다.[175] 시인은 이러한 현실 속에서

---

174) Grebstein, *Perspectives in Contemporary Criticism*(Binghamton:State Univ. of New York, 1968), 43면.

175) 이것이 서정주 시의 '타자성'에 대한 인식이다. 라깡은 거울상 단계(mirror stage)를 거치면서 형성되는 자기 동일성에 대한 욕망이 결국은 타자의 욕망이라 규정하는데 자신의 정체성은 타자에 대한 인식을 통하여 형성되는 것이다. 30년대 임화와 김기림 등이 보여 주었던 기교주의 논쟁은 바로 모더니즘과 리얼리즘의 타자성에 대한 인식에 근거하고 있음은 말할 필요도 없다.

현실을 재생시킨다는 태도를 점점 버리게 되었고 그 대신 현실의 비합리적인 현상을 그의 독특한 시간의식 속에 담아 낸 것이다. 그의 독특한 시간의식은 감각과 지각과 직관을 이용한 시간성으로 우리 내부에 재창조를 유도한다.

근대화라는 역사적 힘은 시간을 양적이고 직선적인 것으로 파악하며, 변화를 통해서만 진보는 가능하는 생각이 근저를 이루고 있다. 이런 의미에서 서정주에게 근대화란 원형적 순결성을 짓밟는 폭력으로 이러한 시대는 결국 역사의 무자비하고 냉혹한 변화와 무상성을 보여 영원불멸의 진리가 인정되지 않는 압도적인 현실의 질곡을 보여 줄 뿐이다.

이러한 사태에 대한 서정주의 태도는 보다 적극적이고 전략적인 것이다. 서정주는 초시간적인 신화적 세계 혹은 원형적 삶의 복원을 통해 이러한 상황을 꿰뚫고 나갈 에너지를 찾았다. 서정주의 시간에 대한 인식은 극심한 체험의 모순을 극복하고 자아의 연속성과 동일성을 회복하려는 정신적 투쟁과 연관된다. 그것은 자신의 경험을 제약하고 있는 연대기적 시간 질서로부터 해방되려는 몸짓으로 풀이된다.

한국문학사에서 서정주는 시류를 초월하는 보편성을 보여 줌으로써 전통지향성의 획득이 모더니티와 모순되지 않는다는 사실을 입증했다. 서정주 문학을 앞에 놓고 문학사적 의미강이라든가 신념, 역사의 선취성, 모더니티 등으로서의 문제를 제기함은 서정주 문학의 크기를 말해 주는 일이 될 것이다. 뛰어난 언어구사 능력과 직관, 그리고 상상력의 새로움으로 잡아낸 서정주의 시간의식은 영원성이 일상 생활 속에 면면히 전승되고 있는 공간을 잡아냈다. 아울러 서정주는 영원을 사는 삶의 비젼을 촌락 사회의 비근한 일상 속에서 발견하면서 서정주 시는 신성한 것과 범속한 것 천상적인 것과 지상적인 것이 서로 경계를 허물고 넘나드는 경지를 포용하기에 이른 것이다.

서정주의 경우를 통해 우리는 도저한 반근대적 지향을 통해 한국 문학의 자기 정체성을 이룩하는 심층의 모순과 비밀을 만날 수 있다. 이성의 합리성에 기초한 근대성의 논리가 갖는 영광과 폐해를 점검하는 일이 중요한 과업으로 되어 있는 오늘날 서정주의 시는 근대적 이성의 실천 속에서 잃어버린 초월성을 다시 갱신하게 되는 것이다.[176)]

2. 미적 합리성의 방법적인 자각

유미주의는 넓게 보아 근대사회의 전개 과정에서 분화, 정립된 미적 근대성 혹은 미적 합리성의 범주에 속하는 것이다. 막스 베버는 서양에 있어서의 근대화의 도정을 삶의 전반적인 합리화로 이해하고 이를 세계의 점차적인 탈마법화의 과정으로 묘사하고 있다.[177)] 단일한 선험적인 원리로부터 개별적 영역들이 자신의 고유한 가치를 획득하게 만드는 힘이 바로 주체성의 원리이다. 그 결과로 보편적 규범의 구속성으로부터 해방된 과학, 도덕, 예술 등 각각의 하위영역들은 자립적인 가치체계를 지니게 된다. 이러한 과정을 통하여 미적 근대성 혹은 미적 합리성은 여타의 근대성 영역으로부터 독립하게 되는 것이다.

역설적인 것은 근대 자본주의 사회에서의 합리화가 이성의 궁극적인 바램과는 배치되는 결과를 낳고 말았다는 사실이다. 베버는 서양 근대화 과정에서 도구적 합리성이라는 특수한 형태의 합리성이 드러난다고 보았다. 도구적 합리성은 어떤 목표가 주어졌을 때 그 목표를 달성하기

---

176) 이광호, 「영원의 시간, 봉인된 시간」, 『미당연구』, 민음사, 1994, 380면.

177) 이에 대해서는 막스 베버, 금종우 역, 『직업으로서의 학문』(서문당, 1976), 53면 이하와, J Habermas, *The Philosophical Discourse of Modernity*, Pilty Press, 1987, 18면 이하 참조.

위하여 합리적인 수단과 방법을 극단화시키는 행위를 뜻한다. 그러나 이 도구적 합리성은 주어진 목표에 대한 반성적 성찰이나 비판을 배제하는 개념이기 때문에 도구적 합리화가 점증함에 따라 결국 비합리성의 심화를 동반하게 된다. 그 결과 여기서 분리된 도덕영역의 실천적 합리성과 예술의 미적 합리성은 근대 사회에서 소외된 삶의 가치들을 담지하는 영역으로 기능하게 된다. 특히 미적 합리성은 합리성의 한 계기임에도 불구하고 도구적 합리성을 비판하는 계기를 내포하는 적극적 의미를 지닌다. 이와 같이 미적 합리성의 이중적 성격은 그것이 근대성의 체계 내에서 분화된 것이며 내적 판단 기준에 의해서 존재할 권리를 획득한 자율적 체계라는 점에서 설명될 수 있다.

1930년대 중반 이후의 한국 사회는 자본주의적 경제 범주가 어느 정도 형성되고 그에 상응하는 문화적 형식이 산출되기 시작하고, 자본주의적 근대성이 관철되고 있었으며, 그에 따라 합리성의 제고와 여러 가지 영역들의 분화가 이루어졌다. 사회 구성체의 이러한 성격 변화는 미적 합리성에 기반한 문화의 성립을 가능하게 한다. 1930년대의 모더니즘과 순수문학은 이러한 발생론적 배경에서 이루어진 것이다.

1930년대 한국 모더니즘 문학의 의의는 카프 문학의 퇴조에 따른 문학적 공백을 기법 혁명의 차원에서 극복했다는 데 있다. 그러나 기법에 대한 모더니즘의 자의식은 전면적으로 추구된 것은 아니다. 요컨대 1930년대 한국 모더니즘 문학에 나타나는 미적 합리성의 이념에 대한 추구는 불철저한 상태인 채로 그치고 말았다고 할 수 있다.

이에 반해 서정주를 비롯한 전통주의 미의식의 일단은 합리적 이성 개념을 거부함으로써 미적 자율성을 보다 전면적으로 구현하려는 것이었다.

이러한 세계관에 기초한 서정주의 시는 미적 가상의 영역 속에 주체와

객체의 분열이 통합된 세계를 구축하려는 시도로 발현된다. 특히 서정주
의 중기 이후의 시들에서 신화적 시간을 바탕으로 한 시들이 많이 나타나
는 것은 6. 25라는 미증유의 민족적 참화에 직접적인 발단을 찾을 수가
있을 것이다.   김윤식은 "6.25를 정신사적 측면에서 연역할 경우 그것은
전통단절에 관련시킬 수가 있다."[178]고 말한다. 나아가 그는 "한 문화가
전통지향성과 근대지향성의 변증법적 전개 과정이라면 6. 25는 너무도
압도적이고 일방적인 근대지향성의 폭력으로 규정할 수가 있다."고까지
언급한다.[179] 이는『질마재 신화』를 비롯한 일련의 시들에서는 원시주의
라 부를 만한 신화적 의식으로 나아갔는데, 이 의식은 역사가 오랫동안
모든 것을 정신적인 것과 물질적인 것으로 양분하는 태도를 인정하지
않는 태도이다.[180] 서정주의 시는 느낌의 내면세계와 존재의 외부질서
사이에 확고하고 합리적인 구분이 부재한 새롭고 독특한 미학을 낳음으
로써 한국 시에 폭과 깊이를 넓혔다. 시대를 초월하거나 문명에서 낙후된
촌락 사람들의 삶을 담은 일련의 시들이 평범으로 떨어지지 않은 것은
외형적 단순성 속에 시인의 고도의 세련된 의식과 자기 통제가 작용하고
있기 때문이다.

이러한 서정주의 세계를 원시주의라 부를 수 있다면 세계 문학사를
통해 이미 입증되고 있듯이 서정주의 원시주의(Primitism)는 문명의 위기
의식으로부터 일어나거나 그 위기의식을 표시[181]하며 그것을 넘어서려
는 의지를 보여 주는 것이다.

---

178) 김윤식,「徐廷柱의 질마재 신화 — 거울화의 두 양상」,『현대문학』, 1976. 3.
179) 김윤식, 같은 논문.
180) Michael Bell, *Primitivism*(London:Methuen & Co., 1972), 72면.
181) Michael Bell, 앞의 책, 103면.

3. 모성적 생명력의 반영

서정주 문학의 문화적 배경으로 작용하고 있는 것은 가난이다. 가난은 저주이지만, 아울러 가난의 문화가 가지고 있는 세목들과의 결합에 의해 순화된 삶의 형식이다. 이 가난은 극심한 고독과 소외와 함께 있지만, 그 속에는 자신에게 부재한 모든 것을 통해 순결성을 확보하려는 노력이 있다. 이 극심한 고독과 소외 속에는 또한 절대적인 거부가 포함되어 있다. 한 인간이 느끼는 고독, 가능성의 부재는 최초의 인간이 누리게 될 자유, 즉 『花蛇集』의 즘생의 자유로 연결된다. 그 구속이 이 세계를 소외 상태로 성화하였기에 그것은 벽이면서 동시에 길일 수 있다. 서정주는 소외 상태의 비범한 가능성을 그가 읽은 서구시로부터 확인한다. 강력한 창조의 힘은 단선적이거나 순수 투명한 단색의 세계로부터가 아니라 모순 대립되는 두 세력의 긴장으로부터 나온다.

이 사회에서 인간은 원초적 자연과 동일한 모습으로 퇴화하고 화석화함으로써 영원의 형식을 취한다. 인간이란 허무주의를 언제나 극복하여 정상적인 삶으로 되돌아가는 능력을 본성적으로 갖추고 있다는 사상이 모성적 생명력의 실상이다. 그의 선열한 언어가 순응주의적 태도와 겹쳐 있는 것은 농경사회의 모성적 문화와 관련된다.

이것이 바로 6.25로 표상되는 가난과 죽음의 비극에서 건져내 준 바탕이다. 예술이란 피조물인 인간이 운명(죽음)을 초극하기 위한 몸부림이자 방편이라면, 서정주에게는 인간과 관련된 자연이나 사물의 물신성으로 나타나며(「한물宅의 한숨」, 「李三晚이라는 神」) 원초적 생명의 형식에 해당한다.

서정주의 미학은 전통과 현대의 종합으로서의 전체성이다. 바로 이 점에서 전통을 배제하여 현대만을 일방적으로 강조한 김기론 시론과는 크게 다른 논점을 이룬다.

　서정주는 모더니즘의 정반대편에서 모더니즘의 실험을 뛰어넘는 자기 해체를 밀고 나간 시인이다.『花蛇集』에서의 강렬한 관능과 육체의 질주가 퇴폐의 진정성을 보여주는 저돌적인 감수성이었다면 그 농경적 생명력을 바탕으로 한 이후의 시 세계의 심화과정 역시 치열한 시적 열정과 과감성의 소산이었다.『花蛇集』,『歸蜀途』이후의『徐廷柱 詩選』,『新羅抄』,『冬天』,『徐廷柱 文學全集』(詩)『질마재 神話』,『떠돌이의 詩』로 이어지는 그의 시적 역정은 내용과 형식 양면에서 영혼의 끊임없는 자기계발과 자기 정체성의 확립을 위한 사투를 보여 주는 것이면서, 가변적인 현실과 역사 너머의 본질을 천착해 나간 한국현대시사의 고행을 상징적으로 보여 주고 있다.

　미적 합리성이라는 이론의 관점에서 볼 때 서정주 시가 하나의 고전이 되고 이른바 서정주 시대를 형성할 수 있었던 것은 그가 서구의 시 개념과 그 매혹을 앞에 놓고, 자신의 시적 실천의 상황에 명석하였다는 점에서 기인한다.182) 이는 니체와 보들레르라는 근대적 사고를 자신의 삶 속에서 구체적으로 이해하려 했던 그의 태도에서도 드러난다.

　이 시적 변화의 공간은 제도와 인습의 피안에 있는 인간(자유인, 예술가, 시인)으로 탈바꿈하여 살게 할 도시적 변화의 공간이지만 그러나 이 공간 역시 허무의 공간이기도 하다. 그에게서 모든 것을 한꺼번에 확보하여 줄 세계는 모든 것을 한꺼번에 앗아갈 수도 있는 세계인 것이다. 이 모순 앞에서 서정주는 자신의 현실에서 탈출하기를 바라면서도 그것을 다시 안아 가지는 방식을 선택하였다. 서정주의 시들은 인간의식의 이중성(자기의식)의 심화과정을 통해 자기와 세계를 구축해 온 과정이다.

---

182) 황현산, 「서정주, 농경 사회의 모더니즘」,『미당연구』, 민음사, 1994, 475—493면.

제4장
결 론

　근대화라는 역사적 힘은 시간을 양적이고 직선적인 것으로 파악하며, 변화를 통해서만 진보가 가능하는 생각이 근저를 이루고 있다. 이런 의미에서 서정주에게 근대화란 원형적 순결성을 짓밟는 폭력으로 이러한 시대는 결국 역사의 무자비하고 냉혹한 변화와 무상성으로 영원불멸의 진리가 인정되지 않는 압도적인 현실의 질곡을 보여 줄 뿐이다.

　이러한 사태에 대한 서정주의 태도는 보다 적극적이고 전략적인 것이다. 서정주는 초시간적인 신화적 세계 혹은 원형적 삶의 복원을 통해 이러한 상황을 꿰뚫고 나갈 에너지를 찾았다.

　서정주의 시간에 대한 인식은 극심한 체험의 모순을 극복하고 자아의 연속성과 동일성을 회복하려는 정신적 투쟁과 연관된다. 그것은 자신의 경험을 제약하고 있는 연대기적 시간 질서로부터의 해방되려는 몸짓으로 풀이된다.

　서정주의 시는 시류를 초월하는 보편성을 보여 줌으로써 역설적으로 전통지향성의 획득이 모더니티와 모순되지 않는다는 사실을 한국문학사에서 입증한 드문 경우에 속한다.

서정주의 시는 단순한 현실세계만의 것이 아니다. 이승과 저승을 관류하는 '바람'의 인연이 들어 있고, 「善德女王의 말씀」 같은 시에서 선덕여왕은 현재와 미래 속에 지속되어 나타나는 인물로 표현되기도 한다. 그의 시에는 원죄가 있는 곳에 순수한 서정이 숨어 있으며, 추함이 있는 곳에 아름다움을 새겨 놓고 육성의 몸부림으로 부활을 염원하는 창조의 미덕이 있다. '임의 손톱의 분홍'이나 '눈썹'을 초승달로 창조하여 승화시킨다. 역사적 시간은 그에게 현대의 신화로 치환되며, 어린 시절은 각박한 현대인에게 상상력과 순수를 제공하는 거대한 자연으로 바뀌어 진다. 돌이 연꽃이 되는 상징처럼 그의 창조에는 불교적 의미가 들어 있으며, 뱀과 이브라는 언어가 풍기는 분위기와 파생의미를 통하여 원죄의식의 근원을 묻는 기독교적 의미가 있다. 그런가 하면 서정주의 많은 시들에서는 道家的 의미를 띠는 것들도 있다. 오히려 서정주의 시에서는 이런 의미들이 하나로 융합되어 체질화되어 나타난다. 그의 시는 현실과 밀접히 연관되면서도 매우 높은 상상력과 환상이 동원된다. 이러한 그의 시의 지향에는 그의 독특한 시간의식이 내재되어 있다.

그의 시는 우리를 일상성의 나르시시즘에서 항상 깨게 만들며 고대적 시간에도 내세의 신화적 시간에도 들어가게 하며, 심지어 어린 날의 추억도 새롭게 더듬어 보도록 한다. 그리하여 시간으로부터 탈출을 제공해 주고 우주적 순간에 처하게 하며 우주 창생의 첫날과 동시적인 것처럼 새로운 현상을 발견하게 한다. 그리하여 무자비하게 흐르는 선형적인, 역사적인 시간의 속박으로부터 우리를 벗어나게 하며 과거와 현재, 미래를 단절된 것이 아니라 서로 연속적인 것으로 만듦으로써 인간의 지속적인 관계행위로 귀착하게 하는 것이다.

서정주는 그의 새로운 시간관을 한국의 역사와 설화에서 발견하고 새로운 시적 신화로 창조하였고 고대적 시간을 현대에 이식하여 새로운 의미와 생명을 부여했다. 서정주의 이러한 시간관은 전통주의로 명명할 수 있다. 서정주의 전통주의는 시인의 그의 시작의 처음부터 일관하는 태도로서 이는 시간의식의 두 양상인 변화와 지속 중 지속의 요소에 집중함으로써 세상의 급격한 변화 속에서도 안정된 자아를 지키려는 의도가 개입되어 있음을 우리는 시간의식의 분석을 통해 알 수 있었다. 특히 '신라'와 '질마재'를 다룬 일련의 시편들이나 영생하는 인물로 살아 있는 신화적 인물의 상기를 드러내는 일련의 시편들은 서정주 시의 지향을 보여 주는 작품들이라 볼 수 있는데, 이는 서정주의 시가 한국 사회의 변화, 즉 근대로 상정되는 일제와 6. 25 등의 급속한 격변을 겪으면서 이룩한 하나의 모델이 되는 것으로 보인다.

서정주는 물질적인 가치와 합리, 이성으로 주도되는 사회의 껍데기를 직시했으며 이의 극복을 오염되지 않는 원시의 저층을 파헤치는 작업을 통해 이룩하고자 했다.

그 뛰어난 정신성과 이미지의 조형, 언어구사, 배경에 깔린 민족 저층의 심성 묘사를 통한 그의 지속적인 시 작업은 전통적인 우리 정신의 탐구가 한국문학의 자기 정체성을 이룩할 수 있다는 새로운 모델을 제시해 주었다.

서정주의 시는 뿌리 없이 부유하는 시인들이 주류를 이루는 우리 시단이 근대적 이성의 실천 속에서 잃어버린 초월성과 정체성을 일깨우는 의미를 주고 있다.

서정주의 시들은 가장 한국적인 주제가 어떻게 가장 세계적인 것으로 이어질 수 있는 것인가를 보여 주는 것으로 파악된다. 서정주는 인간의 문물이 최초의 물질상태를 벗어버리지 못한 채, 모든 가능성의 부재에 의해 삶이 침체되고 평면화된 세계의 폐허 속에서 현실의 막힌 길을 뚫고 나가려는 시 작업을 일관되게 밀고 나간 시인이다.

본고는 이러한 문제를 주로 그의 시에 나타나는 시간의식을 중심으로 살폈지만 각 시집별로 미세하게 변모되는 시간의식의 파악을 통한 보다 정밀한 작업을 하지 못했고, 또한 바슐라르, 베르자예프의 시간론을 창조적으로 변용, 시 분석에 적용시켜야 할 과제를 남겨 두고 있다고 본다.

참고문헌

1. 基本 資料

서정주, 『화사집』, 남만서고, 1941.

＿＿＿ , 『귀촉도』, 선문사, 1948.

＿＿＿ , 『서정주 시선』, 정음사, 1955.

＿＿＿ , 『신라초』, 정음사, 1960.

＿＿＿ , 『동천』, 민중서관, 1968.

＿＿＿ , 『서정주문학전집 1—5』, 일지사, 1972.

＿＿＿ , 『질마재 신화』, 일지사, 1975.

＿＿＿ , 『떠돌이의 시』, 민음사, 1976.

＿＿＿ , 『미당 산문』, 민음사, 1993.

2. 國內 論著

감태준, 「미당과 목월의 초기시 대비연구」, 한양대학교 대학원 석사학위 논
　　　문, 1982

강우식, 「서정주시의 상징연구—초기 시집을 중심으로」, 『한국문학』, 1984

.7.

_____, 「절망의 길, 조화의 길」, 『서정주 문학앨범』, 웅진출판, 1993.

강윤후, 「서정주의 연시세계」, 『현대시학』, 1993. 8.

강준향, 「소월·미당·지훈 삼가시 연구」, 청주대학교 대학원 박사학위 논문, 1980.

강희근, 「서정주 연구」, 동아대학교 대학원 석사학위 논문, 1975.

_____, 「서정주 시의 서술형에 대하여」, 『월간문학』, 1984. 1.

_____, 「서정주 시 연구」, 『우리 시문학 연구』, 예지각, 1985.

고 은, 「서정주—현대한국의 유아독존」, 『세대』, 1967. 9.

_____, 「실내작가론1— 서정주」, 『월간문학』, 1969. 3.

_____, 「서정주시대의 보고—<서정주문학전집>」, 『문학과 지성』, 1973. 3.

고형진, 「강렬한 관능성과 생의 원초적 에너지」, 『시와 시학』, 1991. 12.

구중서, 「서정주와 현실도피」, 『청맥』, 1965. 6.

권기호, 『시론』, 학문사, 1983.

권영민, 「시적 체험과 이야기조 — 서정주 연재시 <안 잊히는 일들>을 읽고」, 『현대문학』, 1982. 12

김규영, 『시간론』, 서강대학교 출판부, 1979.

_____, 『영원의 의미』, 가톨릭출판사, 1970.

_____, 『시간과 영원』, 동서문화사, 1968.

김동리, 시집 『귀촉도』 발사, 선문사, 1948.

김상일, 「<국화옆에서>의 기적 —시인에의 요망」, 『현대문학』, 1964. 4.

김봉군, 「서정주론」, 『한국현대작가론』, 민지사, 1984.

김선영, 「미당산, 광활한 정신의 숲」, 『서정주 문학앨범』, 웅진출판, 1993.

김선학, 「설화의 시적 수용—<질마재 신화>를 중심으로」, 『한국문학연구』 제3집, 동국대 한국문학연구소, 1981 .2.

_____, 「이미지와 시적 공간」, 『한국문학연구』 제4집, 동국대 한국문학연구소, 1982. 2.

_____, 「한국 현대시의 시적 공간에 관한 연구」, 동국대학교 대학원 박사학위 논문, 1989.

김성권, 「시의 언어학적 고찰―＜연꽃 만나고 가는 바람 같이＞를 중심으로」, 『서강어문』 8집, 1992. 11.

김성욱, 「＜상리과원＞ 해도」, 『현대문학』, 1970. 9.

김시태, 「시와 신념의 관계」, 『현대문학』, 1967. 12.

_____, 「현대시의 좌표」, 『현대문학』, 1968. 11.

_____, 「서정주의 역설적 의미」, 『현대문학』, 1975. 4.

김양수, 「서정주의 영향」, 『현대문학』, 1953. 10~11.

김열규, 「서정주의 ＜학＞」, 『문학사상』, 1976. 4.

_____, 「속신과 신화의 서정주론」, 『서강어문』, 1982.

김영수, 「서정주시의 상징성에 관한 연구」, 경북대학교 대학원 석사학위 논문, 1981.

_____, 「서정주시의 상징성 고찰」, 『안동대논문집』, 1984. 12.

_____, 「피의 상징성과 그 기능―서정주의 초기시에 있어서」, 『안동대논문집』, 1986. 12

김옥선, 「서정주 시에 나타난 우주적 신비체험―＜화사집＞과 ＜질마재신화＞의 공간구조를 중심으로」, 『이화어문논집』, 1992. 3.

김요섭 외, 「내가 읽은 ＜화사집＞ 1~7」, 『현대시학』, 1991. 7.

김용직, 「＜시인부락＞ 연구」, 『국문학논집』3, 단국대학교, 1969. 11.

_____, 「직정미학의 충격파고―서정주론」, 『현대시』, 1992. 2.

김용태, 「서정주론」, 『현대문학』, 1977. 5.

김용희, 「서정주 시의 욕망 구조와 그 은유의 정체―＜서정주시선＞을 중심으로」, 『이화어문논집』, 1992. 3.

김우창, 「한국시의 형이상―하나의 관점, 최남선에서 서정주까지」, 『세대』, 1968. 6.

_____, 「미당 선생의 시」, 시집 『떠돌이의 詩』 해설, 민음사, 1976. 7.

김운학, 「현대시에 나타난 불교사상」, 『현대문학』, 1964. 10.

김윤식, 「역사의 예술화」, 『현대문학』, 1963. 10.

_____, 「문학에 있어서의 전통 계승의 문제」, 『세대』, 1973. 8.

_____, 「서정주/유치환/이육사―시의 전통과 맥락」, 『심상』, 1974. 4.

_____, 「전통과 예의 의미―서정주」, 『한국근대작가론고』, 일지사, 1974.

_____, 「서정주의 <질마재 신화>고― 거울화의 두 양상」, 『현대문학』, 1976. 3.

_____, 『한국현대시론비판』, 일지사, 1982.

_____, 『한국근대문학사상사연구2』, 아세아문화사, 1994.

김윤식·김현, 『한국문학사』, 민음사, 1974.

김인환, 「서정주의 시적 여정」, 『문학과 지성』, 1972. 6.

김장선, 「미당 서정주 시의 원형적 고찰」, 『조선대 교육대학원 교육논총』, 1987.2.

김재홍, 「하늘과 땅의 변증법」, 『월간문학』, 1971. 5.

_____, 「서정주론」, 『동서문화』, 1972. 7.

_____, 「서정주의 <화사―대지적 사랑과 동물적 상상력>」, 『한국현대시작품론』, 문장, 1981.

_____, 「생애사와 역사적 순응주의―서정주 연재시 <안 잊히는 일들>을 읽고」, 『현대문학』, 1982. 12.

김정신, 「미당시에 나타난 '피'의 심상 연구」, 경북대학교 대학원 석사학위논문, 1993. 12.

김종길, 「시와 이성」, 『문학춘추』, 1964. 8.

_____, 「<추천사>의 형태」, 『사상계』, 1966. 3.

_____, 『시론』, 탐구당, 1965.

김종철, 「소나기를 보는 눈― 서정주의 저 <떠돌이의 시>」, 『세계의 문학』, 1976. 9.

김종회, 「하늘과 뒤안길의 대극」, 『시와 시학』, 1991. 12.

김주연, 「신비주의 속의 여인들…시?시―서정주의 후기시 세계」, 『작가세계』, 1994. 3.

김준오, 「인간탐구와 미당의 신화―<화사집>」, 『심상』, 1978. 11.

_____, 『장르론』, 문장사, 1983.

_____, 「원시주의와 자학」, 『가면의 해석학』, 이우출판사, 1985.

_____, 『시론』, 이우출판사, 1988.

_____, 『도시시와 해체시』, 문학과 비평사, 1988.

김지향, 「서정주 시에 나타난 무속신앙적 특성―그 신화적 접근 시고」, 『한양여전 논문집』, 1985. 3.

김창근, 「현대시의 원형적 상상력에 관한 연구―미당의 초기시 연구」, 『동의어문논집』, 1987. 4.

_____, 「한국현대시의 원형적 상상력에 관한 연구」, 부산대학교 대학원 박사학위 논문, 1992. 2.

김춘수, 「시인론을 위한 각서」, 『한국현대시형태론』, 해동문화사, 1958.

_____, 「청마의 시와 미당의 시」, 『현대문학』, 1967. 5.

김학동, 「현대시인논고(기일)―서정주의 시를 중심으로(상)」, 『동양문화』5, 대구대 동양문화연구소, 1966. 6.

_____, 「서정주 초기시에 미친 영향」, 『어문학』 16집, 한국어문학회, 1967. 5.

_____, 「신라의 영원주의―서정주의 <신라초>를 중심으로―」, 『어문학』 24집, 1971. 4.

김해성, 「서정주론―그의 불교사상을 중심으로」, 『월간문학』, 1981. 8~9.

김 현, 「서정주 혹은 불교적 인생관의 천착」, 『한국문학사』, 민음사, 1973.

김현자, 「지귀설화의 시적 변용에 관한 연구」, 『이화어문논집』 제13집, 이화여자대학교 한국어문학연구소, 1994. 2.

김 훈, 「오줌통 속의 형이상학―질마재」, 『풍경과 상처』, 문학동네, 1994. 1.

남진우, 「남녀양성의 신화―서정주 초기시에 있어서 심층탐험」, 『시운동』,

1987. 3.

_____ , 「뱀, 미지의 부름—서정주·김형영·채호기를 중심으로」, 『작가세계』, 1993. 12.

문덕수, 「신라정신에 있어서의 영원성과 현실성」, 『현대문학』, 1963. 4.

_____ , 「서정주론」, 『금정최원규박사화갑기념논총』, 충남대학교 출판부, 1993. 10.

문정희, 「서정주의 시에 나타난 물의 이미지」, 『심상』, 1985. 10.

_____ , 「서정주 시 연구 — 물의 심상과 상징체계를 중심으로」, 서울여자대학교 대학원 박사학위 논문, 1993. 8.

민 영, 「서정주 신작시집『늙은 떠돌이의 시』」, 『창작과 비평』, 1994. 3.

박재삼, 「내 경험 위에서 — 서정주의 <무제>」, 『심상』, 1974. 9.

_____ , 「자유자재한 것 — 서정주 연재시 <안 잊히는 일들>을 읽고」, 『현대문학』, 1982. 12.

_____ , 「미당을 찾아서」, 『서정주시선:눈이 부시게 푸르른 날은』, 열음사, 1985.

박재승, 「생명파 연구 — 서정주와 유치환을 중심으로」, 충북대학교 대학원 석사학위 논문, 1981.

박정환, 「서정주 시인 연구」, 『공주전문대 논문집』, 1985. 1.

박진환, 「<속,질마재 신화>고」, 『현대시학』, 1974. 4.

_____ , 「삼교의 혼용과 샤먼의 신화 창조」, 『현대시학』, 1974. 12.

박철석, 「서정주론」, 『현대시학』, 1979. 4.

_____ , 「미당시학의 변천고」, 『한국문학논총』, 1980. 12.

박철희, 「한국 현대시와 그 서구적 잔상—(5)서정주와 자극시」, 『예술원논문집』 10, 1971. 7.

_____ , 「<속,질마재 신화>고」, 『현대문학』, 1972. 4.

변종태, 「미당 초기시의 연구—화제·초점·거리를 중심으로」, 『교육논총』, 제주대학교 교육대학원, 1992. 8.

변해숙, 「서정주 시의 시간성 연구」, 이화여자대학교 대학원 석사학위 논문,
　　　　1987. 5.

서우석, 「서정주—리듬의 완만한 대립」, 『시와 리듬』, 문학과 지성사, 1981.

송기한, 「'뱀' 이미지의 양가적 의미」, 『시와 시학』, 1991. 12.

송　욱, 「서정주론」, 『문예』, 1953. 11.

송재소, 「시적 방법으로서의 신화 — 서정주씨에게 보내는 각서」, 『아한』,
　　　　1968. 5.

송하선, 「미당의 <질마재 신화> 고찰—원형적 심상을 제기한 설화들」, 『한국
　　　　언어문학』 14집, 1976. 12.

＿＿＿, 「서정주 연구」, 고려대학교 교육대학원 석사학위 논문, 1977.

＿＿＿, 『미당 서정주 연구』, 선일문화사, 1991.

송효섭, 「질마재 신화의 서사구조 유형 — 삼국유사와의 비교를 통한 시론」,
　　　　『삼국유사와 한국문학』, 학연사, 1983.

송희복, 「신화적 상상력, 그 초월과 내재」, 경향신문, 1983. 1.

＿＿＿, 「서정주 초기시의 세계」, 『현대시학』, 1991. 7.

신동욱, 「시를 읽는 법 — <추천사>의 해석」, 『현대문학』, 1971. 2.

＿＿＿, 「<국화 옆에서>의 율격미」, 『우리 시의 역사적 연구』, 새문사, 1981.

신범순, 「질기고 부드럽게 걸러진 영원(1,2) — 미당 서정주의 <떠돌이의
　　　　시>」, 『현대시』, 1994.1.

신상철, 「<화사집>의 님」, 『현대시와 <님>의 연구』, 시문학사, 1983.

심혜련, 「서정주 시의 화자 청자 연구」, 이화여자대학교 대학원 석사학위 논
　　　　문, 1992.

안동주, 「미당 서정주 연구—그 시정신을 중심으로」, 조선대학교 대학원 석사
　　　　학위 논문, 1982.

염무웅, 「서정주와 송욱의 경우—60년대의 한국시」, 『시인』, 1969. 12.

오규원, 「색채의 미학—이상·유치환·서정주를 중심으로」, 『시문학』, 1971.
　　　　12.

_____ , 「대가의 멋과 한계」, 『문학과 지성』, 1976. 12.

오세영, 「상상력과 개인사의 시화―서정주 연재시 <안 잊히는 일들>을 읽고」, 『현대문학』, 1982. 12.

오시열, 「<화사>의 기호학적 접근을 통한 미당의 초기시 연구」, 『백록어문』, 제주대학교, 1989. 2.

오형엽, 「서정주 초기시의 의미구조 연구―이원성과 그 융합의 의지를 중심으로―」, 고려대학교 대학원 석사학위 논문, 1989. 7.

원형갑, 「서정주의 신화」, 『현대문학』, 1965. 7.

_____ , 「서정주론」, 『현대문학』, 1965. 11.

_____ , 「서정주」, 『현대문학』, 1967. 1.

_____ , 「서정주의 신화」, 『현대문학』, 1968. 9.

_____ , 「서정주의 일탈과 시인의 신성한 매춘」, 『한국대표시인 100인 선집 23:서정주, 푸르른 날』, 미래사, 1991.

유근조, 「서정주연구」, 충남대학교 대학원 석사학위 논문, 1973.

유종호, 「소리지향과 산문지향―미당 시의 일면」, 『작가세계』, 1994. 3.

유지현, 「서정주 시의 공간 상상력 연구」, 고려대학교 대학원 박사학위 논문, 1996.

육근웅, 「서정주시 연구」, 한양대학교 대학원 박사학위 논문, 1991.

윤석호, 「서정주」, 『현대문학』, 1978. 3.

윤재근, 「언어와 시인과의 관계」, 『현대문학』, 1974. 6.

이광수, 「지훈과 미당의 시론 비교」, 고려대학교 대학원 석사학위 논문, 1984.

이광호, 「영원의 시간, 봉인된 시간―서정주 중기시의 <영원성> 문제」, 『작가세계』, 1994. 3.

이남호, 「윤동주와 서정주의 <자화상> 비교분석」, 고려대학교 대학원 석사학위 논문, 1980.

이경희, 「서정주의 시 <알묏집 개피떡>에 나타난 신비체험과 공간 : 달―바다(물)―여성 원형론」, 『이화어문논집』, 1992. 3.

이몽희, 『한국현대시의 무속적 연구』, 집문당, 1990. 12.

이선영, 「서정주 <국화옆에서>」, 『월간문학』, 1970. 6.

이성부, 「삶의 어려움과 시의 어려움―<동천>, <청록집> 이후를 중심으로」, 『창작과 비평』, 1969. 6.

_____ , 「서정주의 시세계」, 『창작과 비평』, 1972. 12.

_____ , 「시의 정도―서정주 시집<떠돌이의 시>」, 『창작과 비평』, 1977. 3.

이승훈 외, 「서정주와 김춘수」, 『현대시학』, 특집좌담, 1994. 3.

이영희, 「한국 현대시에 나타난 삶의 인식방법 연구」, 경희대학교 대학원 박사 학위 논문, 1987.

이용훈, 「개인적 생명의식에의 집념」, 『국어교육』16, 한국국어교육연구회, 1970.

_____ , 「미당시의 설화소재 작품고―<신라초>를 중심으로」, 『학술논총』 1978. 9.

_____ , 「미당시의 설화수용양상」, 『해양대논문집』 13, 1978.

이원구, 「서정주 연구―비유법을 중심으로」, 동국대학교 대학원 석사학위 논문, 1979. 8.

이정강, 「시인과 인간조건」, 『소천 이헌구선생 송수기념논총』, 1970. 8.

이정길, 「난의 미학」, 『경북대신문』, 1987. 7. 10.

이종윤, 「서정주 초기시의 연구―미의 심상을 중심으로」, 경희대학교 대학원 석사학위 논문, 1984.

이진홍, 「서정주의 <국화 옆에서>에 대한 존재론적 해명」, 『영남어문학』, 1984.12.

_____ , 「서정주 시의 심상연구―<화사집>에서 <동천>까지」, 영남대학교 대학원 박사학위 논문, 1988. 12.

이철범, 「신라정신과 한국 전통론 비판」, 『자유문학』, 1959. 8.

이태동, 「현실과 이상의 선미한 조합―서정주 론」, 『우리문학의 현실과 이상』, 문예출판사, 1993. 5.

임문혁, 「서정주 시의 설화수용과 시적 효용」, 『청람어문학』, 1991. 11.

_____ ,「한국현대시의 전통연구―설화의 수용양상을 중심으로」, 한국교원대
        학교 대학원 박사학위 논문, 1992.

임종찬, 「미당의 산문시와 그 시성(Poeticity)」, 『부산대 인문논총』, 1986. 6.

장윤익, 『문학이론의 현장』, 인문당, 1980.

_____ , 『북방문학과 한국문학』, 인문당, 1990.

_____ , 『열린 문학과 닫힌 문학』, 인문당, 1992.

전상열, 「서정주론」, 『문화비평』, 1970. 6.

_____ , 「서정주론」, 『시문학』, 1971. 10.

_____ , 「서정주론―그의 시사적 공과」, 『문화비평』, 1978. 2.

전정구, 「서정주 연구―<동천>을 중심으로」, 전북대학교 대학원 석사학위
        논문,1978. 2.

정금철, 「<화사집>의 심리분석적 접근―<화사>장의 시를 중심으로」, 『서
        강어문』, 1981. 6.

정봉래, 「서정주론 서설」, 『비평문학』, 1990. 10.

_____ , 『시인 미당 서정주』, 좋은 글, 1993.

정신재, 「미당시에 나타난 신화적 의미」, 『시문학』, 1983. 1.

_____ , 「미당 시의 공간의식―초기 시를 중심으로」, 『동악어문논집』, 1983.
        10.

정영자, 「원형의 재생―서정주론」, 『현대문학』, 1979. 4.

정의홍, 「꽃을 통한 육성의 몸부림―서정주의 꽃」, 『현대문학』, 1974. 5.

정한모, 「미당시의 이미저리와 방법」, 『현대시론』, 민중서관, 1973.

정현종, 「식민지 시대 젊음의 초상―서정주의 초기시 또는 여신으로서의 여자
        들」, 『작가세계』, 1994. 3.

정효구, 「신화, 제2의 자궁:서정주」, 『현대시학』, 1994. 1～2.

조달곤, 「미당 시문학의 원형연구」, 동아대학교 대학원 석사학위 논문, 1973.

조동민, 「미당과 청마」, 『현대문학』, 1977. 3.

조병무, 「영원성과 현실성—미당 <질마재 신화>고」, 『현대문학』, 1975. 5.

조형호, 「바람의 공간미의식 연구」, 『서강어문』 제8집, 1992. 11.

조화선, 「서정주의 시에 보이는 누님의 모습」, 『현대시학』, 1991. 12.

채명식, 「미당시의 정념 통어의 방법」, 동국대학교 대학원 석사학위 논문, 1989.

천경록, 「<화사집>의 이미지 연구」, 『선청어문』, 서울대학교 사범대학, 1986. 10.

천이두, 「지옥과 열반—서정주론」, 『시문학』, 1972. 6~9.

최두석, 「서정주론」, 『선청어문』, 서울대학교 사범대학, 1992. 9.

최승호, 「1930년대 후반기 시의 전통지향적 미의식 연구」, 서울대학교 대학원 박사학위 논문, 1994.

최원규, 「서정주 연구」, 『국어국문학』 49~50합병호, 1970. 10.

＿＿＿, 「서정주의 시정신 연구」, 『충남대 논문집』 9, 1970. 12.

＿＿＿, 「미당 시의 불교적 영향」, 『현대시학』, 1977. 12.

＿＿＿, 「서정주와 불교정신」, 『한국현대시사연구』, 일지사, 1983.

＿＿＿, 「서정주의 <화사>」, 『한국대표시평설』, 문학세계사, 1983.

최하림, 「체험의 문제—서정주에 있어서의 시간성과 장소성」, 『시문학』, 1973. 1~2.

＿＿＿, 「신화와 시의 세계」, 『문예중앙』, 1980. 3.

하재봉, 「서정주 시에 나타난 물질적 상상력 연구」, 중앙대학교 대학원 석사학위 논문, 1981. 12.

하현식, 「미당 또는 존재 의미의 변증법」, 『현대시학』, 1984.1~3.

한광구, 「박목월 시에 나타난 시간과 공간 연구」, 한양대학교 대학원 박사학위 논문, 1990.

＿＿＿, 「혜산 박두진 시의 시간과 공간」, 『한국학논집』 제23집, 한양대학교 한국학연구소, 1993. 8.

허영자, 「현대시에 나타난 신화의 세계」, 『연구논문집』 9, 성신여자사범대학,

1976.

홍신선, 「여성—천상적 의미의 성당—서정주의 시」, 『현대시학』, 1974. 10.

황동규, 「탈의 완성과 해체—서정주의 정신과 시」, 『현대문학』, 1981. 9.

황인교, 「서정주 시의 상상력 연구」, 이화여자대학교 대학원 석사학위 논문, 1982. 11.

_____, 「반복 순환의 시적 체계(1)」, 『이화어문논집』 제8집, 이화여자대학교 한국어문연구소, 1986. 1.

황종연, 「한국문학의 근대와 반근대」, 동국대학교 대학원 박사학위 논문, 1991.

_____, 「신들린 시 떠도는 삶」, 『작가세계』, 1994. 3.

황현산, 「서정주, 농경사회의 모더니즘」, 『미당 연구』, 민음사, 1994.12

3. 국외논저

Bell, Michael, *Primitivism*(London:Methuen & Co., 1972)

Bergson, Henry, *Time and Free Will*, tr. F.L. Pogson(London:George Allen & Unwin LTD, 1950)

Berdjajev, Nicolas, *Solititude and Society*, tr. Reavey(London:The Centenary Press, 1947)

_____ , *Slavery and Freedom*, tr. R.M. French(New York, Charles Scribners Sons, 1944)

Carr, David, *Time, Narrative, and History*(Bloomington/Indianapolis:Indiana Univ. Press, 1986)

Eliade, Mircia, *The Myth of the Eternal Return*, tr. Wilard R. Trask(Prinston: Prinston Univ. Press, 1971)

_____ , *Myth and Reality*, tr. Wilard R. Trask(New York:Harper & Row, Publishers, 1975)

_____ , *Sacred and Profane*, tr. Wilard R. Trask(Harcourt, Brace & World, Inc., 1959)

Fraser, J.T., *Of Time, Passion, and Knowledge*(Princeton:Princeton Univ. Press, 1990)

Frye, N. , 『비평의 해부』, 임철규 역, 1989.

_____ 외, 『문학과 신화』, 김열규 외 역, 대람. 1982

Habermas, J. , *The Philosophical Discourse of Modernity*, Pilty Press, 1987.

Horkheimer, Max & Adorno, Theodor W., *Dialektik der Aufkaerung*, 김유동· 주경식·이상훈 역, 문예출판사, 1995.

Kagan, M.S, 『미학강의 1』, 진중권 역, 새길, 1989.

Kayser, Wolfgang, *Das Sprachliche Kunstwerk*, 김윤섭 역, 시인사, 1988.

Kermode, Frank , *The Sense of Ending*(London : Oxford Univ. Press, 1968)

Langer, Susanne K., *Feeling & Form*, Routledge & Kegan Paul Limited(London & Henley, 1953)

Mendilow, A.A., *Time and the Novel*(New York : Humanities Press, 1965)

Magliola, Robert R., *Phenomenology and Literature*(Indiana : Purdue Univ. Press, 1977)

Meyerhoff, Hans, *Time in Literature*(California Univ. Press, 1968)

Philipon, O. P., *LE SENS DE L'ETERNEL*, 김규영 역, 성 바오로출판사, 1969.

Poulet, George, *Studies in Human Time*(New York:Harper & Brothers· Publishers, 1975

Raleigh, John Henry, *Time, Place, and Idea*(Southern Illinois Press, 1970)

Ricoeur, Paul, *Time and Narrative* 1, tr. K. Mclaughlin & D. Pellauer (Chicago:Chicago Univ. Press, 1984)

제2부

서정주 시
미학의 심층

순간성의 미학과 서정주의 시*

1. 들어가는 말

본고는 서정주의 시를 순간성의 미학의 관점에서 고찰함으로써 이미지의 역동적인 작용으로 이루어지는 서정주 시의 구성방식과 창작원리를 해명하고 세계관을 알아보기 위해 쓰여진다.

시가 '잔치이자, 순수한 시간의 응결', '영원한 현재'[1]라는 말은 순간성의 미학으로서의 시의 성격을 나타낸다. 순간의 회복, 순간의 불멸화, 시간의 영원한 현재라는 말로 표현되는 이 순간은 시가 평탄하고 균질적인 일상의 흐름으로부터 벗어나는 '파열'이며 '응결'임을 단적으로 보여준다. 그 순간에 의해 삶은 새로운 의미를 부여받는다.

베르자예프에 의하면 순간은 과거와 현재와 미래가 모여들었다가 다시 퍼져나가는 결정적 시간의 한 지점, 즉 '점의 시간'[2]이다. 원의 시간이

---

* 이 논문은 졸고 「서정주 시의 시간성 연구」 중 '수직적 시간' 부분을 확대·세분하고, 체계적으로 개고한 것이다.

1) Octavio Paz, 정현종 역, 「시와 역사」, 『시의 이해』, 민음사, 1983, 112면.

2) Nicolas Berdjajev, *Slavery and Freedom*, trans, R.M. Charles Scribners Sons, 1994, 258면.
   베르자예프는 이 책에서 시간을 직선적 시간, 원의 시간, 수직적 시간(점의 시간)의

주기적 순환성을, 직선적 시간이 불가역성과 누적성을 그 속성으로 가지
고 있다면 점의 시간은 원의 시간이나 직선적 시간의 일부이면서도 그것
으로부터의 초극을 지향한다. 이런 점에서 점의 시간의 의미가 가장 잘
드러나는 것은 개인의 내밀한 심미적, 실존적 체험과 관련해서이다. 점의
시간은 개별적 존재의 고유한 시간체험에 가치를 부여한다.[3]

    바슐라르에게 있어서도 이 시간은 비연속성과 순간의 절대적인 형태
로 나타난다.[4][5] 하지만 한 편의 시를 구성하는 이미지의 역동적인 작용
까지를 포괄함으로써 순간성의 미학은 훨씬 내밀하게 드러난다. 시는
부동하는 순간의 점의 시간 속에서 독특한 역동성으로 구성되는 것이다.
즉 시적 순간은 상상력 가운데 일어나는 일련의 이미지들이 이루는 대상
의 움직임으로 나타난다. 이것이 바슐라르가 말하는 역동적 유도이다.[6]

    본고는 베르자예프와 바슐라르에게서 나타나는 순간성의 개념을 시의
분석에 원용하고자 한다. 왜냐하면 서정주의 일련의 시들은 일상의 직선
적 시간을 넘어서려는 시도를 보이고 있고, 또 체험의 질서화와 정서의

세 종류로 나누고 있다.

3) 그런 점에서 그 순간은 커모드가 이야기하는 카이로스의 시간과 유사하다. 커모드는
   성경 속의 시간을 크로노스와 카이로스의 시간으로 구분하고 있다. 전자가 일상적인
   시간을 의미한다면 후자는 구주의 탄생, 부활처럼 극적인 전환을 가져오는 중요한 순
   간을 의미한다. 이 때 카이로스는 '집약된 시간', '시간의 완성'이라는 뜻을 품고 있다.
   Frank Kermode, 조초희 역, 『종말의식과 인간적 시간』, 문학과지성사, 1993, 61면.

4) G. Bachelard, *Instant Poetique et Insant Metaphysique*, la revue Messages, No.2 : Metaphysique
   et Poesie, 1939. 여기서는 한계전, 「바슐라르의 詩的 想像力」, 『韓國現代詩論研究』, 一
   志社, 1983, 246—250면 재인용.

5) 그는 직선적 시간에서 해방되고 점의 시간인 수직적 시간을 창조하기 위한 방법을,
   자기 고유의 시간을 1)타인의 시간(사회적인 틀), 2)사물의 시간(현상적인 틀), 3)생
   의 시간(삶) 속에 귀속시키지 말 것 등의 세 가지로 제시한다. 한계전, 「바슐라르의
   詩的 想像力」, 위의 책, 249면.

6) 곽광수·김현, 『바슐라르 연구』, 민음사, 1978, 78면.

형식화 과정에서 독특한 미적 조직을 가지고 있기 때문이다.

일상의 파편화되고 퇴락한 시간에서 벗어나서, 존재의 연속성을 회복시켜 주는 충만한 시간에 대한 갈망을 담고 있는 서정주 시의 순간성의 미학은 나름의 전략을 가지고 있다. 이 미학이 의미를 띠는 것은 현실, 나아가 근대에 대한 저항 방식으로서의 그의 내적 시간을 시라는 형식을 통해 회복시켜 주고 있다는 점에서인데, 그는 이를 이미지의 순간적인 대립과 통합이라는 방식으로 수행하고 있다.

순간성의 미학의 창작원리는 대립되는 가치를 지닌 인자들을 연계적 합리화 속에 통합해 나가는 데 있다. 이 때 모순되는 현상인자들은 시 안에서 動性을 지니면서 시인의 정신세계를 드러낸다. 이런 점에서 '반대의 원리' 즉, 상상력 가운데 일어나는 양가감정의 대립과 통합이라는 방식은 서정주의 시각이나 인식의 원리가 된다.

본고는 이러한 점에서 서정주의 시가 일상의 직선적 시간을 넘어서려는 시도를 보이고 있는 본질적인 것의 집약된 형태라는 것을 그의 시작의 일관된 정신을 보여주는 한 편의 시를 통해 확인하고, 이것이 시 속에서 어떤 창작방법론을 통해 추구되고 있으며, 어떻게 심화되어 나가는가, 또 이러한 과정이 어떤 의미를 갖는가 하는 점을 살펴보고자 한다.

순간성의 미학의 관점에서 서정주의 시를 분석함으로써 우리는 서정주 시의 창작원리는 물론, 서정주 시학의 사상적 의미와 세계관까지를 알 수 있을 것이다.

2. 시작 동인으로서의 순간성의 미학

먼저 시작 행위를 시로서 표현하고 있는 시를 통해 서정주의 시가 순간

성의 미학을 그 중심 창작 동인으로 삼고 있음을 확인하고자 한다.[7]

> 어느 해 봄이던가, 머언 옛날입니다./나는 어느 친척의 부인을 모
> 시고 城안 冬栢꽃 나무그늘에 와 있었읍니다./부인은 그 호화로운
> 꽃들을 피운 하늘의 부분이 어딘가를/아시기나 하는 듯이 앉어계시
> 고, 나는 풀밭위에 흥근한 洛花가 안씨러워 줏어모아서는 부인의
> 펼쳐든 치마폭에 갖다놓았읍니다./쉬임없이 그짓을 되풀이 하였읍
> 니다.//그뒤 나는 年年히 抒情詩를 썼읍니다만 그것은 모두가 그때
> 그 꽃을 주서다가 디리던 — 그 마음과 별로 다름이 없었읍니다.//그
> 러나 인제 웬일인지 나는 이것을 받어줄이가 땅위엔 아무도 없음을
> 봅니다./내가 줏어모은 꽃들은 제절로 내손에서 땅우에 떨어져 구을
> 르고 또 그런마음으로밖에는 나는 내詩를 쓸수가없읍니다.
>
> — 「나의 詩」 전문

서정주의 시작(詩作)은 "어느 해 봄, 머언 옛날"의 한 순간이라는 충만
한 시간의 재경험에 초점이 놓여져 있다. 개화, 즉 "꽃들을 피운 하늘의
部分"을 경험하는 부인의 눈길에 수렴된 시간은 일상의 시간을 비집고
나타난 충만한 시간이다. 이 시에서 구분될 수 있는 시간은 그러므로

---

7) 시작 행위와 시작의 본질을 시로서 다루고 있는 시는 「나의 詩」외에도 「詩論」이 있
으며, 이밖에 「自畵像」에는 23년을 살아온 자신의 삶과 시에 대한 정신과 태도가
일정부분 진솔하게 드러난다. 즉 「詩論」은 "詩의전복도 제일좋은건 거기두어라/다
캐어내고 허전하여서 헤매이리요?/바다에두고 바다바래여 詩人인것을……"이라고
하여 섣불리 시의 핵심을 노출시키지 않고 평생 정수를 아껴가며 시를 쓰겠다는 시
작 태도를 담고 있다. 또 「自畵像」의 "찰란히 티워오는 어느아침에도/이마우에 언
친 詩의 이슬에는/몇방울의 피가 언제나 서꺼있어"라는 구절 속에는 '찬란한 아침'
과 시를 짓느라 '이마 위에 맺힌 땀', '몇 방울의 피'를 연결시켜 작시(作詩)의 고통
과 행복을 심상으로 형상화하고 있다. 이 시들은 「나의 詩」에 드러나는 시적 순간
의 현현과는 간접적으로 연관된다고 볼 수 있다.

개화와 낙화의 시간인데, '개화'는 창조의 시간, 충만한 시간이며, '낙화'
는 흩어져버리는 안타까운 시간이다. 이 때 화자는 "풀밭위에 홍근한
落花가 안씨러워 줏어모아서는 부인의 펼쳐든 치마폭에 갖다놓"는 것이
다. 시작(詩作)을 의미하는 나의 이 행위는 결국 부인의 충만한 시간의
자장 속에 편입되는, 나도 그 세계의 리듬에 참여하는 몸짓이다. 그러므
로 '부인의 치마폭'은 흩어지는 일상의 시간을 그러모아 빠져 달아나지
않게 하는 용기(容器)이다.

  2연에서 시적 화자인 시인은 자신의 抒情詩 쓰기가 "꽃을 주서다가
디리던 — 그 마음", 충만한 시간에 자신을 동일시하는 행위임을 고백하
고 있다. 결국 시인의 시 쓰기는 균질적인 시간의 돌연한 파열이 일어나
는 일회적 시간, 자기 현전(self presence)이 일어나는 에피파니의 시간[8]인
것이다.

  3연에서 시적 화자는 그 시간에 도달하기의 어려움을 토로하고 있는
데, "줏어모은 꽃들이 제절로 내손에서 땅우에 떨어져 구을르는", 충만성
에 이르지 못한 균질적인 시간, 즉 시간의 미달상태에 머물러 시 쓰기를
해야 하는 고투를 시화하고 있다.

  서정주에게 있어 시 쓰기는 사멸하고 퇴락해가는 일상에서 흘러보내
는, 파편화된 시간으로서의 현재를 벗어나서, 현재와 과거, 그리고 미래
사이의 잃어버린 고리를 되찾게 해줄 계기를 내포하고 있는 충만한 시간
에 대한 갈망을 담고 있다. 그 순간은 과거와 미래를 향해서 열려 있는,
존재의 연속성을 회복시켜 줄 수 있는 지속의 가능태를 품고 있는 순간이
다. 서정주의 이러한 시작 의식은 "한 편의 시를 가능케 하는 시적 순간은

---

8) "평범한 풍경이나 일상적 경험이 주는 홀연한 광명과 계시의 체험"이라는 자기 현
   전(self—presence)의 추구는 자기만이 소유한 '자아의 특권화'라는 점에서 낭만적 의
   식과 연결된다. Frank Kermode, *Romantic Image*, Fontana, 1976, 13면.

지속의 일부로서 떨어져 나온 것인 동시에 항상 원래의 시간의 연속성으로 되돌아가 그것과 일체가 되고자 하는 원점회귀의 궤적을 그린다."는 옥타비오 빠스의 진술[9])과도 궤를 같이한다. 그 순간은 시간의 기원에서 종말까지의 모든 시간이 극도로 응축되어 담겨 있는 순간으로서 이 때 시간적 조건에 속박되어 있는 존재는 시간의 본질 그 자체를 음미할 수 있는 기회를 제공받는다.

결국 이 시는 '머언 옛날'/'지금', '충만한 시간'/'일상적 시간' 등의 대립인자가 연계적 합리화로 이미지의 동성을 형성하기 이전의 원상을 보여줌으로써 다른 시들로 나아가는 단초가 되고 있다.

그러면 시작 동인으로 삼고 있는 이 순간성의 미학이 작품 속에서 구체적으로 어떤 방식으로 추구되며 어떤 유기적인 질서를 가지고 있는가를 살펴보기로 하자.

3. 세속에의 저항과 '빈 공간'의 창조 행위

'원죄의 형벌'을 육성으로 뿜어내었던 첫 시집『花蛇集』의 세계[10])에서부터 서정주에게 비극적인 인간의 상황과 현실, 그리고 그에게서 파생된 '恨'의 극복은 가장 큰 시적 과제였다. 자아에 대한 이들 상황의 과도한 압도는 정지와 멈춤, 고임, 반복 등의 선형적이고 직선적인 시간에 대한 대응으로 나타났다.

서정주의 詩作은 이러한 현실을 엄숙한 기정사실로 받아들이고 있는데, 이 어려움을 극복하는 서정주의 시작방식이 순간성의 미학이라는

---

9) Octavio Paz, 김홍근 외 역,『활과 리라』, 솔, 1999, 246면.

10) 조연현, 「원죄의 형벌」,『미당 연구』, 민음사, 1994, 9—17면.

창작원리이다.

먼저 서정주는 비극적인 상황과 현실을 뚫고 나가기 위한 방식으로 이미지라는 감각적인 경험 속에 현실을 내장시키는 방식을 기획한다. 이미지의 動性이 시인의 시각과 인식의 원리로 작용하면서, 시인은 현실에 숨어 있는 모순을 양가성의 대립되는 이미지로 구축하고 통합시켜 나간다. 즉, 현실의 어려움과 이 어려움 속에 놓인 존재의 모순을 이미지 속에 내재된 양가성의 대립적 모순으로 개념화하고 그것의 극복을 모색하는 것이다.

> 여기는 어쩌면 지극히 꽝꽝하고 못견디게 새파란 바윗ㅅ 속일 것이다. 날센 쟁기ㅅ 날로도 갈고 갈수없는 새파란 새파란 바윗ㅅ 속일 것이다.//여기는 어쩌면 하눌나라일것이다. 연한 풀밭에 벳쟁이도 우는 서러운 서러운시굴일것이다.//아 여기는 대체 몇萬里이냐. 山과 바다의 몇萬里이냐 꽉꽉해서 못가겠는 몇萬里이냐//여기는 어쩌면 꿈이다. 貴妃의墓ㅅ 등앞에 막걸리ㅅ 집도 있는 어여뿌디어여뿐 꿈이다.
>
> —「無題」 전문

1연의 차단("날 선 쟁기ㅅ 날로도 갈고 갈 수 없는)과 固化("꽝꽝하고 못 견디게 새파란 바윗속"), 불투명의 깊이("새파란")라는 암울함의 상황(하강)이 2연에 오면 "하눌나라", "연한 풀밭에 벳쟁이도 우는 시굴"로 가볍고 밝은 면모(상승)로 바뀐다. 그러나 다시 3연에서는 점증되는 불가항력적인 깊이와 거리("山과 바다의", "꽉꽉해서 못 가겠는 몇萬里이냐.")로 하강하며, 4연에서는 "貴妃의墓ㅅ 등앞에 막걸리ㅅ 집도 있는 어여뿌디어여뿐 꿈"으로 상승하는 것이다. 말하자면 시인에게 세계는 상승과 하강, 밝음과 어두움이 교차하는 부조리의 양상으로 나타난다.[11] 시인이 이렇게 행마다 대립되는 이미지를 배치한 것은, 시인의 생이 처한 위기와 모순을 드러내고, 그 모순의 역설을 통하여 새로운 지평을 열려는 의식이 들어 있다.

이 시는 「나의 詩」에서 보였던 순간성의 미학의 단초가 정교하지 않으나 육화되는 단계를 보여주고 있다. 즉 이미지의 순간적인 대립이 통합으로 완전히 용해되지 않지만, 개인의 내밀한 실존적 체험을 심미적인 형식으로 담아내는 데 성공함으로써 모순되고 대립되는 인자들을 연계적 합리화 속에 통합시켜 나가는 서정주 특유의 방식의 의미 있는 한 출발이 된다. 이 시의 의식은 아래 시에서 더 깊어진다.

> 江물이 풀리다니/江물은 무엇하러 또 풀리는가/우리들의 무슨 서름 무슨 기쁨 때문에/江물은 또 풀리는가//
> 기럭이같이/서리 묻은 섣달의 기럭이같이/하늘의 어름짱 가슴으로 깨치며/내 한평생을 울고 가려했더니//
> 무어라 江 물은 다시 풀리어/이 햇빛 이 물결을 내게 주는가//저 밈둘레나 쑥니풀 갚은것들/또 한번 고개숙여 보라함인가//黃土 언덕/꽃 喪輿/떼 寡婦의 무리들/여기 서서 또 한번 더 바래보라 함인가
>
> ― 「풀리는 漢江가에서」부분

이 시 역시 강물의 결빙과 풀림에서 매개되는 기쁨/설움, 밝음/어두움, 생명/구차 등의 긍정과 부정의 대립적인 인자들로 구성된다. 즉, "하늘의 어름짱 가슴으로 깨치며 살아가려했"던 자아의 의식 속에 기적 같이 풀린 강물과 밈둘레와 쑥니풀의 밝은 이미지와, 상여와 떼 과부의 어두운 이미지라는 모순과 역설이 공존하는 양상을 보이고 있는 것이다. 이 시의

---

11) 권기호, 「역설의 시학」, 『계성문학 2001』, 계성고등학교 동창회, 2001.

장점은 그러한 양가적인 감정이 시인의 의식 속에 평형을 이루면서, 한 논자의 지적[12]처럼 생활인의 정감과 비애가 비장미의 수준으로까지 승화되어 있다는 것이다. 막힌 생에 대한 허무적인 몸짓이나 육성만이 아니라 대립인자들의 역동적인 구성으로 존재의 연속성과 지속의 가능태를 품고 있는 의미 있는 한 순간을 향해 나아간다. 그러나 아직 이 단계에서는 시인의 의식이 이미지로 완전히 용해되어 있지 않다. 이미지가 독립성을 형성하지 못하고 시인의 감정과 의식이 주를 이루는 양상이다.

모순적 가치를 지닌 현상인자들을 연계적 합리화 속에 통합시켜 나가려는 이러한 서정주 시학의 핵심적인 방식은 역사에 대한 인식에서도 그대로 적용된다는 점에서 의미를 가진다.

> 千年 맺힌 시름을/출렁이는 물살도 없이/고은 강물이 흐르듯/鶴이 나른다//千年을 보던 눈이/千年을 파다거리던 날개가/또한번 天涯에 맞부딪노나//山덩어리 같어야 할 忿怒가/초목도 울려야 할 서름이/저리도 조용히 흐르는구나//보라, 옥빛, 꼭두선이,/보라, 옥빛, 꼭두선이,/누이의 수틀을 보듯/세상은 보자//(중략)//긴 머리 자진머리 일렁이는 구름속을/저, 우름으로도 춤으로도 참음으로도 다하지못한 것이/어루만지듯 어루만지듯/저승결을 나른다

> ―「鶴」부분

이 시에서 우리는 '鶴'의 생명에 나타나는 그 동적 인자를 볼 필요가 있다. 표면적으로 보면 '학'은 고운 강물이 흐르듯 수평적으로 난다. 이런 학의 비상과, 누이의 "수틀을 보듯/세상은 보자" 같은 구절 때문에 그동안 이 시는 '거리를 둔 친화'[13]로 해석되거나, "학의 시름, 분노, 서름이

---

12) 유종호, 「소리 지향과 산문 지향」, 조연현 외, 『미당 연구』, 민음사, 1994, 346면.

13) 김화영, 「親和力과 距離」, 『미당 서정주의 시에 대하여』, 민음사, 1984, 60―61면.

평적의 미학 속에 정태적으로 깃들고 있다"는 지적[14]을 받아왔지만, 이
는 이 시를 평면적으로 본 데서 기인한다. 왜냐하면 '학'의 비상은 '해일,
제사와 같은 울음', "멍멍히 잦은 목을 제쭉지에 묻는 춤", 그리고 '참음'
으로도 다 하지 못한 몸짓을 바탕으로 이룩되는 것이기 때문이다. '학'의
수평운동은 '천년 맺힌 시름'이라는 오래 묵은 생의 고통과 시름, 역사의
무게를 딛고 하늘 위로 스스로 몸을 끌어올리는 상승의 힘으로 기능한다.
즉 학의 비상 속에 담긴 동력의 자장과 현상은 무거움과 가벼움의 동시적
상충, 길항관계를 가지고 있다.[15] 현세적인 슬픔과 범속한 고통을 안고
나는 학의 비상은 높았다가 낮아지는 육자배기의 가락과 일렁이는 구름
과 결합되면서 그 정서의 절실함이 배가된다. 그러기에 학은 지상 가까이
날면서 생명의 고통을 달래고("어루만지듯 어루만지듯") 승화시키며[16]
역사와 현실 너머 질긴 생명으로 지속될 수 있는 것이다.

  순간성의 미학은 개인의 심미적, 실존적 체험과 관련을 가질 때 그
의미가 잘 드러난다는 이 글의 논지에서 보면, 이 시는 이미지의 역동성
이 내밀한 구조로 육화되면서 서정주라는 개별적 존재의 현실, 역사에
대한 고유한 시간체험을 보여준다. 특히 이 시는 현실과 역사의 질곡을
넘어서려는 생명의식을 '학'이라는 특유의 상징을 통하여 감각화하였다

---

14) 이광호, 「영원의 시간 봉인된 시간」, 『미당 연구』, 1994, 373면.

15) 이정길, 「난의 미학」, 경북대신문, 1987. 7. 10. 이정길은 이 논문에서 서정주의 시를
    이미지의 양가성의 대립이라는 틀로 분석하고 있다. 본고의 관점은 이 논문의 내용
    에서 시사 받은 바 크다.

16) 김현자, 「한국 현대시에 나타난 꽃과 새의 시적 변용」, 『한국 시의 감각과 미적 거
    리』, 문학과 지성사, 1997, 108—109면. 김현자는 이 학이 "늘 천상의 세계를 그리워
    하면서도 지상적인 질서에 대한 역설적 애착을 버리지 못해 저승 곁을 난다"고 했
    는데, 필자는 이 학이 현실의 고통을 극복하며 날아오르는 하나의 상징으로 차용되
    었다는 견해를 갖는다.

는 측면에서도 의미를 가진다. 이런 점에서 이 시에 와서 이미지의 순간
적인 대립과 통합이라는 순간성의 미학의 형상화 방식이 제 모습을 갖춘
다고 볼 수 있다.

우리는 여기서 순간성의 미학으로 구축되는 서정주의 시가 현실에 대
한 대응 방식으로 생명에 대한 끈질기고도 지속적인 탐구과정으로 나아
가고 있음을 확인하였는 바, 범속한 현실의 고통에 대한 대응의 매개물은
인간사에 대신하여 발견한 '자연'에 의하여 깊이를 더하게 된다.[17] 그
자연의 대표적인 것이 '꽃'인데, 서정주는 이 매개물을 통해 순간성의
미학을 역동적으로 형상화한다.

> 꽃아./저 거지 孤兒들이/달달달 떨다 간/원혼을 헤치고,/그보다도
> 더 으시시한/그 사이의 거간꾼/왕초며/건달이며/꼭둑각시들의 원혼
> 의 넝마들을 헤치고,/새로 생긴 애기의/누더기 襁褓 옆에/첫국밥 미
> 역국 내음새 속에/피어나는/ 꽃아./쏟아져 내리는/機銃掃射 때의/탄
> 환들같이/壁도/人肉도/뼈다귀도/가리지 않고 꿰뚫어 내리는/꽃아./
> 꽃아.

—「꽃」전문

삶의 고통과 더러움의 하강적인 힘을 딛고 솟아오르는 꽃의 현상이
이 시의 절대적인 이미지다. 이 시의 동적 인자는 개화 순간의 상승의
힘과 그것을 누르는 거지 고아/거간꾼/왕초/건달/꼭둑각시들의 '원혼의
넝마'(9행), 벽[18]/인육/뼈다귀 같은 물질들, 그리고 개화의 협력적 요소로

---

17) 서정주에게 '자연의 발견'이 예사롭지 않은 고투에 의해 이루어지고 있음을 우리는
「꽃밭의 獨白」의 "門 열어라 꽃아. 門 열어라 꽃아./벼락과 海溢만이 길일지라도/門
열어라 꽃아, 門 열어라 꽃아." 같은 구절을 통해 알 수 있다.
18) 여기서 우리는 서정주 시의 출발점에 놓인 「壁」등의 일련의 시들에 나타난 화자의

나타나는 '누더기 강보'와 '첫국밥 미역국 내음새'라는 動性으로 짜여진
다.

원혼의 넝마는 삶의 터전의 황량함, 즉 한국전쟁으로 인한 무수한 죽음
의 황폐("저 거지 고아들이/달달달 떨다 간/원혼", "꼭둑각시들의 원혼")
와 인륜성의 폐허("거간꾼/왕초/건달")를 암시[19]한다. 또 '꽃'은 치유의
갱신의 의미를 담고 있는 삶의 원초적이고 질긴 생명력을 암시[20]하는데,
첫국밥 미역국 내음새로 환기되는 아가의 원형적 순결성에 의하여 그
생명력이 훨씬 왕성해진다.

특히 꽃의 개화 순간의 이미지는 지상과 천상을 걸쳐 역동적인 활력
('機銃掃射 때의 탄환들', '뚫고 내리는')으로 드러나는데, 시인의 심미적
감수성의 소산인 이 형상화가 현실과 삶을 배제하지 않고 있다는 점에서
의미를 띤다. 여기서 "機銃掃射 때의/탄환들"로 현상되는 개화의 형이상
학적인 실체는 이 엄청난 동력으로 인하여 「無題」, 「풀리는 漢江가에서
」, 「鶴」에서 나타나는 상승과 하강의 팽팽한 균형이 긍정 쪽으로 유도되
면서 생에 대한 비관적인 인식을 너그럽게 감싸안는 여유와 자족의 자세
로 향하고 있다는 특성을 띤다. 아울러 이 시는 매년 피어났다가 지는
반복과 순환의 시간, 그리고 세상의 변화에도 관계없이 생명의 욕망을
펼치는 통시적 동일성 등의 함의와 결합되면서 그 함의가 풍요로워지는
것이다.

의식과 비교할 필요를 느낀다. 벽 안에서 갇힌 주체, 벽 앞에서 흔들리는 주체를
노래했던 초기시와 비교하면 '機銃掃射'의 이미지는 자아가 이제 안정된 상태를 확
보하고 있음을 알 수 있다.

19) 이는 「가을에」의 '저속'("低俗에 항거하기에 여울지는 자네"), 「無等을 보며」의 '남
루'와 등가의 의미를 가지고 있다.

20) 이는 「무궁화 같은 내 아이야」에서는 "하늘과 땅이 너를 골라/영원에서 제일 질긴
놈이 되라고 내세운 내 아이야"(강조 필자) 같은 표현으로 나타난다.

　대립과 모순을 하나로 융화시켜나가는 이러한 서정주 시의 상상력은 꽃을 소재로 다룬 다른 시들에서도 지속되는데, 「木花」에서 개화라는 수직적 공간은 "痲藥과 같은 봄", "無知한 여름"이라는 혼란과 고통, 그리고 긴 시간의 고독과 같은 하강적인 인자를 딛고 일어나는 상승의지를 내포하고 있으며, 「菊花옆에서」에서는 천둥과 무서리의 우주적 진통, "머언 먼 젊음의 뒤안길"로 표상되는 자아의 불안정마저 참고 기다리면서 획득한 깊이를 가지게 된다.

　이제 우리는 여기서 꽃으로 나타나는 생명성의 육체의 문제를 생각해 볼 필요가 있다. 이제 초기 시에서 보여주었던 분열과 혼란, 맹목으로서의 육체는 삶을 전폭적으로 긍정하는 육체로 변화된다. 이 육체는 그 자체로 기쁨과 영광이며, 존재의 쇄신과 생명의 찬미, 건강하고 낙천적인 일상의 범용성으로 승화된다. "市井의 노랫소리도 오히려 太古같"이 친근하게 들리고, "내 마음의 메아리"도 "파르르 쪽지치"(「光化門」)며, 가난도 "한낱 襤褸에 지나지 않는"(「無等을 보며」) 긍정의 세계를 이끌어낸다. 이 세계는 생명의 찬란함을 전면화하는 「上里果園」이르면 절정에 달한다.

　그러나 이러한 일상의 범용성에 대한 예찬은 무자각적으로 지속되면 현실의 無化로 인해 자칫 평면성으로 떨어질 위험을 그 내부에서부터 가지고 있다. 말하자면 '저속'("저속에 항거하기에 여울지는 자네"―「가을에」)과 '남루'("가난이란 한낱 남루에 지나지 않는다."―「無等을 보며」)에 저항하는 인식으로 출발한 서정주의 시가 육체성의 긍정에 안주하면서 또 다른 의미에서의 '저속과 남루'의 말들을 낳을 수 있다는 것이다. 이는 현실을 들여다보고 그것을 자신의 언어로 형상화하면서 극복을 모색하는 투명하고도 냉정한 정신의 부재로 이어지면서, 순간성의 미학이 깊이를 잃게 될 수 있는 또 다른 함정이다.

서정주의 시가 또 한번 변화를 모색해야 하는 이유가 여기에 있다. 서정주의 관심은 일상으로부터 '빈 공간의 창조 행위'로 옮겨간다. 이는 '소음'으로 표상되는 세속에의 저항의지가 만들어낸 것이다. 빈 공간, 無와 고요에 대한 관심은 불교와 노장의 영향도 무시할 수 없지만, 눈앞에 보이는 현상적인 것에만 집착하는 현실과 역사에 대한 대타개념으로 설정된다. 서정주는 이 고요라는 공간 속에서 작용하는 이미지의 역동적인 대립과 통합이라는 순간성의 미학의 창작원리를 그대로 적용시키고 있다.

아래 ㉮, ㉯의 시는 한결 같이 無에서 생성되는 생명을 그리고 있다. 아울러 추상적인 이미지인 고요라는 상징체계가 대립적인 현상인자로 역동적인 가치를 발한다는 점에서 상관관계를 가지고 있다.

㉮ 이 고요에/묻은/나의 손때를//누군가/소리없이/씻어 헤우고//그 씻긴 자리/새로/벙그는//새벽/지샐녘/난초 한송이

—「四更」전문

㉯ 이 고요 속에/눈물만 가지고 앉았던 이는/이 고요 다 보지 못하였네.//이 고요 속에/이슥한 삼경의 시름/지니고 누었던이도/이 고요 다 보지는 못하였네//눈물,/이슥한 삼경의 시름,/그것들은/고요의 그늘에 깔리는/한낱 혼곤한 꿈일 뿐,//이 꿈에서 아조 깨어난 이가/비로소/만길 물 깊이의/벼락의/향기의/꽃새벽의/옹달샘 속 금동아줄을/따라 올라 오면서/임 마중 가는 만세 만세를/침묵으로 부르네.

—「고요」전문

고요의 공간은 비어 있는 채로 있는 무의 공간이 아니라 생성과 창조의 공간이다. 서정주는 노자의 谷神不死의 개념을 빌어 와 無를 靈的인 것으로 본다. 산골짜기가 여러 가지 나무와 풀과 꽃과 사람과 동물들을 생성

시키는 것은 그 텅 빈 데에 보이지도 들리지도 않게 들어 있는 神의 靈氣 때문이다.21)

㉮시는 '四更'무렵의 고요에 대한 시인의 감각이 들어가 있는 작품이다. 맑은 정신의 절대경지인 無己, 喪我에서 피어나는 생명을 난초로 육화시키고 있다. 이 때 난초의 개화의지는 고요라는 의존적 공간을 필연으로 수반한다. 無我에 도달하지 못한 고요는 손때라는 불순물이 묻어 있다. 그것이 씻겨져야 순수한 하나의 내적 움직임이 충일한, 살아 있는 역동적인 상태로 된다. 2연의 '누군가'는 부처 혹은 절대자로 상징되는 사랑의 화신으로 해석될 수 있는 여지도 남겨 놓고 있다. 문제는 고요 속에서도 생명의 움직임이 있다는 것인데 이 작업의 요체는 '씻고' '헤우'는 것이다. 이 순수한 행위의 반복은 하나의 존재를 스스로 열리게 한다. 이 승화된 행위에서 최초의 수직 상승의지로 발현된 '난초 한송이'가 세계를 향해 벙글게 된다.

㉯시에서 '눈물'과 '삼경의 시름'은 앞 시의 '손때'와 같은 의미로 고요의 실체를 감각하지 못하게 하는 요인으로 작용한다. '삼경의 시름'은 '삼경까지의 시름'의 함의를 가지고 있는데, 앞 시와 연결시켜 보면 '눈물'과 '이슥한 삼경까지의 시름'을 거쳐서 四更의 충만한 고요에 이르는 과정으로 볼 수 있다. 이 시에서 대립되는 추상인자는 '고요'와 '침묵'이다. 이 두 요소는 관념적으로 등가이면서 실제적으로는 각각 하강리듬과 상승리듬의 대립인자가 된다.

1~3연에서 '고요'란 티끌처럼 스며드는 '눈물'과 '이슥한 삼경의 시름'이라는 작은 불순물마저도 배제하는 공간성을 이룬다. 그것들은 '고요의 그늘에 깔리는 한낱 혼곤한 꿈', 즉 '고요'의 표면이 거느리는 현상

---

21) 서정주, 「東洋의 無, 韓國의 無」, 『서정주문학전집4』, 일지사, 1972, 49면.

적인 양태에 불과하다. '앉았던', '누었던' 같은 수식어들은 실체에 다가 가지 못하는 '덧없는' 행위임을 가리키는 동사군들이다.

'고요'의 실체는 하강리듬이 지속되는 가운데서 만날 수 있는데, 靜 속에 스스로를 열어놓을 때 가장 낮은 바닥의 깊이에서 한없이 생성되는 동적 인자가 '침묵'이다. 이는 '고요'의 하강리듬과 대립되는 상승리듬으 로 작용한다. 이러한 상승리듬이 촉발되는 곳이 '만길물 깊이', '벼락', '금동아줄'의 수직축에 놓여 있다. 이 비어 있는 공간이 그 자체로 혼돈스 럽고 자유롭고 무한한 생명의 거소라는 것은 이 고요의 옹달샘이 전체적 으로는 물의 이미지를 지니지만, 물(만길 물)과 불(벼락), 빛(꽃새벽)과 금(금동아줄)이 하나로 어울리고, 순간적인 힘(벼락)과 점진적인 확산(향 기), 미지의 새로움(꽃새벽)이 하나로 어우러진 원초적 시공간으로 기능 하기 때문이다. 그래서 고요는 모든 이질적인 요소를 하나로 녹이는 연금 술적인 생명력으로 꿈틀거리면서, '임마중'의 설레임과 '만세만세'의 환 호[22]를 거느리는 약동하는 침묵의 샘으로 수렴되는 것이다.

4. 가벼움의 정신

'침묵'에 대한 서정주의 관심은 목전의 현실에만 집착하는 것에서 벗어 나 "간절한 매력과 안정과 평화와 지속력과 맑고 밝음과 고요함과 자 유"[23]의 시간을 누리려는 의도와 관련된다. 여기서 문제삼고 싶은 것은 근대로 표상되는 어려운 현실과 세상의 소음에 대응하는 시적 화자의

---

22) 유지현, 「서정주 시의 공간 상상력 연구」, 고려대학교 대학원, 박사학위논문, 1997, 98면.
23) 서정주, 「문치헌 밀어」, 『미당 산문』, 민음사, 1993, 149면.

태도와 그것의 시적 형상화 방식이다.

　여전히 서정주는 '반대의 원리' 즉, 상상력 가운데 일어나는 대립적인 이미지의 병치와 통합이라는 방식을 인식의 원리로 삼는데, 양립되는 이미지의 구축과 화해는 훨씬 더 내밀하게 수행되며 이미지의 울림과 動性도 깊어진다. 그것은 '가벼움'의 정신이라는 인식 세계에서 기인한다. 서정주의 시정신은 세속의 소음에 정면으로가 아니라 '정신의 가벼움'이라는 절묘한 방식으로 대응하는 태도로까지 심화되는 것이다.

　　㉮한 송이 난초꽃이 새로 필 때마닥/돌들은 모두 金剛石 빛 눈을 뜨고/그 눈들은 다시 날개 돋친/흰 나비 떼가 되어/銀河로 銀河로 날아오른다.//草原長堤 위의 긴 永遠을 울던 뻐꾸기 소리들은/그렇다, 할 수 없이 그 고요의 바닷바닥에 가라앉는다./그대 반지 속의 한 톨 붉은 루비가 되어/가라앉는다.

　　　　　　　　　　　　　　　　　　　　　—「밤에 핀 蘭草꽃」전문

　　㉯바위가 저렇게 몇千年씩을/침묵으로만 웅크리고 앉아 있으니/蘭草는 답답해서 꽃피는거라/답답해서라기보단도/李道令을 골랐던 春香이같이/그리루 시집이라두 가고파 꽃피는 거라/歷史 表面의 市場같은 行爲들/귀시끄런 言語들의 公害에서 멀리 멀리/고요하고 영원한 참목숨의 江은 흘러/바위는 그 깊이를 시늉해 앉았지만/蘭草는 아무래도 그대로 못있고/「야」 한마디 내뱉는거라/속으로 말해 나즉히 내뱉는거라.

　　　　　　　　　　　　　　　　　　　　　—「바위와 蘭草꽃」전문

　　㉰하늘이/하도나/고요하시니/난초는/궁금해/꽃피는 거라.

　　　　　　　　　　　　　　　　　　　　　—「無題」전문

난초를 소재로 하고 있는 세 편의 인용시 가운데 '가벼움'의 정신이 드러나는 것은 ㉯, ㉰ 두 편이며, ㉮시는 이미지의 역동적인 작용이 내밀하면서 크고 그런 만큼 상상력의 진폭이 넓다.

㉮시에서 난초는 순간 순간마다 새로이 태어나는 정신의 비약성으로 인한 상승과 그 대립적 動因으로서 대상에로 끊임없이 침잠되려는 하강 사이의 긴장이 지속되어 통합된 형이상학적 영혼으로 나타난다. 제목이 암시하듯 어둠은 ㉮시의 전편에 깔려 있는 하강리듬의 축이다. 이 하강적인 무게를 딛고 난초의 개화로 촉발된 생명리듬은 돌이라는 물질로 전이되고, 돌들은 모두 金剛石 빛 눈으로, 이 눈들은 또 흰 나비 떼로 변신하면서 銀河로 날아오르는데, 사물들간의 자유롭고 연쇄적인 변신이 빼어난 이미지로 형상화되어 있다. 말하자면 1연은 난초꽃의 거듭된 개화와 그때마다 눈을 뜨는 돌들의 관계로 구성되지만, 꽃의 개화가 돌의 우주적 상승이라는 리듬으로 연계된다는 데 의미가 있다. 이 때 돌들의 눈은 어둠 속에서 가장 응집된 순간인 無限小에서 無限大의 질서 속으로 편입, 확대되는 것이다.

이 상승에 상이한 리듬의 대립으로 나타나는 것이 뻐꾸기 소리이다. "草原長堤 위의 긴 영원을 울던" 뻐꾸기 소리에서 중요한 것은 '소리'의 소거이다. 소리가 고요의 하강성을 만나면서 물질("그대 반지 속의 한 톨 붉은 루비")이 되어 가라앉는다. 루비는 붉음=무거움=하강의 축의 리듬으로, 나비는 맑음=가벼움=상승의 축으로 대립되면서 리듬의 진동이 이루어지지만, 하강적 요인은 결국 개화 순간의 역동적인 고요의 실체를 돕는 협력인자로 흡수되는 것이다.[24]

---

24) 붉은 빛의 하강을 통한 역동적인 고요의 순간은 「三更」에서는 '붉은 동백'과 '깊은 강물'을 매개로 나타나고 있다. 「三更」 전문은 아래와 같다. "이슬 먹음은 새빨안 동백 꽃이/바람도 없는 어두운 밤중/그 벼랑에서 떨어져 내리고 있읍니다/깊은 강

㉯시의 시간 분석 층위는 세속의 시끄러운 언어의 층위, 그것에 대립하여 "永遠한 참목숨의 강"에 이르는 '몇천년' 고요의 깊이로 앉아 있는 바위의 층위, 그리고 그 침묵을 깨트려버리는 개화 순간의 층위의 세 단계로 나눌 수 있다.

바위로 표상되는 역동적인 고요, 침묵의 세계는 앞에서 인용된 「四更」의 깊이와 등가되는데, 이는 역사표면의 언어 공해적 일상에 대한 대응을 근거로 이루어진다. 이는 「어느 新羅僧이 말하기를」에서 나타나는 "자맥질하는 潛水夫의 불어 오르는 고요의 深度"와 "침묵의 혓바닥"의 세계이며, "정적 속에 그 혓바닥의 빛을 잃지 않도록 하여 그 혓바닥이 말하는 언어와 光芒을 잃지 않게 지켜야 한다"는 그의 언어에 대한 태도25)와도 일치한다. 바위는 시간과 함께 물질의 풍화작용에 의해 낡아가는 것에 대해 항거26)하며 무한한 動性을 간직한 확장된 몸으로 "몇千年씩을/침묵으로(만) 웅크리고 앉아 있"다. 그러나 세상의 소음에 대한 난초의 대응방식은 바위와는 다르다. 속된 세상에 침묵으로 대응하는 것마저도 벗어버린 '가벼움의 방식'이다.

따라서 이 시의 상상력의 질서는 '세속의 소음'/'바위의 침묵'이라는 1차 질서와, '세속의 소음'/'개화의 가벼움', '바위의 엄숙함'/개화의 가벼움'의 2차 질서로 나눌 수 있다.

바위의 침묵이 숙연함의 깊이라면 익살맞고 장난기 어린 어투로 '야' 한마디 내뱉는 난초의 속말은 무집착의 상태를 표상한다. 이 한마디는 '세속의 소음'/'바위의 침묵'의 동시적 상충관계를 순간적, 수직적 시간으로 비약시킨다. '세상의 소음'과 '바위의 숙연함'은 '야' 하는 가벼움으

물 우에 떠러져 내리고 있읍니다."
25) 서정주, 「시의 언어 2」, 『서정주문학전집 2』, 일지사, 1972, 42면.
26) 리샤르, 윤영애 역, 『詩와 깊이』, 민음사, 1984, 40면.

로 깨뜨려지며 덩달아 우리의 존재가 가볍게 뜬다. 그러나 이 때 꽃 피는 순간의 이미지로 표현된 '야'라는 속말은 내뱉음이 고요의 動性을 해치지 역설적으로 그것의 심도를 깊게 하는 기능으로 작용한다는 점에서 우리는 서정주의 가벼움 역시 현실에 대응하는 전략이 심화된 태도임을 알 수 있다.

㉯시도 전체적인 맥락은 ㉯시와 비슷하다. '하늘'이 갖는 고요의 하강 리듬을 딛고 난초는 개화한다. 이 때 하늘은 단순히 비어 있는 '無'의 공간이 아니라 생명의 동성으로 가득한 내밀한 공간이지만 고요가 지속되면서 무거운 하강리듬("하도나/고요하시니")으로 작용한다. 그것을 깨트리는 것이 개화의 순간이다. 이 개화의 무상 행위("궁금해/꽃피는 거라")는 하늘의 고요라는 하강 리듬에 순수한 상승의지로 작용한다. 즉 개화의 순간은 대상(하늘)의 끝없는 침잠이 일구어 낸 동적 리듬이다.

우리는 정신의 세계를 사물(주로 난초)이 가진 이미지의 역동성으로 형상화시키는 서정주의 시작방식을 통해 서정주 시의 자연 현상이 그들에 대한 인식의 소산으로 표현된 것을 알 수 있다. 여기서 객관적 존재는 주관적 인식과 결부되며, 주관과 객관은 분리될 수 없는 것으로 작용한다. 이런 시작 방식은 인간과 세계, 정신과 물질이 동일한 실재의 양면을 갖고 있다는 인식에서 가능한 것이다. 이 때 시인의 정신은 인간화된 난초의 개화 이미지를 통해 생명성으로 드러난다.

생명력의 발현이 무상의 행위와 결부되어 나타나고 있[27]는 것은 목전

---

27) 상승과 하강리듬이 유머러스하게 변용된 예를 우린 「慶州所見」이라는 시에서도 본다. 전문을 인용하면 아래와 같다.

"아무도 이것을 주저앉힐 힘이 없기 때문이겠지./王陵들은 노랑 송아지들을 얹은 채/사람들은 아랫두리를 벗은 어린아이 모양이 되어/그 끈 밑에 매어달려 위험하게 浮遊하고 있었다.//吐숨山에 올라서니

의 현실에 대해 일정한 거리를 두고 바라보려는 의지이며, 정신의 가벼움에 대한 욕망이다. 해탈, 초월 혹은 달관으로 이름 붙일 수 있는 이 행위는 어렵고 힘든 세상살이에서도 부드러움을 잃지 않으려는 마음의 태도라할 수 있다.

생물 속에서 인간의 존재를 발견한다는 것은 인간의 삶을 유한자적이 아니라 영속적으로 존재케 하려는 욕망의 반영이다. 다음 장에서는 일련의 난초시를 통해 이러한 생명의식의 표출방식과 그에 내재한 세계관이 더 구체적으로 밝혀질 것이다.

5. 생명시학과 지속의지

서정주의 시적 이미지를 분석하는 과정에서 줄기차게 개재되어 온 이미지의 긴장과 내면적 리듬의 진동은 존재론적 진리의 이미지인 난초에수렴시킬 수 있다.[28]

/선덕여왕릉이지 아마/그게 十月 상달 石榴 벙그러지듯 열리며/웬일인지 소리내어 깔깔거리고 웃으며/山가슴에 만발하는 철쭉꽃 밭이돼 뒹굴기 시작했다.//누가 그러는가 했더니/石窟庵에 기어들어가 보니까/역시 그것은 우리의 제일 큰 어른 大佛이었다.//善德女王의 食指의 손톱께를 지긋이 응뎅이로 깔아/자즈라지게 웃기고,/또 저 뭇王陵들이 즈이 하늘로 가버리는 것을/그 살의 重力으로 말리고 있는것은..."(「慶州所見」전문)

이 시에서 죽은 자들의 거소인 하늘에 가려는 왕릉의 끊임없는 상승욕구와 그것을지긋이 누르는 大佛의 응뎅이의 긴장으로 사물은 아슬한 균형을 잡고 있다. 그러나이 상승과 하강의 리듬 사이에는 웃음이 있다. 그 자지라진 웃음이 철쭉으로 만개한다. 선덕여왕과 대불의 유희는 이 시의 동적 리듬을 살려준다.

28) 이정길, 앞의 논문.

시적 이미지란 본래 주체의 상상력과 대상인 객체 사이의 거리에서 발현되는 것인데, 서정주는 객체를 절대적으로 통어하는 시작 방식을 사용한다. 이런 점에서 난초로 표상되어 나타나는 자연은 서정주에게는 완상의 대상이거나 평화와 위로의 출처가 되지 않으며 오히려 욕망의 과정이 된다. 이 점에서 "서정주의 자연관은 동양의 고급문화와는 다른 한국의 토속적인 자연이해에 가깝다."는 지적[29]은 음미할 필요가 있다. 서정주의 후기 시에서 자연은 인간의 혼돈에서 떨어진 평화의 이미지이기보다는 인간 자신의 충동과 함께 있으면서 인간의 괴로움과 기쁨의 표상으로서 존재한다.[30]

따라서 난초 이미지에 나타나는 순간성의 미학은 현저히 실존적인 양상을 띠는데, 그것은 난초 잎의 외양에서 불안과 苦라는 하강 이미지와 난초의 순수한 성장의지인 상승 이미지의 대립으로 구성된다.

> 내고향 아버님 山所옆에서 캐어온 난초에는/내 장래를 반도 안심 못하고 숨 거두신 아버님의/반도 채 다 못감긴 두 눈이 들어 있다./내 이 난초 보며 으시시한 이 황혼을/반도 안심못하는 자식들 앞일 생각타가/또 반도 눈 안감기어/멀룩 멀룩 눈감으면/내 자식들도 이 난초에서 그런 나를 볼 것인가.//아니, 내 못보았고, 또 못볼 것이지만/이 난초에는 그런 내 할아버지와 증조할아버지의 눈,/또 내 아들과 손자 증손자들의 눈도/그렇게 들어있는 것이고, 들어 있을 것인가.
>
> ─「故鄕蘭草」전문

서정주의 이 시는 인간과 자연의 세계가 불가분리의 관계 속에 있다는 그의 자연관을 나타냄과 동시에 그럼으로써 인간이 생물처럼 영속적으

---

29) 김우창, 「구부러짐의 형이상학」, 『궁핍한 시대의 시인』, 민음사, 1977, 234면.
30) 김우창, 앞의 책, 234면.

로 존재한다는 시간의식을 깔고 있다. 아울러 겨레의 고난을 한 가문의 고난으로 압축하여 생생히 구체화하고, 한국인의 심성에 고요하게 내재해 있는 바탕을 표현하고 있다는 점에서 서정주만의 독특한 미의식을 보여주고 있다. "반도 안심 못하고 숨거두신", "반도 채 다 못감긴", "또 반도 눈 안 감기어 멀룩 멀룩 눈감으면"과 같은 구절은 자신의 죽음에 대해서는 여한이 없지만 자식 때문에는 제대로 눈을 못 감는 우리 민족의 심성으로 기능한다.

난초 속에는 안도와 지상에 대한 염려를 간직한 조상들의 눈들이 응축되어 존재한다. 이 응축은 증조할아버지와 할아버지, 아버지, 나, 내 아들, 손자, 증손자라는 지속적인 시간의 배열을 시적 순간으로 압축한다. 이 눈은 이미지 현상학적으로 볼 때 난초의 성장의지와는 대립되는 하강의 이미지로 작용한다. 세간에 대한 미련과 아울러 영겁의 인연생기가 苦의 형상으로 표상된 조상들의 '눈'은 수직성의 난초를 누르게 되며 난초의 입장에서는 그 무게를 딛고 비상한다. 苦의 무게와 난초의 수직상승 욕구가 동시에 길항하면서 이루는 형태가 곧음과 구부러짐이 동시에 내재된 난초 잎에 드러나는 곡선의 외양이다. 이는 어떤 논자가 '굽음의 이존책'으로 명명한 힘없는 자들의 삶의 방식[31]으로도 이어지는 것이다. 이는 삶의 부조리 속에서 살아가는 현실주의의 방편이고 지혜이다. 그런 점에서 난초의 생명성은 화자의 의식 속에서 인간화되는데, 지속적인 시간의식에서 난초는 가난하나 끈질기게 생명을 이어가는 가족, 종족의 개념으로 확산된다.

난초의 이미지와 그 존재론에 따르는 형이상학적 성찰을 통해 우리는 서정주의 蘭으로 수렴되는 실존적 시간으로서의 순간성의 미학이 지니

---

31) 김우창, 앞의 책, 240—241면.

는 사상적 의미, 혹은 세계관을 조명해 볼 수 있게 된다.

㉠그늘과 고요를 더 오래 겪은 난초 잎은/훨씬 더 짙게 푸른 빛을
낸다./선비가 먹을 갈아 그리고 싶게 되었으니/永遠도 인젠 아마
그 호적에 넣을 것이다.//가난과 괴로움을 가장 많이 겪은 우리同胞
들은/가장 깊은 마음의 水深을 가졌다./하늘이라야만 와서 건넬 만
큼 되었으니/하늘이 몸담는 것을 잘 보게 될 것이다.//난초 잎과 우리
어버이들의 마음을 함께/보고 있으면/인류의 五億三千二百萬年쯤
을/우리는 우리의 하루로 하고싶은 생각이 든다.//우리도 한 芥子씨
는 芥子씨겠지만/이 세상 온갖 芥子씨들의 매움을 要約해 지닌/더
없이 매운 芥子씨이고자 한다.

—「蘭草 잎을 보며」 전문

㉡陰十月엔 寒蘭꽃도 기러기 다 되어/두마릿식 세마릿식 나는
시늉도 한다마는/푸른 蘭草잎은 늘 잘 구부려져/곧장 가버리지말고
돌아오라 하지 않느냐?/蘭香처럼 잘 휘어 고향 벼개 맡으로/돌아와
사는 것이 가장 옳거니/性急하여 平壤 간 아이 뺑 한바퀴 돌아서/모
다 돌아 오너라. 돌아 와 살아라.

—「寒蘭을 보며」전문

㉢곧장 가자 하면 갈수없는 벼랑 길도/굽어서 돌아가기면 갈수
있는 이치를/겨울 굽은 난초잎에서 새삼스레 배우는 날/無力이여
無力이여 안으로 굽기만 하는/내 왼갖 無力이여/하기는 이 이무기
힘도 대견키사 하여라.

—「曲」전문

절실한 개인의 내적 체험이 생의 일반론적 의미와 지혜로까지 승화되
고 있는 수일한 예를 우리는 ㉠시에서 본다. 그것은 우리 민족, 혹은

역사로 수렴된다. 즉 난초의 곡선은 민족의 고통과 경험, 운명으로까지 전이되면서 이 유구함이 민족을 깊고 끈질기게 한다는 의식을 깔고 있다. 그런 점에서 이 시의 대립적인 구조는 고통이라는 하강구조와 삶의 의지라는 상승구조의 길항관계로 이루어져 있다. 이 대립은 구체적으로 1연에서는 '그늘, 고요'와 '난초의 푸른 빛'으로, 2연에서는 '가난, 괴로움'과 '마음의 水深'으로 나타난다.

'난초' 색의 농도가 절정의 짙은 '푸른 빛'을 낼 때 마침내 '永遠'이라는 무시간의 지속성까지를 담게 된다. 여기서 난초 잎은 "선인들의 무형의 넋에 접촉하는 한 門"32)이며 끈질긴 생명력으로 인하여 영원이 몸 속으로 들어온 존재이다. 난초의 색깔이 진해질수록 '가난과 괴로움'으로 표상되는 역사적인 숱한 역경을 겪어 온 우리 민족의 끈질김은 더해간다. 민족의 맥을 이어 나가려는 지속의지에 따른 난초의 생명력은 바로 우리 민족의 심성이라고 할 수 있는데, 이 심성은 인류의 역사까지도 포괄한다. "선비가 먹을 갈아 그리고 싶을 정도로" 절정에 이른 난초잎의 푸르름 속에서 인류의 5억3천2백만년이 하루로 담겨지는 순간의 비약을 보여준다. 영원의 긴 시간과 '하루'의 짧은 시간은 난초 잎 속에서 통합된다. 4연에서 그것은 芥子씨라는 無限小의 점으로 수렴된다. 작을 대로 작아진 매운 개자씨 속에서는 그러나 이 세속을 이기고도 남을 "세상의 온갖 芥子씨들의 매움"이 다 요약되어 있다.

서정주는 蘭의 이미지를 우리 민족의 심성을 이루는 요소로 파악한다. 그것은 "우리 어버이 마음"이라는 한국 사람의 마음의 기층을 이루는 부분으로 수렴된다. 즉 "그늘과 고요를 더 오래 겪은 난초 잎"이라는 구절에서 암시되듯 '영원 의식'을 우리 심성의 중요한 요소로서 보면서

---

32) 서정주, 「天地有情」, 『서정주문학전집 2』, 일지사, 1972, 228면.

한국인의 원형, 혹은 전통의식의 기저를 파악하려는 노력을 보인다. 이 '영원 의식'은 서정주의 수직적 시간의 귀결점이 되는 것이다.

아울러 우리는 서정주의 이 전통의식이 이데올로기적인 면에서는 보수주의적인 색채를 띠고 있음을 ㉯시를 통해 목도한다.

시적 직관과 상상은 寒蘭 꽃과 잎의 형상에서 촉발된다. 꽃에서 유추된 기러기의 모양과 잎에서 유추된 구부러져 휘어지는 모양이, 동사로는 '날다' '곧장 가버리다'와 '돌아오다'가 각각 양가적인 순간성의 대립 이미지를 형성하고 있다. 그러나 이 둘의 대립적인 이미지의 다발에 "性急하여 平壤 간 아이"라는 말이 개입하면서 이 시의 대립적인 양상은 '직선'과 '곡선', '곧장'과 '돌아', '平壤'과 '고향'의 양가성으로 구성된 이데올로기적인 측면으로 돌연 방향을 바꾼다. 특히 "平壤 간 아이"라는 어사 속에서 우리는 서정주 시의 내밀한 자연의식이 정치문제를 문면에 너무 쉽게 드러내면서 평면화되는 것을 본다. 그리고 시적 기교에 비해서 시인의 역사적 사고가 보수적이고 단순하다는 것을 지적할 수 있다. 문협정통파의 사고를 대변하는 반사회주의적인 속성을 가지고 있는 것처럼 보인다. 그러나 이러한 면에도 불구하고 어버이의 권유 같은 어투로 이 시에서 시인이 결국 강조하는 것은 어떤 고난 속에서도 목숨을 끈질기게 이어가는 질긴 존재들의 의지이며, 그것은 이데올로기의 경직성("性急하여 平壤 간 아이")을 너그럽게 감싸안는 역할을 한다. 난초 잎은 바로 난세를 견디어내는 슬기와 요량을 함축하는 것이다.

자아와 세계간의 생명적 일체를 다루고 있는 일련의 난초시들은 억압적인 외부의 힘들에 대한 직접적인 저항의지를 보여주고 있지는 않더라도, 근대적인 시간의 횡포에 저항하며 세계를 건너가려는 의지가 내재되어 있다. 왜냐하면 근대는 진보를 그 핵심으로 하고, 직선적이고 무자비하게 흐르는 시간을 추구하고 있기 때문이다. 따라서 서정주의 사물에 깃들어 있는 영원성이라는 시간의식은 근대의 이성중심주의 사고의 편협성을 인식함으로써 새로운 대안을 마련하려는 의도가 들어 있다. '성급'의 대타개념으로서의 '돌아옴'을 그 근본 속성으로 하는 난초의 생명력은 변화 속에서도 변하지 않는 지속적인 힘이며, 그 속에서 아버지—나—아들의 세대론적 연속성으로 수렴되면서 집합의지로 승화되는 것이다.

㉣시에서 시인은 직선보다는 곡선, 곧은 길보다는 굽은 길을 택하는 자의 지혜를 "난초 잎에서 새삼스레 배"운다. 시인은 갈 수 없다는 것을 뻔히 알면서 무모하게 곧장 벼랑 길을 선택하지 않는다. 이는 현실의 역경 앞에 선 자의 태도이다. 시인은 영원을 사는 마음으로 현실의 정면을 비켜 구부러져 돌아가는, 이 땅의 힘없는 많은 자들의 슬기를 택한다. 화자로 나타나는 시인은 "안으로 굽기만 하는" 굽은 길 속에서 無力과 함께 그래도 견디어 온 이무기 같은 힘의 대견함이라는 양가성을 느낀다. 어떠한 고난 속에서도 목숨을 끈질기게 이어가는 질긴 존재들의 내면을 고무하는 이 태도는 지상에서의 삶을 긍정하는 그의 시정신과 함께, 현실에서 좌절하면 절망하지 않고 자연과 영원 속으로 들어가 되살아나는 방법을 얻는 신라 풍류정신의 계승33)이기도 하다.

자아와 세계간의 생명적 일체를 다루고 있는 일련의 난초시들은 직접적인 저항의지를 보여주고 있지는 않지만, 근대적인 시간의 횡포에 저항하는 의지가 내재되어 있다. 이 때 난초의 생명력은 변화 속에서도 변하지 않는 지속적인 힘이며, 그 속에서 세대론적 연속성으로 수렴되고 집합의지로 승화된다.

---

33) 서정주, 『서정주문학전집3』, 일지사, 1972, 173면.

6. 나오는 말

본고는 순간성의 미학의 관점에서 서정주의 시를 분석함으로써 서정주 시의 창작원리를 해명하고, 나아가 서정주 시학의 사상적 원리와 세계관을 알아보기 위해 쓰여졌다.

이를 위해 본고는 서정주 시의 시작 동인이 순간성의 미학과 연관되고 있다는 것을 「나의 시」를 통해 살펴보고, 이 창작원리가 세속에의 항거와 고요에의 의지, 가벼움과 초월지향, 생명시학과 지속의지 등의 내용을 추구하고 있는 것을 차례로 살폈다.

서정주에게 있어 시 쓰기는 퇴락해가는 일상에서 흩어지는 파편화된 시간인 현재를 벗어나서, 과거·현재·미래를 향해서 열려 있는, 존재의 연속성을 회복시켜 줄 수 있는 충만한 시간에 대한 갈망을 담고 있다.

서정주의 순간성의 미학의 창작원리는 모순된 가치를 지닌 현상인자들을 연계적 합리화 속에 통합시켜 나가는 데 놓여 있다. 이 때 대립적인 현상인자들은 그의 시 안에서 역동적인 가치를 발하며 시인의 정신세계를 드러낸다. 즉 서정주 시의 순간성의 미학은 나름대로의 전략을 가지고 있는데, 이는 목전의 현실과 역사, 나아가 근대에 대한 저항방식으로서의 그의 내적 시간을 시라는 형식을 통해 회복시키고 있다는 점이다. 이런 점에서 '반대의 원리', 즉 상상력 가운데 일어나는 양가적 이미지의 대립과 연계적 통합의 방식은 서정주의 시각이나 인식의 원리가 된다.

먼저 서정주는 그의 앞에 놓인 현실에 숨어 있는 모순을 양가성의 대립적인 이미지들을 개념화한다. 아울러 서정주는 이러한 시작원리를 우리의 역사에도 적용시켜, 생의 고통과 시름을 극복하기 위해 '鶴'이라는 상징을 만들기도 한다.

범속한 현실의 고통에 대한 대응 방식은 '자연'의 발견에 의하여 깊이를 더하게 되는데, 그 대표적인 것이 개화의 순간이다. 개화는 세속의 하강적인 힘을 딛고 솟아오르는 상승의 이미지로 현실의 어려움을 무화시키는 작용을 한다. 아울러 서정주는 속악한 현실과 대립되는 이미지로 '침묵'에 관심을 기울이기도 하는데, 이 침묵의 공간은 세상의 소음과는 대비되는, 무한한 창조가 이루어지는 동적인 공간으로서 목전의 현실에만 집착하는 현실에서 벗어나 간절한 매력과 고요와 자유를 누리려는 시인의 태도와 관련이 있다.

세속에의 저항의지는 세속의 소음에 '정신의 가벼움'이라는 절묘한 방식으로 대응하는 태도로까지 심화된다. 이는 주로 생명성이 의식 속에서 인간화된 모습으로 드러나고 있는 난초의 개화 이미지를 통해 표현된다.

생물 속에서 인간의 존재를 발견한다는 것은 인간의 삶을 영속적으로 존재케 하려는 욕망의 반영이다. 서정주의 시에서 난초로 나타나는 자연은 인간 자신의 충동과 함께하는, 괴로움과 기쁨을 표상하는 존재로, 나아가 겨레의 고난을 한 가문의 고난으로 압축하고, 끈질기게 생명을 이어가는 가족, 종족의 개념으로 확산된다. 이 때 꿈의 무게와 난초의 성장의지가 길항하면서 이루어지는 형태가 난초 잎의 속선이다.

난초의 색깔이 진해질수록 우리 민족의 끈질김은 더해간다. 왜냐하면 우리 심성의 바탕에 '영원 의식'을 소유하고 있기 때문이다. 이 '영원 의식'이 서정주 순간성의 미학의 귀결점이다.

또 서정주의 시는 이데올로기적으로 반사회주의적인 보수성을 가지고 있지만, 이도 영원을 사는 마음으로 목전의 현실을 비켜 돌아가는, 힘없는 많은 자들의 윤리에서 보면, 이데올로기의 경직성을 포용하는 태도로 보인다.

자아와 세계의 생명적 일체를 묘사하는 서정주의 시에는 근대적인 시간의 횡포에 저항하는 의지가 내재되어 있다.

참고문헌

곽광수 · 김현, 『바슐라르 연구』, 민음사, 1978.

권기호, 「역설의 시학」, 『계성문학 2001』, 계성고등학교 동창회, 2001.

김우창, 「구부러짐의 형이상학」, 『궁핍한 시대의 시인』, 민음사, 1977.

김현자, 「한국현대시에 나타난 꽃과 새의 시적 변용」, 『한국 시의 감각과 미적 거리』, 문학과지성사, 1997.

김화영, 『미당 서정주의 시에 대하여』, 민음사, 1984.

서정주, 『미당 서정주 시전집』, 민음사, 1983.

_____, 『서정주문학전집』1―5, 일지사, 1972.

남진우, 『미적 근대성과 순간의 시학』, 소명출판, 2001.

손진은, 「서정주 시의 시간성 연구」, 경북대학교 대학원 박사학위논문, 1995.

_____, 「세계와 나의 존재방식」, 『현대시』, 1998. 2.

_____, 「풍류의 미학과 서정주의 시」, 최승호 엮음, 『서정시의 본질과 근대성 비판』, 다운샘, 1999.

엄경희, 「서정주 시의 자아와 공간 · 시간 연구」, 이화여자대학교 대학원 박사학위논문, 1999.

유종호, 「소리 지향과 산문 지향」, 『미당 연구』, 민음사, 1994.

유지현, 「서정주 시의 공간 상상력 연구」, 고려대학교 대학원 박사학위논문, 1997.

이광호, 「영원의 시간 봉인의 시간」, 『미당 연구』, 민음사, 1994.

이정길, 「난의 미학」, 경북대신문, 1987. 7. 10.

조연정, 「서정주 시에 나타난 '몸'의 시학 연구」, 서울대학교 대학원 석사학위
        논문, 2002.

조연현, 「원죄의 형벌」, 『미당 연구』, 민음사, 1994.

한계전, 「바슐라르의 詩的 想像力」, 『한국현대시론연구』, 일지사, 1983.

리샤르, 윤영애 역, 『시와 깊이』, 민음사, 1984.

Berdjajev, N., *Slavery and Freedom*, trans, Charles Scribners Sons, R.M., 1994.

＿＿＿＿, *Solititude and Society*, trans, Reavey, London : The Centenary Press, 1947.

Kermode, F., 조초희 역, 『종말의식과 인간적 시간』, 문학과지성사, 1993.

Kermode, F., *Romantic Image*, Fontana, 1976.

Paz, O., 김홍근 외 역, 『활과 리라』, 솔, 1999.

서정주 근작시 연구
— 시집 『80소년 떠돌이의 詩』를 중심으로

1. 문제의 제기

서정주는 문제적 시인이다. 그것은 그가 60년이 넘도록 이루어온 그간
의 시작들이 증명하는 바인데, 그것은 형식과 내용 양면에서 해당된다.

한국의 근대시의 형식이 서구시에 그대로 압도되어 이루어진 저간의
사정을 거부하면서 그의 시는 출발한다. "애비는 종이었다. 밤이 기퍼도
오지않았다"로 시작되는「自畵像」의 한구절처럼 『花蛇集』의 시들은 방
임한 듯한 거침없는 산문투의, 당대로서는 전혀 새로운 언어형식으로
서구시의 영향이 압도적이었던 기성시단에 주체적인 목소리로 대응한
다. 이 후의 시들에서도 그의 시는 끊임없는 형식의 갱신을 이루면서
성숙을 거듭해 왔다.

내용 역시 대단히 광범하다. 그는 고대의 그리이스의 정신과 니체와
같은 철학자들의 사상은 물론 『三國史記』와 『三國遺事』를 비롯한 선대
의 여러 저작들과 선인, 동시대인들의 일화, 역사에 기반하는 민족의 심
층정서에 그의 시를 접합시키고 있다.

그러나 그가 만들어 온 시와 시적 지혜는 특정의 종교나 사상, 철학이

나 인문학과 같은 틀로 고정될 수는 없다. 그것은 그의 시가 드물게 매우 독특한 상상력의 틀과 시적 수사의 방법을 가지고 있다는 것을 의미한다. 그는 논리를 초월한, 혹은 논리를 용해하는 능력으로 현실과 사물을 자신의 어법, 즉 자신의 정신과 상상체계, 경험의 조형으로 창조함으로써 새 이미지의 질서를 성립시킨다. 수많은 민간전승이나 불교 등을 소재나 메타구조로 한 시들에서도 원래의 정서나 사상이 그대로 차용되는 경우는 거의 없다. 서정주가 지금까지 천착해 수많은 시공간 속의 사물들은 그 시대와 환경 속에 놓여져 있지 아니하고 그 자신의 미학 속의 자장으로 편입된다. 이 때 '그는 개성으로 그의 시대를 제압했다'[1]거나, '현실 또는 사물의 논리는 그 원형을 잃어버리고 철저하게 그만의 방식으로 육화된다'는 말[2]은 성립되는 것이다. 서정주와 다른 시인들과의 근본적인 차이는 그의 언어이다. 서정주의 시어는 우리 시의 사유나 정서에 독특한 하나의 세계, 공간을 만들어낸다.

　이 점은 그가 근작들을 모아 펴낸 시집 『80소년 떠돌이의 詩』에서도 일관되게 적용되는 것이다. 서정주의 언어는 '風流'라는 말과 깊은 연관을 가지고 있다. 이 풍류라는 개념은 최치원에게서 가져온 것으로서[3], 서정주는 풍류를 단군 이래 우리 민족이 가져온 가장 질긴 삶의 의지를 가리키는 것으로 제시한다. 서정주 시의 탄생지점은 바로 오랜 역사를 거쳐 여러 삶의 계층들이 자연스럽게 만들어 온 이러한 풍류적인 언어층

---

1) 고은, 「서정주 시대의 보고」, 문학과 지성, 1973. 봄, 184면.

2) 고은, 같은 글, 188면

3) 서정주, 『서정주문학전집』4, 일지사, 1972, 112면. 이는 『삼국사기』「신라본기」 <진흥왕 37년>에 '崔致遠 鸞郎碑序 曰 國有玄妙之道 曰風流, 設敎之源, 備詳『仙史』. 實內包含 三敎, 接化群生'(최치원의 「난랑비서」에 말하기를 국가에 현묘한 도가 있는데 풍류라고 하며 仙敎를 설립한 근원인데 『仙史』에 상세히 갖추어져 있다. 핵심은 이에 3교를 포함하며 접화하여 군생한다.)이라는 말에서 연유한 것이다.

위이다.[4] 그 스스로 '구슬리는 말법'이라고 표현하고 있는 이 언어[5]는 무식한 생활인들이 자신들의 풍류를 담아낸, 일상속에 살아 있는 싱싱한 말들이다. 그것은 그런 말을 쓰는 사람들로 하여금 '현실로부터 견딜 수 있'도록 해주고 '언어공간들의 여유를 만들어내게' 하는 언어이다.

그의 손에 닿으면 하늘의 해는 '나일강의 연꽃속으로 들어가/주무시'(「에짚트의 햇님」)는 동화적인 이미지의 변신으로도 나타난다. 또 「솔로몬왕의 애인의 이빨」이라는 시에서 흰 빛을 강조하기 위하여 그는 솔로몬왕 애인의 이빨을 '달빛이나 옥빛'이 아니라, '흰털 난 암양', 자라난 양털을 깎고 목욕을 하고 난 꿈틀거리는, 그것도 '낱낱이 쌍동이를 밴 암양'에 비유한다. 쌍동이를 밴 암양의 낱낱이 입속에 박혀 이빨을 이루고 있다는 수사만으로 그의 시는 우선 독자적인 경지를 획득한다. 고착되고 딱딱한 고체의 이미지들이 동적이고 꿈틀거리는 이미지로 변용되면서 그의 시의 풍요로움의 한 부분을 이루는 것이다.

그의 이러한 언어들은 무엇보다 감동에서 연유한다는 것이 한 특이로움이다. 그는 "내 인생 경험을 통해서 실제로 감동한 내용이 아니면 절대로 시로 다루지 않는" 전력(前歷)을 지녀왔다'고 밝히고, 나아가 "시의 착상에서는 물론 그 표현에서도 남의 <에피고넨>이 되는 것"을 거절해 왔다[6]고 말하고 있다. 이는 서정주의 시의 내용과 형식을 아우르는 진술들이다. 서정주 시가 다루는 시간과 공간은 다른 어느 시인보다 넓고 크다. 깊이 있는 세계를 다루되 그의 시는 결코 관념적이지 않고 자신의 사고로 걸러낸 모습을 시로 담아낸다. 아울러 자신의 어법과 육성으로

---

4) 이 점은 신범순과 같은 논자도 지적하고 있는 바이다. 신범순, 「서정주에 있어서 '침묵'과 '풍류'의 시학」, 『한국현대시론사』, 모음사, 1992, 361면.

5) 서정주 — 김춘수 대담, 「시인의 새해담론」, 『현대시학』, 1992. 1, 23면.

6) 서정주, 「나의 문학인생 7장」, 『80소년 떠돌이의 詩』, 시와시학사, 1997, 103면.

시를 만든다. 그는 어떤 소재든 그가 아니면 쓰여질 수 없는 독자적인 호흡과 울림으로 육화시키는 타고난 재능을 가지고 있는 시인이다. 이 점이 그가 부족방언의 요술사[7]라는 평가를 받게 하는 데 부족함이 없게 하는 요인이다.

서정주의 근작시들은 역사 속이거나 지리적인 경계이거나를 가리지 않고 뛰어넘으며 시적인 탐구를 지속하고 있는 면모를 보이고 있다. 아울러 서정주 시학의 비밀이 훨씬 더 원숙한 경지에서 용해되고 있는 모습까지도 보이고 있다. 물론 근작들은 외면적으로 이전의 시에 비해서 주제와 형식의 밀도가 눈에 띄게 깊어졌다거나, 시인의 자의식이 치열해졌다거나, 시적 완성도가 두드러지는 점들을 보이는 것은 아니다. 그렇지만 이미지와 어조, 주제면에서의 깊이와 함께 시적 대상이 지닌 독특한 미감의 포착과 그것의 정서화라는 측면에서 근작시들은 서정주 시의 깊이를 새로이 보여 주는 데 충분한 가치를 지니고 있다고 판단된다.

서정주의 근작시를 분석함에 있어 필자는 시적 대상을 찾아 그것을 정서화하는 그의 시의 미학적 특질을 분석하고자 한다. 본고에서는 이번에 낸 시집의 후기에서 서정주는 자신의 삶과 시에서 지향하는 세 가지의 지표[8] 즉, '자연인', '영원인', '역사인'으로서 자각을 근거로 그의 시에 일관되게 흐르는 시 정신의 면모를 유기체적인 세계인식, 탈자연적인 인식과 '영원'의 구현, 세계의 존재 근거로서의 '나'와 민족 등으로 살펴보고, 결론적으로 서정주 시의 특질을 정리하는 순으로 논지를 전개해 나가고자 한다. 이는 이 항목들이 시인 자신이 제시한 자연인, 영원인, 그리고 역사인으로서의 자세와 내적인 관련이 있기 때문이고, 아울러

---

7) 유종호, 「소리지향과 산문지향」, 『미당연구』, 민음사, 1994, 338면.

8) 서정주, 「나의 문학 인생 7장」, 위의 책, 101—102면.

서정주 근작시의 특징을 나타내는 항목으로 가장 적합하다 판단되기 때문이다.

2. 서정주 근작시의 특질

1) 유기체적인 세계인식

서정주의 시에 있어서 자연은 대단히 중요한 요소로 작용한다. 자연은 그의 세 번째 시집 『徐廷柱 詩選』(1955, 正音社)부터 그의 시에 빈번하게 등장하기 시작하는데, 그의 시에서 자연은 단순한 물질적인 차원으로 존재하지 않는다. 예를 들어 한국 산문시의 대표적인 절창으로 꼽히고 있는 「上里果園」이나 「山下日誌抄」와 같은 작품에서만 보아도 자연은 강물의 '융융한 흐름'이거나 '조가딸년이나 그 조카딸년들의 친구들의 웃음판', 혹은 '한쌍의 젊은 남녀가 서로 뺨을 마조 부비고 머리털을 매만지고 하는 것'으로서, 나아가 '낭랑한 唱으로 노래'하는 존재로 파악된다. 「어느 날 밤」과 같은 시편에서는 '金剛山 厚朴꽃나무 하나'가 '오랫만에 돌아온 食口의 얼굴'로 환치되어 있다. 이런 속성은 거의 모든 시들에서 나타나는 현상이다. 서정주는 물질을 물질로서만 노래하지 않는다. 그는 단순히 존재하는 사물 속에도 혼과 영원성을 부여함으로써 생기와 빛을 부여해 왔다. 아울러 그의 시에서는 사람도 엄밀한 의미에서 모두 자연의 한 부분으로 존재하며 동식물, 혹은 무생물 역시 마찬가지이다. 자연의 품에 있는 생물, 무생물들은 모두 자연의 리듬에 같이 참여하고 개입한다.

서정주의 시는 존재의 신비성을 되찾아 살려내 준다는 점에서 넓게 보아서는 유기체적인 세계관에 그 기반을 두고 있다고 말할 수 있을 것이다. 서정주의 시가 유기체적인 세계관, 혹은 자연관을 가지고 있다는 것은 "내가 처해 있는 인생관은 <브라흐만(브라만)> 사상의 그것"이라고 말하고 "카프라 같은 이가 나와 생각이 같아"9)라고 밝히고 있는 데서도 드러난다. 또 유·불·선을 합친 개념으로 쓰이는 풍류, 신라정신의 세계관 속에는 고대 동양정신이 공유하고 있는, 인간과 세계, 정신과 물질이 별개의 것이 아니라 동일한 실재를 가지고 있다는 유기체적 세계관의 속성을 내재하고 있는 것이다. 힌두교도나 불교도가 사용하는 인도철학의 중요한 술어들은 동적인 의미를 내포하고 있는 것이 특징이다. 실제로 '브라만'이라는 말은 성장을 의미하며, 생명, 운동, 진행을 암시하고 있다. 아울러 브라만은 고정된 형이 없고 영생하며 움직이는 것을 의미한다. 따라서 그것은 모든 형태들을 초월하면서도 운동과 연관되어 있는 것이다. 또 『리그 베다』에서 '리타(Rita)'라는 술어의 개념은 모든 사물과 사물의 역동적인 상호작용, 혹은 자연의 질서를 의미한다.10) 사적으로 유기체적인 세계관은 고대 그리이스 밀레토스학파의 물활론적 세계관이나 인도와 중국철학의 신비주의적 세계관과 맥락을 같이한다. 라이프니쯔 역시 중국의 '相關的 思考'에 입각하여 유기체를 구성하는 개개의 모나도(Monado:세계를 구성하고 있는, 고차원의 유기체의 부분으로서 존재하는 분할이 불가능한 유기체)가 생명을 지니고 의지의 조화 속에서 협조하고 있다는 사실에 주목하면서 우주는 모든 부분에 있어서 자발적으로 서로 협조하고 있다는 견해를 내놓았다. 즉 그는 하나의 모나도는 외부에 의해서가 아니라 내부에서 이미 확립되고 있는 질서 혹은 조화에

---

9) 서정주─김춘수, 「시인의 새해담론」, 『현대시학』, 1992. 1, 28면.

10) Fritjof Capra, *The Tao of Physics*, 이성범 옮김, 범양사 출판부, 1997, 212─213면.

의해서 다른 모나도에 영향을 미치고 있는 것으로 보았다.[11]

한편의 시작품에 내재되어 있는 사상이나 사고가 그 시인의 내면의 반영이라면 유기체적인 세계관 내지 자연관의 적용은 서정주 시의 해석에 더욱 가까이 다가가는 일이 될 것이다. 필자는 이러한 전제를 바탕으로 서정주 근작시에 나타나는 유기체적인 자연관을 살펴보려고 한다. 다음 시들은 편차는 다르지만 모두 존재하고 있는 모든 것에 혼 있는 영원성의 빛을 줌으로써 존재하는 것들을 물질로만 다루는 삭막함으로 면하게 하고 우리 삶을 신비하게 감칠맛 있는 생활을 하게 한 유기체적인 자연관의 육화된 모습[12]을 가지고 있는 것이다.

> 내가 생겨나서 자라던
> 질마재 마을의 내 생가가
> 병들도 삭아서 다 무너지게 됐으니
> 올해에는 기어코 이걸 새로 지어 세우리라.
> 내가 어렸을때
> 어른들이 모다 들일을 나가시면
> 나 혼자 마루에서 그 빈집을 지켰느니,
> 뒷산 뻐꾹새 울음소리에
> 숨을 맞추어 쉬다가는
> 그대로 흐렁흐렁 잠이들던 그 마루
>
> ─「질마재의 내 생가」 부분

이 시에서 화자인 '나'는 뻐꾹새 울음에 자신의 호흡을 맞추다가 그

---

11) Joseph Needham, *Science and Civilization in China*, 이석호·이철주·임정대 역, 을유출판사, Ⅲ권, 1991, 208—209면.

12) 서정주, 「跋辭」, Fritjof Capra, 위의 책, 393—394면. 이런 인식은 「내 데이트 시간」을 비롯한 많은 시들에서 육화되어 있다.

리듬으로 자연의 품속으로 스며든다(잠이 든다). 그의 시는 자연의 리듬
과 인간의 리듬이 합치되는 공간 속에 존재하며, 자연의 세목들인 생물들
은 모두 한 호흡으로 살고 죽는다. 예를 들어 '질마재 마을의 내 생가'는
낡는 것이 아니라 '병들고 삭'('병들도'는 '병들고'의 오식일 것이다. 물
론 흙담에 꽂아둔 병으로 볼 수도 있지만 전체적인 문맥은 어색하다.)는
다고 하여 유기체의 생멸의 모습으로 묘사한다. 나와 뻐꾸기 울음, 잠,
빈집(생가) 들은 個別我로 따로 떨어져 있는 것이 아니라 모든 사물의
전일성과 상호 연관성으로 결합되고 자연(우주)라는 궁극적 실재와 합
일[13]되어 있는 모습으로 나타난다. 거의 같은 내용을 담고 있는 시 「어린
집지기」에서 시인은 "나도 어느 사이 뻐꾹새 소리되어/싸늘한 다듬잇돌
베고 누어선/아슬아슬 선잠 속에 들어갔었다."라고 하여 시적 화자인
'나'와 '뻐꾸기 울음'의 리듬을 하나로 봄은 물론, 마침내 잠 속에서 동일
화로 통합되는 순간을 보여 주고 있기도 하다. 이런 자연의 리듬 속에서
"깃털 사이의 이를 잡어먹"고 있는 까치는 "옷속의 이를 잡어서/흰 이빨
로 이쁘게 씹어먹"는 친척 여인네와 "한친척"이 되는 것이다.(「어느날의
까치」). 이 점은 까치가 먹은 홍시를 골라 먹으면서 그 생물(까치)과 자신
을 함께 대자연에 노출시키려는 시적 화자의 모습(「徐芝月이의 紅柿」)과
도 같은 맥락이다. 이 시에서 까치와 나는 감이라는 실체를 '논아먹음'으
로 서로 관련되고 있으며 대자연의 일에 궁극적으로 함께 참여하는 것이
다. 이렇듯 사물과 함께 몸을 나누는, 혹은 서로 실체를 주고 받는 감염력
은 실로 싱그럽고 놀랄 만하다.

　　　산청(山淸) 함양(咸陽)의

---

13) Fritijof Capra, 위의 책, 35면.

> 진보랏빛 콩꽃이사,
> 그 콩꽃 옆에서
> 그 콩꽃 웃음짓는
> 지리산(智異山)골 아가씨사
> 신라천년(新羅千年)의 선덕여왕(善德女王) 보다도
> 한결 더 조용하고 이슥키만 하거니
> 우얄꼬? 우얄꼬?
> 이슥해서 우얄꼬!
>
> ──「콩 꽃 웃음」 전문

콩꽃 옆에 있음으로써 인간은 콩꽃에 감염되며, 콩꽃의 리듬으로 된 웃음을 웃게 된다. 자연물인 콩꽃은 콩꽃 웃음을 유인하며 이것은 '우얄꼬?'라는 경상도 사투리로 된 탄식을 자연스럽게 만들어낸다. 여기서 '우얄꼬'는 몇 가지로 해석할 수 있는 여지를 남겨두고 있다. 먼저 역설로 볼 때 이 말은 탄식이 아니라 '조용하고 이슥하다'라는 어사에 나타나듯이 품위와 깊이를 가진 아름다움을 강조하는 표현이 된다. '어쩌면 저렇게 아름다운가' 하는 감탄의 어조라는 말이다. 그러나 이 말의 함의는 여기에서 그치지 않는다. 이는 자연에서 유로된 영원성과 영생성의 속성을 가지면서 인생을 살아내는 슬기, 사는 요량, 기지 같은 것들을 가진 인간의 모습으로 전이된다. 즉 풍류를 가진 인간의 모습이다. 여기서 진보랏빛 콩꽃과 그 콩꽃 웃음을 웃는 지리산골 아가씨는 선덕여왕과 대조되는, 오히려 더 깊이를 가진 상위의 인물로 승화된다. 서정주는 자연에서 서식하고 있는 식물이나 인간의 아름다움에서 신라 여왕의 깊이보다 더 지극한 경지를 본다. 선덕여왕의 미를 찬탄하던 저 『新羅抄』 시대의 태도와는 달라져 있다. 아름다움은 가공이나 인위, 혹은 위엄에서보다는 자연에 바탕하고 있는 생래적인 것이 더 깊이가 있다는 인식에 바탕을

둔 서정주의 자연 친화적인 사고를 바탕으로 한 인물의 미적 형상화의
한 예이다.

> 부귀한 남의 집
> 아름다운 여인들이 풍기는
> 싸한 내음새 처럼
> 멋들어지게는 내 코를 간지르는
>
> 네 향기와 빛의 덕으로
> 나도 어느 사인지
> 아조 아조 부유스럼한
> 코와 눈이 되었구나.
>
> ── 「보세(報歲)──묵란(墨蘭)」 부분

묵란의 빛과 향기의 덕으로 코와 눈이 부유하게 된다. 품위 있는 빛깔
과 향기로 인해 기분좋아진 코와 눈을 '부유스럼한'이라는 수식어를 통
해 '부자코/부자눈'이라는 어감으로 전이시키는 것은 서정주만의 독창적
인 경지이다. 상식적으로 '부자코'와 '눈'은 있을 수 없다. 그것은 서정주
가 새로이 창조한 언어이다. 언어의 창의적인 구사를 통해 우리의 인지는
새로운 충격을 가지게 되며 그만큼 모국어의 풍요로움을 깨닫게 되는
것이다. 이들 시들은 인간과 사물이 서로 전일적인 것으로 서로 연관되고
함께 몸을 나누는 존재로 나타난다.

이런 감염력은 만물이 서로 영향을 주고 받는 자연리듬의 연속선상에
있음을 보여주는 시 「논 가의 가을」과 같은 작품에서 유기체적인 자연관
의 한 극치를 보여 주기도 한다.

가을 논에서/노랗게 여문 볏모개들이 "좀 무겁다"고 머릴 숙이면.//좋지 뭘 그러세요? 하고/메뚜기들은 툭 툭/튕기며 날고,//그 메뚜기들의/튀어나는 힘의 등쌀에/논 고랑의 새끼붕어들은/헤엄쳐 다니고,//그게 저게 좋아서/논바닥의 참게들이/고욤나무밑   논둑길까지/엉금 엉금 기어나가면,//"얼씨구 절씨구 자화자자 좋다!"고/농군 아저씨들은 어느사인지/열두발 상무를 단 패랭이를 쓰고서/그 기인 열두발의 상무를/마구잡이로 하늘에다 내젓고 있었네.

                              ―「논 가의 가을」 전문

자연 속에 있는 생물들의 연속적인 리듬은, 이 시에서 볏모개→메뚜기→새끼붕어→참게→농군아저씨로 연쇄되어 반응한다. 그것은 지상의 존재들이 개별자로 따로 떨어져 있음을 극복하는 시선이다. 여기서 볏모개→메뚜기→새끼붕어→참개까지의 연쇄는 우주가 상호 연결된 사건들의 역동적인 망(網)으로 구성되어 있음[14]을 보여준다. 그러던 것이 농군 아저씨의 열두발 상무에 이르러서는 원의 속성을 띠고 나타난다. 상무의 원의 움직임은 포옹이고 포섭이며 종합이다. 그것은 자연과 자연, 자연과 인간을 하나로 이어주며, 나아가 "마구잡이로 하늘에다 내젓고 있었네"에서 드러나는 것과 같이 세계, 우주의 질서의 그물이 되게 하는 구조로 나타난다. 결과적으로 이 시에서는 모든 사물과 사건들이 그 자체로 다른 것을 연결시키는 방법으로 서로 상호 작용하고 있는 상호관계의 완전한 망이고, 사물들 상호간의 전체적 조화가 그 망 전체의 구조를 결정짓는 것[15]임을 보여 준다. 동양의 신비론에서 감각에 비치는 모든 사물과 사건은 상호 관련되고 연결되어 있으며 다 같은 궁극적인 실재의 다른 양상 내지 현시로 나타나는 것이다.

---

14) Fritjof Capra, 위의 책, 310—311면.
15) Fritjof Capra, 위의 책, 318면.

추석 전날 달밤에 마루에 앉아/온 식구가 모여서 송편 빚을 때/그 속 푸른 풋콩 말아넣으면/휘영청 달빛은 더 밝어 오고/뒷산에서 노루들이 좋아 울었네.//"저 달빛엔 꽃가지도 휘이겠구나!"/달 보시고 어머니가 한마디 하면/대수풀에 올빼미도 덩달어 웃고/달님도 소리내어 깔깔거렸네./달님도 소리내어 깔깔거렸네.

—「추석 전날 달밤에 송편 빚을 때」전문

1연의 연쇄관계의 리듬은 풋콩→달빛→노루로 나타나 식물, 자연물, 동물이 함께 인간의 일에 참여하는 것으로 묘사된다. 2연에서는 달빛→꽃가지의 휘어짐→어머니의 말씀→올빼미의 웃음→달님의 깔깔거림으로 존재의 참여와 합일이 드러난다. 이 시에서 가장 두드러지는 것은 달빛에 꽃가지가 휘인다는 표현인데, 사물간의 상호 동작의 선명성을 제시해 주는 구절이다. 그것은 물론 어머니의 생각 속에서 구성된 것이다. 어머니의 이런 말법은 독창적인 것이라기보다는 오래 전부터 민간에 전승되어 오는 생활인들의 삶의 지혜가 녹아 있는 언어이다. 서정주는 무식한 생활인들, 진실하게 참고 사는 이들의 말의 세계를 알고 그러한 말들의 매력을 찾는 것을 그의 시어 운용의 첫 번째에 두고 있는데[16], 그것은 동양의 신비주의적인 정신의 실체, 유기체적인 사고를 체득하고 있던 선인들의 전통에 기인하는 것이다. 서정주는 그것을 민족어법이라 표현한다. 이 시에서는 사물이 따로 떨어져 있는 것이 아니라 하나의 동화적 구성으로 자연의 리듬 속에 녹아 있다. 그것은 깔깔거림이라는 말 속에 잘 드러난다. 그들은 모두 움직이며 살아 있고 유기적이며, 정신적인 동시에 물질적인 하나의 불가분의 실재로서 보여지는 것이다.

또 한란꽃은 오랜 치위에 여위어 죽은 기러기떼의 '넋의 소리로만'

---

16) 서정주 — 김춘수 대담, 「시인의 새해 담론」, 『현대시학』, 1992. 1, 25면.

숨어 피는 꽃(「한란세배」)이다. 이미 서정주는 이전의 시, 예를 들면 「내
가 돌이되면」, 「재채기」, 「칙꽃 위에 뻐꾸기 울 때」 등에서 이러한 시도
를 계속해 오고 있었지만[17], 이 시는 그것의 원숙한 경지를 보여 주는
예라 하지 아니할 수 없다.

> 나는
> 천7백42미터 깊이의
> 이 세상에서 제일 깊고 맑은
> 호수를 보고 왔는데,
> 너도
> 그만큼한 깊이의 떫은
> 그 푸른 땡감열매들을
> 그사이에 맨들어 매달었구나!
> 내 착한 감나무야.
>
> ―「1994년 7월 바이칼 호수를 다녀와서
> 우리집 감나무에게 드리는 인사」 부분

　시인은 바이칼 호수의 푸름과 천7백42미터의 깊이를 푸른 땡감열매에
서 발견한다. 외형적으로 땡감과 호수를 통합시키는 이미지는 푸름이라
는 하나의 인자밖에 없다. 땡감과 호수는 이곳과 저곳, 작음과 큼, 높이와
깊이, 하늘 위와 물 속, 미각적인 것과 시각적인 것 등의 대립양상을 하나
로 통합하면서 하나로 합치된다. 무엇보다도 사물 혹은 자연에서 깊이를
보는 시선을 통해 이 두 사물은 하나의 존재로 화한다. 이는 시인이 적절
히 배치한 "그 사이에"라는 말이 함의하듯이 감나무 쪽의 기다림과 의지

---

17) 이러한 양상에 대해서는 김열규, 「俗信과 神話의 서정주론」, 『미당연구』, 민음사,
　　1994, 150―163면.

가 포함된 것이다. 땡감의 열매에서 천7백42미터의 깊이를 발견한 시인
의 시선은 나와 자연과의 동화(同化)를 위한 몸 나누기와 변신이 원숙하게 구현
된 다음과 같은 시를 낳기에 이르른다.

> 어느 깊푸른 바다에서/물들어 나온것이냐?/어느 하늘속의 신바람
> 에/젖어서 나온 것이냐?//새파랗게 마냥 기쁜/날개들을 팔랑거리며/
> 늘 항상 하늘나라의 춤을 추고 있는/<율리시즈>란 이름의 희한한
> 나비떼들!//현실의 내가/어느사인지/그 율리시즈 나비의 한마리로
> 둔겁하여/파다거리고 있는걸 보다! 보다! 보다!
>
> ― 「쿨란다 산의 나비의 성역에서」 전문

　1연에서 나비라는 지상의 존재의 생성을 위한 자연과의 교감은 가히
우주적이다. '깊푸른 바다'라는 깊이와 '하늘 속'의 높이를 아울러 가질
수 있는 존재이면서, 하늘과 바다의 에너지에 생명의 기운을 일치시키는
상생적인 존재로서 나비는 기능한다. 나비의 존재양상은 2연에서 '새파
랗게 마냥 기쁜/날개'라는 어사에서 잘 구현되는데, 나비의 동작의 상태
인 '마냥 기쁜'이라는 어사는 동작의 묘사라기보다는 시적 화자의 마음
의 상태 쪽에 더 가깝다. 그런데 이 바라봄의 시선이 사물에 집중됨으로
써 사물과 나는 일체화되고, 어느새 내가 사물이 되는 변전을 거듭한다.
사물(나비)과 나의 상호작용으로 시적 화자(주체)인 '나'는 어느새 나비
(객체)가 된다. 그 때 바라보는 시선의 표현인 '보다! 보다! 보다!'라는
언어의 외양은 보는(see) 상태이면서 파닥임(flying)의 형식을 띠고 나타난
다는 점이 특이하다. 말 자체가 움직임의 형상으로 화육되면서 형식과
내용이 한치도 떨어짐이 없이 결합된다. 더더욱 놀라운 것은 '현실의
내'(주체)가 '나비가 되어 파닥이고 있는 것을 본다'는 화법이다. 여기서

보는 것의 주체는 나비여서 주체와 객체가 몸을 나누는 것일 수도 있지만, 여기에는 논리의 비약이 있다. 그렇다면 화자인 '나'일 수밖에 없다. 이 때 신체는 보는 것으로서의 의식(마음의 상태)과 보이는 것으로서의 자기의 신체의 지각상(즉 物로서 보이고 있는 나의 신체의 상태)의 근저에 있으면서 양자를 불가분의 일체성에 입각해서 파악한다. 보는 것은 묘한 전이를 이룬다. 신체는 보는 것임과 동시에 보이는 것이고 주체임과 동시에 객체이고 심(心)이면서 동시에 물(物)이 되어버린다. 퐁티식으로 말하면 습관적 신체의 신체적 도식의 시스템은 외계로 향하는 의식과 지각작용의 근저에 잠재하는 지향작용의 묶음이다.18) 확실히 이전의 서정주 시에서 볼 수 없었던 언어의 진전된 모습이라 아니할 수 없다. 유기체적인 세계관이 형식과 내용에 있어 육화되어 하나의 또 다른 세계를 성취한 시이다.

서정주의 시에서 우주는 상호 연결된 사건들의 역동적인 리듬으로 파악된다. 그것은 물질의 외형적인 형식을 보는 것이 아니라, 그것의 움직이는 실체를 보려는 그의 시적 태도에 기인한다. 서정주는 우리의 선인들의 오랜 지혜에서 발현된 정신의 세계를 사물에서 발견하며 그것을 시화한다. 엄밀한 의미에서 서정주의 시는 자연현상을 그대로 기술하는 것이 아니라 그들에 대한 마음의 소산, 실체 자체에 대한 마음의 반응으로 기술된 것이다. 여기서 객관적 존재의 문제는 주관적 인식의 문제와 결부되며, 주관과 객관은 분리될 수 없는 하나로서 작용한다. 그것은 인간과 세계, 정신과 물질이 별개의 것이 아니라 동일한 실재의 양면성을 가지고 있다는 그의 풍류정신에서 나온다. 그것은 아울러 서양의 전통적인 합리주의적 사유 방법을 넘어선 것이다. 서정주는 근작시에서 자연에 대한

---

18) 湯淺泰雄, 「현대과학과 동양적 심신론」, 『과학기술과 정신세계』, 박희준 옮김, 범양사출판부, 1988, 254면.

그의 인식을 그대로 지속시키면서 아울러 형식과 내용에 있어서 그의
유기체적인 세계관이 새롭게 육화된 모습을 보여 주었다. 이는 아울러
세계에 있는 어떤 물상도 결국 우리 것, 나로 수렴된다는 시인의 시관의
일단을 보여 주기도 하는데, 이는 3에서 상론된다.

2) 탈자연적인 인식과 '영원'의 구현

'영원'은 서정주의 시를 이루는 중요한 동인으로 작용한다. 이 글의
서두 부분에서도 이야기했지만 그것은 현실을 견디어가는 시인의 태도
에서 연유한 것이다. 시인은 그것을 '인생행로를 제한받고 또 스스로도
제한하며 얼마만큼만 가고 말려는 한정된 단거리주의가 아니라, 한정없
이 언제까지나 끝없이 가고 또 가려는 無遠不至주의'19)로 표현한다. 그
는 이 정신을 '어느 것을 보거나 거기엔 자기의 단생중심은 보이지 않고
언제나 여러 대의 계승하는 합작의 힘이 사관의 중심을 이루고 있다.'20)
고 믿는 신라정신에서 발견한다. 그러나 신라정신의 기저가 되는 風流道,
즉 國仙道는 공자와 노자, 석가 등의 영향력이 미치기 훨씬 전부터 이
땅에 있어 온 가르침으로, 뒷날 화랑도에 도입되었음은 물론이고, 그 근
원은 단군 언저리에까지 선이 닿아 있다고 파악한다.21) 서정주의 영원의
식은 그만큼 깊은 뿌리를 갖고 있는 것이다.

실제로 중기시의 토대가 되는 시집 『新羅抄』의 사상적 기저인 윤회와

---

19) 서정주 ― 김수남 대담, 「신라정신으로의 복귀가 한국의 르네상스이다」, 『월간조
    선』, 1995. 1, 247면.
20) 서정주 ― 김수남 대담, 위의 책, 249면.
21) 서정주 ― 김수남 대담, 위의 책, 245면.

서정주 근작시 연구   229

연기의 불교사상에는 현세에서의 초월과 영원에 대한 갈망이 내재해 있었으며, 그가 창조한 인물들은 가변적인 역사 속에서도 영원히 죽지 않고 살아 있는 우리 민족의 원형적인 인물의 역할을 담당하기도 했다. 서정주는 『冬天』과 『질마재 神話』에 이르면서 영원의 비전을 일상에서 찾게 되며 이러한 작업을 계속적으로 수행해 왔다.

서정주 근작시에도 이러한 그의 시의 특징은 이어져 오고 있는데, 이는 무엇보다도 시인 특유의 '구슬림'의 언어들과도 밀접한 관계를 가지는 양상으로 나타나고 있다. 시인의 말대로 그것은 '꼭 합리적인 말이 아니더라도 비꼬거나 우회해서 아이러니와 유모어를 만들어내며, 그것을 통해 현실을 견디어내고 언어공간들의 여유를 만들어내는 어법'으로 기능한다.

> 추석 쇠려고 쌀 한푸대 사고,/풋대추 한핏박 사고, 또 무엇사고 무엇사고 나니/내 돈지갑엔 3만9천원이 달랑 남는다./그래 내 생각으로는/39는 38선따라지 보다/한끗 더 많으니/내 팔자는/그만큼은 더 센것이로구나!'
>
> ―「38선 따라지 보다 한끗 더 팔자세게」전문

2행 풋대추 '한핏박'은 '한됫박'의 오식인 것 같다. 서정주는 38/39를 대비시키는 언어 센스를 보여 주고 있다. 이는 '무끗짜리의/무주공산'(「無主空山」)과 같은 언어의 층위에 놓이는 것으로 동일하거나 비슷한 음의 반복을 통한 말놀이의 매력이 드러나는 구절이다. 시인은 '38선따라지'/'3만9천원'의 말놀이이 차원에서 나아가 그들이 빚어내는 정경으로 자신의 '팔자'까지를 끌어내고 있다. 3만9천원밖에 남지 않은 지갑이지만, 38선따라지보다 팔자가 세다는 말에서 우리는 현실의 어려움을 견디

어가려는 달관과 체념의 태도, 즉 영원을 살아가려는 삶의 자세를 읽을
수 있다. 아래 시는 그 연장선상에서 읽힌다.

> 아내 손톱/말쑥히 깎아주고,/난초/물 주고 나서,//무심코/눈 주어
> 보는/초가을날의/감익는 햇살이여.//도로아미타불의/도로아미타불
> 의/그득히 빛나는/내 햇살이여.

> —「도로아미타불의 내 햇살」전문

도로아미타불이라는 말은 아이러니이다. '보다 낫게 하려고 애썼으나
처음과 같이 되어 아무 효력이 없는 상태'를 나타내는 이 말은 달관과
체념을 띤 긍정적인 의미로 변용되면서 부정의 옷을 벗고 현실을 극락의
차원으로 보는 시인의 태도를 나타내고 있다. 도로아미타불이라는 일상
인들의 언어 속에서 그는 현실의 무수한 질곡과 어려움까지를 너그럽게
포용할 수 있는 관용을 발견하고, 나아가 '잘돼도 극락, 못돼도 극락'이라
는 의미 차원으로까지 생을 긍정하게 되는 것22)이다. 言弄의 세계로 나타
나는 이들 시의 어법은 사실에 입각해서 실증적으로 쓰는 양식이 아니라,
여러 삶의 계층들이 자연발생적으로 만들어 낸 언어라는 측면에서 그만
큼 기층인들의 삶의 진실을 대변하는 요소로 기능하고 있는 것이다.
  영원을 사는 시적 화자의 모습은 대상에서 영원을 다룬 시들로 옮아가
고 있는데, 이들 시들도 몇 단계로 나누어 살펴 볼 수 있다.

> 고창 선운사의 수만송이 동백꽃이/핏빛으로 핏빛으로 떨어져 내
> 려/봄의 풀섶들이 슬퍼 울게 하는 날은/고창사람들은 그 동백꽃 넋
> 들이 너무나도 안쓰러워/하늘로 하늘로 두 손 모아서/그 넋들을 보

---

22) 시인은 대담에서도 이런 생각의 일단을 피력한 적이 있다. 위의 책, 257면.

내는 제사를 지낸다.

— 「고창 선운사의 동백꽃 제사」 전문

이는『三國遺事』에 나오는 향가의 한 구절, '龍樓此日散花歌 桃送靑雲
一片花 殷重直心之所使'(용루에서 오늘 산화가를 불러, 청운에 한 송이
꽃을 뿌려 보내네. 은근하고 정중한 곧은 마음이 시키는 것이어니)[23]에서
발상을 가져 온 시다. 서정주는 향가 역시 그 바탕은 자연과 인간과의
원만한 조화, 하늘과 땅의 에너지에 인간의 기운을 일치시키는 國仙 정신
으로 파악한다. 하늘의 신에게 마음 속으로 부탁드릴 있을 때 꽃송이의
마음을 대신 심부름을 보냈다는 월명의 「도솔가」는 서정주에 이르러
떨어진 동백꽃잎들의 넋들을 하늘로 보내는 동백꽃 제사로 변화되어 나
타난다. 그것은 윤회 재생의 영원성에의 갈망이 구체적으로 현현된 형태
로 이승과 저승을 한 윤회의 차원으로 간주하는 그의 발상에서 나온 것이
다.

　　당명왕과/양귀비와/모란꽃이/어느날/함께/열반 극락에 들어가 보
자고/하늘로 하늘로 솟아올라 갔는데,//당명왕과 양귀비는/구름 엉
킨 언저리에서/동침하고 싶어/다시 땅으로 내려와/방으로 들어가버
리고,//모란꽃은 시들어 떠러져서/그 꽃빛만이 더높이 날아올라서/
해와 달과 별들옆을 감돌고 있었는데,//그 마음씨만은 아주나 自由
라놓아서/그 빛깔까지 다 벗어 던져버리고/색계와 무색계 넘어/열반
에 들어 자취도없이 앉어계신다.

— 「당명왕과 양귀비와 모란꽃이」 전문

---

23) 一然,『三國遺事』, 이민수 옮김, 제5권 「感通」, <月明師 도솔가>조, 을유문화사,
　　1994, 464면.

색계와 무색계 넘어 갈 수 있는 것은 피를 맑힌 상태에서 가능하다. 그러나 애욕을 버리지 못한 당명왕(현종)과 양귀비[24]는 땅으로 다시 내려올 수밖에 없고, 떨어진 모란의 꽃빛은 해와 달과 별들 옆을 감돈다. 즉 열반의 문턱에서 머물고 마는 것이다. 그러나 영원성의 핵인 모란의 마음씨만은 영원의 세계인 열반 극락에 든다. 당명왕과 양귀비, 꽃빛, (꽃빛의) 마음씨의 네가지 층위가 불교적 상상력의 틀 속에서 독특한 구성력으로 형상화된 시이다. 일상적인 합리와 논리에 세계에는 맞지 않지만 불교의 미묘한 교리를 자기 식으로 해석하여 형태를 부여하는 독자적인 이미지와 미학이 성공적으로 드러난다. 지상에의 집착과 애욕, 즉 피의 소용돌이를 맑힌 자가 들어갈 수 있는 곳이 바로 열반의 세계이다. 이는 바로 현세와 내세를 동일한 시공에서 포용하려는 인식의 소산이라 하지 아니할 수 없다. 시인은 아마 아직도 맹목적인 세력인 피를 그대로 가지고 있는 인물들과 피와 살의 허울을 벗어버리고 욕망을 맑힐 대로 맑힌 존재들의 대조를 이미지의 층위를 통해 드러내려고 했던 듯하다.

그런 맑은 마음의 살결은 어린 시절 그의 집에서 길렀던 순한 가축(「우리집의 큰 황소」)에게로 옮아가기도 한다. "아주 점잖하고 깨끗하고 믿음직해서/누구보다도 어른다워 보였"고, "할머니껏보다도 훨씬 크고 높아 지붕에 가즈런"한 한숨을 쉬며, "구리지 않는 푸른똥"을 누던 그 소를 시인은 "지금 저승에서는 신선의 자리로 되돌아가/제법 그럴사한 관도 하나 쓰시고" 계실 것으로 생각한다. 그것은 불교적인 윤회와 전생에 대한 믿음과 더불어 만상 간에 차별을 두지 않으려는 그의 세계관에 기인한 것이다.

---

24) 양귀비의 삶이 피의 삶이었다는 것은 시집 『新羅抄』의 「가을에」와 같은 작품에 나오는 "이제는 楊貴妃의 피비린내나는 사연으로는 우릴 가로막지 않고" 같은 구절에서도 잘 드러난다.

그러나 영원의 형상을 담은 불교적 상상력은 이들 시에서까지는 마음
의 상태로만 나타나지만 다음 시에서는 분명한 조형, 즉 상징으로 현시되
고 있다.

소 네 마리가 각각 동서남북을 보고 엉덩이를 맞대고 있는 조각을 묘사
하고 있는 구약성서의 한 구절[25]을 시로 옮겨 놓은 「<쏠로몬> 왕의
바다」라는 시다.

> 소 세 마리는 북쪽을 보고,/소 세 마리는 서쪽을 보고,/또 소 세
> 마리는 남쪽을 보고, 또 소 세 마리는 동쪽을 보고,/그리고 그 엉덩이
> 들은 모조리/한가운데로 향하고 있는/위에,쏠로몬은/큰 바다를 얹어
> 놓아두었다./그리하여/이 바다의 윗부분은/금방 피어나는/백합꽃
> 한송이로 생각하고 있었다.
>
> ─ 「<쏠로몬> 왕의 바다」 전문

성전 안의 석물(石物)을 자기 식의 상징으로 육화한다. 소의 엉덩이
위에 백합을 이고 있는 바다의 이미지. 소들의 엉덩이는 유한을, 바다[26]
로 표상되는 백합은 영원을 상징한다. 유한적인 존재가 이고 있는 영원의
모습이 그려진다. 그런데 이 유한적인 시간, 소는 12마리이다. 이는 12달,
즉 1년을 상징하면서 상승의 궤적으로 연결된다. 12마리의 소가 1년을
암시하고 있다면, 둥근 꽃은 외양은 지상적인 존재의 모습을 하고 있으면

---

25) 『구약성서』,「역대하」 4장 4절.

26) 사물과 사물, 혹은 사람과 사람 사이이에 바다를 배치하는 것은 서정주의 시에서
자주 나타나는 이미지의 배열이다. 예를 들어 "그대 좋은 낮잠의 賞으로/나는 내
금팔찌나 한짝/그대 자는 가슴 위에 벗어서 얹어놓고/그리곤 그대 깨어나거던/<u>시원
한 바다나 하나/우리들 사이에 두어야지</u>"(「우리 데이트는」,『서정주문학전집』, 밑줄
필자)와 같은 구절에서도 드러난다.

서도 동시에 세계를 둥글게 돌리는 천체의 운행과 연결되는 이미지이다. 또 둥글다는 것은 완전에의 지향을 의미한다. 이 시는 전체적으로 소가 피어나고 있는 영원을 이고 있는 매우 역동적인 구성을 가지고 있다. 기독교에서 순결의 상징인 백합이 서정주 식으로 변용되면서 불교적인 상상력의 옷을 입고 있는 것이다.「<쏠로몬> 왕의 바다」는 기독교 성전 안의 기물을 묘사하고 있는데도 불구하고 불교적 발상의 지속적인 반영의 양상으로 구현되고 있는 것이다. 그는 기존의 사물을 상상력의 틀을 활용하여 미학적으로 바꾸어 노래한다. 그것은 물론 서정주 미학의 특질을 이루는 영원성의 상징으로, 이들 시에서는 사물 속에서 현실과 영원이 이어지는 신화적인 길을 발견하는 것으로 나타난다. 이는 '상징과 비유를 대폭적으로 동원하여 너무나 말하지 않고 많은 것을 암시의 힘 속에 담'[27]는 그의 시법으로, 사물과 현상 속에서 새 이미지의 질서를 만들어내는 그만의 독특한 상상력이 육화된 것이다. 이는 찰나와 영원을 동일 시공 위에 정착시키려는 윤회적 발상의 반영이라고 단정할 수 있는 것이다.

이 작품의 전체적인 구성은 사자 머리 위에 연꽃을 이고 있는 호수의 이미지를 다룬, 시집『冬天』의「蓮꽃 위의 房」과 동궤에 놓인다.[28]「蓮꽃 위의 房」이 지상적 세계를 상징하는 2연의 '눈썹'과 헤어지면서 새로운 생명, 영원한 생명의 출발을 암시하는 연꽃으로 피어난다면,「'쏠로몬' 왕의 바다」는 열 두 마리의 소 위에 놓인 바다와 그 위에 핀 백합을 통해 영원의 시간을 육화시킨 작품이라 할 만하다. 물론 사자 이마와

---

27) 서정주,「시와 현실」,『서정주문학전집2』, 일지사, 1972, 13면.
28) 참고로 두 시의 비교를 위해「蓮꽃 위의 房」의 전문을 인용하면 아래와 같다. "세마리 獅子가/이마로 이고 있는 房 공부는/나는 졸업했다.//세마리 獅子가/이마로 이고 있는 房에서/나는/이 세상 마지막으로 나만 혼자 알고 있는/네 얼굴의 눈썹을 지워서/먼 발치 뻐꾸기 한테 주고,//그 房 위에 새로 핀/한 송이 蓮꽃 위의 房으로/핑그르르/蓮꽃잎 모양으로 돌면서/시방 금시 올라왔다."

소들의 엉덩이는 유한의 이미지이다.

  그러나 문제가 되는 것은 영원을 표상하는 생물이나 자연물들이 살
수 없을 정도로 지상의 삶은 오염되어 있다는 것이다. 영원을 상징하는
인물들이나 인공물들은 우리 주변에는 거의 남아 있지 않고 과거 속에,
무의식 속에 주로 살아 있다는 데 있다. "가난이란 한낮 남루에 지나지
않는다"(「光化門」)와 같은 시들에서 보여 주던 삶에 대한 도저한 긍정의
자세가 바뀐 것은 아니지만 영원을 지상에 실현시킬 수 없는 파괴되어
가는 환경 생태에 시인은 많은 관심을 표명하고 있다.

>   뻐꾹새들도/"가슴이 아푸다"면서/우리들의 산에서 떠나버리고.//
> 기러기들도/"눈이 아푸다"면서/우리들의 하늘에선 떠나버린다.//우
> 리의 넋도/대기층 넘어/천국이나 극락에 가서/살수밖엔 없이 되었
> 다.//하느님보고/실한 동아줄이나 하나 내려주시래서/그거나 타고/
> 하늘 깊이 들어가서 살아야만 하겠다.
>
> ─ 「요즘 소식」 전문

>   보리밭은/이땅에선 온통 사라져/구름 넘어/하늘에만 살아있으니,/
> 푸른 하늘 속으로/달리어 가네,/기차 타고 뻐스 타고/달리어 가네.
>
> ─ 「1996년 음력 설날에」 부분

  세계를 구성하고 있는 생명체들이 조화 속에서 협조하고 있는 양상이
깨어지는 이유가 생태계의 문제로 제시되고 있다. 생태계의 파괴가 압도
적으로 진행되는 현실이 이들 시의 밑그림이다. 보리밭으로 상정되는
고향은 이미 없어져버렸고, 또 천국 역시 하느님의 동아줄을 기대할 수밖
에 없는 현실 속에 우리는 살고 있다는 시인의 진단이 드러난다. 언어
역시 '말 구슬림'의 여유와 탄력과는 일정한 거리를 유지한다. 그러나

이는 서정주가 첫 시집『花蛇集』이후부터 견지해 오던 당대 현실과 역사
에 대한 부정적인 인식의 연장선상에서 파악해야 할 문제이며, 위의 시들
은 근본적으로는 현실을 이겨나가려는 의지가 역설적으로 표현된 것으
로 보아야 할 것이다.

이는 영원이 일상으로 내려앉은 모습을 자연을 다룬 시들에서 지속적
으로 시도하고 있다는 점에서도 확연하게 드러난다. 이 경향들은 난초를
다룬 일련의 시들에서 드러나는데, 이 시들은 과거와 미래, 찰라와 영원
을 동일한 시공 위에 정착시키려는 발상의 반영이다.29)

> 겨울 하늘을 울며 날으던/서러운 서러운 기러기떼들이/오랜 치위
> 에 여위어 죽어서/마침내 그 넋의 소리로만/남어서 숨어 피어난듯한
> /한란꽃.한란꽃.한란꽃.//세배나 같이 가련?/가난한 늙은 아버지 어
> 머니들만이/끄니도 않되는 농사를 짓고계신/우리 고향의 음력 설날
> 엔/한란아 너도 나함께 세배나 가련?/내 착한 한란아!
>
> ─「한란세배」 전문

> 지난 해와 새해 사이,/저승과 이승 사이,/한란 꽃이 그윽히 피었
> 다.//이 한란 꽃에서는/돌아가신 내 어머니 냄새가 나고/뛰노는 내
> 어린 손자의 냄새도 난다.//"어머니!"하고 내가 부르면/"오냐·····
> ·"하고 대답하시며/허서글프신 웃음을 어머니는 웃으시고,//"아가!"
> 하고 내가 부르면/"이게 뭔데?"하고 내 어린 손자는 달리어 와서/내
> 가슴패기에 얼싸안긴다.
>
> ─「지난 해와 새해 사이」 전문

---

29) 서정주는 이미 '70년대부터「無題」,「바위와 蘭草」,「四更」,「故鄕蘭草」,「蘭草잎을
보며」,「寒蘭을 보며」 등에서 줄기차게 이러한 노력을 지속시켜 왔다.

앞의 시에서 한란은 치위에 여위어 죽은 "서러운 기러기떼"의 "넋의 소리"로 지속되는 생명의 화육이다. 그것은 궁극적으로 가난하나 끈질기게 살아남은 가족, 종족의 개념으로 승화된다. 그리하여 시인은 한 식구처럼 고향으로 세배 드리러 가기를 청하는 것이다. 뒤의 시에서 난초에는 어머니, 나, 손자라는 세대가 나란히 존재한다. 가문과 민족의 맥을 이어나가려는 지속의지가 바로 난초의 곧고 유연한 잎맥 속에 담겨 있다. 난초의 생명력은 바로 전통성이라 말할 수 있으며, 그 속에서 "어머니와 나, 손자"는 우리라는 집합의지로 승화되는 것[30]이다. 이것은 지상의 시간을 견디어가려는 화자의 개체로서의 소외와 유한자적인 인간의 고독을 넘어서려는 의지의 소산으로 그의 영원의식이 일상에서 뿌리를 내린 경우로 볼 수 있다. 서정주의 영원은 결코 추상적인 것이 아니라 곧고 유연하며 부드럽게 일상 속에 내려 앉은 모습을 취하고 있는 것이다.

3) 세계의 존재 근거로서의 '나'

우리는 앞에서 서정주의 시가 유기체적인 세계관을 가지고 있는 것을 살폈다. 우주는 서로 연결된 사건들의 역동적인 리듬이라는 인식은 그러나 서정주의 시에 이르면서 그 공간과 시간이 훨씬 더 확산된 양상으로 드러난다. 그것은 자아가 시대와 역사, 그리고 공간을 초월하여 사물과 사물, 사물과 '나'를 연결시킴으로써 가능하다. 이것은 앞서 살핀 바 객관적 존재의 문제는 주관적 인식의 문제와 결부되어 있다거나, 자연현상에 대한 마음의 반응으로 그의 시가 이루어져 있다는 것과도 통하는 말이다.

---

30) 이에 대해서는 손진은, 「순간성의 미학과 서정주의 시」, 『어문학』78집, 2002, 참조.

서정주의 근작시들은 각 시편들의 제목에서도 나타나는 바와 같이 시인의 어린 시절과 외국풍물 기행 등 '떠돌이'로서의 자아가 경험한 사실을 형상화한 시들로 구성되어 있다. 그러나 고향이나 방랑을 풍속화한 그 시편들이 결국 의도하고 있는 것은 그것들이 놓인 범주 안에서 그것을 추체험하는 것이 아니다. 오히려 그가 경험한 사물들은 그 사물의 본질은 유지하되 그 자신의 것으로 변용되면서 자신의 예술적 형상화, 시적 형이상학의 수단이 되는 것이다. 그 경험에서 받은 인상과 정서에서 완전히 독특한 하나의 세계를 만들어버리는 것이 서정주와 다른 시인들과의 차이점이다.

단초가 되는 시가 「어린 집지기의 구름」이다.

> 다섯살짜리/어린 집지기의 자유(自由)가/어느만큼 잘 익은/어느 밝은 오후에/주춤주춤 걸어서/집 앞 시냇가로 가보니,/역귀풀꽃 테 두리한 그 맑은 시냇물에/그림자 드리운/흰 구름 한송이 떠서/나를 마중 나와/내 머리 위에 올라 앉았다./그래 이때부터 나는/이 구름을 늘 내 머리에 매달고/살아오다가 어느사이 80이 되었다.

—「어린 집지기의 구름」 전문

시인의 떠돌이는 잘 익은 집지기의 자유와 구름의 유혹 사이의 길항 속에서 탄생한다. "흰 구름 한송이 떠서/나를 마중 나와/내 머리 위에 올라 앉았다."거나 "집지기의 자유가 잘 익"었다는 구절은 그의 유기체적인 세계관의 방식을 드러내 준다. 정신과 물질, 인간과 세계는 동일한 모습으로 화육되고 있는 것이다. 시적 화자는 마중 나온 그 구름의 유혹을 쉽게 받아들여 별 다른 저항없이 구름을 "머리에 매달고" 80까지 살아오게 된다. 이 구름은 "나를 키운 것은 팔할이 바람"(「自畵像」)이라고 시인이 일찌기 말했을 때 그 바람과 동격으로 읽힌다. 시인의 떠돎은 어떻게 보면 거의 숙명적인 것이라 할 수 있다.

그 떠돎은 넓이와 깊이를 아울러 가진다. 서정주는 이미 두 권의 시집을 통해서 그것을 보여 준 바 있다. 넓이를 가진 경우의 대표적인 시집이 『西으로 가는 달처럼』(1980)이라면, 깊이를 가진 대표적인 경우는 『鶴이 울고 간 날들의 시』(1982)이다. 전자가 세계 방랑의 경험을 담은 것이라면 후자는 역사 속으로의 진입이다. 자신의 떠돌이 의식을 넓이와 깊이로 변용한 바 있는 시인의 작업은 이 시집에서도 그대로 이어진다. 다만 자아의 개입이 보다 능동적으로 이루어져 세계의 중심에 놓인 자아의 모습을 볼 수 있다는 것이 새로운 점이다.

> 청년 예수·그리스도가/십자가에 못박히셨을 때/흘리시던 피의 그 맑은 루비 빛으로/낱낱이 물들은/저 석류열매 속의 석류 알알들!//그 맑은 핏빛의 소리를/푸른 하느님의 귓가에/땡 땡 땡 울리던 그 쇠종 소리들!//(중략)//모세의 형님 아론의 때 부터/그 맨처음의 제사장 때 부터/이 석류와/이 종소리를/그 두루마기의 아래춤에 수놓아/울리게 하던 울리게 하던/이슬라엘 민족은 복이 있나니……
>
> ─「석류(石榴) 열매와 종(鍾) 소리」 부분

구약성서의 제사장 의복에 관한 지문31)에 그 바탕을 두고 있는 이 시는 에봇에 딸린 겉옷에 달았던 석류 모양의 술과 금방울에서 각각 루비빛과 핏빛의 빛과 소리를 차용하고, 이에 대비되는 하느님의 모습을 하늘과 연관시켜 '푸른' 빛으로 선명히 각인시킴으로써 독자적인 색채감과 소리감각을 만들어낸 시이다. 서양적인 풍물 속에서 삶의 본질과 생의 구경적

---

31) 『구약성서』, 「출애굽기」 28장 31─35절.

인 모습을 탐색해 나간다는 의도도 시작배경에 깔려 있지만, 그보다는 서구문화 자체를 자신의 독특한 감각으로 변용하는 데 더 의미가 주어져 있다. 석류와 종소리는 그의 시적 형상화의 전략과 대단히 유기적이고 구조적인 관련을 맺고 있다. 그 의복은 유대민족의 집단무의식의 반영으로 존재의 원점에 뿌리박고 있는 것이지만, 서정주는 이 역사적인 상징체계에 자신의 경험과 시 정신을 일치시켜 일상 속에서 영원을 보려 하고 있다. 서구문화 자체가 독특한 서정주화를 이룩하는 것이다.

이는 흰 살결을 가진 시베리아 미인들의 황금 이빨에서 '따스함'을 느끼는 데서도(「시베리아 미인들의 황금이빨 웃음」) 드러난다. 여행 중 박물관에서 보았을 화가들의 그림에 대한 시(「<벵상 방고>의 그림 <씨뿌리는 사람>을 보고」,「<벵상 방고의 그림 <감자를 먹고 있는 식구들>을 보고」) 역시 그림의 원래 의도보다 시인 자신의 시각으로 재창조된 것이다. 그것은 문화적 충격까지를 자신의 것으로 흡수 순화시키는 그의 능력에 기인한다. 이를 대표적으로 보여 주는 시가 「나는 아침마다 이 세계의 산(山) 1628개의 이름들을 불러서 왼다」이다.

> 나는/날이날마다 아침이면/이 세계의 산 1628개의 이름을/소리내러 불러서 왼다./이것은/늙어가는 내 기억력의 침체를 막기위해서지만,/다 불러서 외고 나면/<킬리만자로> 산 밑의 사자떼들, 미국 서부산맥의 깜정 호랑이떼들, <히말라야> 산맥의 흰 표범의 무리들도/내게 웃으며 달려와서 아양을 떨고,/또 저 <트리니다드>의 하늘의 홍학의 무리들도 수만마리씩/그들의 수풀에 자욱히 날아앉어/꽃밭이 되며 꽃밭이 되며/나를 찬양한다./해와 달도 반갑게는 더 밝어지고,/이래서 나는 다시 살아나는 것이다.

> ― 「나는 아침마다 이 세계의 산(山) 1628개의
> 이름들을 불러서 왼다」전문

'나'와 세계의 존재방식에 관한 서정주의 세계관의 일단이 고스란히 드러난다. 내가 세계의 산들을 외는 것은 기억력의 침체를 막기 위해서지만 화자는 그 행위를 통해 세계의 산들, 그 산이 키우는 동물들이 모두가 '나' 속에서 살아서 존재함을 경험한다. 구체적으로 킬리만자로 산 밑의 사자떼와 미국 서부산맥의 깜정 호랑이떼, 히말라야 산맥의 흰 표범의 무리들, 트리니다드 하늘의 홍학의 무리들은 '나'를 다시 살아나게 하는 동력이 된다. 이 때 나는 "해와 달도 반갑게는 더 밝어지"는, 즉 세계와 더 가깝게 연결되는 경험을 하게 된다. 세계가 나의 일에 개입하는 이 시는 유기체적인 세계관의 독특한 변용이라 할 만하다. 세계와 그 세계가 키우는 생물, 해와 달은 '나' 속에서 운동을 지속하며 '나'를 이루는 동인으로 작용한다는 사실에서 우리는 세계와 나의 연결은 물론 그 세계의 중심에 '나'를 위치시키려는 화자의 의지를 읽을 수 있다. 물론 여기서 드러나는 느낌은 동화적이고 그만큼 순진하다. '나'는 세계의 중심에 위치하여 있다. 이 때를 '나'를 위하여 사물들은 고은의 표현대로 '失物이 그의 주인을 찾아오는 것처럼 10월의 가을도보로 돌아온다.'[32]

마찬가지로 햇볕에 드러난 '내 손바닥'에는 "에베레스트산도, 백두산도, 잘마재의 쇠산도, 사막을 달려가는 사자도, 단군때를 날으던 학도", "일제말기의 종로 뒷골목의 깡패거지도 몇명/들어 있"(「손바닥을 보며」)을 정도이다. 내가 세계의 리듬으로 존재하고 있음은 물론 그 세계의 중심에 있음으로 시공을 초월한 사물들이 그 속으로 빨려 들어온다. 이른바 우주적 무도(cosmic dance)를 작은 사물 속에서 보는 것은 동양적 세계관의 가장 중요한 특징이자 본질이다. 동양의 전통들은 그 자신을 만물에서 나타내며, 만물은 자신 속에 속해 있다. 서정주에 있어서 그것이 가장

---

32) 고은, 「서정주 시대의 보고」, 『문학과 지성』, 1973. 봄, 194면.

잘 현현된 모습이 바로 자기 안에서이다. 그것도 '나' 속으로 들어오는 사물들은 시공간을 초월하여 걸쳐져 있다.

시인은 달아 있는 감정과 사상을 냉정하게 가라앉게 만드는 대상 역시 바이칼 호수에서 건져낸 비취옥의 '돌칼'(「바이칼 호숫가의 비취의 돌칼」)로 삼는다. 시인은 그 호수에서 꺼낸 구석기 시대의 싸늘한 돌칼을 뺨에 대고 사상과 감정을 식힐 때 "구석기문명시절의/그 맑은 해가 떠올라와서/나를 제대로 일깨워 세운다."라는 동화적 상상력을 발휘한다. 시인이 접하는 대상들은 엄청난 시공간에 걸쳐서 있지만 모든 것의 중심에 '나'가 있음으로써 문화적 현상과 충격들은 나에 의해서 순화되고 흡수되는 것이다. 이는 세계의 풍물들이나 문화를 다룬 모든 시들에서조차도 한결같이 그 중심이 되는 정서는 그 보편적인 문화의 내질이 '나'와 집합의지로서의 우리 민족의 정서와 만나고 있다는 것이 된다. 이는 특히 2항에서 다룬 일련의 난초 시에서 두드러지게 드러난다.

우리나라의 정서를 다룬 시편, 예를 들면 「콩 꽃 웃음」, 「안동 소주」, 「충청도라 속리산 화양골의」, 「이화중선이 이얘기」, 「폭설」 같은 '팔도 사투리 시'라는 부제가 붙어 있는 시편들이 서정주 시의 그런 속성을 드러내 주는 것은 더말할 나위가 없다. 사투리는 혼자 발성하더라도 그가 소속된 집단을 끌어오는 힘으로 작용하는 것이다. 이것은 그의 시가 얼마나 '나'와 그것이 발 딛은 근거로서 '역사와 전통'이라는 것에 뿌리를 대고 있는가를 보여 주기에 부족함이 없다.

결국 우리는 떠돌이 의식이라는 것 역시 '나'라는 주체로 수렴하기 위해 그가 수행한 전략이라는 것도 밝힌 셈이 된다.

3. 결론

우리는 이상과 같은 논의를 통해서 서정주 근작시의 특질을 아래와
같이 정리해 볼 수 있겠다.

첫째, 서정주의 근작시들은 떠돌이로 표상되는 자아의 경험 세계, 즉
역사 속이거나 지리적인 경계이거나를 가리지 않고 뛰어넘으며 시적인
탐구를 지속하고 있는 시인의 면모를 보이고 있다. 근작들은 이전의 시에
비해서 주제와 형식에 있어서의 밀도의 깊이, 자의식이 치열성, 시적
완결성 등에서 두드러진 진경을 보이고 있는 것 같지는 않아 보인다.
그러나 이미지와 어조, 주제면에서의 깊이는 물론 시적 대상에 대한 독특
한 미감의 포착과 정서화라는 측면에서 근작시들은 이전 시들과의 연속
성은 물론 새로운 개성의 창조 등에서 서정주 시의 면모를 새로이 보여
주는 충분한 가치를 지니고 있음을 확인하였다. .

둘째, 그의 시들은 현저하게 동양정신에 바탕한 유기체적인 자연관을
보여 주고 있다는 것이다. 단순히 존재하는 듯이 보이는 사물 속에도
혼과 영원성을 부여함으로써 생기와 빛을 부여함은 물론, 자연의 품에
있는 생물, 무생물들은 모두 자연의 리듬에 같이 참여하고 개입하는 양상
으로 인식한다. 특히 「논 가의 가을」, 「추석 전날 달밤에 송편 빚을
때」에서 확연한 모습을 이룬 이 세계관은 「<쿨란다> 산의 <나비의
성역>에서」 같은 작품에서는 유기체적인 세계관이 형식과 내용에 있어
육화되어 하나의 또 다른 세계를 성취한 모습을 보여 주고 있어 주목된
다.

셋째, 근작시에서도 대부분의 시에서 그는 '영원'을 다루고 있는데,
이는 영원을 사는 시적 화자의 모습이 시인 특유의 '구슬림'의 언어로
표현되는 시에서, 대상에서 영원을 다룬 시로 옮아감을 알 수 있었다.

또 대상에서 영원을 다룬 시들은 마음의 상태로 나타나는 시, 불교적 상상력을 분명한 조형, 즉 상징으로 현시하고 있는 시들로 나눌 수 있었다. 후자는 기존의 사물과 사상을 상상력의 틀을 활용하여 미학적으로 바꾸어 노래하는 특징을 분명히 보여주었다. 나아가 영원을 실현할 수 없는 환경생태문제에도 관심을 기울이고 있었고 난초를 다룬 일련의 시들에서는 그 속에서도 영원이 일상으로 내려앉은 모습을 볼 수 있었다.

넷째, 유기체적인 세계관의 연장선상에서 파악할 수 있는 사실이지만, 서정주의 근작시에서 두드러지게 드러나는 현상은 그의 시 속에 나타나는 시공간 속의 사물들이 그 시대와 환경 속에 놓여져 있지 아니하고 그 자신의 미학 속의 자장으로 편입된다는 사실이다. 그것은 결국 세계 속에 나를 위치시키려는 화자의 의지를 읽게 하는 요인으로 작용하였다. 즉 그가 추구하고 있는 '떠돌이 의식'이라는 것 역시 '나'와 나아가 민족이라는 주체로 수렴하기 위해 그가 수행한 전략이었음이 드러났다.

본고는 서정주의 시의 전모를 파악하는 일이 대단히 중요하고 또 필요하다는 인식 하에서, 그동안 대단히 소략히 다루어 온 서정주의 후기시, 그 중에서도 근작시를 중심으로 서정주 시의 특질을 살피는 작업의 일환으로 수행되었다.

여기에서 도출된 서정주 시의 특질들은 『西으로 가는 달처럼』과 『鶴이 울고간 날들의 시』, 『山詩』등의 시들과 함께 분석해 본다면 더 생산적인 결론에 도달할 수 있을 것으로 생각된다.

이를 포함하는 더 자세한 연구는 다음의 과제로 남겨둔다.

참고문헌

고은, 「서정주 시대의 보고」, 문학과 지성, 1973. 봄.

김열규, 「俗信과 神話의 서정주론」, 『미당연구』, 민음사, 1994.

박철희 편, 『서정주』(한국문학의 현대적 해석), 서강대학교출판부, 재판, 1998.

서정주, 『80소년 떠돌이의 시』, 시와시학사, 1997.

_____ , 『서정주문학전집2』, 일지사, 1972.

_____ , 『서정주문학전집4』, 일지사, 1972.

서정주 — 김수남 대담, 「신라정신으로의 복귀가 한국의 르네상스이다」, 『월
    간조선』, 1995. 1.

서정주 — 김춘수 대담, 「시인의 새해담론」, 『현대시학』, 1992. 1.

손진은, 「순간성의 미학과 서정주의 시」, 『어문학』78집, 한국어문학회,
    2002.10.

신범순, 「서정주에 있어서 '침묵'과 '풍류'의 시학」, 『한국현대시론사』, 모음
    사, 1992.

유종호, 「소리지향과 산문지향」, 『미당연구』, 민음사, 1994.

一然, 『三國遺事』, 이민수 옮김, 을유문화사, 1994.

조연현 외, 『徐廷柱 硏究』, 동화출판공사, 중판, 1980.

천이두, 「지옥과 열반」, 『시문학』, 1972. 6—9.

톰슨성경편찬위원회, 『관주 톰슨성경』, 기독지혜사, 1984.

Capra, F., *The Tao of Physics*, 이성범 옮김, 범양사 출판부, 1997.

Needham, J., *Science and Civilization in China*, 이석호·이철주·임정대역, 을유출판사, 3쇄, 1991.

Whitehead, A.N., *Symbolism : Its Meaning and Effect*, 정연홍 옮김, 서광사, 2쇄, 1991.1991.

湯淺泰雄, 『科學技術과 精神世界』, 박희준 옮김, 범양사 출판부, 3쇄, 1991.

서정주 시의 반근대성 연구

1. 들어가는 말

근대성은 한국근대문학의 존립기반이면서 지향성과 관련이 되는 중요
한 문제이다. 그러나 근대는 발생의 원천지가 되는 서구사회에서도 반성
의 대상이 된지 이미 오래이다. 우리는 먼저 근대에 대한 어느 정도의
개념 규정부터 해둘 필요를 느낀다. 근대에 대한 가장 기본적인 접근법은
계몽주의의 범주에서 행할 수 있다. 그것은 인간이성의 전개과정, 헤겔식
으로 자유의 전개과정이며 베버식으로 말한다면 미신(마법)에서 벗어나
기로 요약된다. 즉 인간은 좀 더 완벽한 곳으로 나아간다는 진보에 대한
믿음이 전제되어 있다. 근대성은 또 역사가 연속적 틀을 가지게 하기
위해 시간적 구조를 창출하는데, 이 시간적 구조화란 과거, 현재, 미래라
는 순차적이고 연대기적으로 구성되는 시간의 관계를 말한다. 근대적
시간은 양적이며 직선적으로 판단되며 변화에 의해서만 그 가치를 인정
받을 수 있다. 이런 시간의 개념 속에서 역사란 무자비하고 냉혹한 무상
성을 보여줄 뿐이며, 인간은 자신의 체험을 통일하고 거기에 균형성을
부여할 수 없게 되면서 정체성을 상실하게 된다. 따라서 근대가 말하는

진보의 개념은 본질적인 것의 상실을 초래하는 변화로서 기능하며, 이 변화 속에서 자연의 질서와 인간의 질서는 진정한 내적 연관을 상실하게 되는 것이다.

근대성에 대한 이러한 폐단을 인식하고 있는 폴 드만은 근대성이라는 주제를 "자기 규정을 위한 시도, 즉 자기 자신의 현재를 진단하는 방법으로 역사상의 상이한 시기에 반복적으로 회귀되는 특징"으로 보면서 따라서 근대성에의 갈망은 모든 문학에 존재하는 것으로 파악한다[1].

따라서 우리는 근대성에 대한 문제를 다시 생각해볼 시점에 이르렀으며, 이러한 문맥에 따를 때 이 지면에서 우리가 살펴볼 서정주의 시들은 근대적인 생활 속에서 균열된 우리들의 경험과 사상을 시적으로 재구성하면서 우리 서정시에서 근대가 몰고온 역기능에 대한 근원적 성찰의 대안적 담론으로까지 기능하게 되는 수일한 예가 되는 것을 우리는 확인할 수 있다.

서정주 시의 출발은 모더니즘에 의한 도시문명과 기계주의의 감각적 도식화 및 경향파의 목적 의식적인 문학에 직접적으로 저항하고 반발하면서 인간 생명의 체온을 회복하려는 안간힘에 그 맥을 대고 있다. 그의 시는 우리 근대시의 역사적 논리적 자장을 분할해 왔던 리얼리즘과 모더니즘 양쪽을 지양하면서 제3의 미학으로 본질에 다다르는 방법을 우리에게 보여주었다. 확실히 방임한 듯한 거침없는, 이질적이고 새로운 언어형식으로 서구시의 영향을 벗어나지 못하고 있었던 기성시단에 충격을 주었던 첫 시집 『花蛇集』에서부터 그의 시는 끊임없는 내용과 형식의 갱신을 이루면서 성숙을 거듭해 왔다. 그러나 이러한 서정주의 시들은 근본적으로 근대가 몰고온 역사와 현실의 폐허를 건너가게 하는 에네르기로

---

1) Paul De Man, Literary History and Literary Modernity, *Blindness & Insight*, Methuen & Co., Ltd, 1983.

존재한다는 데 문제의식이 놓인다. 말하자면 서정주의 시는 어느 형식을 차용하든 그 기저에는 근대로 표상되는 속악한 세계에 대응하는 태도가 내재되어 있다는 것이다.

본고는 존재의 숙명적 비극에서 파생된 동물적 에너지를 보여주고 있는 초기시는 물론, 동양미학의 전통인 '풍류'를 그의 시학의 바탕으로 차용하고 있는 중기 이후의 시들이 어떻게 자아와 세계의 통합과 자기 동일성의 상상력 구축과 연계되며 나아가 현실적 고통을 초극할 수 있는 힘으로써 근대에 대한 미학적 저항방식으로 기능하는가를 살펴보고자 한다.

2. 갈등과 비극의 시간의식

주지하다시피 서정주 초기시[2]의 특징은 존재의 숙명적 비극과 원초적 관능[3], 혼돈의 심연[4] 등으로 자주 거론되어져 왔다. 문제는 왜 이런 시적 세계를 그가 추구했느냐 일 것이다. 이는 일상의 세계를 포함한 현실의 시간을 인정하지 않으려는 부정의식의 발로이다. 이렇듯 서정주의 시적 출발은 비극적 자아인식으로부터 시작되는데, 이는 궁극적으로 근대라는 생활양식을 부정하는 데서 기인하는 것이다.

---

2) 서정주의 초기시의 범위는 첫시집인 『花蛇集』(1941)까지로 잡고 있는 견해와, 두 번째 시집인 『歸蜀道』(1948)에 실린 작품들 중 해방 후에 씌어진 일부 시들을 제외한 시들까지 포함하는 견해가 있다. 본고는 『歸蜀道』에 실린 대부분의 시들이 『花蛇集』에 실린 대부분의 시들과 동일한 시기에 쓰여졌고, 시적 경향이 비슷하다는 측면에서 후자가 타당하다고 본다.

3) 김용직, 「直情美學의 충격파고」, 『韓國現代詩史2』, 한국문연, 1996, 48면.

4) 조연현, 「원죄와 형벌」, 『미당연구』, 민음사, 1994, 11면.

　　애비는 종이었다. 밤이기퍼도 오지않었다.
　　파뿌리같이 늙은할머니와 대추꽃이 한주 서 있을뿐이었다.
　　어매는 달을두고 풋살구가 꼭하나만 먹고 싶다하였으나…흙으로
바람벽한 호롱불밑에
　　손톱이 깜한 에미의아들.
　　甲午年이라든가 바다에 나가서는 도라오지 않는다하는 外할아버
지의 숯많은 머리털과
　　그 크다란눈이 나는 닮었다한다.
　　스물세햇동안 나를 키운건 八割이 바람이다.
　　세상은 가도가도 부끄럽기만하드라
　　어떤이는 내눈에서 罪人을 읽고가고
　　어떤이는 내입에서 天痴를 읽고가나
　　나는 아무것도 뉘우치진 않을란다.

　　찰란히 티워오는 어느아침에도
　　이마우에 언친 詩의 이슬에는
　　몇방울의 피가 언제나 서꺼있어
　　볓이거나 그늘이거나 혓바닥 느러트린
　　병든 숫개만양 헐덕어리며 나는 왔다.

— 「自畵像」 전문

　　세계와 자아간의 격렬한 대결이 대표적으로 드러나고 있는 이 시에서
시적 화자는 자신을 '헐덕어리는 병든 숫개'로 치환시키며, 애비는 종이
었다는 자기 뿌리에 대한 고백은 물론, 자신을 罪人과 天痴로 동일시시키
는 당돌함을 보여준다. 종의 자식으로서, 罪人과 天痴의 굴종을 견디어내
야 하는 위치로 자신을 투사시키는 자기 방기는 속악한 현실에 길들여지
기를 거부하는 의식의 강력한 표출이라 할 수 있다. 따라서 우리는 이
시의 내용을 시적 화자의 현실적인 모습으로 읽을 필요는 없다. "가도가

도 부끄럽기만" 한 세상에서 "나는 아무것도 뉘우치진 않을란다."고 외칠 수 있는 것은 "온갖 압세와 회의와 균일품적 저가치의 극복"[5] 즉, 변화와 속도로 표상되는 왜곡된 선형적 시간의 압력에 눌려 있는 표준화된 인간과 사회에 생명을 부여하려는 하나의 시도이다. 그것은 현재의 순간에 머물 수 없는 비극적인 자의식의 극한점이면서 근대의 현실 앞에 서 있는 자아의 도전적이며 자기혐오적인 자세에 대한 알레고리다. 특히 자신의 존재방식을 '병든 수캐'의 헐덕어림과 등가적 의미로 놓는 것은 합리적 사유로 초월할 수 없는 근대에 대한 대응과 욕망의 좌절상태를 견뎌야 하는 아이러니적 존재로서의 비극을 나타내는데, 이 비극성은 "이마우에 언친 詩의 이슬에 서꺼있"는 "몇방울의 피"의 이미지로 더 증폭된다.

「自畵像」에서 촉발된 서정주 초기시의 근대에 대한 대응양식은 크게 1) 근대에 대한 강박과 공포, 2)저항의 역설적인 양상으로 나눌 수 있다. 전자는 시간에 대한 강박, 공포는 물론 현실의 시간을 인정하지 않으려는 부정의식이 나타나는「壁」, '죽음에 대한 견딜 수 없는 강박관념'("피빛 저승의 무거운 물결이 그의쭉지를 다적시어도/감지못하는 눈은 하눌로, 부흥")을 보이는「부흥이」, '목숨에 대한 맹목적인 공포'("카인의 새빩안 囚衣를 입고/내 이제 호을로 열손가락이 오도도떤다.")를 보이는「雄鷄 (下)」, '치욕으로 스스로를 경화시키려는 의식'("꽝꽝한 니빨로 우서보니 하눌이 좋다./손톱이 龜甲처럼 두터워가는 것이 기쁘구나'")을 묘사한 「葉書」등에서 구체적으로 드러난다.

아울러 후자는 근대에 대한 저항의 양상으로 '관능'을 주요 모티프로 삼고 있는데, 생명 그 자체의 탐구로 인간원형을 회복하려는 강렬한

---

5) 서정주,『서정주문학전집 5』, 일지사, 1972, 266면.

관능적 세계를 보여주는 「花蛇」를 비롯하여 「대낮」, 「麥夏」, 「입마춤」, 「정오의 언덕에서」 등에서 두루 나타난다. 이들 시는 "다라나거라"(「花蛇」), "다라나며, 쫓느니"(「대낮」), "헐덕어리며"(「自畵像」), "콩밭 속으로 작구 다라나고"(「입마춤」), "피흘리고 간"(「麥夏」) 등의 숨가쁨과 질주, 육체의 소진이, "석유 먹은 듯 가쁜 숨결이야"(「花蛇」), "웬몸이 달어"(「대낮」), "오오 몸서리친/쑥니풀 지근지근 니빨이 히허여케/즘생스런 우슴은 달드라 달드라/우름가치 달드라."(「입마춤」), "배암같은 게집은/땀흘려 땀흘려/어지러운 나를 엎드리었다."(「麥夏」) 등의 성애의 세계와 결합된다. 성애에의 집착은 닫혀진 현실의 질서를 전복시키려는 욕망을 내포한다[6]는 점을 수긍할 때 우리는 서정주의 이러한 시들이 근대의 왜곡된 시간에 눌려 있는 기존 질서에 저항하는 의미를 띠고 있음을 어렵지 않게 짐작할 수 있다. '벽', '피', '어둠' 같은 유폐와 "山되야지 식식 어리는"(「麥夏」) 혼미의 공간이 나타나는 것도 이 때문이다. 이 때 화자가 취하는 행위는 금기를 깨트리거나, 경계의 질서를 허무는 것이다. 내면의 어두움과 혼돈, 모순과 갈등이 혼재하고 있는 자아의 상태를 암시하는, 언어화 되기 이전의 울음(「문둥이」)을 넘어 나타나는 혼돈스럽고 공격적인 내면의 일탈적이고 비윤리적인 행동, 충동적이고 파멸적인 본능에의 이끌림은 시인의 말대로 인간질곡의 밑바닥을 떠메고 형벌받던 시인이었던 보들레르의 영향[7] 하에서 이루어진 것으로, 비극적 세계에 대한 처절한 도전이며 근대 하에서 절망적 삶을 극복하기 위한 비극적 선택이었다.

---

6) Geores Bataille, 조한경 역, 『에로티즘』, 민음사, 1989, 113면.

7) 서정주, 『서정주 문학전집 5』, 일지사, 1972, 269면.

3. 풍류정신 혹은 유기체적 우주관

초기시에서 그가 근대에 대한 대응방식으로 시도했던 일탈과 본능의
세계는 해방 이후 급격한 변모의 양상을 보인다. 우선 자아의 측면으로
보아도 초기시에서 중심을 이루었던 '나'가 '우리'로 변화되고 있으며,
삶과 현실에 대한 태도 역시 여유를 보이고 있다.[8]

중기 이후 서정주의 시들에서 근대에 대한 미학적 대응방식은 자연을
다룬 그의 시에서 잘 드러난다. 서정주 시에 있어서 자연은 대단히 중요
한 요소로서 작용한다. 자연에 대한 인간의 태도를 크게 1)전원, 풍물에
대한 무의식적이고 순진한 사랑으로서 짐승과 새, 들과 나무들에 대한
소년기의 순수한 감정, 2)물질주의와 세속적인 생활의 무상함에서 휴식
하고 원기를 회복하기 위하여 돌아오는 조용하고 냉정한 은둔소로서의
역할, 3)우주적인 힘, 전체적인 정신, 영원한 생명과의 교감으로서의 존재
로 나눈 논자의 의견[9]을 따를 때 서정주의 자연은 3)에 해당하는 것이
대부분이다. 예를 들어 한국 산문시의 대표적인 절창으로 꼽히고 있는
「上里果園」,「山下日誌抄」같은 작품에서만 보아도 꽃밭으로 나타나는
자연은 "강물의 隆隆한 흐름"이라는 더 큰 자연으로 승화되거나, "조카
딸년들의 친구들의 웃음판", 혹은 "한쌍의 젊은 남녀가 서로 뺨을 마조
부비고 머리털을 매만지고 하는 것"으로, 나아가 "낭랑한 唱으로 노래"

8) 시인은 "『花蛇集』속의 白熱한 그리이스 신화의 육체나 부엉이 같은 暗黑이나 絶望
이나 그런 것들에서도 인젠 떠나서 죽은 저 넘어 先人들의 無形化된 넋의 세계에
접촉하는 한 門"을 1943년 「꽃」이라는 작품에서 찾게 되었으며, "아무렇게 우거지
로 살다가 죽어도 된다는 諦念을 마련했고, 이 너무 혹독한 환경 속에서는 그게 그
대로 한 삶의 의지가 되었다"고 고백한다.(서정주, 『나의 文學的 自敍傳』, 민음사,
1975, 50면.) 이 '諦念'의 정신이 풍류정신과 연결됨은 물론이다.
9) 최창록, 「청록파에 있어서의 자연의 해석」, 『현대문학』, 1971.10, 351면.

하는 것으로 인간화된다. 자아와 세계의 경계가 허물어져야 가능한 이런
인식은 「어느 날 밤」과 같은 시편에서 "금강산 후박꽃나무 하나"가 "오
랫만에 돌아온 식구의 얼굴"로 환치되어 나타난다. 특히 「無等을 보며」
에서 자연은 동양정신에서 말하는 인간의 근원적 심성으로까지 화하면
서 일체감을 이루는 요소로서 기능하고 있기도 하다.

> 가난이야 한낱 襤褸에 지내지않는다
> 저 눈부신 햇빛속에 갈매빛의 등성이를 드러내고 서있는
> 여름 山같은
> 우리들의 타고난 살결 타고난 마음씨까지야 다 가릴 수 있으랴
>
> 靑山이 그 무릎 아래 芝蘭을 기르듯
> 우리 우리 새끼들을 기를수밖엔 없다
>
> ─「無等을 보며」부분

이 시에서 변화와 지속(불변), 일시적인 것과 영속적인 것, 부차적인
가치와 본원적인 가치의 대비를 극명하게 드러내 보여주는데, 불변의
요소로 기능하는 것이 바로 '여름 山'이다. 이 '여름 山'은 "우리들의
타고난 살결 타고난 마음씨"와 동일한 의미를 가지면서 인간으로 하여금
진보와 편리, 혹은 부로 표상되는 근대적인 것에의 유혹을 너그럽게 견디
게 하는 힘을 내장하고 있는 것이다. 서정주에게서 '여름 山'으로 표상되
는 자연은 시간의 경과에도 변하지 않는 통시적 동일성 diachronic identity
을 가지고 있는 존재이다. 통시적 동일성이란 자아와 세계의 격심한 변
화, 그리고 이 변화에서 야기되는 허무주의 때문에 발생되는 개념으로,
이 변화와 허무주의에 대응하여 인간은 지속적이고 불변적인 요소를 인
생의 가치양상으로 삼아 인간이나 사물에 동일성을 부여하려는 성향을

가지고 있다[10]. 이 시에서 통시적 동일성은 일제의 압제와 6.25로 인한 정치적 사회적 현실로부터 자아를 지키기 위해 발생한다. 근대적 정신은 자연을 대상화하고 합리성의 규율 하에 관리하는 사고로 기능한다. 이에 비해 서정주에게 자연은 주체와 분열된 존재가 아니라 결합되어 있으며 그것도 존재자의 근거로서 작용하고 있는 것이다. 이 시는 마지막 연, "어느 가시덤풀 쑥굴헝에 뇌일지라도/우리는 늘 玉돌같이 호젓이 무쳤다고 생각할일이요/靑苔라도 자욱이 끼일일인것이다"에 이르면 생에 대한 도저한 긍정정신과 여유마저 나타나고 있다.[11] 이 정서는 수세적인 입장에서 세상을 이겨내려는 방어의지를 넘어선다. 자연에서 유로된 영원성과 영생성을 그 마음 속에 내장하면서 인생을 살아내는 슬기와 기지 같은 것들을 가진 여유 있는 인간의 모습을 볼 수 있는 것이다. 그 마음이 근대의 압도적인 물결이 판을 치는 세상을 "누이의 어깨 넘어/누이의 繡틀속의 꽃밭을 보듯"(「鶴」) 간접화하여 바라 수 있게 하는 동력이다.

서정주는 단순히 존재하는 사물 속에도 혼과 영원성을 부여하고 있는데, 여기서는 사람도 엄밀한 의미에서 자연의 한 부분으로 존재하며 동식물, 무생물 역시 마찬가지이다. 자연의 품에 있는 생물, 무생물들은 모두 자연의 리듬에 참여하고 개입한다. 한 송이의 국화꽃을 피우는 데도 소쩍새, 천둥, 무서리가 서로 교체 가능한 패러다임으로 참가하여 상생적 작용을 하고 있으며, 거기에 '나'마저 개입하여 하나의 생명이 완성되는 것이다(「菊花옆에서」). 소쩍새와 국화꽃, 천둥은 천상과 지상, 식물과 동물, 정(靜)과 동(動), 정제와 혼돈 등의 차별적인 요소를 가지고 있지만

---

10) 김준오, 「동일성의 시론」, 『심상』, 1987. 7.

11) 이런 통시적인 동일성을 보여주는 다른 예로 박재삼의 「천년의 바람」등을 비롯한 일련의 시들을 들 수 있을 것이다. 박재삼등과의 관련양상은 앞으로 더 세밀한 접근이 요구된다.

모든 것이 생명의 동력이 된다는 점에서 함께 작용하는 존재로 드러난다. 서정주의 시에서 이렇듯 모든 존재는 따로 떨어져 존재하는 것이 아니라는 점에서 유기체적인 세계관에 그 기반을 하고 있음을 우리는 알 수 있다. 서정주의 시가 유기체적인 세계관에 기반하고 있다는 것은 "내가 처해 있는 인생관은 브라흐만(브라만) 사상의 그것"이라고 말하고 "카프라 같은 이가 나와 생각이 같아"[12]라고 하는 시인의 언술에서도 드러나는 바이다.

  서정주 중기 이후의 시의 반근대성을 이루는 유기체적인 세계관은 풍류정신에서 연원한다. 서정주의 언어는 '風流'라는 말과 깊은 연관을 가지고 있다. 유·불·선을 합친 개념으로 쓰고 있으며, 신라정신에서 그 역력한 흔적을 발견하고 있는 풍류의 도에는 고대 동양정신이 공유하고 있는 인간과 세계, 정신과 물질이 별개의 것이 아니라 동일한 실재를 가지고 있다는 유기체적 세계관[13]의 속성을 내재하고 있다. '風流'라는 말은 최치원의 「鸞郞碑序」에서 가져온 것으로서[14] 서정주는 풍류를 단군 이래 우리 민족이 가져온 가장 질긴 삶의 의지를 가리키는 것으로 제시한다. 서정주 중기 이후 시의 탄생지점은 바로 오랜 역사를 거쳐 여러 삶의 계층들이 자연스럽게 만들어 온 이러한 풍류적인 언어층위이

---

12) 서정주—김춘수, 「시인의 새해담론」, 『현대시학』, 1992. 1, 28면.

13) 사적으로 유기체적인 세계관은 고대 그리이스의 밀레토스 학파의 물활론적인 세계이나 인도와 중국의 신비주의적 세계관과 맥락을 같이 한다. 라이프니쯔 역시 중국의 '상관적(相關的) 사고'에 입각하여 우주는 모든 부분에 있어서 자발적으로 서로 협조하고 있다는 견해를 내놓았다. Joseph Needam, *Science and Civilization in China*, 이석호·이철주·임정대 역, 을유문화사, Ⅲ권, 1991, 208—209면. Fritjof Capra, *The Tao of Physics*, 이성범 옮김, 범양사 출판부, 1997, 212—213면.

14) 서정주, 『서정주문학전집4』, 일지사, 1972, 112면. 이는 『삼국사기』 「신라본기」 <진흥왕 37년>조에서 나온 것이다.

다. 그 스스로 '구슬리는 말법'이라고 표현하고 있는 이 언어15)는 무식한
생활인들이 자신의 풍류를 담아낸, 일상 속에 살아 있는 싱싱한 말들이
다. 그것은 그런 말들을 쓰는 사람으로 하여금 현실로부터 견딜 수 있도
록 해주고 언어공간들의 여유를 만들어내게 하는 언어이다.

　서정주의 중기 이후의 시들은 생명현상에 대한 탐구, 즉 우주의 유기적
연관에 대한 자각과 그것의 시적 형상화로 이루어져 있다. 천지를 등급이
없는 한 유기체로서 자각하고 있는 우주관과 세계관은 주체적 정통성에
입각하고 있으며 결과적으로 유럽의 근대성에 대한 일종의 도전이 된다.
이 세계관은 분열되어 있던 자아와 세계를 통합함은 물론 자기 동일성을
구축하는 원동력이다. 그것은 또한 미학적 자장 안에서 자기를 인식하고
고통을 초극할 수 있는 적극적 참여의지가 된다. 아울러 우리는 여기서
현실을 치유하기 위한 적극적인 탐색과 모색을 동반한 능동적인 움직임
을 읽게 되는 것이다.

4. 성속(聖俗)의 균형감각과 '영원'의 구현

　유기체적인 세계관은 자연스럽게 서정주로 하여금 '영원'에 대한 인식
쪽으로 유도한다. '영원'은 서정주의 시를 이루는 중요한 동인으로 작용
한다. 앞에서도 이야기했지만 그것은 현실을 견디어내는 시인이 태도에
서 연유한 것이다. 시인은 영원에 대한 인식을 "인생행로를 제한받고
또 스스로도 제한하며 얼마만큼만 가고 말려는 한정된 단거리주의가 아
니라, 한정없이 언제까지나 끝없이 가고 또 가려는 無遠不至主義"16)로

---

15) 서정주―김춘수 대담, 「시인의 새해담론」, 『현대시학』, 1992. 1, 23면.
16) 서정주―김수남 대담, 「신라정신으로의 복귀가 한국의 르네상스이다」, 『월간조선』

표현한다. 그는 이 정신을 "어느 것이나 단생중심은 보이지 않고 언제나 여러 대를 계승하는 합작의 힘이 사관의 중심을 이루고 있다."[17]고 믿는 신라정신에서 발견한다. 그러나 그는 신라정신의 기저가 되는 風流道, 즉 國仙道가 공자와 노자, 석가 들의 영향이 미치기 훨씬 이전부터 이 땅에 있어온 가르침으로 그 근원은 단군 언저리에까지 선이 닿아 있다고 파악한다. 서정주의 영원의식은 그만큼 뿌리가 깊다고 하지 않을 수 없다.

> 기생이 淸江의 귀신이 되어 정말로 살고 계시는 것을
> 보았는가.
>
> 一·四後退 때 나는 진주 가서 보았다.
>
> 그의 가진 것에다 살을 비비면 병이 낫는다고,
> 아직도 귀때기가 새파란 새댁이 논개의 강물에다 두 손을 적시고
> 있는 것을
> 시인 설창수가 손가락으로 가리켜 주어서 보았다.
>
> ─「晋州 가서」 부분

　새댁은 그 속에 빠져 죽은 논개의 몸을 강물과 동일시하고 있다. 강물에서 논개의 몸을 감각하고 있는 것이다. 여기서 강물은 논개의 몸이 들어감으로써 무한한 생성의 공간으로 바뀐다. 새댁에게 논개는 죽은 존재가 아니다. 논개는 강물에서 성스럽고도 무한한 창조의 행위를 계속하며 귀신이 되어 살고 있는 것이다. 여기서 강물의 영원성은 재생과 생명의 지속성을 흡수하면서 병을 치유하게 하는 생명의 공간이 된다. 강물이 몸으로 변하는 상상력

1995. 1, 247면.
17) 서정주─김수남 대담, 위의 책, 249면.

은 강물이라는 공간을 영원한 생성으로 잇는 생명의 공간으로 연장시키려는
시인의 의식에서 기인한다. 강물과 인체의 직접적인 접촉을 통해 과거와
현재의 동떨어진 시공의 차원을 접맥시키는 구체적인 의식을 민간전승의
주술적인 차원으로만 폄하시킬 수 없는 이유가 여기에 있다. 바로 '몸'으로
전이된 강물을 통해 과거와 미래의 전시간으로 확장되는 영원성이 나타나고
있는 것이다. 서정주에게 '영원'은 생각으로 깨닫게 되는 것이 아니라 '강물'
이라는 실체를 지닌 것이며, 가시적이고 구체적인 이미지를 통해 구현되고
있다. 주술의 미신성을 정면으로 문제삼고 나온 것이 근대요 계몽이라 한다
면, 서정주는 여기에 정면으로 대응하고 있는 것이다. 그는 이렇듯 민간의
오랜 지혜에서 발현된 믿음으로 근대의 합리주의적 사유방법을 뛰어넘는다.
특히 다음의 시는 서정주가 얼마나 근대의 분리적 사유방식에 저항하고
있는가를 보여주기에 충분하다.

　　　천오백년 내지 일천년 전에는
　　　금강산에 오르는 젊은이들을 위해
　　　별은, 그 발밑에 내려와서 길을 쓸고 있었다.
　　　그러나 宋學 이후, 그것은 다시 올라가서
　　　추켜든 손보다 더 높은 데 자리하더니,
　　　開化 日本人들이 와서 이 손과 별 사이를 虛無로 도벽해 놓았다.
　　　그것을 나는 單身으로 側近하여
　　　내 體內의 鑛脈을 통해, 十二指腸까지 이끌어갔으나
　　　거기 끊어진 곳이 있었던가.
　　　오늘 새벽에도 별은 또 거기서 逸脫한다. 逸脫했다가는 또 내려와
　　관류하고, 관류하다간 또 거기 가서 일탈한다.
　　　腸을 또 꿰매야겠다.

　　　　　　　　　　　　　　　　　　—「韓國星史略」전문

앞에서 언급했듯이 영원의식과 유기체적 세계관은 동전의 양면이다. 즉 유기체적 세계관이 체질화된 상태에서 영원이 구현된다. "금강산에 오르는 젊은이들을 위해/길을 쓸고 있"는 별을 통해 인간과 자연이 완전히 하나가 된 어떤 정신적인 경지를 시인은 보여주고 있다. 실제로 신라인의 정신세계에서는 별이 내려와 길을 쓰는 것이 일상의 상상력으로 존재했다. 서정주는 이런 이상을 통해 오늘날까지의 한국인의 정신적 상황을 간결하게 압축하고 있을 뿐 아니라 무엇보다 근대의 폐해를 이야기하고 있다. 실제로 현세적이고 합리적인 정신인 유교(宋學)는 천체와 신위를 인간보다 우위로 삼음으로써 별을 높은 데 자리하게 만들었다. 그러나 그가 여기서 정면으로 문제삼고 있는 것은 개화로 표상되는 근대이다. 그에게 있어 근대는 단적으로 '虛無'("開化 日本人들이 와서 이 손과 별 사이를 虛無로 도벽해 놓았다.")의 등가물로 나타난다. 무신론적 과학사상으로 표현되는 근대는 공간과 시간을 신성 대신에 허무로 칠해 놓았다. 거기에는 생명이니 영원이니 하는 말들이 미신으로 화해버린다. 시인 스스로 "현대의 과학주의, 합리주의의 부작용인 허무 속에 있어서 어떤 한 개인이 옛 영성의 시간과 공간을 부흥하기 위해서 어떻게 처참한 꼴이 돼 있는가 하는 것을 상징적으로 보여 주고 있다"고 말하고 있[18]지만, 결국은 유기체의 상생적 사고의 산물인 신라인의 별을 자기 체내에 소유하려 함으로써 풍류정신이 몸을 통해서 드러나고 있음을 나타낸다. 여기서 '體內의 鑛脈', 즉 腸은 생명의 통로이면서 몸을 대지와 우주로 이어주는 매개로 작용한다. 아울러 「娑蘇 두 번째의 편지 斷片」에서 '生金 鑛脈'으로 확장되는("또 먼 먼 즈믄해 뒤에 올 젊은 女人들에게도,/生金 鑛脈을 하늘에 띄웁니다.") 이 '體內의 鑛脈'이라는 용어는 그의 시가

---

18) 서정주, 『서정주문학전집4』, 일지사, 1972, 180면.

연금술적인 상상력19)과 결합되어 있음을 암시하는 것이다. 다시 말하면
몸 안에 '영원'으로 표상되는 '별'을 담고자 하는 시인의 의지는 대우주
와 대응되는 '소우주로서의 몸'을 상정하고 있다는 것이다.

　이와 같이 유기체적 세계관과 영원의식이 결합되어 나타나는 예를『新
羅抄』와『冬天』의 시편들에서 어렵지 않게 만날 수 있다. 이 두 시집의
사상적 기저인 윤회와 연기의 불교사상에는 현세에서의 초월과 영원에
대한 갈망이 내재해 있으며, 그가 창조한 인물, 즉 善德女王, 沙蘇, 百結
先生, 水路夫人 등 역사적인 인물뿐만 아니라 '우리 님'과 같은 현세적인
인물조차도 가변적인 역사 속에서도 영원히 죽지 않고 살아 있는 원형적
인 인물의 역할을 담당하고 있다. 서정주는 시집『질마재 神話』에 이르
면서 영원의 비전을 일상에서 찾게되며 그의 이러한 작업은 이후에도
지속된다. 특히『질마재 神話』에서 볼 수 있는 인물군들은 근대화의 세
례를 받기 전 아직 '영성의 시간과 공간' 속에서 살고 있는 인물들이다.
이 공간과 시간 속에 영성은 편재한다.

　　　질마재 上歌手의 노랫소리는 답답하면 열 두 발 상무를 젓고, 따
　　분하면 어깨에 고깔 쓴 중을 세우고, 또 상여면 상여머리에 뙤약볕
　　같은 놋쇠 요령 흔들며, 이승과 저승에 뻗쳤습니다.
　　　그렇지만, 그 소리를 안 하는 어느 아침에 보니까 상가수는 뒤깐
　　똥오줌 항아리에 똥오줌 거름을 옮겨 내고 있었는데요. 왜, 거, 있지
　　않아, 하늘의 별과 달도 언제나 잘 비치는 우리네 똥오줌 항아리,
　　비가 오나 눈이 오나 지붕도 앗세 작파해 버린 우리네 그 참 재미
　　있는 똥오줌 항아리, 거길 明鏡으로 해 망건 밑에 염발질을 열심히
　　하고 서 있었습니다. 망건 밑으로 흘러내린 머리털들을 망건 속으로
　　보기좋게 밀어넣어 올리는 쇠뿔 염발질을 점잖게 하고 있어요.

　19) M. Eliade,『대장장이와 연금술사』, 이재실 역, 문학동네, 1999, 120면.

明鏡도 이만큼은 특별나고 기름져서 이승 저승에 두루 무성하던
그 노랫소리는 나온 것 아닐까요?

— 「上歌手의 소리」전문

옛날엔 마당 말고 토방이 또 따로 있었지만, 요즘은 번거로워 그
따로 하는 대신 그 토방이 그리워 마당을 갖다가 대용으로 쓰고
있지요. ……

음 칠월 칠석 무렵의 밤이면, 하늘의 銀河와 北斗七星이 우리의
살에 잘 배어들게 왼 식구 모두 나와 딩굴며 노루잠도 살풋이 부치
기도 하는 이 마당 토방. 봄부터 여름 가을 여기서 말리는 산과 들의
풋나무와 풀 향기는 여기 저리고, 보리 타작 콩타작 때 연거푸 연거
푸 두들기고 메어 부친 도리깨질은 또 여기를 꽤나 매끄럽게 잘도
다져서, 그렇지 광한루의 석경속의 춘향이 낯바닥 못지 않게 반드랍
고 향기로운 이 마당 토방…… 이 하늘 온전히 두루 잘 비치는
房. 우리 학질 난 식구가 따가운 여름 햇살을 몽땅 받으려 홑이불에
감겨 오그라져 나자빠졌기도 하는, 일테면 병원 입원실이기까지도
한 이 마당房. 부정한 곳을 지내온 식구가 있으면, 여기 더럼이 타지
말라고 할머니들은 하얗고도 짠 소금을 여기 뿌리지만, 그건 그저
그만큼한 마음인 것이지 迷信이고 뭐고 그럴려는 것도 아니지요.

— 「마당房」부분

똥오줌 항아리는 지상에 있으면서 천상을 경험하고 신비적이고 거룩
한 것을 경험하는 영교의 그릇으로 존재한다. 말하자면 영성의 시간과
공간 속에 노출되고 있는 聖物로 나타난다. 따라서 상가수의 노래가
이승과 저승을 다 뻗칠 수 있는 힘은 바로 "하늘의 별과 달도 언제나
잘 비치는" 똥오줌 항아리를 '明鏡'으로 사용하고 있다는 점에서 온다.
똥오줌 항아리는 비가 오나 눈이 오나 온 우주에 스스로의 몸을 노출시키

고 있는, 그래서 온 우주의 기운을 담고 있는 존재다. 거기에 생명의 기운을 대고 있는 상가수는 이승과 저승을 두루 연결시키는 소리를 낼 수 있는 것이다. 상가수는 과학과 합리의 근대의 폭력에 저항해서 생명을 주장하고 지탱시켜온 사람이다. 그러나 서정주가 질마재 마을 사람들을 세 부류로 나누면서 '심미파'로 든 사람들이 늘 무엇을 감추는 양 숨어 사는 어둠의 측면을 강조한 것에도 드러나듯, 도덕적 질서로부터 억압된 한계인간들에게서 예인으로서의 의식이 발견되고 있음은 참으로 역설적이다. 문자화로 된 예술에서는 표현한계의 규범 때문에 생명이 깃들이기 어려운 측면이 있지만[20] 자의식이 없는 심미파(한계인간)들이 부르는 무형의 상태의 노랫소리에서는 생명파악의 전면성이 드러나면서 예술의 최고의 경지를 드러낼 수 있는 것이다. '藝'란 맹목이지만 정확한 생명의 촉각을 지니는 것이고, 노랫소리의 율문양식은 생활의식에 스민 채 계승되는 것이다. 상가수는 생명이 그 주어진 육체나 사회나 민족의 질서 속에 놓이면서 발하는 목소리인 예술을 몸으로 체득한 사람이며, 생의 형식과 예술 형식의 대응관계를 보여 주는 희귀한 경우에 속한다. 효용적인 면에서 더럽다고 생각되는 사물(똥오줌 항아리)과 행위(염발질)가 신명의 제전에서는 힘의 원천으로 작용한다. 서정주는 우리의 선인들이 오랜 지혜에서 발현된 정신의 세계를 사물에서 발견하며 그것을 시화한다. 이는 당연히 인간과 세계, 정신과 물질이 별개의 것이 아니라 동일한 실재의 양면성을 가지고 있다는 그의 유기체적인 사고(풍류정신)에서 나온다. 여기서 가수와 항아리, 우주는 하나의 패러다임 속에 묶여지며, 명경은 이승과 저승을 두루 담을 수 있게 되는 것이다.

「上歌手의 소리」의 '똥오줌 항아리'는 아래 시의 '마당 房'과 정확히

---

20) 김윤식, 「전통과 예의 의미」, 『미당연구』, 민음사, 1994, 119—126면.

대응된다. 똥을 퍼내는 일상적인 용도를 가진 '똥오줌 항아리'가 상가수의 거울이라면 온 식구들이 잠도 자고, 풋나무와 풀을 말리고, 칼국수를 먹는 등 다용도로 쓰이는 일상적 삶의 현장인 '마당 房'은 하늘과 그 아래에 있는 온 우주 만물이 두루 잘 비치는 '반드럽고 향기로운' 우주적 거울이 된다. 특히 정화와 치유의 기능까지를 담지하면서 聖所로까지 상승되는 것이다. '외할머니의 뒤안 툇마루'가 그렇듯, '마당 房'은 때가 거울이 되는 공간, 즉 하나의 존재양식(俗)이 다른 존재양식(聖)으로 옮겨지는 지점이다. 이 때 '마당 房'은 우주에 노출됨으로써 지상을 정화시키고 생의 순수하고 성화된 시간을 지속시켜 줄 수 있는 곳으로 작용한다. 그러나 서정주는 이 공간에서 일어나는 행위를 미신으로 규정하려는 합리적이고 규율적인 근대인들의 해석을 차단한다. "그건 그저 그만큼한 마음인 것이지 迷信이고 뭐고 그럴려는 것도 아니지요." 우리의 주체와 정체성을 파괴하는 근대의 정신 너머에 엄연히 존재하고 있는 생의 질서를 그는 오래 전부터 전승되어 오는 생활인들의 삶의 지혜 속에서 고스란히 발견하는 것이다. 그것은 동양의 신비주의적인 정신의 실체, 유기체적인 사고를 체득하고 있는 선인들의 전통에 기인하는 것이다.

원래 거룩함은 그 자체가 분리와 배제의 원리를 근본적 속성으로 갖는다. 특히 종교적 거룩함이 그렇다. 그러나 聖이라는 것이 절대적인 것이 아니고 세속적 상태에서 경험하는 인생의 슬기, 사는 요량 같은 것에 담겨 있는 것이라는 것을 발견하는 서정주의 태도에서 우리는 근대의 폐허를 건너가는 하나의 길을 볼 수 있는 것이다. 근대적인 관점에서의 성과 속의 분리와 차별이 아니라 일상 속에 있는 신성의 편재를 발견하면서 그 숨결을 보듬는 태도. 이는 바로 근대가 몰고온 역기능에 대한 근원적 성찰의 담론을 전통에서 찾은 그의 혜안과 방법적 자각이라 하지 아니할 수 없다. 이러한 것들이 근대화에 희생되어 온 우리 농촌의 구조적 모순 쪽으로 눈을 돌리지 아니하고 오히려 그 속에 있는 신성과 생명성을 애정어린 시각으로 잡아내면서 근대에 대한 성찰을 가능하게 만드는 이유가 되는 것이다.

5. 주체 회복의 의지와 시적 실천

유기체적인 세계관, 즉 풍류사상을 뿌리로 하는 서정주의 시에서 우주는 상호 연결된 사건들의 역동적인 리듬으로 파악된다. 그것은 물질의 외형적인 형식을 보는 것이 아니라, 그것의 움직이는 실체를 보려는 그의 시적 태도에서 기인한다. 서정주는 근대에 대한 미학적 저항의 방식으로 선인들의 오랜 지혜에서 발현된 정신의 세계를 사물에서 발견하며 그것을 시화한다. 엄밀한 의미에서 서정주의 시는 자연현상을 그대로 기술하는 것이 아니라 그들에 대한 마음의 소산, 실체 자체에 대한 믿음의 반응으로 기술된 것이다. 여기서 객관적 존재의 문제는 주관적 인식의 문제와 결부되며, 주관과 객관은 분리될 수 없는 하나로서 작용한다. 그것은 인간과 세계, 정신과 물질이 동일한 실재의 양면을 갖고 있다는 인식에서 파생되는 것이다.

서정주는 이러한 인식을 구체적으로 드러내 주기 위해서 생명적인 것으로 구현된 형이상학, 즉 생명의 본질에 관심을 집중시킨다. 역사에서 발견될 수 있는 인물이나, 불교적인 윤회·연기사상, 그리고 질마재의 인물들과 공간들에 투사된 서정주의 시들은 모두 이러한 인식의 일단을 드러낸 것이다. 그러나 서정주의 생명시학이 가장 집약된 형태로 드러나고 있는 것은 난초를 다루고 있는 일련의 시들에서이다.

내 고향 아버님 山所옆에서 캐어온 난초에는
내 장래를 반도 안심못하고 숨 거두신 아버님의
반도 채 다 못감긴 두 눈이 들어 있다
내 이 난초 보며 으시시한 이 황혼을
반도 안심못하는 자식들 앞일 생각타가
또 반도 눈 안 감기어 멀룩 멀룩 눈감으면
내 자식들도 이 난초에서 그런 나를 볼 것인가.

아니, 내 못보았고, 또 못볼 것이지만
이 난초에는 그런 내 할아버지와 증조할아버지의 눈,
또 내 아들과 손자 증손자들의 눈도
그렇게 들어있는 것이고, 들어 있을 것인가.

— 「故鄕蘭草」 전문

    서정주가 일련의 '난초시'를 비롯한 생명시학에 몰두하고 있는 이유는
근대의 압도적인 물결이 몰아치면서 생명의 기운이 극한적으로 위축되
었기 때문일 것이다. 이렇게 위축된 생기를 회복하고자 하는 마음에서
그는 선인들의 예지에서 비롯한 풍류를 현대화시켜 활용함으로써 생명
의 힘과 영원의 힘을 우리의 역사와 일상 속에서 회복시키고자 하는 것이
다21). 난초의 생명성은 화자의 의식 속에서 인간화된다. 지속적인 시간의
식 속에서 난초는 가난하나 끈질기게 생명을 이어가는 가족, 종족의 개념
으로 확산된다. 그는 겨레의 고난을 한 가족의 고난으로 압축, 구체화한
다. 자신의 삶의 궤적 속에까지 들어온 영원성은 난초의 잎사귀에서 보는

---

21) 이런 점에서 서정주의 생명시학은 이병기, 정지용 등의 '선비적 미의식'과 공통되
   는 부분이 상당히 많이 있는 게 사실이다. '선비적 미의식'의 성격에 대해서는, 최
   승호, 「이병기 시와 선비적 미의식」, 『한국현대문학연구』6, 도서출판 월인, 1998,
   209—239면.

눈들을 통해 아버지—나—아들의 삶을 연속적으로 드러내면서 과거와
현재, 미래뿐만 아니라, 찰라와 영원을 동일한 시공 위에서 정착시킨다.
생물 속에서 인간의 존재를 발견한다는 것은 인간의 삶을 유한자적이
아니라 영속적으로 존재하게 하려는 욕망의 반영이다. 그러나 서정주는
생생한 삶의 굴곡들을 그대로 드러내지 않고 가다듬어 자신의 선으로
만들어 낸다. 그것은 인내를 통해 가다듬어진 부드럽게 휘어지면서도
끊어지거나 부러지지 않는 선이다. 이 때 우리는 난초의 곡선에서 부드럽
게 휘어진 영원의 모습을 발견하게 되는 것이다.

> 음시월엔 寒蘭꽃도 기러기 다 되어
> 두마릿식 세마릿식 나는 시늉도 한다만은
> 푸른 蘭草잎은 늘 잘 구부러져
> 곧장 가버리지 말고 돌아오라 하지 않느냐?
> 蘭香처럼 잘 휘여 고향 벼개 맡으로
> 돌아와 사는 것은 가장 옳거니
> 性急하여 평양 간 아이 뺑 한바퀴 돌아서
> 모다 돌아 오너라, 돌아 와 살아라.
>
> ― 「寒蘭을 보며」전문

구부러짐은 격랑의 시대를 헤쳐온 힘없는 자들의 생활윤리이자 지혜
이다. 그것은 어떤 고난 속에서도 목숨을 끈질기게 이어가는 질긴 존재들
의 의지이며, 지상에서의 삶을 긍정하는 영원성의 표상이다. 그는 난초잎
에서 구부러짐의 형이상학을 발견한다. 그것은 이데올로기의 경직성("性
急하여 평양 간 아이")을 너그럽게 감싸안는 품과 같은 역할을 한다. 시간
과 의식이 대상 속으로 함축되어 깊이로 변용되면서 난초잎은 난세를
견디어내는 슬기와 요량 같은 것들을 함축한다. 우리는 여기서 유기체적

인 세계관을 기초로 한 서정주 시의 영원성이 점차 이 땅에서의 삶 속으로 깊이 배어 들어가 있음을 알 수 있다. 자아와 세계 간의 생명적 일체화를 다룬 이런 일련의 시들에는 억압적인 외부의 힘들에 대한 직접적인 저항의지를 보이지는 않더라도 근대적 시간의 횡포에 저항하며 세계를 건너가려는 의지가 내재되어 있다. 아울러 자연과 인간 간의 생명적 교감에서 출발하는 서정주의 생명시학이 가족, 종족의 개념으로 확산되고 있음도 확인할 수 있다. 난초의 생명력은 변화 속에서도 변하지 않는 지속적인 힘(근대에 대한 미학적 저항으로서의 전통성)이며, 그 속에서 아버지—나—아들의 세대론적 연속성으로 수렴되면서 집합의지로 승화되는 것이다. 그러나 서정주의 시들이 결국 의도하고 있는 것은 사물들이 놓인 범위 안에서 그것을 추체험하는 것이 아니다. 서정주의 시들은 인간 스스로를 대자연의 일부로 보면서도 대자연의 운행에 능동적이고 적극적으로 동참하려는 의지를 보이고 있다. 그가 경험한 사물들은 그 사물의 본질은 유지하되 그 자신의 것으로 변용되면서 자신의 예술적 형상화, 시적 형이상학의 수단이 되는 것이다. 경험에서 받은 인상과 정서에서 완전히 독특한 하나의 세계를 만들어버리는 것이 서정주와 다른 시인들과의 차이점이다.

심지어 『西으로 가는 달처럼』이나 『늙은 떠돌이의 시』 등의 시집들에 나오는 시편 속에서 그는 타문화의 충격까지를 자신의 것으로 흡수 순화시키는 능력을 발휘한다. 이를 가장 잘 드러내 보여주는 시가 「나는 아침마다 이 세계의 산(山) 1628개의 이름들을 불러서 왼다」이다.

나는/날이날마다 아침이면/이 세계의 산 1628개의 이름을/소리내어 불러서 왼다./이것은/늙어가는 내 기억력이 침체를 막기 위해서지만,/다 불러서 외고 나면/'킬리만자로' 산 밑의 사자떼들, 미국 서

부산맥의 깜정 호랑이떼들, '히말라야' 산맥의 흰 표범의 무리들도/
내게 웃으며 달려와서 아양을 떨고,/또 저 '트리니다드'의 하늘의
홍학의 무리들도 수만마리씩/그들의 수풀에 자욱히 날어앉어/꽃밭
이 되며 꽃밭이 되며/나를 찬양한다./해와 달도 반갑게는 더 밝어지
고,/이래서 나는 다시 살아나는 것이다.

―「나는 아침마다 이 세계의 산(山)
1628개의 이름들을 불러서 왼다」전문

  기억력의 침체를 막기 위해서 하는 세계의 산 이름 외기이지만 화자는
그 행위를 통해 세계의 산들, 그 산이 키우는 동물들이 모두가 '나' 속에
살아서 존재함을 경험한다. 세계의 사자떼와 호랑이떼, 표범의 무리들,
홍학의 무리들은 '나'를 다시 살아나게 하는 동력이 된다. 이 때 '나'는
다시 살아나고, 해와 달은 더 밝아지면서 자아와 대상은 더 가깝게 연결
된다. 세계가 나의 일에 개입하는, 유기체적인 세계관의 독특한 변용을
보여주는 이 시에서 우리는 세계의 중심에 '나'를 위치시키려는 화자의
의지[22]를 읽을 수 있다. 여기서 드러나는 느낌은 동화적일만큼 순진하지
만, '내'가 세계의 중심에 있을 때 '나'를 위하여 사물들은 찾아온다. 우리
는 여기서 내가 세계의 리듬으로 존재함은 물론 세계의 중심에 있음으로
써 시공을 초월한 사물들이 그 속으로 빨려 들어오는 것을 본다. 이른
바 우주적 무도(cosmic dance)를 작은 사물 속에서 보는 것은 동양적 세계
관의 가장 중요한 특징이자 본질이다. 동양의 전통들은 그 자신을 만물
안에서 드러내며, 만물은 자신 속에 속해 있다. 서정주에 있어서 그것이
가장 잘 실현된 모습이 바로 자기 안에서이다. 이와 같은 시적 인식의
태도는 분열되어 있는 자아와 세계의 통합과정 및 자기 동일성의 확보는

---

22) 손진은, 「세계와 나의 존재방식」, 『현대시』, 1998. 2. 228면.

물론 인간이 스스로 주체가 되어 근대가 몰고온 체험의 극심한 분열과 정신적 피폐상을 극복하는 근원적 성찰의 담론으로 기능한다.

6. 나오는 말

우리는 이상과 같은 논의를 통해서 서정주 시의 근대에 대한 미학적 대응전략을 아래와 같이 요약할 수 있을 것이다.

서정주의 시들은 초기에는 일탈과 본능의 세계를 통해, 중기 이후의 시들에는 동양정신에 바탕한 유기체적인 세계관을 통해 근대에 대한 저항을 보여 주고 있었다. 즉 근대에 대한 강박과 공포, 저항의 역설적인 양상을 주로 보여주던 초기시를 지나면, 그의 시에서 인간도 엄밀한 의미에서 모두 자연의 한 부분으로 존재하며 동식물은 물론 무생물 역시 자연의 리듬에 같이 참여하고 개입하는 양상이 나타난다. 즉 그가 유·불·선이 합쳐진 개념으로 파악하고 있는 풍류정신은 고대 동양정신이 공유하고 있는 세계관으로 인간과 세계, 정신과 물질이 동일한 실재를 가지고 있음을 기초로 이루어져 있었다. 이 풍류정신은 단군 때부터 우리 민족의 저층에 형성된 기층 정서로 이는 존재하는 것들을 물질로만 다루는 삭막함을 면하게 하고 우리 삶을 신비하고 감칠맛 있게 하는 유기체적인 세계관이 육화된 모습으로 나타난다.

이러한 유기체적인 세계관은 자연스럽게 '영원'에 대한 인식으로 나아가는데, 이 영원에 대한 인식은 사정없는 변화를 근간으로 하는 근대 자본주의적 가속도에 대한 미학적 저항정신을 담고 있는 것이다. 즉, 그것은 인생행로를 제한하여 얼마만큼만 가고 말 것이 아니라 한정없이 언제까지나 끌고 가려는, 즉 현실의 어려움을 견디어가려는 자세에서

나온 것이다. 그는 이를 효과적으로 달성하기 위해 여러 삶의 계층들이
자연발생적으로 만들어낸, 인생을 살아내는 슬기, 사는 요량, 기지 같은
것들이 담긴 언어로 전달한다.

  이런 시적 실천의 구체적인 전략은 자연에서 인간이 영속적으로 살
수 있는 가치를 발견하고, 또 일상 속에서 '聖'의 편재를 발견하는 데서
나타난다.

  서정주는 이러한 인식을 구현하기 위해서 생명적인 것으로 구현된 형
이상학, 즉 생명의 본질에 관심을 기울인다. 그가 생명시학에 몰두하고
있는 이유는 근대의 압도적인 물결이 몰아치면서 생명의 기운이 극한적
으로 위축되었기 때문이다. 이에 대한 대응 전략으로 그는 선인들의 예지
에서 비롯된 풍류를 현대화시켜 활용함으로써 생명의 힘과 영원의 힘을
일상 속에서 회복시키고자 하는 것이다. 이러한 생명성은 화자의 의식
속에서 인간화되면서 가난하나 끈질기게 생명을 이어가는 가족, 종족의
개념으로 확산된다.

  이러한 것을 통해서 서정주의 시들이 결국 의도하고 있는 것은 인간
스스로를 대자연의 일부로 보면서도 대자연의 운행에 능동적이고 적극
적으로 동참하려는 의지이다. 서정주의 시들에서 우리가 세계의 중심에
나를 위치시키려는 화자의 의지를 읽을 수 있는 것은 '내'가 세계의 리듬
으로 존재함은 물론 세계의 중심에 있음으로써 인간이 주체가 되어 근대
가 몰고온 역기능에 대한 근원적 성찰의 담론으로 기능하려 하기 때문이
다. 그런 점에서 서정주의 시는 전통적 사유의 복원을 통해 한국적 근대
성의 면모를 새로이 보여주고 있다고 판단된다.

  '풍류정신'을 바탕으로 하고 있는 서정주 시의 유기체적인 담론은 조지
훈의 유기체론, 이병기·정지용 등의 선비적 미의식, 문협정통파인 김동
리의 사상, 그리고 박재삼·송수권 등의 전통적 서정시와의 관련성과

차이성을 밝힘으로써 더 명확하게 해명될 수 있을 것이다. 이를 포함한
더 자세한 논의는 다음의 과제로 남겨둔다.

참고문헌

김용직, 「直情美學의 충격파고」, 『韓國現代詩史2』, 한국문연, 1996.

김윤식, 「전통과 예의 의미」, 『미당연구』, 민음사, 1994.

김준오, 「동일성의 시론」, 『심상』, 1987.7.

서정주, 『徐廷柱文學全集1—5』, 일지사, 1972.

_____, 『나의 文學的 自敍傳』, 민음사, 1975.

_____, 『未堂徐廷柱詩全集』, 민음사. 1984.

서정주—김춘수 대담, 「시인의 새해담론」, 『현대시학』, 1992.1.

손진은, 「서정주 시의 시간성 연구」, 경북대학교 대학원 박사학위논문, 1995.

_____, 「세계와 나의 존재방식」, 『현대시』, 1998.2

엄경희, 「서정주 시의 자아와 공간·시간 연구」, 이화여자대학교 대학원 박사
       학위논문, 1999.

유지현, 「서정주 시의 공간 상상력 연구」, 고려대학교 대학원 박사학위논문,
       1997.

조연현, 「원죄와 형벌」, 『미당연구』, 민음사, 1994.

최승호, 「이병기 시와 선비적 미의식」, 『한국현대문학연구』6, 도서출판 월인,
       1998.

최창록, 「청록파에 있어서의 자연의 해석」, 『현대문학』, 1971.10.

Bataille, G, 조한경 역, 『에로티즘』, 민음사, 1989

Capra, F, *The Tao of Physics*, 이성범 옮김, 범양사 출판부, 1997.

De Man, P, *Blindness & Insight*, Methuen & Co., Ltd, 1983.

Needam, J. *Science and Civilization in China*, 이석호 · 이철주 · 임정대 역, 을유문
화사, Ⅲ권, 1991.

서정주 시와 '신라정신'의 문제

1. 서론—문제의 제기

이 글은 서정주 시에 나타난 신라정신에 대하여 해명하기 위하여 쓰여
진다.

그 동안 이에 대하여는 일부 논자의 언급이 있어왔다. 그러나 이 신라
정신을 다룬 글들은 신라정신의 요체인 '영원성'과 '자연 친화성'의 문제
중 영원성 부분에만 초점을 맞춤으로써 그 내용에 있어서 충분하지 못하
고 또 구체적인 작품의 분석이 없이 이루어져 왔다는 데 문제가 있다.
간략하게 그 논의를 살펴보면, 서정주에게 있어 신라는 삶의 뿌리를 찾으
려는 모색에서 비롯1)되었다거나, 영원성에의 집착이 극심한 체험의 모순
을 극복하고 자아의 연속성과 동일성을 회복하려는 정신적 투쟁과 연관
된다2)는 긍정적인 평가가 있는 반면, 주체와 현실세계 사이의 상호 역동
적 관계가 그려지지 않고 있다3)거나, 격동의 현실을 두고 고대 신라로

---

1) 황동규, 「탈의 완성과 해체」, 『미당연구』, 민음사, 1994, 139면.
2) 이광호, 「영원의 시간, 봉인된 시간」, 『작가세계』, 1994. 봄, 128면.
3) 최두석, 「서정주론」, 『미당 연구』, 민음사, 1994, 277면.

잠적해 버린 것은 우리들과는 아무런 관계가 없[4]으며, 심지어 향가에서 드러나듯 신라정신에도 영원성과 현실성의 측면이 충분히 있는데 서정주에게는 유독 영원성의 측면만 보인다[5]는 부정적인 평가가 공존한다.

서정주의 신라정신을 역사 의식의 확대로 보느냐, 구체적인 현실을 도외시한 도피나 초월로 보느냐 하는 것은, 해석자의 현실 인식의 양상과 불가분의 관계를 맺게 된다. 보편성 중심의 입장에서 볼 때, 서정주가 영원성의 탐구를 통해 달성하고자 하는 것은 광의의 역사인식을 통해 구체적인 현실을 이해하고 그것에 접근하는 것이라고 할 수 있다. 그러나 현실의 구체성을 보다 중시하는 귀납론자의 입장에서는 이러한 시도는 이탈이거나 도피에 불과한 것으로 여겨질 것이다.

이 시점에서 필요한 것은 서정주 시의 미학적 원리에 입각하여 서정주의 신라정신을 구체적인 시 작품과 글들에서 보다 면밀하고 체계적으로 고찰하여 그것의 미적 세계인식의 원리를 보다 넓은 맥락에서 총체적으로 밝혀내는 일일 것이다.

필자는 그 동안의 서정주의 신라정신을 다룬 글들이 '영원성'이라는 문제에만 초점을 맞춤으로써 그 중요하고도 본질적인 한 부분인 '인간과 자연의 유기론적 결합'의 문제를 도외시하고 있다는 점을 지적할 예정이며, 또 '인간과 자연의 결합'이 그 바탕에 있어서 동아시아 놀이문화의 원형인 '풍류'와 연관되어 있음을 밝히고자 한다.

아울러 서정주가 '신라정신'을 오늘날의 우리 삶의 저층을 형성해온 동력으로 인식하고 있으며, 이런 인식의 결과로 그 정신은 지속적으로 그의 시에 변주되어 나타나고 있다는 것도 드러내고자 한다.

---

4) 김화영, 『미당 서정주의 시에 대하여』, 민음사, 1984, 64면.
5) 문덕수, 「신라정신에 있어서의 영원성과 현실성」, 『서정주 연구』, 동화출판공사, 1975, 53면.

2. 신라정신의 요체—영원성과 자연 친화성

앞서도 언급한 바 있지만 그 동안의 서정주의 신라정신에 대한 논의는
영원성의 측면에 집중된 감이 있다. 대표적인 논의가 문덕수[6], 이광호[7],
신범순[8] 등의 글이다.

그러나 서정주의 신라정신이 배태된 계기가 시인의 현실인식과 관련
을 가지고 있음을 살핀다면 영원성의 문제로만 신라정신을 귀결시킬 수
는 없을 것이다.

> 신비도 때로는 빠져서는 안 되는 중요한 약과이기도 한 것이고,
> 목전에 보이는 것이 모두 본딸 만한 게 없을 때에도 상대 천년 이천
> 년을 소급해 올라가서 모색할 필요도 생기는 것이고, 체념도 소용되
> 어 체념 중 상체념이 낳은 동양적 풍류에 의거할 수 있게 되는 것이
> 다. …… 현실은 인간을 주위해 있는 무엇이나가 다 현실이고, 그
> 현실적 정신이란 거기 사는 사람들의 마음 속에 일어나고 있는 무슨
> 정신이나가 다 현실정신인 것이다.[9]

---

6) 문덕수, 위의 글, 57면. 문덕수는 이 글에서 서정주의 '신라정신'의 양상에 대해 "서
   정주가 현실을 이데아의 그림자로 생각하고, 이데아만이 진실하고 아름답다는 일
   종의 플라톤적인 사고방식을 갖고 있다"고 판단하고, "(서정주의 신라는) 이데아만
   을 표현하기 위한 계기가 되며, 이것이 영원주의자 서정주 씨의 현실인식의 전부"
   라고 말한다. 신라=영원이라는 등식은 물론 그것의 부정적인 면까지 드러내고 있
   다.

7) 이광호, 위의 글.

8) 신범순, 「질기고 부드럽게 걸러진 영원」, 『미당 연구』, 민음사, 1994. 이 글은 직접
   적으로 '신라정신'을 밝히기 위한 글은 아니나, 서정주 시의 영원성이 추상적인 데
   서 출발하여 이 땅에서의 삶 속으로 깊이 배어 들어와 있음을 섬세하게 해명한 논
   문이다.

9) 서정주, 「문학작품의 현실이란 것」, 『서정주문학전집 2』, 일지사, 1972, 286—7면.

여기서 우리는 서정주의 '신라'가 "본딸 만한 게 없"는 "목전의 현실"에서 하나의 이상향으로 존재하고 있음과, 현실의 범주 역시 대단히 넓고 깊고 다양하다는 것을 확인할 수 있다. 아울러 '신비', '체념', '현실', '현실정신' 같은 용어들이 신라적인 정신의 요소를 이루고 있음도 알 수 있다. 확실히 서정주에게 신라는 삶의 현실적 내용을 이루는 온갖 비극과 오욕에도 불구하고 인간을 존엄하게 하는 비범한 통찰로 그의 시를 이끌어간다. 유한한 개체적 존재의 경계를 넘어 보다 광대한 생명의 영역에 진입하는 초월적 체험의 순간들을 제시하여 주는 것이다.

보다 구체적으로 서정주가 파악하고 있는 신라정신의 요체를 그가 남기고 있는 글을 통해 확인해 보자. 먼저 영원성의 문제를 살펴보기로 한다.

> 사람은 자기 당대만을 위해서 살아서는 안 된다. 자손을 포함한 다음 세대들의 영원을 위해서 살아야 한다. … 이 영원한 유대 속에 있는, 우리 눈으론 못 본 선대의 마음과 또 후대의 마음 그것들을 우리가 살아 있는 마음으로 접하는 것은 신라정신의 이해가 내게는 가장 중요한 것이 되었다.10)

> 내게 있어 현실인식이란 목전의 현대만을 상대하는 그 것이 아니라, 인류사의 과거와 현대와 미래를 전체적으로 상대하는 '역사의식' 그것이다.11)

우리는 여기서 서정주의 '영원성'이라는 것이 현상의 변화에 영향받지 않는 항상적인 본질의 문제를 탐구함으로써 구체적인 현실을 상대하는

---

10) 서정주, 「내가 아는 영원성」, 『미당 산문』, 민음사, 1993, 118—119면.
11) 서정주, 「역사의식의 자각」, 『현대문학』, 1964. 9.

동시에 넘어서는 것이라는 것을 알 수 있다. 그는 "육안에 보이는 현상 그것만 가지고 좌충우돌하는 것이 바른 역사 참여자의 태도가 아니"며 죽은 자들의 영혼이 꿈에 나타나 말하는 것까지를 현실력으로 받아들이는 소위 靈通이 "현실주의보다 훨씬 밝고 간절하고 바닥에 닿는 일"[12]이라고 하여 영원성을 설명하고 있다.

그러나 서정주의 신라정신의 항목은 영원성과 함께 자연의 문제에도 관여되어 있음을 우리는 확인할 수 있다. 구체적으로 그는 산문 「자연과 영원을 아는 생활」에서 다음과 같이 기록하고 있다.

> 내가 말하고 싶은 것은 현대인들은 거의 모두가 옛날 사람들에 비해 그 생활에 있어서 언제나 시간적으론 현재만을 너무 소중히 여겨 표준을 삼아 살고, 공간적으론 또 인간사회만을 표준을 삼아 살다가, 답답하고 끓는 피에 역겨워 고민하고 절망하고 타락하는 일이다. 옛날 우리 나라 사람들은 사람 사이의 인간사회에서 무슨 일에 아주 실패해도 거기서 낙오자가 돼 버리는 일이 없이 먼지 털털 털고 일어나서 그들의 본래의 넓으나 넓은 고향—자연에 돌아가 삶으로 다시 살 기운을 회복했고, 그들의 원래 맡은 전체의 시간, 영원을 자각함으로 끈질기게 됐던 것이지마는……[13]

여기서 알 수 있는 것은 서정주가 자연을 우리의 본 고향으로 파악하고 있다는 점이다. 더욱이 그는 그 함의를 현재로 확장하여 자연을 아는 삶을 신라인들에게서만이 아니고, 요즘의 '한산인부'들에게서도 찾고 있다.[14] 즉 그는 한 곳에 멈춤이 없이 떠돌아다니는 사람을 자연 속의 사람

---

12) 서정주, 「내 마음의 현황」, 『서정주문학전집 5』, 일지사, 1972, 284면.
13) 서정주, 「자연과 영원을 아는 생활」, 『서정주문학전집 5』, 일지사, 1972, 299면.
14) 서정주, 위의 글, 330면.

으로까지 명명하고 있는 것이다. 이는 이 신라정신의 맥이 현재에도 계속 이어져 내려오고 있음을 인식하는 그의 태도에서 기인한다.15) 이 자연 친화적인 요소는 속된 것·현실로부터 벗어나고자 하는 자유로움의 지향성으로 동양문화권에 있어서는 '풍류의 가장 뚜렷이 부각되는 점'16)으로 지적되고 있다.

지금까지의 논의들은 서정주의 신라정신의 요체를 '영원성' 일방으로만 해석하고 있어서, 또 다른 중요한 미적 요소가 되는 '자연 친화성' 부분에 있어서는 논의가 없다. '자연 친화성'은 '영원성'과 함께 서정주 시의 신라정신의 요소를 형성하고 있는 두 축으로 반드시 해명되고 넘어가야 할 점이다. 영원성이 시간의 문제에 속한다면, 자연 친화성은 공간의 문제에 속한다.

서정주는 한낱 허무와 무위의 집적에 불과해 보이는 목전의 현실상황을 타개하기 위해서, 인간 존재와 삶에 대한 신뢰를 가시적인 현상을 넘어선 전체의 시간인 '영원'에서, 또 인간에게 다시 살 기운을 회복해주는 공간인 '자연'에서 찾았다. 서정주는 "시간과 공간의 사막성을 씻어 거문고의 농현의 끊임없는 여운과 같이 영원을 늘 울리고, 우주를 한 대가정의 뜰로 하여 사람마다 거기 주인이 꼭 되게 만드는" 그런 지향을

---

15) 이 점과 관련하여 더 고찰해볼 수 있는 문제는 서정주의 이러한 자연관이 『떠돌이
   의 시』(1976), 『늙은 떠돌이의 시』(1993), 『80 소년 떠돌이의 시』(1997)등의 시집뿐만
   아니라 『서으로 가는 달처럼…』(1980), 『산시』(1991) 등 기행시집으로 확산되고 있
   음을 짐작할 수 있다는 것이다. 즉 자연에 대한 인식은 그의 시 전체의 원형질로
   작용하면서, 원심력을 형성하고 있음을 짐작할 수 있다. 이에 대해서는 졸고, 「서정
   주 근작시 연구」, 『어문학』 제65집, 1998.

16) 신은경, 『풍류—동아시아 미학의 근원』, 보고사, 1999, 68—81면. 신은경은 이 책에
   서 '풍류'의 본질로 '놀이적 요소', '미적 요소', '자연친화적 요소', '자유로움의 추
   구'를 들고 있다. 자세한 것은 본론의 전개과정에서 상술하기로 한다.

'새로운 시 미학'으로까지 파악하고 있는데[17], 그러한 정신적 세계의 모델로 찾아낸 게 신라인 것이다.

서정주의 지향점은 엄밀히 말해 신라가 아니라 '신라인들의 정신지향'과 '신라인들의 의식의 현실'이었다. 신라인들은 그들이 생각해낼 수 있었던 모든 세계를 그들의 의식의 현실 속에서 하나로 용해해서 받아들이고 있었다. 그들의 세계관에 있어 현실적 세계와 초현실적 세계가 서로 구분되지 않은 상태로 존재[18]한다. 현실과 자연 · 일상과 신화 · 신과 인간 · 삶의 형식과 죽음의 형식이 미분화된 상태로 신라인의 의식의 현장에서 현장감을 가지고 살아 움직이는 것을 우리는 볼 수 있다. 일체의 세계를 신화적인 현실 속에서 용해하고 있는 신라인의 세계관은 이성적 세계관과는 일정한 획을 긋는 것이다.

신라인들이 지니고 있었던 의식의 현실과 서정주가 개인적 삶의 궤적을 통과해 도달한 정신세계가 합치점을 만나면서 서정주는 새로운 미학을 만들어나갈 수 있었던 것이다. 즉 신라인들의 정신활동 속에는 서정주가 직면한 현실 ─ 이성과 감성의 분리, 자아와 세계의 분열, 세속과 신성의 단절 ─ 을 매개하고 화해시키는 사유로서의 미학적 인식의 모델을 그 자체로 가지고 있었던 것이다. "인간성을 신성으로까지 추구할 줄 모르던 시인들은 존경하지 못하는 정신습성을 지녀오고 있는 셈이다."[19]거나, "어느 과학보다도 성소보다도 정밀하게 통달해 가던 신라의 마음들"[20] 같은 표현에서도 과학과 합리보다 우위에 놓인 신라정신에

---

17) 서정주, 「새로운 시 미학의 모색을 위한 단상」, 『서정주문학전집 2』, 일지사, 1972, 307면.

18) 윤천근, 『역사 속의 한국사상 I ─신라정신』, 온누리, 1985, 29─30면.

19) 서정주, 『서정주문학전집 5』, 일지사, 266면.

20) 서정주, 위의 책, 315면.

연결되어 있는 그의 미적 인식을 볼 수 있다. 서정주의 미적 인식과 신라 인들이 지니고 있었던 인간관, 세계관이 행복한 합치를 이루는 지점에서 서정주의 시는 빛을 발한다.

여기서 다시 지적하고 싶은 것은 서정주가 파악한 신라정신이 특정한 시기에 존재했던 하나의 사상이나 세계관으로 기능하고 있지 않다는 것 이다.

> 허나 이 일이 신라시절에만 그랬다가 고려의 유학천하이래 끊어
> 져버렸다고 생각하는 것은 어리석습니다. 傳統力이라는 것이 어디
> 가 그런 것인가요. 유학적 현실주의만 가지고는 제외할 수 없던 ─
> 이 정신의 또 다른 힘은 고려이래 모든 권위의 밑바닥에 숨은 한
> 개의 잠재력이 되어 오늘날의 우리에게도 전승되어 있습니다.[21]

우리는 이러한 정신의 예를 『질마재 神話』에 나오는 시편들에서 여실 히 확인할 수 있다. 그런 점에서 그 정신에 있어서 '新羅'의 '질마재'는 연속적이라 할 수 있다. 아울러 신범순[22]의 연구는 이 정신을 『떠돌이의 詩』와 관련시켜 논의하고 있기도 하다. 그만큼 '신라정신'이 서정주 시의 근간을 이루는 원형이 된다.

그러면 서정주 시에서 신라정신은 어떻게 표상되는가를 살펴보기로 하자.

---

21) 서정주, 「신라정신에 대하여」, 한국일보, 1959. 2. 15, 여기서는 문덕수, 「신라정신에 있어서 영원성과 현실성」, 『서정주 연구』, 동화출판공사, 1975, 53면 재인용.
22) 신범순, 위의 글, 281─296면.

3. 작품에 나타난 신라정신의 표출양상

앞서 우리는 서정 신라정신의 근간을 이루는 요소로 '영원성'과 '자연 친화성'의 문제를 언급했다. 이제 두 요소를 항목별로 나누어 구체적인 작품과 함께 세밀하게 고찰하기로 한다. 논지의 전개상 여기서는 영원의 속성으로서는 '불멸하는 존재로서의 인간', '자연'의 속성으로서는 '인간과 자연의 결합'으로 나누어 고찰하기로 한다[23].

1) 불멸하는 존재로서의 인간—'영원성'의 문제

서정주는 그의 「신라찬」이라는 글에서 신라인에 대하여 "죽음이 영 없는 혼신의 영생이 근본이기 때문에" "육신의 인간사회에 나서 魂神의 영원체로 통하는 두 주소를 항시 가지고 살아서 이들의 무선전화는 시간의 제한 없이 몇백년 몇천년 사이를 두고도 선연히 통화되었다.[24]"고 묘사하고 있다. 구체적인 작품을 통해 그 내용을 살펴보자.

> 대여섯 달 가꾸어 지낸 오늘엔,
> 홍싸리의 수풀마냥 피는 서걱이다가
> 비취의 별빛 불들을 켜고,
> 요즈막엔 다시 생금의 광맥을 하늘에 폅니다.
>
> 아버지.

---

23) 이와 관련하여 서정주가 가장 바람직하고도 이상적인 모델로 생각하는 작품은 '영원성'과 '자연 친화성'이 같이 녹아들어 있는 작품일 것이지만, 여기서는 인용 작품마다 두 요소 중 강조점이 더 드러나는 쪽으로 선택하기로 한다.

24) 서정주, 『서정주문학전집5』, 315-316면.

아버지에게로도,
내 어린 것 弗居內에게로도, 숨은 弗居內의 애비에게로도,
또 먼 먼 즈믄해 뒤에 올 젊은 여인들에게도,
生金 鑛脈을 하늘에 폅니다.

—「사소 두 번째의 편지 斷片」 부분

그리고 몇 십년 뒤
이 꽃다발의 선사는 또 한 다리를 건네어서
내가 못본 또 어떤 아이에게 전해질 것인가?

—「나그네의 꽃다발」 부분

내 각시는 이미 물도 피도 아니라
마지막 꽃밭 증발하여 괴인
시퍼렇디 시퍼런 한마지기 이내!

— 「두 향나무 사이」 부분

어느날 언덕길을 상여로 나가신 이가
그래도 안 잊히어 마을로 돌아다니며
낯모를 사람들의 마음 속을 헤매다가,
날씨 좋은 날
날씨 좋은 날 휘영청하여
일찍이 마련했던 이 別邸에 들러 계셔

—「구름다리」 부분

　인용된 시들이 한결 같이 같은 시간대에 놓인 사람들끼리의 참여가
아니라 시간적으로 간격이 있는 존재들끼리의 만남을 보여주고 있다는
점에서 이채를 띤다. 「娑蘇 두 번째의 편지 斷片」과 「나그네의 꽃다발」
은 화자와 시간적으로 후대의 사람들과의 소통과 교류를 그리고 있고,

「두 향나무 사이」와「구름다리」는 오래 전에 죽은 혼령과의 현재 살아 있는 사람과의 靈通을 그리고 있다. 그러나 영통의 모습은 편마다 다소의 차이를 가지고 있다. 「娑蘇 두 번째의 편지 斷片」는 피라는 액체가 비취의 별빛과 같이 투명하고 아름다운 보석의 빛깔로, 나아가 생금으로까지 번져나가면서 인간의 애욕에서 벗어나 보다 넓고 영원한 것으로 맑히어 가는 정신의 단계를 그리고 있다. 「두 향나무 사이」역시 먼저 죽은 애인의 존재가 이내라는 몸을 입음으로써 그 모양을 달리한다. 「나그네의 꽃다발」은 세대가 지나도 이어질 사건들의 연속을 그리고 있다. 소통의 상대자는 사람과 사람이다. 단회적인 사건이 그것으로 끝나는 것이 아니라, 몇십년이고 몇백년이고 뒤이어서 계속될 것이라는 믿음을 바탕으로 쓰여졌다. 「구름다리」는 '산에 이는 구름'을 본 '계림 사람'들이 망자가 지상의 일을 잊지 못하고 구름의 별저에 들러 있다고 생각하여 다리를 놓아준 설화에 근거하여 쓰여진 작품인데, 이는 구름에서 사람의 혼백을 보는 태도를 보이고 있다. 심지어 서정주는 "내 그대를 사랑하는 마음"조차도 "구름 없는 하늘가에 살고 있"(「내 그대를 사랑하는 마음은」)다고 하는 사유까지를 전개하고 있다.

죽은 사람과 산 사람이 현실의 인간생활을 구성하는 데 참여하고 현실 속에서 그 활동을 전개하며 현실의 인간들과 마찬가지의 존재영역을 구축하고 있는 이런 상황은 얼핏 보아서는 황당한 일처럼 보이는 것이지만 이는 영원을 표준으로 하는 삶의 이치를 깨달은 자에게서 느낄 수 있는 지혜의 한 부분인 것이다. 이는 지상적 삶과 눈에 보이는 현실, 나아가 단생중심주의에 집착하는 정신에 준엄한 깨달음을 주고 있기도 하다.

신라인들에게 인간은 사멸하는 존재가 아니었다. 그들은 죽음 이후에도 영혼의 형식으로 존재한다고 생각하였다. 신라인들의 영혼은 생시의 형상을 그대로 갖추고 있는 형상으로 존재한다. 신라인들은 영혼이 천당이나 지옥 같은 자리에 옮겨가서 안주한다고 생각하지 않고 묘지 속에 기거하면서 인간의 현실적인 삶에 직접 관계한다고 생각하였다.[25]

신라인에게 있어서 세계는 어떤 다른 것에 의해 그 존재성이 부여되거나 유지된 것이 아니라, 그 자체로서 존재하고 그 자체로서 존재성이 유지되는 것으로 받아들여졌다. 이는 그들에게 세계는 실체로서 받아들여지고 있음을 의미한다. 이 때 삶과 죽음은 물론 천상계와 인간계의 구분도 무화된다. 천상계와 지상계는 그 영역에 있어서는 하늘과 땅으로 갈라져서 위치한다고 하더라도 인간의 의식공간에 있어서는 현실 속에서 상호 합치되는 것으로 이해되고 있는 것이다. 그들에게 천상계는 어떤 다른 이상적인 세계가 아니라 세상을 덮고 있는 하늘의 상징적 표현에 불과하다. 그들은 땅 위에 사람들이 살고 있는 것과 마찬가지로 하늘에도 누군가가 산다고 믿었던 것이다. 천상계는 지상계의 인간들의 운명을 관장하고 있는 것으로 그려지고 있지만,[26] 그밖에 특별한 권능을 지니는 것으로 그려지고 있지는 않은 것이다.

> 하지만 사랑이거든
> 그것이 참말로 사랑이거든
> 서라벌 천년의 지혜가 가꾼 국법도다도 국법의 불보다도
> 늘 항상 타고 있거라.
>
> 朕의 무덤은 푸른 嶺 위의 欲界 第二天
> 피 예 있으니, 피 예 있으니, 어쩔 수 없이

---

25) 윤천근, 위의 책, 108—109면.
26) 천신이 인간의 운명을 관장한다는 것은 표훈 대사의 이야기에서 단적으로 증명된다. 이 밖에도 하늘은 혁거세 유리왕 석탈해 등을 출현시킴에 있어 그들에게 신성한 표식을 부여해 줌으로써 그들의 운명을 좌우하는 것을 볼 수 있다.

　　구름 엉기고, 비 터 잡는 데 ── 그런 하늘 속.

　　　　　　　　　　　　　　──「善德女王의 말씀」부분

　이 시는 신라인들의 세계관을 기초로 쓰여진 시이다. 아울러 현세와
같이 구름이 일고 비가 오는 가장 인간적인 세계. 사후에도 이렇게 인간
의 세계와 가까이 있겠다는 선덕여왕의 말씀을 통해 시인이 우리에게
하는 이야기는 인간에 대한 깊은 이해와 왕으로서의 겸허함이다. 선덕여
왕은 또한 사랑과 긍휼 지혜를 가진, 지정의가 합일된 조화된 인격을
갖춘 인간으로 묘사되고 있는데, 그것은 합리와 이성의 정점에 있는 국법
보다도 사랑을 우위에 놓고 있다는 것에서도 드러난다. 이는 시인의 신라
에 대한 경의에서 나온 것으로 시인이 신라를 통해 갖고 있는 완전한
인간상을 제시하고 있는 것이다. 그러나 이 시에서 정작 중요한 것은
현세와 내세를 동일한 시공에서 보려고 하는 영원성에 대한 의식이다.
서정주가 여기에서 추구하는 것은 삶과 죽음의 대립이 해소된 추구하는
어떤 조화롭고 맑은 세계인에, 이 이상적인 세계가 바로 신라이다.

2) 자연과 인간의 결합 ── '풍류'의 정신

　서정주가 신라에서 발견하는 또 하나의 정신은 자연과 인간이 하나로
결합되어 있는 세계이다. 자연, 동·식물에게 밝은 눈길을 부여하는 것이
나 인간과 그들의 세계의 간극이 없는 것은 바로 그 예이다.
　먼저 자연에 대한 태도부터 알아보자. 서정주의 자연친화는 인간이
자연에 다가가는 과정이 지난한 자아의 고투에서 비로소 이룩되고 있음
을 보여준다.

門   열어라 꽃아, 門   열어라 꽃아.
벼락과 海溢만이 길일지라도
門   열어라 꽃아, 門   열어라 꽃아.

—「꽃밭의 獨白」부분

산으로 수행을 가기 전의 사소의 이야기가 그려져 있는 시다. 우리는
여기서 자연과의 친화를 통하여 서정주가 만들어낸 인간상을 발견할 수
있는 바, 바로 좁은 사회의 윤리 도덕의 틀을 벗어나서 운명을 개척하기
위해 과감하게 미지의 세계에 도전하는 여인상[27]이다. 사소는 「선덕여왕
의 말씀」의 선덕여왕과 함께 서정주가 창조한 새로운 인간형에 해당한다
고 하겠다. 산돼지와 산새들, 즉 일상에서의 노동과 일들에게 입맛을 잊
어버린 자아가 마지막으로 관심을 가지고 있는 것은 자연이다. 즉 그녀는
무의미한 삶으로부터의 도약을 위해 신선수행이라는 힘든 출가를 수행
하는데 그러나 꽃으로 된 자연은 섣불리 그 문을 열어주지 않는다. 그러
나 닫힌 문으로 표상된 자연(꽃) 앞에서 시적 화자는 벼락과 해일만으로
이루어진 길을 통해서라도 자연의 숨결에 다가가고자 하는 정신적 기투
를 보여주고 있다. 서정주 시의 빼어난 점은 이러한 정신의 모험을 통해
자연에 다가가고자 하는 의지가 드러난다는 점이며, 이러한 과정을 통해
그가 인간과 자연을 뚜렷이 나누지 않는 신라인의 세계관에 다가가고
있음을 우리는 짐작할 수 있는 것이다. 처음부터 주어진 자연이 아니라
그가 정신적 기투와 모험을 통해 찾아내는 자연이라는 점에서 서정주의
자연은 문제적이다. 서정주는 이런 기투의 과정을 통해서 "인간과 자연
이 하나가 된 정신적 경지의 등가물"[28]인 신라를 발견하는 것이다.

---

27) 이진홍, 「서정주 시의 심상연구」, 영남대학교 대학원 박사학위논문, 1988, 119면.
28) 김우창, 「한국시의 형이상」, 『궁핍한 시대의 시인』, 민음사, 1987, 63면.

친자연적인 이런 세계관의 근저에는 서정주가 신라에서 발견한 '풍류' 의식이 깔려 있다. 신은경은 '풍류'를 '미를 표방하는 놀이문화'로 정의하고 그 본질을 놀이적 요소, 미적 요소, 자연친화적 요소, 자유로움의 추구 등의 네 요소로 나누고 있다. 또 놀이(遊)는 단순한 유희가 아니라 미적 인식에 기반한 놀이로서 속박됨 없이 무한의 세계·산수간에 노닐며 자연의 이치를 탐구하는 것으로, 미적 요소는 월명사가 피리를 불 때 달이 멈추었듯이 우주만물·삼라만상의 본질을 드러내는 모든 현상에 몰입하여 자기를 잊어버리는 망아(忘我)의 경지에 이르러 사물의 본질과 하나가 되는 상태에 이르는 것으로, 자연친화적 요소는 자연과 함께 호흡하고 자연이 환기하는 생명의 리듬을 몸으로 체감하면서 자기 내부에 있는 생명의 리듬을 자연의 리듬에 일치시키는 것으로, 자유로움의 추구는 속된 현실로부터 벗어나고자 하는 지향성으로 은(隱)의 의미가 내포되어 있는 것으로 분석한다.[29]

이런 관점에서 보면 「꽃밭의 독백」은 네 요소를 다 포괄하되 그 현상의 깊은 내면 혹은 본질까지 구극해 들어가 그 진수에 접하고자 하는 미적 요소의 특징이 두드러지게 나타나는 것을 알 수 있다. 이런 풍류의 미학적 요소는 아래의 산문에서도 두드러지게 나타난다.

> 허공이 허공이 아님을 사람들의 앞에 그 아름다운 거듭거듭의 활현으로써 말하고 있는 것으로 꽃 이상의 힘을 가진 것은 없으리라. …(중략)… 꽃들은 눈에 따가울 정도의 불붙는 색채와 그 희한한 유통력으로써 우리들의 遠視力의 부족을 샅샅이 일깨워서 허공이 허공이 아님을, 무가 무가 아님을, 어느 말보다도 더 능력 있는 말로 증명하는 힘을 가졌다.[30]

---

29) 신은경, 앞의 책, 68-91면.

　말하자면 서정주에게 꽃으로 표상된 자연은 인간적인 한계를 극복하
고 시력을 강화함으로써 세계의 변함 없는 본질을 보게 하는 매재가 된
다.　사실 자연에 대한 탐구는 현실적이고 일상적인 것에의 거부라는
인식이 깔려 있는데, 이는 기존질서에 대한 반발이며 차안으로부터 피안
에 이르고자 하는 동경과 함께 현실로부터의 일탈과 근원에 대한 탐구의
지를 바탕으로 하고 있는 것이다. 다음과 같은 시에 나오는 인간과 자연
의 결합은 자연에 대한 피상적인 인식이 아니라「꽃밭의 독백」과 위의
산문에서 나오는 정신적 모험 후에 나온다고 할 수 있겠다.

　　　　천오백년 내지 일천년 전에는
　　　　금강산에 오르는 젊은이들을 위해
　　　　별은, 그 발밑에 내려와서 길을 쓸고 있었다
　　　　그러나 宋學 이후, 그것은 다시 올라가서
　　　　추켜든 손보다 더 높은 곳에 자리하더니
　　　　開化 일본인들이 와서 이 손과 별 사이를 허무로 도벽해 놓았다.
　　　　그것을 나는 단신으로 側近하여
　　　　내 肉體의 鑛脈을 통해, 十二指腸까지 이끌어갔으나
　　　　거기 끊어진 곳이 있었던가.
　　　　오늘 새벽에도 별은 또 거기서 逸脫한다. 逸脫했다가는 또 내려와
　　　貫流하고, 貫流하다간 또 거기 가서 逸脫한다.
　　　　腸을 꿰매야겠다.

　　　　　　　　　　　　　　　　　　　　　　　　　　—「韓國星史略」 전문

　제목에서 나타나듯 인간과 별이 하나의 리듬으로 존재했던 시대에 대
한 향수와 이런 경지를 위해 고투하는 자아의 모습을 그리고 있는 시다.

---

30) 서정주, 『서정주문학전집 4』, 일지사, 1972, 94면.

금강산에 오르고 있는 젊은이들을 위해 발밑에서 길을 쓸고 있는, 「혜성가」에 나타나 있는 별의 묘사[31]는 자연의 리듬과 인간의 리듬이 합치되는 공간 속에서 놓여 있고, 모두 한 호흡으로 존재하고 있는 신라인의 모습을 단적으로 보여주는 것이다. 자연을 포함한 모든 삼라만상을 향해 함께 깨어 있고 열려 있는 마음, 그래서 인간의 모태라고도 할 수 있는 자연으로 회귀해 가고자 하는 심성을 그리고 있는 이 시는 신라인의 풍류를 단적으로 말해주고 있다. 이는 앞서 논의한 '풍류'의 요소 가운데 '자연친화적'인 요소를 특히 강조하고 있다.

황동규는 이를 "인간의 일에 자연이 참여하는 삶"[32]이라 하고 있는 바, 신라인의 세계관은 현실과 초현실, 일상과 신화, 신과 인간이 미분화된 상태로 신라인의 의식의 현장에서 현장감을 가지고 살아 움직이고 있는 것을 볼 수 있다. 이것은 그들의 세계가 짙은 종교성에 입각한 신화적 특징을 바탕으로 이루어지고 있음을 의미한다.[33] 일체의 세계를 신화적인 현실 속에서 용해하고 있는 신라인의 세계관은 신화적 세계관이라 일컬을 수 있을 것이다. 이 시에서 드러나듯 이 세계관 속에서는 초현실적인 세계, 신비적인 세계는 일상을 살아가는 인간들의 세계와 마찬가지의 현장감이 부여된다. 여기서 서정주가 근본적으로 의도하고 있는 것은 인간이 별로 상징되는 천상의 질서와 분열이 없이 융합되는 세계, 인간과 자연이 우주의 일원으로 유기론적으로 결합되어 있는 세계일 것이다. 그러나 합리성과 이성을 주조로 하는 주자학의 고려 이후에 이르면 별은 인간에게서 분리된다. 더욱이 근대로 표상된 개화 일본인들에 의하여

---

31) "삼화의 산구경 오심을 듣고, 달도 부지런히 등불을 켜는데, 길 쓸 별을 바라보고, 혜성이여 사뢴 사람이 있구나."

32) 황동규, 위의 논문, 140면.

33) 윤천근, 『역사속의 한국사상 Ⅰ―신라정신』, 온누리, 1985, 29면.

자연과 인간의 거리는 회복될 수 없을 정도로 벌어진다. 이 시에서 그것은 허무로 표현되어 있다. 우리는 이것이 인간이 자연을 관리하고 통제하는 도구적 이성에 의한 것임을 알 수 있다. 서정주는 구체적으로 신라 이후의 역사를 유기체적 자연관에서 떨어진 일탈과 타락의 과정으로 보고 있다. 그러기에 시적 화자는 단신으로 그것을 극복하는 모험을 감행하여 체내의 광맥을 통해 별을 십이지장까지 끌어내린다. 그러나 멀어진 상상력을 끌어내리는 시적 화자의 이런 노력이 신라 시대처럼 일상의 상상력이 되게 하지는 못한다.

자연과 인간이 하나의 리듬으로 움직이는 것은 이 시 외에도 "이것은 언제나 매가 그 밝은 눈으로 되찾아낼 수 있는 것이다."(「新羅의 商品」)에서 보이듯 매에게 밝은 눈을 부여하는 것이나, 사소의 산행을 매가 인도하는 「사소의 편지」1, 2와 해가 細鳥의 베틀에 매달리거나 비단을 따라 다니는 「해」같은 작품에서도 너무나 자연스럽게 육화되어 나타난다.

이 외에 신라시대의 대표적인 은자인 包山二聖인 관기와 도성의 이야기를 시화한 「風便의 消息」은 자연친화성과 함께, 속됨으로부터 벗어나고자 하는 '자유로움의 지향성'을 보여주는 예가 될 것이다.

서정주가 신라인의 풍류에서 발견하고 창조한 인물들은 고결함만을 간직한 것이 아니라 욕망을 비워버린, 천진스러움과 가벼운 여유를 지니고 삶의 지혜를 가르쳐 주는 존재로도 기능한다.

    토함산에 올라서니
    선덕여왕릉이지 아마
    그게 시월 상달 석류 벙그러지듯 열리며
    웬일인지 소리내어 깔깔거리고 웃으며

산가슴에 만발하는 철쭉꽃 밭이 돼 딩굴기 시작했다.

누가 그러는가 했더니
석굴암에 기어들어가 보니까
역시 그것은 우리의 제일 큰 어른 大佛이었다.

선덕여왕의 식지의 손톱께를 지긋이 그 응뎅이로 깔아
자즈라지게 웃기고,
또 저 뭇 왕릉들이 즈이 하늘로 가버리는 것을
그 살의 중력으로 말리고 있는 것은 …

— 「慶州所見」부분

선덕여왕이나 대불이 신라의 인물이면서도 지금 현재에도 살아 있는 인물로 창조된 것은 죽음과 삶, 천상과 지상을 함께 보려는 신라인들의 세계관에서 기인한다. 그러나 이 시에서 이들 인물은 고결함의 이미지보다는 천진하고도 친근한 이미지로 나타나는 점이 다르다. 서정주의 자연친화적인 시선에서 선덕여왕은 「善德女王의 말씀」에 나오는 품위를 벗어버리고 천진난만한 소녀의 모습으로 깔깔거리며 웃는다. 이는 현세긍정의 신라적인 사상 속에 티없이 맑고 천진한 여인상으로 보인다. 이는 응뎅이로 식지께를 깔아 선덕여왕을 자지라지게 웃게 만든 大佛에서 절정을 이룬다. 왕릉들은 더 이상 현실의 공간 속에 있지 않고, 더러운 현실의 공간에서 벗어나 자신들(신라)의 하늘이라는 차별적인 세계로 올라가려 안달하는데, 대불은 이 상황에서 고결한 세계로만 곧장 가려는 것을 넌즛이 말리는 천진스러움이 피어나는 인물이다. 이는 자연친화적인 세계에서 파생되어, 더 나아간 지점을 보여주는 풍류의 모습이라 할 수 있다. 아래의 시에서 자연친화적인 풍류의 정신은 하나의 전형을 이루는 인물을 창조한다.

> 신라의 어느 사내 진땀 흘리며
> 계집과 수풀에서 그 짓 하고 있다가
> 떨어지는 홍시에 마음이 쏠려
> 또그르르 그만 그리로 굴러가버리듯
> 나도 이젠 고로초롬만 살았으면 싶어라.
>
> ― 「雨中有題」부분

　이 시에서 신라 사내는 성행위와 같은 격렬한 욕망을 비워버린, 굴러가
는 홍시와 같은 존재로 바뀐다. 이는 세상을 무욕으로 바라볼 줄 아는
존재로, 서정주의 정신이 이상화된 인간으로 짐작된다. 그 인간을 서정주
는 '신라'에서 찾고 있는 것이다.

　후기에 들어오면 서정주의 시는 현상적으로는 신라의 세계를 벗어나
고 있지만, 그 지향하는 바는 현저히 그가 상정하고 있는 신라정신에
기반을 둔 풍류정신에서 유래하고 있음을 우리는 어렵지 않게 짐작할
수 있게 된다. 이는 『질마재 神話』의 「金庾信風」같은 작품에서 지혜와
덕을 갖춘 김유신의 일화는 시골에 사는 무식쟁이 '長者' 같은 이에게도
면면히 계승되어 오고 있는 데서도 드러난다. 그만큼 서정주에게 있어서
신라는 정신적 고향이면서 시의 가장 중심에 있다고 할 수 있다.

　논자는 앞서 편의상 풍류의 요소 중 특징적으로 드러나는 부분을 강조
하여 시를 분석했지만, 엄밀하게 보면 자연과 인간의 유기론적 결합을
다룬 서정주의 시에는 앞서 신은경이 동아시아 풍류의 네 가지 요소로
지적한 놀이적 요소, 미적 요소, 자연친화적 요소, 자유로움의 추구 등의
속성이 고루 녹아 있다. 왜냐하면 이들 시에 나타나는 인간들이 공히
속된 현실로부터 벗어나고자 하는 지향성(자유로움의 추구)을 가지고 미

적 인식에 기반한 놀이로서 속박 없이 무한의 세계에서 노닐면서(놀이적 요소), 우주만물·삼라만상의 본질을 드러내는 모든 현상에 몰입하여 자기를 잊어버리는 망아(忘我)의 경지에 이르러 사물의 본질과 하나가 되는 상태에 이르며(미적 요소), 자연과 함께 호흡하고 자연이 환기하는 생명의 리듬을 몸으로 체감하면서 자기 내부에 있는 생명의 리듬을 자연의 리듬에 일치시키고(자연친화적 요소) 있기 때문이다.

4. 결론

서정주의 신라는 외부적인 현실에 대해 그의 내면에 구축하고 있는 조화와 안정의 코스모스적인 하나의 미의 세계이다. 여기에 서정주 시의 상상의 역설의 세계가 있다. 그는 신라를 노래하고 있는 것이 아니라, 고대 정신의 어떤 지혜를 수용하여 자기가 살고 있는 사회와 현실을 투시하며 그것을 넘어서는 미를 만들어내고 있는 것이다.

그런 점에서 서정주의 신라는 역사적인 과거의 신라가 아니고, 개인적인 이념의 등가물로서의 현존하는 신라이다. 그는 전통사상의 등가물을 신라에서 발견하고 그것을 통해 현실을 투시함으로써 그 현실에 대해 비판적인 지성을 부여하며 새로운 미학을 창조한다.

서정주에게 '미'란 세계를 구성하고 조합하는 방법적 원리로 수용된다. 여기서 중요한 것은 서정주의 미학적 인식을 통해 그의 의식의 현실 속에서 재구축된 시적 공간으로서의 신라의 모습이다. 서정주는 자아와 세계의 분열, 세속과 신성의 단절을 매개하고 화해시키는 사유로서의 미학적 인식의 모델을 신라인들의 정신활동에서 찾았던 것이다.

아울러 본문에서 전술한 바 있지만 이러한 신라정신은 서정주의 후기

시편들에서도 면면히 흐르고 있다. 단적인 일례로『질마재 神話』의 시편들은 신라정신이 일상생활의 세목 속에 녹아 전승되고 있는 현장의 모습을 특유의 미학적 장치를 가미하여 기록한 것이다.

이 글은 이러한 신라정신에 대한 이해를 토대로 그 동안의 글들이 신라정신의 요체인 '영원성'과 '인간과 자연의 유기론적 결합(친자연성)' 중 영원성 부분에만 초점을 맞추었다는 데 착안하여, 영원성과 인간과 자연의 결합 두 항목으로 나누어 시 작품을 분석하였으며, 후자는 동아시아 놀이 미학의 근원으로 꼽히는 풍류와 관련이 있음을 밝혔다. '인간과 자연의 결합' 부분은 '영원성'과 함께 서정주 시의 신라정신의 요소를 형성하고 있는 두 축으로 반드시 해명되고 넘어가야 할 점이다. 영원성이 시간과 관련이 있다면 친자연성은 공간과 관련을 가진다.

그는 사막과 같은 불모의 현실을 타개하고 보다 근원적인 인간 생명에 육박하기 위해 신라정신을 그의 시의 미학적 방법론으로 제시했다. 그의 신라정신이 유효한 것은 그 정신이 우리 겨레의 생활 속에 면면히 내려오고 있음을 인식하고 있음에 있다.

여기서 한 가지 더 제기하고 싶은 문제는 '영원성'과 '인간과 자연의 결합' 두 요소를 모두 신라 풍류에 포괄시킬 수 없을까 하는 점이다. 실상 서정주 자신도『서정주 문학전집 5』에서 신라 풍류라는 항목 안에 두 요소를 묶고 있기는 하다. 그러나 학적으로 '풍류'라는 말 속에 '불멸하는 존재로서의 인간', 즉 '영원성'의 범주가 들어가지 않는다면, 이는 분리하는 것이 당연하다고 본다.

참고문헌

老子, 『道德經』, 오강남 풀이, 현암사, 1995.

김수이, 「서정주 시의 변천과정 연구」, 경희대학교 대학원 박사학위논문, 1997.

김화영, 『미당 서정주의 시에 대하여』, 민음사, 1984.

나희덕, 「서정주의 『질마재 신화』 연구」, 연세대학교 대학원 석사학위논문, 1999.

문덕수, 「신라정신에 있어서의 영원성과 현실성」, 『서정주 연구』, 동화출판공사, 1975.

서정주, 『서정주 시전집1—2』, 민음사, 1991.

서정주, 『서정주 문학전집2』, 일지사, 1972.

서정주, 『서정주 문학전집5』, 일지사, 1972.

손진은, 「서정주 근작시 연구」, 『어문학』 제65집, 1999.

_____ , 「서정주 시의 시간성 연구」, 경북대학교 대학원 박사학위논문, 1995.

신은경, 『풍류 — 동아시아 미학의 근원』, 보고사, 1999.

윤천근, 『역사 속의 한국 사상 I —신라정신』, 온누리, 1985.

이광호, 「영원의 시간, 봉인된 시간」, 『작가세계』, 1994. 봄.

이진흥, 『서정주 시의 심상연구』, 영남대학교 대학원 박사학위논문, 1988.

최두석, 서정주론, 『미당연구』, 민음사, 1994.

황동규, 「탈의 완성과 해체」, 『미당연구』, 민음사, 1994.

황종연, 「신들린 시, 떠도는 삶」, 『미당연구』, 민음사, 1994.

서정주 시의 초월성 연구

1. 한국현대시의 초월성과 서정주의 시

'역사와 운명'은 한 개인의 삶을 규정하는 가장 본질적인 명제이다. 모든 인간은 어떤 특정한 시공간의 제약 속에 있다는 점에서 사회 역사적인 존재이면서 그 현실을 초월하려는 개인의 고유한 실존과 근원적인 욕망을 가진다는 점에서 내면적인 존재이다. 그 역사와 운명 사이에서 고뇌하고 길항하는 그 이중적인 욕망의 속살을 가장 잘 드러내는 양식이 서정시이다. 그런 점에서 서정은 현실과의 대립 개념이 아니라 현실을 포용하는 개념이라는 한 논자의 주장[1]은 설득력을 가진다. 보들레르는 사진사보다 더 나쁜 것이 사진의 영향을 받은 화가들이라고 말한 적이 있다. 현대화가들은 그가 꿈꾸는 것을 그리는 것이 아니라 '보는 것'을 '베끼는' 경향이 있다고 그는 진단한다. 예술가가 꿈꾸는 것과 그가 보는 것 사이의 살아 있는 관계, 스밈과 긴장과 길항으로 예술이 직조된다는 인식의 결여는 예술을 평면화한다. 좋은 서정 시인은 집단이 강요하는 그런 평면화의 체제를 전복하려는 사람이다.

---

1) 정한용, 『지옥에 관한 두 개의 보고서』, 시와시학사, 1995, 15-16면.

　현실과 개인의 내면성이 새로운 시적 현실을 구성하는 수일한 예를
한국현대시사에서 우리는 서정주의 시를 통해서 본다. 서정주가 70년에
가까운 시적 생애 동안 가꾸어 왔던 생명체인 시들은 우리들을 강제하고
있는 삶의 조건들을 역설적으로 보여주려는 노력일 뿐 아니라, 그 폐허의
현실을 건너가게 해 주는 충일한 에네르기로서 존재한다. 즉, 세속적 자
아에 함몰되지 않는 냉정한 시선으로 내면을 잃어가는 사람들에게 존재
의 진정성을 떠올리게 하는 힘이다. 그의 시편들마다 일관되게 흐르며
눈부신 이미지로 직조되는 초월적 세계는 현실의 외피만 보면서 피투체
로서 살아가는 우리 삶의 신산과 결핍을 역설적으로 보여 주려는 시도이
다. 서정주는 항상 현실을 보여 주었지만 현실 너머의 세계를 동시에
보여 준 시인이다. 그것은 먼저 언어로 표상되는 시적 형식, 그리고 내용
모두에 관계된다. 하이데거가 적절하게 지적했듯이 언어라는 것은 "사람
들이 이야기라고 쓰고 하는 의사전달을 그 속에 싸서 넣을 수 있는 깍지
에 불과한 것이 아니다."[2] 사물들은 언어 안에서 비로소 존재하게 되는
것이다. 이럴 때 서정주를 두고 '언어의 정부'[3]라거나 '부족방언의 마술
사'[4]라고 부르는 것은 그의 언어의 기교만 아우르는 것이 아니라 언어가
창조하는 생생한 리얼리티를 포괄하고 있음을 우리는 확인하게 된다.
일별한다면 『花蛇集』에서 사용되던 '거친 육성'은 제2시집인 『歸蜀道』
에 이르러서는 정제된 형식으로, 다시 『질마재 神話』이후부터는 산문의
형식으로 들어간다. "아비는 종이었다"로 시작되는 「自畵像」의 거침없
는 자기 비하의 어법이나, "핫슈 먹은 듯 취해 나자빠진/능구렁이 같은
등어릿길로,/님은 다라나며 나를 부르고…"의 「대낮」을 비롯하여 「花蛇」,

---

　2) 하이데거, 박휘근 역, 『형이상학 입문』, 문예출판사, 1994, 39~40면.

　3) 고은, 「서정주 시대의 보고」, 『문학과 지성』, 1973. 봄, 184면.

　4) 유종호, 「소리 지향과 산문 지향」, 『미당 연구』, 민음사, 1994, 338면.

「바다」 등으로 대표되는 초기 시의 형식은 '하등 형식논리의 뒷받침을
받지 않는 구조'5)이면서도 '감각적 경험 속에 모순의 요소를 삽입'시키
는 통찰을 내장6)하고 있었다. 어떤 논자는 서정주 시의 이런 특징을 '고
대의 종교적 지혜로 붙잡히지 않을 수 있는 힘을 확보'한, '근대적 시의
개념을 깊이 이해한 사람의 처지'라는 말7)로 요약한다. 이렇듯 자유방임
에 가까운 형식의 실험 속에서도 서정주의 거의 모든 시들은 '질적인
균질성은 물론 독자적인 울림과 호흡'8)을 가지고 있다는 데 그의 시의
독자성이 있는 것이다. 이러한 시의 형식은 「冬天」의 건축학적인 조형성
과 형이상학의 세계에 이르면 언어가 도달할 수 있는 한계치를 보여준다
고 해도 과언이 아니다. 뿐만 아니라 후기시에서는 대수롭지 않은 줄글이
희한하게도 언어가 되는 경지를 보여준다. 서정주 시의 언어는 그 자체가
현실이다.

  그러나 이러한 외형적 특질을 아우르는 서정주 시의 핵심을 우리는
그의 현실 의식에서 볼 수 있다. 한편의 문학작품을 주관과 객관, 자아와
세계의 상호결합과 길항으로 나타나는 과정의 산물이라 볼 때, 작품을
관류하는 통일적 원리로 작용하는 요소를 찾아 한 작가의 전체 작품을
투영하는 하나의 의미망으로 보는 것은 유효하다. 우리는 이런 관점에서
서정주의 시에 나타나는 현실인식을 살펴 볼 수 있을 것이다. 이 글은
서정주 시를 대상으로 한국 현대 서정시의 현실 초월문제를 해명하기
위해 쓰여진다.

---

5) 김용직, 「『시인부락』연구」, 『서정주 연구』, 동화출판공사, 1975, 197면.
6) 김우창, 「한국시와 형이상」, 『서정주 연구』, 동화출판공사, 1975, 160면.
7) 황현산, 「서정주, 농경 사회와 모더니즘」, 『미당 연구』, 민음사, 1994, 492면.
8) 유종호, 「소리 지향과 산문 지향」, 『미당 연구』, 민음사, 1994, 336면.

2. 연대기적 시간질서로부터의 해방

서정주의 시는 현실의 간섭과 역사적 조건, 그리고 시대적 정신이라는 이름으로 압력을 행사하던 반서정시적인 영향 속에서 끈질기게 자기 목소리를 유지해 온 드문 경우에 속한다. 서정주는 무자비하게 흐르는 역사의 소용돌이 속에서 영위되는 삶의 누추와 결핍 너머에 있는 인간 영혼과 '영원'의 세계에 대한 천착으로 독자를 안내한다. 그 배경은 일제강점과 분단을 거치면서 질곡을 거듭해 온 민족 역사에 대한 인식이다. 다시 말하면 현실 너머의 세계, 특히 영원에 대한 집착은 질곡의 역사 속에서 '자신의 경험을 제약하고 있는 연대기적 시간질서로부터 해방되려는' 몸짓이며, '극심한 체험의 모순을 극복하고 자아의 연속성과 동일성을 회복하려는 정신적 투쟁'[9]에 그 뿌리를 대고 있는 것이다.

현실을 극복하기 위한 그의 몸짓은 죽음과 탄생을 반복하는 식물적인 삶의 인식에서 출발한다. 즉 순환적인 시간인식에 자신을 노출시키는 것이다.

> 가신 이들의 헐떡이든 숨결로
> 곱게 곱게 씻기운 꽃이 피었다.
>
> ─「꽃」 부분

새로운 시간의 의미, 정체된 시간, 무기력하고 고여 있는 시간을 뚫고 나오는 힘을 그는 자연물(꽃)에서 발견한다. 즉 고이지 않고 흐르면서 모든 탄생과 소멸을 주재하는 시간의 참모습을 인식하는 그의 사고는, 꽃에서 죽음에 의해 열려진 삶의 지평을 발견한다. 가신 이들의 죽음은

---

9) 이광호, 「영원의 시간, 봉인된 시간」, 『미당 연구』, 민음사, 1994, 378면.

꽃이라는 생물로 재생한다. "삼월 하눌일래 대수풀은 빛나네/대수풀에서 도란도란 도란그리는 향기로운 처녀들이 크나니"(「三月」)와 같은 구절에서는 자연 속에서 영혼의 무형적인 현존을 경험하게 되는 자아의 기쁨을 내밀하게 노래한다. 바람과 햇살에 흔들리는 대수풀 속에서 신생의 처녀들을 보는 서정주의 인식은 매우 신선하다. 이 때 죽음은 존재의 소멸이 아니라 다른 탄생의 질료로 기능하게 된다. 이로써 서정주는 죽음을 극복한다. 시인은 연속성을 체험하기 위해서 생사의 순환이라는 자연의 이법에 자신을 개방한다. 삶과 죽음을 경계지어 구분하던 분별적 인식을 극복하고, 자신의 무기력을 향해 돌진해 오는 신생의 힘을 그의 시에 도입하게 된다. 그러나 이런 현실인식이 문제가 전혀 없는 것은 아니다. 변화하는 시간은 창조적이며 생산적인 요소로 모든 생물을 살게 하고 신생시키는 영원한 원천이지만, 그것은 또한 시간에 의해 창조된 모든 생물들을 삼켜버리는 폭군이 되는 것이다. 그런 점에서 이런 시간은 역설적이다. 이 때 역설적이라는 말은 지속성이 없으므로 측량할 수 없다는 뜻[10]이다. 이는 넓게는 동일시의 상태라 할 수 있다. 동일시를 위한 투사는 탄생과 노쇠, 죽음 같은 요소들을 모두 무시간적인 역사법칙으로 가정하는데, 이는 인간 모두의 일체감, 혹은 동일시의 연속감을 위한 목적으로 생긴다. 그러나 앞서도 지적했다시피 자연은 주기적으로 삶과 죽음을 반복한다는 점에서 시간의 흐름의 정지, 표면적 현재의 확대로 무시간성을 획득하려 했던 그의 시도는 한계를 가진다.

더욱이 이러한 시들이 무비판적으로 계속되면 윤회라는 단조로운 고리에 묶이게 되는 것이다. 「내가 돌이 되면」, 「因果說話調」와 같은 작품 등이 대표적이다.

---

10) M. Eliade, *Images and Symbols*, Philip Mariet(trans)(London: Harvill press), 1973, 67면.

3. 근원적 시간을 향한 방식

생사의 윤회에서 벗어난 '시간 밖의 시간'으로의 비상은 존재의 근원적
시간을 경험한 자의 모습으로 확인된다. 서정주의 이런 노력은 비상의
움직임으로 나타난다. 이 때 서정주 시에 나타난 시간은 경험적 시간과
자연의 시간11) 양자가 길항하는 모습을 띠게 된다.

> 千年 맺힌 시름을
> 출렁이는 물살도 없이
> 고은 강물이 흐르듯
> 鶴이 나른다
>
>   (중략)
>
> 山덩어리 같아야 할 忿怒가
> 草木도 울려야 할 서름이
> 저리도 조용히 흐르는구나
>
> 보라, 옥빛, 꼭두선이,
> 보라, 옥빛, 꼭두선이,
> 누이의 수틀을 보듯
> 세상은 보자
>
>   ─「鶴」 부분

서정주는 가혹한 역사적 시간에 대립하는 자아의 모습을 학으로 표상
시킨다. 학의 비상은 천년 맺힌 시름이라는 하강의 이미지와의 접점에서
이루어진다. 학의 날아오름은 '천년 맺힌 시름'이라는 폐쇄적 시간에서

---

11) Hans Meyerhoff, 김준오 역, 『문학과 시간현상학』, 삼영사, 1987, 32면.

역전되는 분기점이며 해방의 시간이다. 여기서 '천년'은 가혹한 현실의
역사를 암시한다. 학의 비상은 그 '날아오름의 의지'와 '자아를 끊임없이
끌어내리려는 세계의 힘'의 중간에서 팽팽히 균형을 유지하는 것이며,
이는 끊임없이 변화하며 상호 작용하는 역동적인 운동의 소산이다. 학의
비상은 천년을 통해 일관되게 계속된다. 이는 모든 생사를 부단히 반복하
는 시간의 세계와 교섭하면서도 자신의 모습을 잃지 않는 균형의 지속이
다. 이 평형은 그러나 미세한 움직임으로도 깨어질 수 있는 상태를 유지
한다. 날개의 움직임은 고정된 채로 있지 않다. 시인은 3연에서 그것을
흐름("저리도 조용히 흐르는구나")으로 표상한다. 그것은 끊임없는 생성
과 상호침투에 의하여 언제나 새롭게 자신을 갱신하면서도 자신의 모습
을 또한 지속시키는 역동적인 운동이다. 쉬지 않고 변화하면서도 자신의
모습을 잃지 않는 상태, 이것이 바로 '변화와 지속'의 베르그송적인 시간
개념이다. 베르그송에 의하면 시간과 자아의 특징은 둘 다 '상호침투의
통일체'라는 사실에 있다. 즉 시간과 자아는 서로가 서로의 필요조건이
되어서 경험의 개개의 순간들을 통합(integrating)하여 어떤 종류의 통일
체를 구성한다.[12] 비상은 절대의 탐구를 위해 인간의 현실적 조건을 넘어
서려는 움직임이다. 유한한 인간의 역사적 시간을 초월하려는 끊임없는
몸짓은 마침내 현실을 넘어서 저승에 자유자재로 뻗친다.

> 긴 머리 자진머리 일렁이는 구름속을
> 저, 우름으로도 춤으로도 참음으로도 다하지못한 것이
> 어루만지듯 어루만지듯
> 저승곁을 나른다
>
> ── 「鶴」마지막 연

---

12) Hans Meyerhoff, 김준오 역, 위의 책, 56면.

　　가혹한 역사적 시간에 저항하는 몸짓으로서의 학의 비상은 의도적인 제작에 의한 삶의 의지이므로 신화적일 수밖에 없다는 한계를 가지지만 깊이 있는 언어의 조형술로 한국 서정시의 지평을 열어 놓았다는 점은 이론의 여지가 없을 것이다.

　　하강과 상승의 두 힘 사이에서 평형을 유지하려는 그의 시도는 '잠'을 다룬 일련의 시들에서도 구현된다. 당겨서 말한다면 서정주 시에서 잠은 삶과 죽음의 이원적 분별에서 벗어난 자아의 어떤 상태를 가리킨다.

　　　　새우마냥 허리 오그리고
　　　　누엿 누엿 저무는 황혼을
　　　　언덕 너머 딸네 집에 가듯이
　　　　나도 이제는 잠이나 들까.

　　　　구이 구비 등 굽은
　　　　근심의 언덕 너머
　　　　골골이 뻗히는 시름의 잔주름뿐,
　　　　저승에 갈 노자도 내겐 없느니

　　　　소태같이 쓴 가문 날들을
　　　　역구 풀 밑 대어 오던
　　　　내 사랑의 보 또랑물
　　　　인제는 제대로 흘러라 내버려두고

　　　　으시시히 깔리는 머언 산 그리매
　　　　홑이불처럼 말아서 덮고
　　　　엣비슥히 비기어 누어
　　　　나도 인제는 잠이나 들까.

　　　　　　　　　　　　　　　　―「저무는 黃昏」 전문

화자의 잠은 "허리 오그리고/황혼(에)/언덕 너머 딸네집에 가"는 마음(1
연), 불안과 평안이 반쯤 섞인 것이며, 그것은 또한 세상에 대한 집착("근
심의 언덕 너머/골골이 뻗치는 시름의 잔주름")도 초월("저승에 갈 노자
도 내겐 없느니")도 배제한 상태(2연)의 것이다. 마찬가지로 생의 욕망
("내 사랑의 보 또랑물")도 그에게 관심의 대상이 아니다(3연). 특히 3연
의 "제대로 흘러라 내버려두고", 4연의 '엣비슥히'는 세상에 대한 시인의
태도를 말해 주는 것이다. 요약하면 그의 잠은 '으시시히'와 '홑이불'이
공존하는, 생과 사, 집착과 초월, 초라함과 고귀함이 동시에 공존하며
또한 벗어난 어떤 상태, 즉 시간 밖의 어떤 힘에 자아가 실려 있는 상태이
다. 잠은 모든 활동이 정지된 상태이지만 그것은 또한 동적인 어떤 상태
이기도 하다. 이 세계는 죽음과 삶의 비밀이 숨겨드는 세계이며, 그 배경
은 저녁 으스럼이다. 그 속에서 화자는 자신의 육신을 대기("머언 산 그리
메") 속에 개방한다. 그는 그 속에서 대기를 '홑이불처럼 말아서 덮고'
그 속에서 거할 수 있는 존재들의 맨몸의 상태, 즉 모든 생사를 부단히
반복하는 대기 속에 거하면서는 자아와 타자가 무화되는 경지에 이르게
되는 것이다. 그것은 이를테면 "묘법연화경 속에/내 까마득 그 뜻을 잊어
먹은 글자가 하나./무교동 왕대폿집으로 가서/팁을 오백원씩이나 주어도/
도무지 모두지 생각이 안 나는 글자가 하나./나리는 이슬비에/자라는 보
리밭에/기왕이면 비 열꿋짜리 속의 장끼나 한 마리/여기 그냥 그려두고/
낮잠이나 들까나."(「낮잠」)에 나오는 분별과 집착에서 벗어난 의식의 순
일한 상태요 태도이기도 하다. 그것은 방임의 상태도 집착의 상태도 아니
다. 오히려 그 둘을 무화시킨 상태에서 오는 어떤 경지이다. 아울러 그것
은 대상에서 거리를 둔 가벼운 태도이며 웃음을 동반한 태도이다.

　　애인이여

너를 맞날 약속을 인젠 그만 어기고
도중에서
한눈이나 좀 팔고 놀다 가기로 한다.

—「가벼히」 부분

蓮꽃
만나러 가는
바람 아니라
만나고 가는 바람 같이…

—「蓮꽃 만나고 가는 바람 같이」 부분

신라의 어느 사내 진땀 흘리며
계집과 수풀에서 그 짓 하고 있다가
떠러지는 홍시에 마음이 쏠려
또그르르 그만 그리로 굴러가버리듯
나도 이제 고로초롬만 살았으면 싶어라

—「雨中有題」부분

욕망과 집착에서 벗어남의 상태를 다룬 일련의 시들이지만 이들 시에
서 화자는 그 대상에서 완전히 벗어나 있는 것은 아니다. 시적 자아는
첫째 시에서는 시인 자체로, 둘째 시는 바람으로, 셋째 시는 홍시(물론
표면적인 것은 사내이지만)로 나타난다. 만남(첫째 시, 둘째 시)과 섹스
(셋째 시)와 같은 지상의 무거운 일들에서 자아가 취하는 표면적인 태도
는 한눈 팔기와 적당히 섭섭함, 그리고 무심히 굴러감인데, 이 셋을 뭉뚱
거려 말한다면 일탈이라 할 만하다. 자연의 이법을 터득한 시인에게는
집착도 초월도 무위하다는 것을 안다. 시인은 오히려 자연의 이법에 자신
과 몸을 맡기는 쪽을 취한다. 그것은 가벼움으로 무거움을 상쇄시키는

경지이며, 자신의 개체적 자아를 무화하여 자아가 우주의 하나의 일부가 되는 경지이다. 첫째 시에서 둘째, 그리고 셋째 시로 갈수록 시인의 대상에 대한 태도는 더욱 가볍고 청명해진다. 그를 둘러싸고 있는 우주의 삼라만상과 더 가까워지게 된다. 말하자면 그것을 대상화하려는 마음이 엷어진다. 특히 셋째 시의 '또그르르'는 자아가 분별적 사고에서 벗어나 생명현상(홍시) 그 자체가 되는 무화의 경지를 '신라 사내'라는 대상을 빌어 나타낸 아름다운 예이다.

4. 언어의 형식으로 잡아낸 '영원'

서정주는 시집 『질마재 神話』에 이르러 또 한번의 변신을 시도한다. 그가 이 시집에서 주로 시도한 것은 사라져 가는 인생의 단편들을 어둠 속에서 건져내어 영원의 빛으로 조명하는 일이었다. 그들은 우주의 삼라만상을 주재하는 근원적 시간 속에 사는 인물들이다.

우선 우리는 이 시집의 언어 형식에 대한 고찰을 할 필요를 먼저 느낀다. 산문형식의 시에의 도입은 기존의 시 형식과 개념에 중요한 안티테제를 제시한다. 줄글로 떨어질 가능성을 다분히 안고 있는 이러한 형식은 그러나 서정주에 와서는 새로운 차원으로 육화된다. 산문이라는 비시적 요소가 오히려 시적 긴장을 형성하는 예를 우리는 이 시집 이후의 그의 시에서 본다. 시적 화자의 진술은 전혀 새로운 인식 영역으로 독자를 이끌어가면서 의미론적 전환을 이루고 있다.

> 新婦는 초록 저고리 다홍치마로 겨우 귀밑머리만 풀리운 채 新郎
> 하고 첫날밤을 아직 앉아 있었는데, 新郎이 그만 오줌이 급해져서

냉큼 일어나 달려가는 바람에 옷자락이 문 돌쩌귀에 걸렸읍니다.
그것을 新郎은 생각이 또 급해서 제 新婦가 음탕해서 그새를 못
참아서 뒤에서 손으로 잡아다리는 거라고, 그렇게만 알곤 뒤도 안
돌아보고 나가 버렸읍니다. 문 돌쩌귀에 걸린 옷자락이 찢어진 채로
오줌 누곤 못 쓰겠다며 달아나버렸읍니다.

　그러고 나서 四十年인가 五十年이 지나간 뒤에 뜻밖에 딴 볼일이
생겨 이 新婦네 집 옆을 지나가다가 그래도 잠시 궁금해서 新婦방
문을 열고 들여다보니 新婦는 귀밑머리만 풀린 첫날밤 모양 그대로
초록 저고리 다홍치마로 아직도 고스란히 앉아 있었읍니다. 안스러
운 생각이 들어 그 어깨를 가서 어루만지니 그때서야 매운재가 되어
폭삭 내려앉아 버렸읍니다. 초록 재와 다홍 재로 내려앉아 버렸읍니
다.

― 「新婦」 전문

　이것은 시인이 어릴 적 이 마을에서 들은 이야기(전설)를 화자 시점을
통해 재구술한 시이다. 그러나 전설의 소재는 그대로 묘사되는 것이 아니
라 시인의 관점에 의해서 창조적으로 변용된다. 인과관계를 지닌 한편
전설의 줄거리로 보이는 이 시는 대수롭지 않은 시 형식 속에 시적 자아
의 존재와 시적 원리를 감추고 있다.

　이 시에는 우선 '있었는데', '거라고', '채로', '지나가다가', '어루만지
니' 등 시에서는 도저히 용납될 수 없는 어사와, '그것을', '그렇게만',
'그러고 나서', '그래도', '아직도', '그때서야' 등의 연결형 접속어들이
여러 군데 나열되어 있다. 오히려 시인은 그것을 의도적으로 배치해 놓는
다. 그것은 간결함이라는 시에 대한 편견을 낯설게 하면서 사실감을 더해
주는 구실을 한다. 전체적으로 산문으로 된 문장이 일관된 분위기를 조성
하며 적절한 호흡으로 작용하고 있는데, 이를 받쳐주는 것은 구절의 반복
성과 언어 능력이다. 전자의 예를 잘 드러내 주는 것이 '나가버렸읍니

다.', '달아나버렸읍니다.', '내려앉아 버렸읍니다.'의 반복이라면, 후자의 예는 '新郞이 그만 오줌이 급해져서'를 '新郞은 또 생각이 급해서'로 연결시키는 시인의 언어능력이라 할 수 있다. 이런 요소들이 시의 구조까지 간섭한다.

한 가지 더 생각할 수 있는 것은 시의 내용이다. 그것은 진지함과 엉뚱함의 대위적 요소로 구성된다. 신부는 "초록 저고리 다홍치마로 귀밑머리만 풀리운" 첫날밤의 모습으로 四 · 五十年을 달아나버린 신랑을 기다린다. 그러나 신랑은 그 기간을 다른 일로 보낸다. 육신을 응고시킨 채 기다리는 신부의 정절은 '뜻밖의 딴 볼일'로 마을을 방문하여, '잠시 궁금해서 문을 열고 들여다보'는 신랑의 태도와 대조를 이루면서 긴장을 형성한다. 그 접점은 '초록 재와 다홍 재'로 내려앉는 신부의 몸이다. 그것은 '신부의 몸이 (검은) 재로 내려앉는다'는 스토리의 엄청난 확장으로 전이된다.

> 그때서야 매운재가 되어 폭삭 내려앉아 버렸읍니다. 초록 재와
> 다홍 재로 내려앉아 버렸읍니다.

'초록 재와 다홍 재'가 됨으로써 이 사건은 과거의 것이 아니고 언제나 현존하는 초시간적인 것으로 확장된다. 즉 그것은 '내려앉아'버리는 순간적 움직임이라는 동적 요소와 '초록'과 '다홍'이라는 빛깔이라는 영원히 움직일 수 없는 고정적 이미지의 형상이 결합된 것이다. 내려앉고 있는 초록 재와 다홍 재에서 직관적으로 느껴지는 것은 불붙고 있는 현재, 영원한 현재이다. 그것은 베르그송적인 의미에서의 지속이다. 베르그송에 의하면 모든 생명 현상은 지속으로 이루어지는데, 이 때 지속이라는 것은 시간을 연속적 흐름으로 경험하는 것이다. 순간적 정점의 영원한

긴장감은 현실과 허구, 삶과 죽음의 세계를 접목시킨다. 그리고 이 때 시어는 서로 다른 이항적 대립요소를 뛰어넘고 순간 정점의 가변적 상호 모순 세계를 결합시킨다. 신부는 사라졌지만 초록 재와 다홍 재라는 질료로 남는다. 이는 서정주가 언어의 형식으로 잡아낸 영원이다. 현실과 허구는 언어를 통해 접목되며 영원성을 획득한다. 아울러 이 때 언어는 에로티즘적 원형의 이미지까지를 갖는다. 이것이 바로 서정주의 언어가 가지는 힘이다.

이 시기의 시들에서 특별히 강조해야 할 점이 있다. 언술 자체가 이미 현실13)이 되는 언어로 묘사하는 그 세계는 개인의 원초적 세계이면서 동시에 우리 민족 전체가 지녀온 원형적 경험으로까지 확산된다는 것이다. 부연하자면 그의 시 세계를 만들어내는 토대인 언어가 민족 저층의 경험과 행복한 결합을 하는 경우를 우리는 이 시기의 그의 시에서 보는 것이다.

> 질마재 上歌手의 노랫소리는 답답하면 열두 발 상무를 젓고, 따분하면 어깨에 고깔 쓴 중을 세우고, 또 喪輿면 喪輿머리에 뙤약볕 같은 놋쇠 요령 흔들며, 이승과 저승에 뻗쳤읍니다.
> 그렇지만, 그 소리를 안 하는 어느 아침에 보니까 上歌手는 뒤깐 똥오줌 항아리에서 똥오줌 거름을 옮겨 내고 있었는데요. 왜, 거, 있지 않아, 하늘의 별과 달도 언제나 잘 비치는 우리네 똥오줌 항아리, 비가 오나 눈이 오나 지붕도 앗세 작파해 버린 우리네 그 참 재미있는 똥오줌 항아리, 거길 明鏡으로 해 망건 밑에 염발질을 열심히 하고 서 있었읍니다. 망건 밑으로 흘러내린 머리털들을 망건 속으로 보기 좋게 밀어 넣어 올리는 쇠뿔 염발질을 점잔하게 하고

---

13) 송효섭, 『질마재 신화의 서사구조 유형』, 『삼국유사와 한국문학』, 학연사, 1983, 243면

있어요.
　明鏡도 이만큼은 특별나고 기름져서 이승 저승에 두루 무성하던
　그 노랫소리는 나온 것 아닐까요?

—「上歌手의 소리」 전문

　상가수는 근원적 시간과 비밀을 몸으로 감지한 사람이다. 그것은 반성적 사유에 의해서가 아니라 어떠한 매개도 거치지 않고 스스로 세계의 일부가 될 때 가능한 것이다. 서정주가 스스로 나눈 질마재 마을 사람의 세 부류 중 유학파나 자연파와 같은 사람들에게는 생명이 깃들이기 어려운 어떤 불모성이 있다. 그들은 문자나 특정한 기술에 물들린, 즉 대상에 대한 분별력과 습관의 맹목에 익숙한 사람이므로 생명과의 직접 접촉에 노출될 기회가 없다고 할 수 있다. 말하자면 그들은 똥오줌 항아리를 똥오줌을 담는 기본형의 용도에 쓰는 데, 익숙한 사람[14]이라는 것이다. 똥오줌 항아리는 거름을 옮겨내는 데 쓰이는 도구이기도 하지만, 그것은 인공에 의해 치장된 세계 너머에서 ("비가 오나 눈이 오나 지붕[15]도 앗세 작파해 버린 우리네 똥오줌 항아리"), 이미 자연의 일부가 되어 있는 물질이다. 상가수는 그 똥오줌 항아리를 명경으로 해서 염발질을 할 줄 안다. 여기서 상가수 자체가 이미 달과 별과 같은 위치에 놓인다. 상가수에게 있어서 인식하는 주체와 인식하는 대상은 분리되어 있지 않고 결합되어 있다. 그는 삼라만상과 조응하는 인물이며, 자연의 운행에 몸을 맡긴 인물이다. 비옥한 똥오줌 항아리의 내용물에서 자양을 받는 그의 노랫소리

---

14) 김윤식은 질마재의 세 부류의 사람들 중 오직 심미파만이 똥오줌 항아리를 똥오줌을 담는 기본형의 용도에다 심미적 몫(똥오줌 항아리의 명경화)을 부여하고 있다고 설명한다. 「傳統과 藝의 意味」, 『미당연구』, 민음사, 1994, 125면.

15) 지붕은 분별력의 관점에서 본다면 비와 바람, 추위를 막아주는 역할을 하지만 사물이 세계와 알몸뚱이로 만나는 것을 막는 방해물이 된다.

는 그것을 먹고 자라는 식물처럼 무성할 수 있는 것이다. 지상과 천상의 상호교감을 통해 우주 자체가 거대한 그물처럼 하나로 뚫려 있는 상태 속에서 노랫소리는 우주의 호흡으로서 기능하게 되는 것이며, 뙤약볕 같은 요령이라는 엄청난 메타포를 동반하여 이승과 저승에 두루 뻗칠 수가 있는 것이다.

상가수는 개체적 자아의 몰각을 통해 자신을 둘러싼 전체성 속으로 들어갈 수 있게 된다. 우리는 상가수라는 개인에게서 '藝'라는 민족의 원형적 경험의 저층을 발견하게 되는 것이다. 이 시의 진정한 묘미는 바로 여기에 있다. 신화학적 문맥이라는 민족의 전통과 접합되어 있는 시를 인용하기로 한다.

沈香을 만들려는 이들은, 山골 물이 바다를 만나러 흘러내려 가다가 따악 그 바닷물과 만나는 언저리에 굵직 굵직한 참나무 토막들을 잠거 넣어 둡니다. 沈香은, 물론 꽤 오랜 세월이 지난 뒤에, 이 잠근 참나무 토막들을 다시 건져 말려서 빠개어 쓰는 겁니다만, 아무리 짧아도 2～3百年은 水底에 가라앉아 있는 거라야 香내가 제대로 나기 비롯한다 합니다. 千年쯤씩 잠긴 것은 냄새가 더 좋굽시요.

그러니, 질마재 사람들이 沈香을 만들려고 참나무 토막들을 하나씩 하나씩 들어내다가 陸水와 潮流가 合水치는 속에 집어놓고 있는 것은 自己들이나 自己들 아들딸 손자 손녀들이 건져서 쓰려는 게 아니고, 훨씬 더 먼 未來의 누군지 눈에 보이지도 않는 後代들을 위해섭니다.

그래서 이것을 넣는 이와 꺼내 쓰는 사람 사이의 數百 數千年은 이 沈香 내음새 꼬옥 그대로 바짝 가까이 그리운 것일 뿐, 따분할 것도, 아득할 것도, 너절할 것도, 허전할 것도 없읍니다.

―「沈香」전문

나무는 강과 조류가 합수하는 지점에 담가져 있다. 이 지점은 물과 바다가 서로 소멸과 탄생을 섞는 곳이다. 그것은 물과 바다, 마을과 우주, 지상과 천상의 경계선에 위치한, 우주의 호흡이 끊이지 않는 흐르는 시간을 표상한다. 여기서 시간은 여러 층위로 존재한다. 참나무 토막이라는 개별적인 시간, 잘려지기 전의 수십 년 자라온 시간, 또 그 나무에 몸을 맞대고 있는 물결의 시간이 있다. 또 나무는 시간이 흐름을 계속하는 곳에서 자신의 일부를 물결(시간) 속으로 되돌리면서 또한 외부의 시간을 자신의 것으로 받아들인다. 향내는 바로 그러한 무수한 시간의 작용으로 일어난다.

그런데 이 시의 시간성 중 특기할 만한 것은 천년의 시간이 침향을 넣는 사람의 마음 속에 이미 내장된다는 것이다. 그것은 "數百 數千年은 이 沈香 내음새 꼬옥 그대로 바짝 가까이 그리운 것일 뿐"이라는 구절에 잘 나타난다. 수백, 수천년의 시간이 나무로 전이되면서, "未來의 누군지 보이지 않는 後代"들의 기쁨을 당겨서 생각한다. 이 때 수백, 수천년의 긴 시간은 향기라는 후각을 통해 바짝 가까이 그리운 공간으로 화한다. '江'의 연속성은 자아 내부의 의식적 흐름의 연속성과 일치한다. 강의 흐름이라는 동일한 상징은 시간과 자아의 내부에 있는 상호침투라는 동일한 통일성을 표현한다.[16] 흐르는 시간에 대한 인식으로 시적 화자는 자신의 존재 소멸로서의 죽음을 흔쾌히 받아들이며 먼 후대의 사람을 껴안을 수 있는 것이다. 그것은 죽음을 하나의 생의 이법으로 바라보는 사람의 시선이며 영원을 사는 사람의 지혜이다. 참나무를 넣는 사람과 쓰는 사람의 관계가 이익 관계로 얽혀 있지 않음은 물론이다.

---

16) Hans Meyerhoff, 김준오 역, 위의 책, 58면.

5. 현실과 개인의 내면성의 결합

역사와 운명 사이에서 고뇌하는 개인의 욕망의 속살을 가장 잘 드러내는 양식이 서정시라면 서정주의 시는 서정시를 쓰는 사람의 고뇌를 가장 깊이 있게 반영하고 있는 예에 속한다. 60여 년을 지치지 않고 지펴온 그의 시작이 이를 입증한다. 우리는 그의 시를 통해서 서정이 현실을 외면하는 것이 아니라 포용하고 있음과, 눈에 보이는 현실을 넘어 그가 꿈꾸는 것과 보는 것이 스미고 긴장하는 살아 있는 형식으로 창조된다는 사실을 확인한 셈이다. 넓은 의미에서 서정시는 현실과 집단이 강제하는 평면화의 체제를 거부한다. 정확히 말하면 그 너머의 세계를 읽는다. 이 점이 그가 '기만적인 접신술사'(구중서) 혹은 '현실도피주의'(이성부)라는 오명 속에서도 든든하게 자신의 입지를 만들어온 요인이 된다.

그의 시는 현실과 개인의 내면성이 만나 새로운 시적 현실을 각인하는 수일한 예이다. 그것은 우리를 세속적으로 자아에로 물들지 않게 하는 치유와 갱신의 기능을 가지며 아울러 불모와 결핍의 냉혹한 현실을 건너가게 해 주는 힘으로 존재한다.

그의 서정시는 질곡의 역사 속에서 자신을 강제하고 있는 선형적인 시간질서로부터 벗어나면서 익어간 꽃이다.

현실을 극복하기 위한 그의 몸짓은 연속성의 체험을 위해 생사의 순환이라는 자연의 이법에 자신을 개방하는 것으로 출발한다. 자연 속에서 끊임없이 탄생과 소멸을 반복하는 식물적인 삶의 자양을 받는다. 그러나 이런 순환적인 현실인식은 변화하는 시간이 창조적인 요소로 모든 생물을 신생시키는 원천이면서, 동시에 시간에 의해 창조된 모든 생명들을 삼키는 폭군으로 작용하기도 한다는 점에서 한계를 노출한다. 생사의 윤회에서 벗어나 존재의 근원적 시간을 경험하려는 시적 자아의 모습은

'비상'과 '잠', 그리고 '가벼움'의 양태로 나타난다. 『질마재 神話』에 이르러 서정주는 또 한번의 변신을 시도한다. 그것은 사라져 가는 인생의 단편들을 어둠 속에서 건져올려 영원의 빛으로 조명하는 일이었다. 그 속에 사는 인물들은 삼라만상을 주재하는 근원적 시간 속에 사는 사람들이다. 시인은 개인의 일상을 통해 민족 저층의 경험으로 우리를 안내한다. 그는 개인의 원초적 세계를 다루면서 동시에 민족의 원형적 경험과 기반을 건드린다.

　서정주의 시는 역사적 조건과 시대 정신에 따라 끊임없이 부침을 거듭하던 반서정시적인 물결 속에서 끈질기게 자기 목소리를 유지해 온 드문 경우에 속한다. 그것은 시의 형식과 내용 모두에 관계된다.

참고문헌

고 은, 「서정주 시대의 보고」, 『문학과 지성』, 1973. 봄.

김용직, 「'시인부락' 연구」, 『서정주 연구』, 동화출판공사, 1975.

김우창, 「한국시와 형이상」, 『서정주 연구』, 동화출판공사, 1975.

김윤식, 「전통과 예의 의미」, 『미당 연구』, 민음사, 1994.

송기한, 『한국 전후시와 시간의식』, 태학사, 1996.

송효섭, 「질마재 신화의 서사구조 유형」, 『삼국유사와 한국문학』, 학연사,
        1983.

유종호, 「소리 지향과 산문 지향」, 『미당 연구』, 민음사, 1994.

이광호, 「영원의 시간, 봉인된 시간」, 『미당 연구』, 민음사, 1994.

정한용, 『지옥에 관한 두 개의 보고서』, 시와시학사, 1995.

황현산, 「서정주, 농경사회의 모더니즘」, 『미당 연구』, 민음사, 1994.

Eliade, M., *Images and Symbols*, Philip Mariet(trans)(London:Harvill Press, 1973)

Meyerhoff, H., 김준오 역, 『문학과 시간현상학』, 삼영사, 1987.

새미학술신서 8

서정주 시의 시간과 미학

인쇄일 초판 1쇄 2003년 07월 30일
         2쇄 2015년 03월 23일
발행일 초판 1쇄 2003년 08월 14일
         2쇄 2015년 03월 25일

지은이 손 진 은
발행인 정 진 이
발행처 새미
등록일 1994.03.10, 제17-271호

서울시 강동구 성내동 447-11 현영빌딩 2층
Tel : 442-4623~4 Fax : 442-4625
www. kookhak.co.kr
E- mail : kookhak2001@hanmail.net
ISBN 978-89-5628-071-4[94810]
가 격 18,000원

★ 새미는 국학자료원 의 자매회사입니다.
★저자와의 협의 하에 인지는 생략합니다.